R0083104927

04/2015

Y0-CJF-610

**PALM BEACH COUNTY
LIBRARY SYSTEM**
3650 Summit Boulevard
West Palm Beach, FL 33406-4198

EL REINO DE LA INFANCIA

Rebecca Coleman

El reino de la infancia

Traducción de Isabel de Miquel

Umbriel Editores

Argentina • Chile • Colombia • España
Estados Unidos • México • Perú • Uruguay • Venezuela

Título original: *The Kingdom of Childhood*
Editor original: MIRA Books, Ontario, Canada
Traducción: Isabel de Miquel Serra

1.ª edición Junio 2013

Reservados todos los derechos. Queda rigurosamente prohibida, sin la autorización escrita de los titulares del *copyright*, bajo las sanciones establecidas en las leyes, la reproducción parcial o total de esta obra por cualquier medio o procedimiento, incluidos la reprografía y el tratamiento informático, así como la distribución de ejemplares mediante alquiler o préstamo público.

Todos los nombres, personajes, lugares y acontecimientos de esta novela son producto de la imaginación de la autora, o empleados como entes de ficción. Cualquier semejanza con personas vivas o fallecidas es mera coincidencia.

Copyright © 2011 by Rebecca Coleman
   All Rights Reserved
© de la traducción 2013 *by* Isabel de Miquel Serra
© 2013 *by* Ediciones Urano, S.A.
   Aribau, 142, pral. – 08036 Barcelona
   www.umbrieleditores.com

ISBN: 978-84-92915-30-9
E-ISBN: 978-84-9944-588-5
Depósito legal: B-10560-2013

Fotocomposición: Moelmo, SCP
Impreso por Romanyà-Valls, S.A. – Verdaguer, 1 – 08786 Capellades (Barcelona)

Impreso en España – *Printed in Spain*

Para Catherine

«Nuestro ser interior, más sabio, nos conduce hasta una persona determinada porque hemos tenido una relación en una vida anterior... Llegamos a esta persona como por arte de magia. Ahora llegamos a un mundo complejo, con múltiples caminos... las energías de la juventud empiezan a declinar. Alcanzamos el punto más alto y a partir de ahí vamos hacia abajo.»

«No os imagináis la poca importancia que tiene lo que el profesor diga o deje de decir, y cuánta importancia tiene lo que sea en realidad como profesor.»

RUDOLF STEINER

En Baviera la nieve siempre se acumula en grandes cantidades. En cuanto empiezan a caer los primeros copos, se forma rápidamente un manto que cubre todo lo que hay sobre la superficie del estado federado: las madrigueras de los erizos, los calzoncillos perdidos, torpes dibujos de un Cristo crucificado garabateados con un lápiz de color, pastillas usadas de jabón Fels-Naptha, que elimina prácticamente todas las manchas. He visto estas cosas desaparecer bajo una capa de nieve que todo lo descompone, y si hay algo más frío o más hermoso que un invierno alemán, yo no lo conozco todavía.

Pero cuando era una niña de sólo diez años, durante aquellos primeros meses en que intentaba acostumbrarme a aquel país donde me sentía más sola de lo que me había sentido o me sentiría nunca, cuando hasta las profesoras farfullaban palabras incomprensibles y la mente de mi madre se enredaba cada día un poco más, no entendía que tuviera que apreciar aquella belleza con toda mi alma porque, os lo puedo asegurar, las cosas iban a ponerse mucho peor para mí. Aquel año sentí nostalgia de Baltimore, donde en invierno el cielo permanece inofensivo durante meses y de repente, a lo mejor a finales de febrero, se cubre de nubes en una orgía de las que cortan los tendidos eléctricos, arrastran a los coches envueltos en un torbellino y obligan a nuestra pequeña ciudad, tan aplicada y modesta, a ponerse de rodillas. Prefiero una buena crisis al agobio que provoca un largo encierro. Pero en cualquier caso, aquel invierno pasé mucho tiempo al aire libre; mi madre no estaba y mi padre destinó la casa a otros usos.

Cada mañana me enfrentaba a la ventisca para tomar el autobús escolar. Entonces todas llevábamos vestiditos como los de Caroline Kennedy, con faldas de vuelo, lo que resultaba poco práctico y a menudo era un auténtico suplicio, porque la lluvia helada me calaba los leotardos y el frío se me metía en los huesos hasta la hora de comer.

Una mañana —supongo que era sábado— salí a la nieve a jugar. La nevada era reciente y conservaba un aspecto mágico. Habíamos aprendido una canción en el cole —en alemán, por supuesto— y me puse a cantarla mientras atravesaba el campo frente a mi casa. De vez en cuando me volvía para admirar mis huellas sobre la nieve. No entendía todas las palabras de la canción, pero la melodía era muy dulce, se podría decir que etérea. Y como todo parece tan silencioso cuando está cubierto por la nieve, imagino que disfruté con la nitidez y la claridad de mi voz.

Un poco más abajo estaba la casa de Daniela, que iba a mi clase, y su hermano Rudi, que era mayor e iba al instituto. Con él pasaba tardes en el granero, aprovechando las últimas horas de luz en medio de la tranquilidad de la naturaleza, lejos de mi casa de alquiler. Bueno, supongo que aquel día estaba trabajando en el granero y me oyó cantar, porque de repente me hizo un saludo con su manaza desde el otro lado del campo y se acercó a grandes zancadas con sus gruesas botas de goma, gritando: Judy, Judy. Me preguntó si me gustaba montar en trineo y le dije que sí, aunque mi madre siempre me lo prohibía porque aseguraba que era muy peligroso. Sin embargo, me pareció emocionante, porque cuando yo era pequeña mi madre solía leerme un libro de poemas para niños, y recordaba uno que empezaba así:

> *Ven a volar conmigo, dijo el pequeño trineo rojo.*
> *Te daré las alas de un pájaro, aseguró.*

Junto al poema había un dibujo de un pequeño trineo sonriente. Rudi dijo que su hermana Daniela estaba resfriada y no podía salir, pero que él me llevaría en trineo si me apetecía. Así que desobedecí las indicaciones de mi madre y lo acompañé.

El chico cogió un trineo del granero y atravesamos el campo en dirección al cementerio. Pasamos frente a la ermita de la Virgen María y llegamos al viejo camposanto sobre la colina. Desde allí podías deslizarte por la ladera cubierta de una suave capa de nieve; la cuesta era bastante empinada en algunos sitios, y donde no era tan pronunciada era muy larga. Como me daba miedo bajar sola, Rudi se instaló detrás de mí —no entiendo cómo, porque era corpulento, y recuerdo que el trineo era pequeño incluso para mí— y nos lanzamos ladera abajo. Fue muy emocionante sentir el azote del viento en la cara y los pulmones llenos de aire frío, ver cómo pasaba todo a gran velocidad. «Es lo que deben de sentir los astronautas», me dije, porque estábamos en los tiempos de la carrera espacial y los adultos repetían a los niños que vivíamos una época fascinante.

Al poco tiempo ya bajaba sola por las laderas suaves, pero con las pendientes más fuertes no me atrevía si no tenía a Rudi sentado detrás. Me sentía capaz de cualquier cosa si él estaba conmigo. Dicho así, parece una tontería, pero en ocasiones, cuando estaba con él en el granero y llegaba el momento de volver a casa, tenía ganas de abrazarme a su pierna como un bebé, esconder el rostro en su vientre y suplicarle: «Por favor, no me hagas volver». Ya te digo, seguro que pensó que era la niña más pesada del mundo. Sólo Dios sabe por qué me aguantaba. Supongo que, con su peso, Rudi hacía que el trineo me pareciera más seguro. Además, sus piernas estiradas hacían de barrera protectora, de manera que yo tenía la sensación de que no podía caerme.

Lo recuerdo como si pasáramos horas subiendo y bajando de la colina, aunque en realidad no pudo haber sido tanto. En alguna ocasión, el trineo volcó y nos caímos dando volteretas sobre la nieve. Recuerdo su risa entonces. Se rió con ganas, como si lo estuviera pasando bien de verdad. No guardo ningún recuerdo de la vuelta a casa, sólo del calor que nos acogió cuando llegamos.

Me refiero a su casa, no a la mía. Yo nunca había ido más allá del vestíbulo donde se dejaban las botas y los abrigos, pero en una ocasión Rudi me llevó a la cocina y me sentó frente a una mesita. Era una cocina moderna, pero de la pared colgaban esos moldes de madera para hacer galletas de especias: *Lebkuchen*, así las llamaban. Uno de los moldes tenía la forma de Struwwelpeter, el horrible protagonista de un libro que nos hacían leer en el colegio. Era un niño de pelo amarillento y crespo como el pelaje de un monstruo, con una mirada triste y vacía. Tenía unas uñas curvas como garras y un cuerpecito deforme, y llevaba un trajecito muy cursi. Recuerdo que le pregunté a Rudi quién iba a querer comerse una galleta con la forma de Struwwelpeter y que él se rió.

Me dijo: «Tienes los leotardos mojados. Quítatelos». Y así lo hice. Los leotardos se me enredaron en los tobillos. Me ayudó a quitármelos, después se sentó en el suelo frente a mí y me frotó los pies y los dedos de los pies para calentármelos. «Tienes los pies como unos helados», dijo. Quería decir que estaban fríos como el hielo, pero en alemán «hielo» y «helado» se designan con la misma palabra. Después cogió los leotardos y los colgó delante de la estufa, y me dio una galleta mientras esperábamos a que se secaran.

Las galletas eran *Lebkuchen*, pero de las redondas, no de las que se hacen con moldes como los que colgaban de las paredes. Sabían a canela y a clavo, y a la espesa miel oscura que hacían las abejas en los tupidos bosques de pinos de la zona. Me recordaban a las Navidades. Rudi me dijo que eran restos de las pasadas fiestas, pero vi que tenían por debajo una especie de disco blanco de textura densa, y le pregunté qué era. Me dijo que los discos se llamaban *Oblaten*, y que a veces la gente colocaba encima la masa de la galleta y otras veces no. A él le gustaban las galletas de las dos maneras. Luego me dijo: «¿Sabes?, es el mismo tipo de hostia que usa el cura en misa, exactamente el mismo, sólo que no está bendecida. Así que, si la bendices se convierte en el cuerpo de Cristo, y si no, la puedes utilizar para hacer una galleta».

Me pareció interesante que mi galleta pudiera haber sido algo sagrado. Pero aquí me tenías, sentada frente a la estufa, con mis leotardos colgando del respaldo de una silla mientras el hermano mayor de mi compañera de clase se comía una galleta de miel. Allí no había nada sagrado.

Bueno, eso es todo lo que recuerdo. Cuando los leotardos estuvieron secos, supongo que me los puse y volví a casa. En primavera, cuando llegó Pascua y volví a pasar por delante de la ermita de la Virgen, me di cuenta de que el prado que se extendía frente al viejo camposanto era en realidad el nuevo cementerio, con las placas metálicas de las tumbas clavadas en el suelo. De manera que aquel día en que Rudi y yo bajamos con el trineo, nos estuvimos deslizando sobre las tumbas de los muertos. Ignoro si él era consciente de eso, aunque me imagino que sí, porque había vivido allí toda su vida. A lo mejor no le importaba. Tal vez pensó que los muertos no echarían en cara a los vivos un momento de diversión.

Muchos años más tarde, cuando estaba ante la tumba de Bobbie, mi mejor amiga, rodeada de todos nuestros colegas del colegio y de algunos de nuestros amigos del instituto, recordé esta historia. A ella nunca le había hablado de Rudi, y me pregunté si ahora, con su hermoso espíritu libre de los torpes sentidos humanos, Bobbie conocería hasta los pocos secretos que no le había contado. «Deja que te explique», quería decirle, pero por supuesto ya era demasiado tarde para eso.

En la oración junto a la tumba, el cura pronunció unas palabras que debió de considerar consoladoras. «No os apenéis pensando que habéis perdido para siempre a los que han fallecido —dijo—. Los volveremos a ver en la eternidad, pues ésa es la fe que tenemos en Cristo Nuestro Señor.» Crucé los brazos sobre el pecho. Estaba de acuerdo con él en que el espíritu vive para siempre, pero nunca lo diría de una forma tan sentimental. Es doloroso tener asuntos pendientes con los muertos. Pero también los muertos tienen asuntos pendientes con nosotros.

PRIMERA PARTE

LA REINA DEL CARNAVAL

1

1998
Sylvania, Maryland

Supongo que al principio fue una historia de amor. La escuela en la que entré, siguiendo las indicaciones de mi comadrona, para inscribirme en la clase de parto natural que impartían por la tarde, era una casita de cuento de hadas, con paredes color albaricoque y muebles de madera de pino sin tratar. En el aula del parvulario, unas muñecas de lana aguardaban puestas en hilera bajo un luminoso ventanal, y sobre la estantería, unos peces de madera pintados en pálidos tonos parecían escaparse de un revoltijo de seda azul. En la mesita del centro habían plantado un farol sobre un nido hecho de conchas marinas y piñas de abeto. La mesita tenía un revestimiento azul decorado con la silueta de una niña que recogía en su falda las estrellas que caían del cielo. Reconocí la escena: era un cuento de hadas que había oído muchos años atrás al otro lado del océano. Recordaba muchas historias de aquel lugar y de aquellos años, pero ésta destacaba porque tenía un final feliz, en lugar de horrible.

  La profesora que me encontró allí de pie, con la boca abierta, una mano sobre la abultada tripa y otra apoyada en la cadera, no necesitó preguntarme si era la primera vez que entraba en una escuela Waldorf. Mi mirada de sincera admiración era una elocuente respuesta. No tardaría en comprender que en la escuela Waldorf todo está diseñado para producir ese sentimiento que a mí me surgió de forma natural, como un pionero agotado que al llegar a un valle de espléndido verdor declara: «Éste es el lugar». No me pregunté por qué aquella habitación me atraía tan poderosamente; lo supe nada más entrar: me recordaba a mi escuela en Alemania, con relucientes hojas de hiedra colgando como guirnaldas sobre las ventanas, una guitarra junto al escritorio de la profesora y las mesas provistas de cajas de madera con unos lápices de cera de colores tan vivos y brillantes que parecían chillar de alegría. En las cajas había lápices de todos los colores, excepto el negro. El color negro no estaba permitido. Recibí esa información como si se tratara de un mensaje en clave: aquí tenemos tu infancia alemana, y hemos eliminado el lápiz negro.

Hoy, diecinueve años más tarde, he guiado a cientos de párvulos a través de su iniciación a nuestra forma de maravillar, la pintura con acuarelas y hasta algún que otro caso de tiña. El bebé que aquel día se movía arriba y abajo en mi vientre —mi hija Maggie—, felizmente ignorante de la conducta fanática que estaba brotando en su madre, cursó toda su enseñanza en la escuela Waldorf hasta la universidad. Scott, mi hijo, estaba en su último año. El curso escolar acababa de empezar, pero mi jefe, Dan Beckett, ya había empezado la reunión semanal de profesores anunciando que la escuela Sylvania Waldorf era económicamente insolvente y podía quebrar en cualquier momento. Era la misma cantinela que habíamos oído el curso anterior, de modo que aquella mañana yo guardaba respetuoso silencio en mi pupitre mientras me toqueteaba un pendiente y pensaba vagamente en el sueño erótico que había tenido con Dan Beckett la noche anterior. Mi historia de amor con la escuela Waldorf seguía viva en mi alma, pero hasta la llegada del nuevo director no se me había ocurrido que pudiera llegar a consumarse.

Ninguna persona razonable me hubiese echado en cara mi distracción aquel día. Antes de comer ya había tenido que lidiar con dos casos de accidente de orinal y con el ojo morado de un alumno pendenciero, que en aquella ocasión, francamente, se lo había buscado. Por la tarde envié a un alumno con síntomas de sarampión a sus asustados padres, que de repente pusieron en tela de juicio su compromiso con la medicina holística. Por fin pude recorrer con una taza de café en la mano la pasarela cubierta que conectaba la escuela de los mayores con la de los pequeños. Los ensayos de mi hijo Scott con el coro estarían a punto de terminarse, y con esto ya podría irme a casa y meterme en la cama bajo una montaña de mantas, confiando en que la falta de oxígeno me dejara rápidamente sin sentido.

Al doblar la esquina para entrar en el aula de actividades, el sonido de las voces beatíficas de mi hijo y los demás miembros del coro me hizo sentir más relajada. Sólo se podía entrar en el coro de madrigales por expresa invitación. Cantaban canciones a capela, casi todas medievales y renacentistas. Scott, que ya era de los mayores, tenía una voz bonita, pero no era especialmente amante de la música. Si seguía en el coro era porque en la escuela les exigían una actividad extracurricular, y las demás opciones le parecían «lamentables», en una palabra.

Me colé por la puerta trasera y divisé al grupito del coro apelotonado en los escalones a un lado del escenario. Al acercarme un poco más distinguí la voz de Scott entre los barítonos. Cantaban *The Holly and the Ivy*, seguramente en preparación de la ceremonia de la Espiral de Adviento que las escuelas Waldorf celebran antes de Navidad. Tuve que reconocer que se preparaban con tiempo.

Me senté en una silla plegable para tomarme el café tranquilamente. Cuando el profesor dio unas instrucciones finales y el grupo se dispersó, Scott se acercó con aire perezoso, seguido por otros dos muchachos: el silencioso Temple, amigo suyo desde que eran niños, y otro al que yo no conocía. Supuse que querían que les llevara a casa en coche.

—Hola, mamá —dijo Scott—. ¿Te importaría llevar a su casa a estos dos?

Me dirigí al aparcamiento con los tres siguiéndome a distancia. Uno de ellos —el nuevo, a juzgar por la voz— iba cantando una parodia procaz de *The Holly and the Ivy*, para deleite de sus compañeros. En cuanto se instalaron en el asiento trasero del Volvo, la conversación se vio reducida a los monosílabos inexpresivos de los adolescentes.

—¿Quién vive más cerca? —pregunté cuando salimos del aparcamiento.

—Yo —dijo el malhablado—. En Crescent, gire a la izquierda, luego a la derecha en Lakeside y todo recto.

Puse la radio y procuré —sin demasiado éxito— centrarme en

lo que quedaba de la tarde más que en el día horrible que había tenido. Ahora había tres alumnos con sarampión, y un cuarto que probablemente lo estaba incubando. En cualquier otra escuela, esto sería motivo de alarma, pero en nuestra comunidad escolar muchos padres se mostraban reacios a vacunar a sus hijos, por lo que periódicamente teníamos brotes de enfermedades misteriosas. Estas ideas se apoyaban en las enseñanzas de Rudolf Steiner, creador de la filosofía de nuestra escuela, pero yo no compartía su visión. De hecho, cuando entré en la escuela Waldorf me consideraba una rebelde hacia la sociedad en general, pero lo cierto es que, una vez dentro, muchas cosas me resultaron irritantes, aunque mantuve mis discrepancias en secreto. Vacuné a mis hijos, hice circuncidar a Scott, tenía en casa no uno, sino dos televisores. Y comía queso americano envuelto en plástico.

Del asiento de atrás me llegó la voz del chico nuevo:

—Monica Lewinsky entra en una tintorería. El empleado es un poco duro de oído.

Scott expresó su entusiasmo.

—¡Oooh! ¿Lo habías oído, Temple?

—Mmm.

—Ella dice: «Traigo otro vestido». El dependiente de la tintorería pregunta: «¿Otra mancha difícil?» Monica responde: «No, esta vez es de mostaza».

Scott y Temple estallaron en carcajadas. Miré por el retrovisor y vi la mirada del otro chico y su sonrisa llena de orgullo por su propio chiste. El pelo negro, con las puntas cortadas a cuchilla, le tapaba casi totalmente un ojo, pero el otro tenía un brillo malicioso. Le dirigí una mirada interrogativa a través del espejo.

—No es un buen chiste cuando hay señoras —le dije.

—Lo siento, señora McFarland —replicó, fingiendo que estaba compungido.

—Es verdad, Zach —dijo Scott, encantado de confabularse con su amigo—. No deberías hablarle así a mi madre. ¿Cómo se te ocurre?

A continuación se oyeron unos golpes sordos: los puñetazos que se propinaban en el asiento de atrás. Al llegar a un semáforo en rojo me giré y les grité:

—¡Ya basta!

Scott y su amigo se incorporaron al momento. Temple, que iba sentado entre los dos, pareció aliviado. Yo llevaba tantos años ejerciendo una doble autoridad —como madre y como maestra— sobre los compañeros de Scott que no tenía problema en reñirlos. Miré directamente al chico del pelo negro y le pregunté:

—¿Qué edad tienes?

—Dieciséis.

—Pues compórtate como tal. No me importa llevarte a tu casa, pero no lo haré si os portáis como animales salvajes.

—Está verde —anunció Scott. Cuando volví la vista hacia el frente, dijo entre dientes—: Zach, menudo animal estás hecho.

—Eso mismo me dijo tu madre —replicó el chico en voz baja.

Estallaron al mismo tiempo en risotadas apenas contenidas. Yo saqué el codo por la ventanilla, apoyé la cabeza en la mano y exhalé un hondo suspiro. Además de la montaña de mantas, me vendría bien una copa de vino. O dos.

Empecé a tener sueños eróticos con mi jefe poco después de su llegada desde una escuela Waldorf grande y próspera en la bahía de San Francisco. Además de joven, Dan Beckett era bastante guapo, con una espesa mata de pelo de un rubio desvaído y ojos de un azul tan pálido como los de un husky. No era mal candidato para las fantasías del subconsciente, pero en realidad era uno más. Desde que mi marido cambió su libido por su programa de doctorado —o eso parecía— tres años atrás, yo había empezado a soñar con todo tipo de hombres en extrañas situaciones, como si mi mente, en su estado de privación, agarrara unas ideas al azar y las mezclara entre sí. Tenía su gracia cuando se trataba del técnico en paisajismo del vecino o de mi antiguo profesor de física, pero resultaba problemático cuando los que se colaban en mis sueños eran colegas del trabajo o padres de los niños del parvulario..., o ambas cosas, como en el caso de Dan, cuyo hijo Aidan iba a mi clase. Cuando después me encontraba con estos hombres no podía evitar sentirme como si intentáramos mantener nuestra relación en secreto. Era el efecto que me producían los sueños. No ignoraba dónde estaba la frontera entre sueño y realidad, pero mis sueños arrastraban las ideas a un sector donde lo onírico y lo real se superponían, y lo absurdo parecía más factible.

Así que, tras tomar una copa de vino tinto y sumergirme hasta la barbilla en un baño caliente de espuma —un jabón líquido Weleda con olor a lavanda—, me sumí en un sueño del que desperté con la incómoda sensación de haber soñado intensamente con mi jefe. Por lo menos en esta ocasión había dormido toda la noche. Cuando el íncubo me despertaba a las tres de la madrugada, era igual de memorable, pero más incómodo.

A la mañana siguiente me hice el firme propósito de evitar el despacho frontal. Así, con un poco de suerte, llegaría al final de la jornada laboral sin tropezarme en ningún momento con Dan.

—¡Ho, ho, ho! Pero ¿qué veo? —canté a los pequeños que se apiñaban a mi alrededor—. ¿Acaso ha venido un gnomo a verme?

Los niños contemplaron el aula con curiosidad. Venían de estar fuera haciendo agujeros en la arena, jugando en el columpio múltiple y corriendo arriba y abajo junto a los tocones. Ahora descubrían que en el suelo había un retal de seda de los que utilizábamos para pintar y una maderita proveniente de la mesita donde dejábamos lo que recogíamos en nuestros paseos. Y cualquier desorden era siempre obra de los gnomos.

—¡Ho, ho, ho! —respondieron cantando—. Los gnomos van y vienen, rápidos como el viento.

Sonreí y me puse en cuclillas para estar a su altura.

—Vuestros padres no tardarán en llegar. Vamos a ordenar lo que ha hecho este gnomo malo y luego hacemos una representación con los títeres.

Los niños pusieron manos a la obra. Yo estaba ansiosa por acabar mi día de trabajo. Era viernes, y el fin de semana se anunciaba muy emocionante. Mi marido y yo planeábamos celebrar nuestro aniversario en Fallon, un hotelito en las Montañas Blue Ridge donde habíamos estado muchos años atrás, bastante antes incluso de que naciera Maggie. Apenas veía a mi marido desde que empezó a trabajar en su disertación doctoral sobre acuicultura sostenible, y a pesar de que en todo este tiempo se había mostrado hosco y malhumorado, aquel viajecito me hacía tanta ilusión como una primera cita. Necesitaba pasar un fin de semana con Russ, aunque sólo fuera para apartar mi mente de la cada vez más larga lista de hombres con los que estaba teniendo aventuras sin pedirles permiso.

Pero hasta entonces tenía trabajo que hacer. Dirigí la función de títeres y la recitación de la tarde, toqué tres veces la campanita de bronce y entregué cada niño a sus padres. Cada vez que se abría la puerta del aula, podía entrever en el pasillo a una mujer desconocida que conversaba con el director. Tenía el pelo largo y oscuro y no cabía duda de que estaba embarazada. Probablemente era la madre de un futuro alumno, y me tocaría charlar con ella y aplazar un poco mi fin de semana romántico.

Cuando todos los niños se hubieron ido, salvo Aidan, me acerqué a la desconocida, le estreché la mano y la invité a pasar. Llevaba el pelo recogido con mucha gracia con un pañuelo, y calzaba esos zapatitos de cuero que son tan populares entre los que practican yoga. Calculé que tendría treinta y tantos, tal vez menos, pero en realidad sus suaves rasgos orientales me llevaron a errar totalmente. Dan se acercó sigilosamente y apareció junto a ella exhibiendo una beatífica sonrisa de sacerdote. Haciendo un esfuerzo aparté de mi mente el recuerdo de mi sueño, donde aparecía totalmente desnudo, bañado en sudor y mostrando un rictus desdeñoso.

—Judy, te presento a Vivienne Heath —me dijo Dan. Yo respondí imitando su sonrisa—. Dice que su hijo puede ayudarte con el mercadillo de Navidad. El chico tiene que completar horas de servicio, de manera que me dije: ¿por qué no le echamos una mano a Judy?

Magnífico. Además del frenesí que vivía cada año con el trabajo voluntario que tenía que hacer para mi jefe, sólo me faltaba supervisar a un *boy scout*.

—¡Estupendo! —respondí con entusiasmo.

—Acabamos de mudarnos desde New Hampshire —explicó Vivienne—. Mi hijo está construyendo una casa de juguete para la subasta. Es su proyecto en clase de carpintería, pero tiene que hacer más horas. Es un chico muy creativo, y estoy segura de que trabajará mucho con usted, aunque a lo mejor necesita reciclaje en algunas técnicas.

Asentí con la cabeza, intentando ocultar mi sorpresa. La carpintería era una materia de los cursos superiores, de modo que ella era probablemente mayor de lo que pensaba. Sin embargo, ahí estaba, a punto de tener un bebé. Es mejor que yo, me dije. Yo estaba preparada para hacer un segundo intento en muchas cosas de la vida, pero cuidar a un recién nacido no era una de ellas.

—Si quieres hablar de manualidades, Judy es la persona adecuada —dijo Dan, dándome una palmadita en el hombro. Yo me puse rígida—. Es capaz de hilar la paja y convertirla en oro.

Vivienne sonrió.

—¿Es una de las especialidades que enseñan a los profesores del instituto Steiner?

Sacudí un poco el hombro para desprenderme de la mano de Dan.

—De ser así, ahora mismo me tendría encerrada en el taller.

Dan soltó una carcajada, y la mirada de Vivienne Heath pasó rápidamente de mí a mi jefe, y otra vez a mí. En público él desplegaba conmigo una camaradería y una amabilidad un tanto exageradas. Así compensaba el hecho de que nos odiábamos mutuamente. Desde el mismo momento de su llegada, un año antes, quedó patente que me consideraba un dinosaurio salido de Woodstock; por mi parte, yo le veía como un bohemio burgués. Entre los dos se abría un abismo ideológico imposible de salvar, incluso antes de que yo empezara a tener esos vívidos sueños en los que copulábamos. La tensión que Vivienne acababa de captar podía provenir de cualquiera de los dos niveles.

—Y hablando del taller, el chico está ahora mismo dentro, trabajando —dijo Dan—. A lo mejor podrías entrar a saludarle.

—Claro. —Me colgué el bolso del hombro y dirigí un último vistazo a la clase—. Ahora mismo voy.

—Muchas gracias. Estoy segura de que para él será una experiencia estupenda. —Vivienne me miró sonriente—. ¿Conoces a mi hijo, Zach Patterson?

De pronto caí en la cuenta. El chico de pelo y ojos negros.

—Pues la verdad es que sí —dije, impresionada por mi propia compostura—. Está en el coro de madrigales con mi hijo. El otro día le acompañé en coche a casa.

Vivienne entrecerró los ojos.

—No te contaría uno de sus chistes de Lewinsky, ¿no?

—Pues sí.

Exhaló un suspiro de disgusto.

—Te pido perdón. Si es el chiste que creo, se lo ha estado contando a los empleados de su padre, a sus tíos y hasta a su abuelo. Es un comediante. Probablemente se está vengando de nosotros porque escuchamos demasiado la NPR.*

—A lo mejor le inquieta el tema de Lewinsky —sugerí—. Por aquello de perder la fe en nuestros líderes y todo eso. Puede que sea su manera de aliviar el estrés.

Vivienne esbozó una sonrisita que se convirtió en carcajada burlona.

—No conoces a mi hijo. No tiene estrés, lo que pasa es que le gusta decir cochinadas delante de los adultos. Le emociona.

Noté que Dan estaba incómodo con la situación.

—Bueno —me apresuré a decir—. Tengo bastante experiencia con los adolescentes. Estoy segura de que podré tenerle a raya.

Dije adiós a Dan y a Vivienne y me encaminé a los talleres, dando un rodeo para no pasar por delante del aula donde Bobbie daba su clase de historia, y que ahora ocupaba una profesora joven que no se parecía a ella en nada, ni en el aspecto ni en la personalidad. El primer día de colegio cometí la tontería de pasar por delante del aula y echar un vistazo dentro. Ver a todos aquellos adolescentes que seguían charlando, trabajando y bromeando entre ellos como si Bobbie nunca hubiera existido me hundió en una depresión tan desconcertante que estuve toda la tarde poniéndome en el café gotas del remedio homeopático de flores del doctor Bach, Rescue Remedy. Desde entonces prefería lidiar con el dolor mediante la evitación y la represión. Era consciente de que la opinión general

---

* Radio Pública Nacional. Organización de emisoras de radio públicas e independientes. (N. de la T.)

no aprobaba estos métodos, pero a mí me funcionaban perfectamente.

El destartalado edificio que albergaba el taller —una enorme nave desesperadamente necesitada de amor y de una buena capa de pintura por fuera— se encontraba detrás de la escuela. Unos artesanos amish lo levantaron diez años atrás, y los alumnos del colegio, pequeños y mayores, se habían ocupado de pintarlo y darle los últimos toques. El único sistema de calefacción consistía en una estufa que se alimentaba con restos de proyectos escolares. Esto último lo sabía porque tres años antes, la aseguradora dijo que nos cancelaba el seguro hasta que instaláramos un sistema de calefacción que cumpliera con las normas. Y como no había fondos, la nave seguía subsistiendo a base de esperanza y mucha vigilancia.

Oí a Zach Patterson antes de verlo. Estaba agachado en el suelo del taller junto a una sierra muy ruidosa. Llevaba gafas protectoras y el pelo le caía despeinado sobre la cara, de manera que no hubiera sabido con certeza que era él de no ser porque sobre la mesa reposaba una mochila con las iniciales ZXP escritas con un rotulador negro en grandes letras mayúsculas. Me pregunté a qué respondería la X.

—Hola, Zach —grité, para hacerme oír por encima del estruendo de la sierra. Estaba dispuesta a iniciar con buen pie nuestra relación.

Me miró a través de la nube de serrín, apagó la sierra eléctrica y se puso de pie. Cuando se colocó sobre la cabeza las gafas protectoras pude verle bien el rostro bajo la mata de pelo negro: tenía el vello facial mal recortado, un poco de acné y unos ojos que resultaban demasiado grandes para sus mejillas estrechas y su barbilla afilada. Estaba claro que el chico se encontraba todavía en esa fase que las madres denominan «aspecto desmañado» de la adolescencia.

Me tendió la mano.

—Gracias por haberme acompañado a casa el otro día, señora McFarland.

—De nada. Tu madre ha venido ahora mismo para decirme que contaré con tu ayuda en el mercadillo. No caí en la cuenta de que era tu madre hasta el último momento.

—Es porque ella tiene un aspecto más chino que yo —soltó—. Esto despista a todo el mundo.

—Creo que lo que me despistó fue el apellido. Había visto el tuyo en la lista del coro, de manera que cuando ella se presentó como Heath no caí en que era tu madre.

Zach asintió con un movimiento de cabeza.

—Te despistarías más si conocieras a mi padre, que es rubio y muy alto. Nadie imagina que yo sea su hijo, aunque llevamos el mismo apellido. Esperan que mi madre tenga un apellido chino y que el Heath sea el de mi padre; sucede muy a menudo.

—Supongo que son cosas de la familia moderna —dije con una sonrisa.

Él me sonrió a su vez, pero con más espontaneidad.

—Sí. Es el oscurecimiento de la antigua sabiduría.

—¿A qué te refieres?

Había picado el anzuelo.

—Steiner afirma que la mezcla de razas oscurece la antigua sabiduría. Es un pecado del que mis padres son culpables.

Cerré los ojos un buen rato.

—Steiner no dijo nunca eso.

—Sí que lo dijo, pero no importa. Era un producto de su tiempo, y yo soy un producto del mío. —Se colocó de nuevo las gafas protectoras y volvió a agarrar bien la plancha de madera que tenía entre las manos antes de preguntar—: ¿Me necesitaba para algo?

—Sólo quería hablar contigo de las horas de servicio que vas a hacer. No creo que llegues a las treinta horas, pero puedo encontrar en el mercadillo todo el trabajo que estés dispuesto a hacer: pintar, montar casetas, poner precios..., lo que quieras.

—Ya entiendo. —Se puso en cuclillas y alineó la tabla de madera frente a la hoja de la sierra eléctrica—. Quiere decir que venda mi cuerpo hasta que la escuela considere que he pagado mi parte. No me importa.

Lo fulminé con la mirada, aunque estaba de espaldas a mí. Era como Scott, pero peor hablado y no tan fácil de castigar. Me colgué el bolso del hombro y anuncié:

—Este fin de semana me iré de viaje, pero si necesitas ayuda ya me avisarás.

—¿Adónde va?

El tono personal de la pregunta me cogió por sorpresa.

—Voy con mi marido a las montañas Blue Ridge para celebrar nuestro aniversario.

—Qué bien —dijo—. Me gustan las montañas. Resulta extraño vivir en un lugar sin montañas. Cuando contemplas el paisaje, es como si no pudieras fijar la mirada en ningún sitio. No hay ancla, sólo el vacío. Es una mierda.

Tenía razón. Tal vez eso explicara por qué me sentía como me sentía. Últimamente me acosaba la desagradable sensación de que se acercaba algo muy oscuro, y que, como dijera en una ocasión mi comadrona, no había más remedio que pasarlo como fuera. Pero a lo mejor se trataba de algo más sencillo. A lo mejor era cuestión de tener un lugar donde descansar la mirada, y con ella los pensamientos.

Sonreí a Zach, y él me respondió con una sonrisa tímida, apenas esbozada.

2

En uno de sus primeros recuerdos, Zach está cómodamente acurrucado en la cama junto a su madre, con la espalda contra su pecho, piel contra piel. Su padre está durmiendo, y la curva de la columna vertebral sobresale en medio de su espalda ancha, pálida como la leche. Debe de ser febrero, porque él está chupando a escondidas un caramelo en forma de fresa como los que enviaba la abuela Moo, su abuela china, cada año nuevo chino. Y como seguramente se encuentran en New Hampshire, la tierra estará cubierta de una capa de nieve tan alta como el propio Zach. Pero él está calentito bajo el edredón y la colcha batik azul de sus padres, chupando con cuidado su caramelo secreto. Lo chupa muy despacio para que su madre no lo note. Esto es lo que recuerda: el agradable calorcito, la luz que entra inclinada por la ventana, la sólida dulzura del caramelo en mitad de la lengua, y el corazón que se acelera de repente cuando su madre le pregunta: «Zach, ¿es un caramelo lo que huelo?»

Eso era todo. En retrospectiva, algunos de los detalles tienen sentido: por ejemplo, su madre había dormido muchos años sin camiseta, una costumbre adquirida durante el tiempo en que le estuvo amamantando. Y la abuela Moo —la llamaban así porque era la madre de su madre, la *mu*— le enviaba todos los años esos caramelos rosas en su arrugado envoltorio de fresa. Iban acompañados de una tarjetita roja que rezaba: *Gung hey fat choi*. Cuando desenvolvía las cajitas con pretzels de chocolate blanco, esponjosos bizcochitos, pelotas de palomitas de maíz y almendras cubiertas de azúcar, la madre de Zach solía murmurar: «Con lo que engorda todo esto». Era el tipo de alimentos que ella le prohibía a su hijo como si fueran venenosos. Únicamente los toleraba una vez al año, y sólo le dejaba probar un poco. Luego tiraba todas las cajitas a la basura y le hacía tomar casi un litro de kéfir con sabor a vainilla, a modo de antídoto.

Pero obviando estos razonamientos, el recuerdo es puramente sensual. Antes del recuerdo no hay nada, pero después hay mucho: el silencio de la habitación, el calor acogedor que es como un Bing Bang del que emerge su conciencia. Se dijo que no tendría aquel recuerdo placentero si no lo hubieran pillado en un momento de desobediencia.

Zach sabía, sin embargo, que su conciencia, tal como él la entendía, no era más que una isla en medio del océano en perpetuo movimiento que era su mente, esa oscuridad informe que todo lo recubría. Allí estaban sus sueños, algunos que recordaba y la mayoría que no; allí persistían todos los momentos de dolor, miedo y placer que su mente de niño no había sido capaz de procesar. Y también vivían allí las formas ancestrales que sus profesores daban en denominar el inconsciente colectivo: la bruja, el noble caballero, la princesa en la torre, el demonio. Era un conjunto de arquetipos, un lenguaje de símbolos que pasaban de uno a otro a través del tiempo, de nacimiento en nacimiento, igual que el código genético que determina la forma de los ojos, el modelo del corazón humano. Era un recuerdo racial.

Ahora la habitación era distinta —de color azul cielo en lugar de verde menta, y trasladada a Maryland—, pero la cama seguía siendo la que había hecho su padre, de estilo colonial con cuatro columnas, y el cubrecama era el mismo, aunque ya deslucido de tantos lavados. El bebé acurrucado en el vientre de su madre no era él, sino su hermana, que no había nacido todavía. El nacimiento estaba previsto para Navidad, y a medida que transcurrían los meses Zach descubría con asombro que cada vez le hacía más ilusión. La mayoría de sus amigos, sin embargo, se solidarizaban con él expresando una cierta repulsión, sobre todo porque aquello demostraba que sus padres seguían teniendo relaciones sexuales. A él estos comentarios le hacían mucha gracia. ¿Eran tan buenos los padres de sus amigos a la hora de disimular sus relaciones sexuales? ¿Acaso no era eso lo mejor de ser adulto, que podías follar impunemente?

El reino de la infancia 33

Aquel día, después de que su madre le enviara a hacer tareas de voluntario en el mercadillo con la cabrona de la madre de Scott, se presentó la comadrona, lo que a Zach le compensó el día, en cierto modo. La comadrona le caía bien. Se llamaba Rhianne y estaba a medio camino entre él y su madre en cuanto a edad. Siempre se presentaba en casa de los Patterson vestida como para trabajar en el jardín: vaqueros de un azul deslucido, botas de L.L. Bean, con punta de goma, camisa de franela con los puños arremangados. Mientras la comadrona posaba el estetoscopio sobre el vientre de su madre para escuchar el corazón del bebé, Zach fue al cuarto de sus padres y se sentó en una silla junto a la pared más alejada de la cama. Sobre la colcha azul se veía el vientre redondo de su madre, pálido y dorado como la luna.

—¿Quieres escuchar? —le preguntó Rhianne al chico.

Éste negó con la cabeza.

—Ya lo oí la última vez.

—Noto un codo —comentó la comadrona.

La madre de Zach rió, y Rhianne le hizo un gesto para que se acercara.

—Ven, tócalo.

Se acercó a la cama, junto a las piernas de su madre, y dejó que Rhianne guiara sus manos sobre la gran extensión de vientre.

—El codo —dijo la mujer, poniendo la mano derecha sobre la de Zach—. Esto es la espina dorsal, y aquí está el pequeño trasero.

—Mola —dijo él. Su madre le dedicó una sonrisa radiante.

—¿Habéis empezado a comprar cosas? —le preguntó Rhianne a la embarazada—. ¿Un canguro, pañales, el moisés?

—Algunas cosas. Moisés no necesitaremos. La niña dormirá con nosotros, igual que hicimos con Zach. Aunque esperamos que esta vez no se prolongue hasta los siete años —dijo, dirigiéndole una cariñosa mirada de reproche.

—No fue idea mía —observó el adolescente.

—Cada vez que intentábamos ponerte en tu cama volvías a meterte en la nuestra.

—Bueno, pues teníais que haberme dado un cachete en el culo.

Las dos mujeres rieron.

—Vaya con el niño —dijo su madre.

—Ya no es ningún niño —señaló Rhianne—. Ahora tienes uno a punto de nacer y otro que es casi un hombre.

—Todavía es un niño —insistió—. No hay más que ver cómo tiene su habitación.

Rhianne recogió su instrumental y Zach la acompañó a la puerta. Sabía lo que venía a continuación porque ella hablaba un rato con él siempre que venía. Lo consideraba parte de su trabajo.

—Tu madre está empeñada en que sigues siendo un crío —le dijo—, pero los dos sabemos que no es verdad.

El chico se encogió de hombros.

—Me conoce muy bien. Pero está pensando como una madre.

—Me parece que le preocupa dejarte de lado cuando nazca el bebé.

—No me siento dejado de lado.

—¿Hay algo que te preocupe, algo que quieras comentar?

Zach negó con la cabeza.

—Echo de menos a mis amigos. Pero el nuevo colegio está bien.

Rhianne asintió.

—¿Te encuentras bien?

Era su forma de preguntarle por todas esas cosas difíciles de preguntar: si consumía drogas, si tenía pensamientos suicidas o vivía aterrorizado por levantarse un día ciego y con vello en las palmas de las manos. Pero él no tenía esas preocupaciones.

—Sí, estupendamente —respondió.

Rhianne metió la mano en el bolso y sacó una bolsita morada fruncida con un cordón. Tiró del cordón para abrirla y se la acercó. Zach aceptó el ofrecimiento con una tímida sonrisa y sacó dos condones.

—¿Seguro que no necesitas más? —preguntó ella.

—Estoy seguro de que ni siquiera necesitaré estos dos, pero me gusta tenerlos a mano.

—Un día te serán de utilidad.

El chico esbozó una sonrisa de complicidad.

—Eso me dicen.

—Sólo tienes dieciséis años —le recordó ella—. No hay ninguna prisa. Pero cuando llegue el momento asegúrate de tenerlos a mano, porque el amor viene y va, pero el herpes es para siempre.

Zach hizo una mueca.

—Entiendo.

—Cuando necesites hablar con alguien —dijo la mujer dándole una palmada en el hombro—, ya sabes dónde encontrarme.

—De acuerdo.

Cerró la puerta tras Rhianne y entró en su habitación para depositar los condones en el cajón de la ropa interior, junto con los otros que le había dado. Lo cierto es que le eran de utilidad, aunque sólo fuera para comprobar cuánto tiempo podía surfear sobre la ola antes de perder el control. Lo llamaba «Sexo Tántrico para Uno».

Cuando empecé a salir con Russ, en aquel entonces un estudiante con gafas y una ira apenas contenida que yo tomé por masculinidad, estaba absolutamente convencida de que formábamos una pareja especial. Él era el alumno favorito del profesor de biología marina más destacado de la universidad, presidente del grupo estudiantil de la recién creada Greenpeace, y miembro del equipo de remo. Era alto, desgarbado y discutidor, tenía un talento especial para la pelea verbal y le encantaba dejar a sus oponentes sin argumentos. Después de las conversaciones que manteníamos hasta altas horas de la noche en la cafetería de la universidad, su voz alta y cortante se seguía oyendo en el edificio de los dormitorios; era una constante, y yo me acostumbré a ello. Me sentí exultante cuando en esos debates empezó a defender las opiniones que yo sostenía en voz queda, incluyéndome así en su equipo de Russ-contra-el-mundo, y cuando empezamos a salir, me consideré tocada por los dioses. Con la euforia que producía estar enamorada —con él o con la idea de ser importante para alguien—, me resultó fácil pasar por alto las sombras amenazadoras en que se convertirían esos rasgos juveniles una vez desatados. Por decirlo de alguna manera, estaba ocupada en otros asuntos.

Y esto era lo que veía: descenderíamos juntos, dos ángeles con formación universitaria, en la miseria urbana de Nueva York; él se dedicaría a limpiar el río Hudson y yo a educar a los jóvenes sin recursos. Más tarde atravesaríamos el océano y nos uniríamos a la comunidad de estadounidenses en Francia, yo con un niño apoyado en la cadera, y Russ limpiaría las aguas del Sena. Al cabo de unos años volveríamos a casa, nos instalaríamos en una bonita mansión de ladrillos de estilo colonial y seríamos la admiración de nuestro grupo de amigos académicos. Habría vino, fiestas, fotos enmarcadas de nuestros días de esquí en Vermont y un labrador color chocolate con un pañuelo rojo alrededor de su cuello.

Bueno, la casa sí que la tenía.

Pero al igual que Russ había rebajado sus planes al resultar menos brillante de lo que sus profesores esperaban, también mis opiniones sobre la Vida Perfecta se habían modificado. El interés que sentía por las historias, los métodos y las filosofías esotéricas de Rudolf Steiner lo inundaba todo, y me dediqué a ello con una devoción propia de neófito. El Reino de la Infancia, como lo llamaba Steiner, era para nosotros un bosque encantado que guardábamos con una cadena humana. Allí los jóvenes espíritus podían abrirse como flores y los niños lo exploraban todo sin miedo. Cubríamos las cunitas con seda rosa para que, literalmente, vieran el mundo de color rosa. Cortábamos las manzanas en pedazos asimétricos para que la idea de la producción en masa no entrara siquiera en su mente. Lo que para mis amigos era secundario, yo lo consideraba esencial. Dios, o su equivalente filosófico, estaba en los detalles.

Pero últimamente, la ligera incomodidad que podía sentir de vez en cuando se estaba transformando en una crisis en toda regla. Yo lo atribuía al hecho de que Scott cursaba su último año en el colegio. Mi hijo pequeño estaba a punto de completar su decimotercer año de escolaridad; por lo tanto, estaba a punto de acabar mi implicación en una filosofía intensa, que exigía total dedicación. Pero a los cuarenta y tres años, con veinte años todavía de vida laboral por delante, tenía más experiencia e inspiraba más respeto que cualquier otro profesor de Sylvania. Lo que me había enamorado al principio era la idea de regresar a un pasado muy anterior al mío y tocar objetos que habían existido desde el principio de los tiempos: madera, lana, piedra. Podía desprenderme de la mugre que había depositado sobre mí este mundo corrupto. Incluso ahora, de tanto en tanto, cuando estaba sentada en la mecedora disfrutando del silencio monacal del aula vacía y un rayo vespertino iba a dar justamente sobre las cestas repletas de gnomos de lana, retales de seda y nudosas varas de madera, podía decir, desde lo más profundo de mi corazón: *Yo creo*.

Mientras regresaba en coche a casa tras un largo día en el aula, apoyé las manos suavemente sobre el volante y dejé que mi pensamiento volara hacia las montañas Blue Ridge. El amigo de Scott había estado muy acertado al mencionar el efecto relajante que la imagen de las montañas ejercía sobre la mente. Y mi mente en particular necesitaba desesperadamente un espectáculo relajante, además de otras muchas cosas. Siempre había sido menuda —mi padre decía que era «pequeña como un elfo»—, pero últimamente me sentía tan pesada como un asteroide que cayera en picado, como si mi pequeño cuerpo cargara con el peso de un universo de objetivos incumplidos, errores imperdonables y aquellos magros amores de mi juventud. Había días en que me parecía que sólo un amplio surtido de pastillas y un psiquiatra sabio y compasivo me podrían ayudar. En otras ocasiones me decía que bastaría con un buen orgasmo.

Unos molestos pitidos me apartaron de mis pensamientos. La luz roja de la reserva de gasolina estaba encendida desde aquella mañana, pero eso pasaba a menudo, y tras mirar el cuentakilómetros decidí que quedaba suficiente gasolina para hacer unos recados cerca de casa. Me metí con cuidado en el carril derecho y seguí conduciendo, pero el coche empezó a petardear y tuve que dirigirme rápidamente al aparcamiento de un banco. El Volvo se quedó sin una gota de gasolina justo cuando lo había aparcado. Me quedé un momento sentada, mirando fijamente el volante como si el coche fuera a apiadarse de mí y a cambiar de parecer. Pero no pasó nada, así que cogí el bolso y la bolsa de manualidades, exhalé un hondo suspiro y me bajé de él. No era la primera vez que tenía que abandonarlo porque me quedaba sin gasolina. A Russ no le iba a gustar.

«Mi madre está como un cencerro», decía a veces Scott en voz alta, dirigiéndose a una audiencia invisible.

Son cosas que hacen los adolescentes. ¿Qué hijo no decide, en algún momento, que su madre está loca? Es un rasgo propio de la juventud estadounidense, tan necesario como el algodón de azúcar, los fuegos artificiales y el tintineo de las llaves del primer coche.

Mientras caminaba hacia casa, sacudida de vez en cuando por el aire que levantaban los coches que pasaban junto a mí, me iba convenciendo mentalmente de que no estaba loca.

Simplemente me adaptaba. No era de las que estallaban por cualquier nimiedad.

Y mi casa no estaba lejos, no estaba tan lejos si considerábamos el orden general del universo.

Eran casi las seis de la tarde cuando por fin llegué a casa. Mi marido, oh, milagro, ya estaba allí. Nada más entrar me dio en las narices un olor penetrante a tostada quemada. Russ estaba en la cocina delante de la sartén. Sostenía una espátula con la que acababa de darle la vuelta a un emparedado de queso que había quedado casi totalmente negro por un lado. Parecía tenso.

—Hay un guiso en la olla —dije.

—No tengo tiempo. Doy una clase dentro de media hora, y no tenía ni idea de dónde estabas ni de cuándo ibas a llegar.

Saqué una silla de debajo de la mesa de la cocina y me senté. Mi marido, Russell, que había sido atractivo a su estilo intelectual y nervioso, tenía el aspecto de un hombre que ha estado sin sentido a causa de un aneurisma. Esto no era ninguna novedad. Empezó tres años atrás, poco después de que iniciara su programa de doctorado, y desde entonces no había hecho más que empeorar.

Estuve un tiempo preocupada, pensando que o bien sufría un serio problema de salud, o bien se había liado con una alumna. Pero no encontré pruebas, y finalmente tuve que rendirme a la evidencia de que sus estallidos de malhumor y el desprecio que me mostraba no guardaban relación con ninguna queja de índole física o sexual. Había algunos días mejores y otros peores, pero ya había empezado a resignarme a la idea de que mi marido se estaba convirtiendo en un viejo cabrón malhumorado.

—Lo siento —dije—. Quería llegar antes.

—No pasa nada. —Puso el emparedado en un plato, apagó el fuego y echó una ojeada al exterior por la ventana—. Vale. ¿Dónde demonios está tu coche?

—En el aparcamiento del Citizens Bank.

Russ dio un golpe con el plato sobre la mesa.

—Oh, Judy, por el amor de Dios.

—Luego le diré a Scott que vaya a llenar el depósito.

Me dirigió una mirada iracunda. Tras las gafas, sus ojos despedían un fuego azul.

—Explícame otra vez por qué no puedes llevar tu coche a la gasolinera como cualquier persona normal.

—Porque no soy una persona normal. Ya lo sabes.

—¿Y qué harás cuando Scott esté en la universidad? ¿Qué piensas hacer cuando ya no viva en casa?

Preferí guardar silencio. Cuando Russ entendió que no habría respuesta, cogió el emparedado y se lo metió en la boca. Su carrillo se infló con el bocado, como si de repente le hubiera salido un bulto.

—Le pediré que lo haga esta noche —repetí, cuando el silencio hubo aplacado un poco el estallido de Russ—. Supongo que mañana nos llevamos el coche a Fallon.

—No importa. No puedo ir contigo.

—¿Cómo? —La sorpresa hizo añicos mi máscara de contención, y en mi rostro se dibujó una mueca de rabia—. ¿Qué quieres decir con que no puedes venir conmigo? Es nuestro viaje de aniversario. Lo planeamos hace semanas.

—El director del departamento ha ingresado en el hospital con dolor en el pecho. Este fin de semana debo sustituirle en la conferencia.

—¿Qué conferencia?

—La que él tenía que presentar y que presentaré yo en su lugar.

—Russ, ¿y esto no puede hacerlo otro de los profesores del departamento?

—Claro, siempre que yo esté dispuesto a arrojar mi carrera a la basura.

Me puse de pie y pasé junto a él rozándole para desenchufar la olla de cocción lenta.

—Ya estás exagerando. Estas cosas no pasan por un gesto de más o de menos. Tiene que ser por algo mucho más grave.

—Esto es lo que no entiendes de las carreras —empezó—, y se debe a todos estos años que te has pasado cantando «Kumbaya» y repartiendo pinturas para pintar con los dedos. Otras personas tienen trabajos que requieren lo que se llama hacer carrera. Y así es como funciona: cuando se te presenta una oportunidad, no puedes ir y decir: «Oh, vaya, este fin de semana tengo que ir con mi mujer a la montaña». Porque si lo haces, te quedarás para siempre como el decano de los tontos que tienen que recuperar.

Inspiré profundamente por la nariz y cerré un instante los ojos.

—De acuerdo. Cancelaré la reserva y lo que haremos será ir a cenar fuera el próximo fin de semana. El sábado, a lo mejor. Podemos ir a un restaurante chino.

Russ sentía debilidad por la comida china. De universitarios habíamos comido muchas veces comida china en recipientes de cartón. Comíamos sobre la cama, con un impermeable extendido entre los dos, como si se tratara de una manta de picnic. Esta tradición se había prolongado en nuestro matrimonio, por lo menos durante unos años.

Sentado frente a mí, Russ sacudió una bolsa y dejó caer una montaña de patatas fritas sobre la mesa.

—Imposible. Tengo que trabajar todo el fin de semana en mi disertación.

Exhalé un suspiro.

—Russ.

—Judy —respondió él, imitándome burlonamente con voz nasal.

Nuestras miradas se encontraron. Intenté mantener la calma.

—Bueno, podemos dejarlo para un día entre semana. Pensé que estaría bien ir a un chino.

—También estaría bien conseguir mi maldito doctorado. Y resulta difícil si tú no haces más que desbaratar mis planes con tu necesidad de distracción.

Se metió en la boca un puñado de patatas fritas. Detrás de él,

Scott levantó la tapa de la olla de cocción lenta, miró el contenido y se puso a prepararse un emparedado de queso. Yo me levanté y, apoyando los nudillos sobre la mesa, me incliné hacia Russ. Mi hijo percibió el peligro en el silencio y se volvió hacia mí lo justo como para dirigirme una mirada de inquietud. En un susurro lleno de furia le dije a Russ:

—¡*Detesto* tu doctorado!

—Yo no tengo un doctorado —respondió él en el mismo tono.

—Y espero que nunca te lo den —le solté. Elevé la voz para añadir—: Espero que te quedes atrapado el resto de tu vida en un comité infernal, hablando sobre la maldita Islandia y sus malditas industrias pesqueras. Espero que te mueras repasando esa mierda.

—Por Dios, mamá —dijo Scott.

Russ enarcó las cejas y asintió impasible.

—Muy bonito, Judy. Vaya, ahora sí que me apetece celebrar nuestro aniversario de bodas. ¿Qué te parece si pedimos cerdo *mu shu*?

En los meses siguientes me sentí mal por lo que había dicho. Pero miren, en realidad sólo quise decir que esperaba que tuviera que repasar su disertación durante el resto de su vida, sin recompensa alguna. No quería decir que esperaba, literalmente, que se muriera.

3

La profesora de historia era muy sexi. Medía poco más de un metro sesenta, de manera que Zach se sentía alto a su lado, y su larga melena de rizos color café le golpeaba en la espalda a cada paso. Cuando escribía en la pizarra, de espaldas a la clase, movía el trasero con tanta gracia dentro de la falda de tubo que el chico no estaba aprendiendo demasiado sobre el Imperio romano.

—Cuando Tácito visitó Germania —les dijo, con una voz que conservaba un ligero acento español—, explicó que eran «toscos y espantosos, de lamentable estampa». Encontró que eran belicosos y tenían un sistema muy violento de impartir justicia. A los traidores los colgaban de un árbol. Si una mujer cometía adulterio, le rapaban la cabeza y su marido la arrastraba desnuda por las calles mientras la azotaba con un látigo. A los cobardes y a los disolutos los arrojaban a las letrinas y los hundían bajo el lodo con ramas de sauce. Tácito escribió que se hacía así porque los delitos flagrantes debían exhibirse a modo de advertencia, mientras que la corrupción había que esconderla. «No habrá perdón para quienes convierten los vicios en entretenimiento», dijo.

En torno a Zach, las chicas sostenían el bolígrafo en la mano, preparadas para tomar apuntes. Ante aquel comentario se pusieron serias y parecían incluso un poco ofendidas, mientras que los chicos sonreían.

—Supuse que os gustaría esta parte —dijo la profesora, y unas risitas ahogadas recorrieron el aula—. Recordadlo cuando redactéis vuestro trabajo en grupo. Los textos de historia no tienen por qué ser aburridos.

Hubo un estruendo de patas de sillas arañando el suelo. Los estudiantes movían su silla para sentarse en grupos. Zach se había asociado con otros dos miembros del coro: Temple, que había sacado un 150 en el examen de aptitud, y Fairen, que también era lista, aunque él la había elegido sobre todo porque esperaba tener con ella una relación de las que en otra época los hubiera llevado a ser arrojados a una letrina. Era una chica preciosa, de facciones delicadas, ligeramente asimétricas. Tenía un largo cuello pálido y unas orejas adornadas con *piercings* que sobresalían por detrás del pelo rubísimo, casi blanco, que le enmarcaba el rostro. A Zach le encantaban sus orejas pálidas y enjoyadas. Scott la llamaba «Dumbo».

—Una historia de Maryland escrita al estilo de Tácito. —Temple leyó el papel ante ellos—. Esto nos lo podríamos ventilar en un fin de semana, y no lo tenemos que entregar hasta justo antes de las vacaciones de Navidad.

Fairen levantó la mirada al techo.

—Esto es lo que pasa cuando la profesora de verdad fallece en julio y tienen un mes para cubrir el puesto.

Zach miró el papel y frunció el ceño.

—Se supone que tenemos que escribir un apartado sobre «Las leyendas de Maryland». ¿Cómo va a tener Maryland leyendas? No es más que un jodido estado.

Temple dirigió la mirada al techo mientras daba golpes en la mesa con la palma abierta.

—Supongo que podríamos investigar las antiguas historias de indios. O las leyendas urbanas: el puente del niño muerto, el monstruo de Chesapeake, cosas así. El Hombre Conejo.

—¿Qué es eso del Hombre Conejo?

—Es un tipo con un disfraz de conejo que va por ahí con un hacha y corta la cabeza de todos los que entran en su propiedad. La gente dice que ronda por el antiguo hospital junto a Pine Road. Ahora está abandonado, pero era un hospital para tuberculosos.

—Ya sé dónde es —dijo Fairen—. He pasado por allí en coche un montón de veces. Scott dijo que era un psiquiátrico.

—Scott es idiota. Pero no importa. Podemos incluir esto como una leyenda, porque todo el mundo lo cree, aunque sea una idiotez.

Fairen entrelazó las manos como si fuera una alumna modélica y bajó la mirada para leer la lista de requisitos.

—Pone que necesitamos cinco imágenes. Podríamos ir y tomar

fotografías. Será más guay si esperamos hasta un poco antes de entregar el trabajo: los árboles estarán desnudos y tendrán un aire invernal.

Temple negó con la cabeza.

—Si te pillan, la multa por entrar en una propiedad privada es de quinientos dólares. Además, hay todo tipo de drogatas, *skins* y vagabundos rondando por ahí.

Fairen sonrió.

—El amigo Zach es cinturón negro de judo. Puede hacerse cargo de ellos. O podemos pedirle a Scott que nos acompañe. Es bastante duro de pelar.

Temple gimió.

—Oh, por favor, no invites a Scott. Insistirá en volver allí cada fin de semana solamente porque sabe que en su casa se pondrían furiosos si lo supieran. No me importa lo que haga, pero me niego a acompañarle en sus tonterías.

Zach miró a Fairen para ver cuál era su respuesta. Sólo hacía un par de meses que los conocía, desde que se instaló en la ciudad y empezó a participar en los conciertos de verano que el coro de madrigales ofrecía en centros de la tercera edad y en campamentos musicales. Se sentía cómodo con Temple y Fairen, así como con su repelente amiga Kaitlyn, pero Scott seguía siendo un misterio para él. Se comportaba como el macho alfa de la pandilla, tal vez porque su madre era profesora. Desde su primer día en el colegio, Zach comprendió que tendría que hacerle la pelota al chico si de verdad quería encajar allí. Scott había estudiado desde pequeño en ese colegio y estaba en el último curso, pero con sus pantalones Abercrombie color caqui y sus camisetas de rugby, parecía más un muchacho llegado directamente de un colegio pijo que criado a base de arroz integral y cuentos de hadas. A pesar de todo, a él le caía bien; en realidad no le quedaba otra opción.

—Mira —dijo Fairen—, sólo quiero tomar algunas fotos. Si no te apetece venir, vale, iremos Zach y yo, y estoy segura de que Scott estará encantado de acompañarnos.

Temple miró a Zach en busca de apoyo.

—Creo que estaría muy bien —dijo éste—. Después de todo,

se supone que es un trabajo basado en *Germania*. Y en esa obra se habla de que celebraban sacrificios humanos. A lo mejor si le damos un toque muy siniestro, la profe lo considerará un trabajo brillante.

Temple cruzó los antebrazos sobre la mesa y apoyó en ellos la cabeza con resignación. Fairen le dirigió una sonrisa a Zach. Y no era que éste creyera que la idea de Fairen era la mejor. Al contrario, la consideraba arriesgada y de verdad peligrosa. Sin embargo, se vio impelido a apoyarla basándose en un consejo que le dio su padre: nunca te opongas a una mujer fuerte, porque eso nunca acaba bien.

4

1964
Mainbach, República Federal de Alemania

Vivían en una pulcra casita con el tradicional entramado de madera, al final de un camino de la Baviera rural. Cinco días a la semana, a veces seis, el padre de Judy subía a su Mercedes sedán azul marino y conducía hasta la base aérea de Augsburg, a veinte minutos por la autopista. Pese a ser un civil, habría podido optar por vivir con su familia en la base militar, y Judy habría cursado el quinto curso en el colegio americano, pero John Chandler despreciaba estas cosas. Su hija no era una mocosa de la base militar. Él era un experto en culturas de las repúblicas soviéticas, y ningún experto cultural encerraría a su familia entre los muros de hormigón de la cultura estadounidense cuando más allá de las torres de vigilancia latía el corazón de Alemania Federal.

La casa que habían alquilado estaba totalmente amueblada y equipada, con un cuidado jardín trasero y vistas a los campos y a un campanario lejano, y a menudo se oía el estruendo de los aviones americanos que volaban por encima. John quiso que su familia adoptara las costumbres de las gentes de Baviera, y cada mañana, a las ocho y media, la madre de Judy colgaba los edredones de las ventanas para que se airearan. Los fines de semana tomaban al mediodía la comida principal, a menudo precedida de una vigorosa excursión a Jägerkamp o a Miesing. Y cuando se sentaban a la mesa para cenar, era frecuente que John cantara con entusiasmo las saludables costumbres de los alemanes, como la de practicar deporte hasta bien entrada la madurez, o la de no meter las narices en los asuntos de los vecinos.

Cuando llegaron a la casa por primera vez, el jardín estaba en plena floración: el rojo vivo de las amapolas, las inflorescencias violetas de los cardos, las campanillas delicadas y venenosas de la dedalera, las flores de dicentra, que pendían del tallo como una cadena de predicciones. Los arbustos estaban a reventar de arándanos maduros, y a Judy le gustaba comerlos mientras jugaba. Imaginaba que era una niña de las cavernas que atravesaba una tierra virgen, nunca hollada por el ser humano. Era su propio paraíso, un paraíso de niña, sin la sombría amenaza de la vergüenza, sin una serpiente que la acechara; se colocaba en los dedos suaves capuchones de dedalera, lamía los enveses de los pétalos de amapolas y capuchinas para hacerse dibujos en las piernas desnudas. Con las sandalias levantaba el polvo del jardín de piedras, bordeado de cáctus y plantas suculentas que se habían hinchado con las lluvias, adquiriendo un aspecto tan primigenio como sus fantasías.

Su madre le daba para desayunar un panecillo comprado en el mercado y un huevo pasado por agua en una huevera de color verde hierba. Luego tendía fuera los edredones y forraba la jaula del pájaro con la página cuatro de *Stars and Stripes*. Daba cuatro golpecitos en el cuenco que dejaba en el porche trasero para el gato, y después la acompañaba a la parada del autobús, a poco más de un kilómetro y medio.

En el colegio todo resultaba nuevo para la niña. No sabía escribir con esa letra impecable y redonda, con ge de bucle y bonitas haches. No hablaba alemán, no podía leer partituras, no conocía ninguna oración. En la hora de lectura, leían cuentos morales como *Der Struwwelpeter*, un libro grande y delgado que lucía en la portada el dibujo de un niño delgaducho que miraba al frente con expresión vacía y tenía unas uñas curvas como garras y el pelo rubio y tieso como un alambre. Cubría su cuerpo achaparrado con un blusón de color rojo y una especie de mallas verdes. Judy no entendía una palabra del poema, y prefería no entenderlo.

Cuando empezó a llegar el frío, los arbustos de arándanos se tornaron rojo fuego, las dicentras se arrugaron y las plantas restantes revelaron su esqueleto: las farfollas secas de las amapolas, las frágiles hojas madreperla de las *Silbertaschen*, de un suave color beis. Sólo quedaban los crisantemos, la última flor antes del invierno, con sus blancos pétalos que surgían de un prieto botoncito como un estallido de fuegos artificiales. A menudo Judy se aburría, y su madre la enviaba a casa de unos vecinos alemanes, unas cuantas parcelas más allá, para que jugara con Daniela.

No hablaban el mismo idioma. Esto era parte del problema, aunque Judy dudaba que ella y Daniela hubieran sido amigas en cualquier lengua. La niña era una atleta nata, fuerte y llena de energía, en tanto que ella ni siquiera cogía la pelota que le lanzaban las de su propio equipo y sufría retortijones ante la sola idea de trepar por la cuerda. Para Daniela, la gran diversión consistía en realizar una exhibición gimnástica para que Judy intentara repetirla, y cuando fallaba, mofarse de ella con el lenguaje universal de la burla. Era la más pequeña de la familia. Tenía un hermano y una hermana que se limitaban a alzar la mirada al techo cuando se ponía pesada, pero esto era algo que Judy no podía hacer. Ya en el mes de octubre, decidió que no jugaría más con Daniela. Cuando la llevaban a su casa, se dirigía directamente al establo y se quedaba con el hermano mayor, Rudi, que hablaba un inglés bastante aceptable. A veces hacía los deberes allí mismo, y Rudi la ayudaba a desentrañar las incomprensibles palabras que debía leer.

—¡*Der Struwwelpeter*! —exclamó un día Rudi cuando Judy sacó el libro y el cuaderno—. Es un libro muy malo.

Sonrió aliviada. De manera que no era la única que detestaba aquella historia.

—¿Tuviste que leerlo?

—Desde luego. Es para asustar a los niños, para que te portes bien y tengas pesadillas por la noche.

Se sentó junto a ella en una paca de heno y abrió el libro por el cuento de una niña que jugaba con cerillas. Declamó con entusiasmo:

> *Doch Minz und Maunz, die Katzen,*
> *erheben ihre Tatzen.*
> *Sie drohen mit den Pfoten:*
> *«Die Mutter hat's verboten! [...]»*

—No tengo ni idea de lo que significa —dijo Judy.

Rudi hizo un gesto con la mano, dando a entender que era una traducción aproximada.

—Quiere decir que cuando Pauline encendió la cerilla, los gatos *Minz* y *Maunz* sacaron las uñas y gritaron: «¡Tu madre te lo ha prohibido!»

Judy asintió.

—Entonces ella arde y se convierte en un montón de cenizas.

—Sí —replicó Rudi. Pero unas arruguitas en los rabillos de los ojos desmentían su tono de seriedad. Citando el libro dijo—: «Esta mal, muy mal, ya lo ves. Te quemarás de la cabeza a los pies».

—Has hecho que rimara en inglés.

—Ni siquiera me he dado cuenta. No deberías leer estas cosas. Mira la portada de *Der Struwwelpeter*. Tú no tienes el pelo así. Llevas las uñas cortas y limpias. —Tomó las manos de Judy en su mano áspera, examinó sus uñas y le frotó los dedos vigorosamente con el dedo pulgar—. ¿Lo ves? No hay razón para que leas esto. No eres mala, eres una niña buena. Deberías leer un libro bonito, que acabe bien.

—Mi profesora dice que tengo que leer éste.

Rudi se inclinó hacia ella, haciendo que la paca de heno se moviera bajo su peso. Se acercó tanto que Judy pudo distinguir la sombra rubia del mentón y el anillo azul oscuro que rodeaba sus pupilas, del color del aciano. Con su voz profunda, le dijo en tono de complicidad:

—A veces las profesoras se equivocan.

Era una blasfemia tan rotunda que Judy se echó a reír. Rudi parpadeó un par de veces al recibir el aliento de su risa. Luego se incorporó, sin dejar de sonreír, y le acarició la espalda haciendo círculos amplios y firmes con la mano, igual que acariciaba a las vacas antes de ordeñarlas.

Cuando llegó diciembre ya no quedaba nada en el jardín, ni siquiera las flores muertas. Como anochecía pronto, no había ocasión de sufrir los maltratos de Daniela ni de quedarse mirando a Rudi mientras cuidaba de las ovejas o limpiaba el establo. Judy tenía que quedarse en casa, donde a su madre le había dado por arrancar cada día las hojas un poco estropeadas de las plantas y ordenar los utensilios de cocina por tonos de negro. Y también estaba la escuela.

El primer día de Adviento, en la clase de Judy hicieron ventanitas con papel de colores y palitos de helado y las montaron sobre cuadrados de papel cartón con un agujero en el centro. La profesora colgó sus creaciones en las ventanas de una pared muy larga, que estaban tan impecables como el cajón de utensilios de la madre de Judy. Pero cada día había algún niño que levantaba el papel cartón para destapar los vivos colores que había detrás. Ensayaban las canciones del *Weinachtskonzert* que tendría lugar poco antes de Navidad, y modelaban reyes y pastores con pasta de sal para las escenas del belén. Cada viernes, la profesora colocaba sobre el escritorio una corona de abeto adornada con velas. Luego cogía la guitarra y apagaba las luces. Así a oscuras, acompañados por el rasgueo melancólico de la guitarra, cantaban todos juntos un himno tranquilo y solemne de Adviento. Entonces la profesora prendía una cerilla y encendía una vela, luego dos y luego tres, a medida que se acercaba la Navidad.

Esta actitud abierta frente a la espiritualidad era como desnudarse delante de alguien. Para John Chandler, la religión cristiana era una atracción turística en forma de iglesias medievales y días de fiesta con celebraciones en la calle. Llevaba allí a su familia como si fueran de safari, y consideraba que los objetos navideños eran reliquias de una tribu tan primitiva que interpretaba las erupciones volcánicas como accesos de furia del dios Sol. Judy sospechaba que su padre no sabía que las escuelas públicas de Baviera fueran tan católicas, y si lo sabía, la consideraría lo bastante inteligente como para no hacerles caso. Pero en medio de la oscuridad y la nieve del invierno alemán, mientras cantaba con los demás niños a la luz de las velas, empezó a pensar que tal vez quería a Jesús.

> *Alle Jahre wieder*
> *Kommt das Christuskind*
> *Auf die Erde nieder,*
> *Wo wir Menschen sind.*

Modeló un pastor con pasta de sal y le puso de nombre Rudi. Abrió su ventanita de papel de seda y contó los días que quedaban: ocho. Cantó los bravos himnos alemanes, que sonaron en sus oídos como el lenguaje primero de la humanidad; imaginó que eran niños de las cavernas que se reunían antes de que saliera el sol y esperaban a que el primer rayo asomara entre dos altas piedras. Porque ¿quién podía asegurar que no había un dios Sol? ¿Quién consideraría primitiva la antigua creencia de que un hombre había traído la luz a un mundo sumido en la oscuridad?

Y todo esto —las ventanitas numeradas de papel translúcido, los belenes con su moisés vacío y preparado, las tres velas encendidas y una cuarta por encender— tuvo sobre Judy un curioso efecto. Sintió que el tiempo fluía bajo sus pies y que pronto brotaría al exterior en un violento estallido de destino y de luz que quebraría la oscuridad —para bien o para mal— como si se tratara de una cáscara hueca. Era el sentimiento de que algo estaba a punto de suceder.

Y sucedió.

5

Hacía un calor insoportable para mediados de septiembre, y la escuela había desconectado el aire acondicionado a mitad de trimestre para recortar gastos. Al acabar las clases me armé de valor y fui a visitar la antigua aula de Bobbie. Me presenté con un tazón de té helado y el pelo recogido en lo alto de la cabeza con una pinza, aunque algunos mechones sueltos se habían rizado, húmedos de sudor. Había comprado el té helado en un McDonald's a la hora de comer, pero antes de regresar al trabajo lo pasé a mi propia taza de café para que no se supiera que era clienta de una compañía semejante. En el coche tapaba el vaso de plástico de McDonald's con una bolsa isotérmica reutilizable de Whole Foods, y cuando nadie me veía, salía al aparcamiento para rellenar mi taza. Si en mi contrato no había una cláusula que exigiese tal comportamiento, podría haberla habido. Pero no me importaba. Si una veterana como yo no respetaba las tradiciones de la escuela de Steiner, ¿quién iba a hacerlo?

Dentro del aula, Sandy Valera borraba la pizarra con movimientos rápidos y eficientes. Encima de la pizarra, muy alto, colgaba un cartel con un mensaje pintado con varios colores que rezaba: «El hombre es un dios caído y al mismo tiempo está en camino de transformarse en un ser divino». Debajo, en un cuerpo más pequeño pero en letras mayúsculas, estaba escrito «Rudolf Steiner». Era obra de Bobbie, y costaba acostumbrarse a verlo colgando sobre la mujer que la había sustituido. Yo había conocido a Bobbie muchos años atrás, y nunca se me ocurrió la absurda idea de que fuera a morirse. Incluso después de que le diagnosticaran cáncer, todos estábamos convencidos de que mejoraba, hasta que de repente se fue. La enfermedad tomó un rumbo distinto, y todo fue muy rápido. Fuimos como una banda musical que seguía orgullosa a su portaestandarte, y de repente la calle acababa en una línea zigzagueante y nuestra líder se precipitaba a un oscuro abismo sin fondo, mientras los demás nos echábamos atrás en medio de una desorientada cacofonía.

—¿Preparada para la reunión de profesores? —preguntó Sandy.
—Eso espero.
—Creo que Dan tiene algo en reserva —dijo—. El gran plan que nos llevará a la felicidad y a la riqueza.
—Por qué será que siempre se trata de dinero —suspiré—. Con la cantidad de temas que tenemos que tratar con los chicos, y se reduce todo al asunto del dinero. Creo que no hay nada que me aburra más.
—Entonces, ¿estás contenta con lo que ganas?
—Claro que no.

Sandy se echó a reír. Cogió su bolso, que pendía de un gancho en la pared y se lo colgó del hombro. El colgador era de bronce y tenía grabados los tres monos de la sabiduría, cada uno sobre un gancho: no veas nada malo, no oigas nada malo, no digas nada malo. Bobbie no llevaba bolso, y siempre colgaba su chaqueta del tercer gancho. Sandy colgaba su bolso del primero.

—A lo mejor te sube el sueldo —bromeó Sandy.
—A mi marido le encantaría.
—Por cierto, ¿qué tal vuestro fin de semana de aniversario?
—No lo celebramos. Él tenía trabajo. Yo estuve haciendo muñecos para la representación de Hansel y Gretel. Muy emocionante.

Sandy se alisó la falda y me dirigió una mueca de simpatía. Con Bobbie yo me habría extendido explicándole mis frustraciones secretas: cuánto me deprimía ver a Russ rezumando desprecio en cuanto yo entraba por la puerta, igual que si fuera un niño con los mocos colgando. Que ahora que mis hijos eran mayores, yo me moría por embarcarme en esas aventuras que había ido aplazando: visitar Ámsterdam y Estocolmo; probar la absenta y emborracharme hasta caer redonda, en la tradición de los grandes poetas; practicar el sexo en lugares insólitos —no me importaría que fuera con Russ, si él estaba dispuesto— y cultivar un jardín tan paradisíaco como el que recordaba de mi infancia. Le contaría que Russ y yo éramos dos prisioneros atados a un poste, espalda contra espalda, y aunque yo estaba dispuesta a silbar mirando al cielo y fingirme indefensa hasta que Scott fuera a la universidad, la verdad es que tenía ganas de morder las ataduras mientras nadie me viera.

Pero ella no era Bobbie. Sandy me caía bien, pero era la mujer a la que yo debía prestar ayuda y orientación para que se aclimatara lo antes posible; a lo mejor un día llegábamos a ser buenas amigas, pero no lo éramos todavía. Ella era joven y mona, estaba soltera y aún podía hacerle un guiño a la vida retándola a que la atrapara. Si ella y yo teníamos algo en común, aparte de nuestro lugar de trabajo, yo no tenía ego suficiente para imaginarlo.

Como tengo las piernas más cortas, tuve que correr tras ella cuando se encaminó a paso rápido a la sala de reuniones. Cuando estábamos a medio camino, se detuvo para darme unas palmadas en la espalda, como diciendo que me entendía, o tal vez que me compadecía.

—Esta mañana ha venido una inspectora del Departamento de Salud —nos dijo el director a los profesores cuando estuvimos dispuestos para la reunión—. Le preocupa que tengamos en nuestros registros tantos casos de declaraciones juradas para eludir la vacunación. Al parecer hay unas cuantas familias que no han querido vacunar a sus hijos, pero que tampoco han presentado declaraciones juradas. Está claro que nuestro sistema de archivo de documentos deja mucho que desear.

Todos nos mirábamos incómodos los zapatos.

—En las próximas semanas haremos un seguimiento a estas familias —prosiguió—. Cuanto más tiempo pase, mayor será el enfrentamiento entre las que están a favor y las que están en contra de la vacunación. No podemos permitir que piensen que en esta escuela reina un ambiente beligerante. Y cuando digo que no nos lo podemos permitir, lo digo en sentido literal. Lo que me lleva al punto siguiente.

Levanté la mirada del suelo, aliviada de que pasáramos a otra cuestión.

El reino de la infancia

—A la vista de la situación que atravesamos —empezó Dan en un tono forzadamente alegre—, hemos decidido organizar nuestra primera venta de anillos escolares para la escuela superior. Empezamos el lunes.

Se levantó un murmullo entre mis colegas, pero yo miré a uno y otro lado intentando calcular a partir de sus expresiones si estaban tan sorprendidos como yo. Y lo que leí en los rostros a mi alrededor era sorpresa, más que desaprobación. Levanté la mano y empecé a hablar sin esperar a que me dieran permiso.

—Estoy en contra —dije.

Dan me dirigió un remedo de sonrisa. No cabía duda de que estaba preparado para mi reacción.

—Lo entiendo, Judy, pero es una decisión del consejo de administración.

—Entonces tal vez hay que replantearse el papel del consejo de administración —repliqué—. Esos anillos pueden costar cientos de dólares. Representan exactamente el tipo de cultura consumista que aquí rechazamos. A los padres esto no les gustará nada.

—Percibimos el dieciocho por ciento de la venta de cada anillo.

Negué enérgicamente con la cabeza.

—Como si nos dan el cien por cien. Está en total contradicción con los valores de la escuela. Entiendo que tenemos que conseguir fondos, pero no de esta manera.

Andrea Riss, profesora de primaria, intervino.

—Judy..., con todo el respeto, nuestras otras propuestas no han sido realistas. La venta de flautas dulces y cestas de picnic nos dio muy pocos beneficios. No sé en el parvulario, pero en mi clase se nota. La mayoría de las sillas tienen el asiento raído, y sólo me quedan dos caballeros en el castillo. Hace ya un año que mi arpa no tiene cuerdas.

Se levantó un coro de quejas. Miré a Dan, esperando que llamara al orden, pero siguió sentado en su silla, dando golpecitos contra la libreta con el bolígrafo y mirando hacia mí. Finalmente me hice oír por encima del barullo.

—Lo entiendo perfectamente —dije, y aguardé a que el jaleo se calmara un poco—. Pero por más problemas económicos que tengamos, ésta es una escuela Waldorf. Durante casi veinte años he tenido que explicarles a los padres por qué sus hijos de cinco años no pueden venir al cole con camisetas de Spiderman o de la Sirenita. He dirigido más seminarios de los que puedo recordar acerca de la industria de artilugios para niños. Me saldrá un sarpullido si envío a estos críos a casa con folletos ilustrados que intentan venderles a plazos un trofeo que es totalmente inventado. La idea me resulta —busqué un instante el adjetivo apropiado— repugnante.

—Bueno, el consejo de administración lo ha aprobado. —Haciendo caso omiso de mi indignación, Dan me miró con fingido humor—. Pasemos al punto siguiente.

—No, sigamos hablando del tema.

Su mirada se tornó puro hielo.

—Pasemos al punto siguiente.

Acabada la reunión, me demoré un poco más de la cuenta en recoger mis pertenencias y me quedé atrapada tras el grupo de profesores que salían de la sala. La mano de Dan cayó con pesadez sobre mi hombro.

—Judy, ¿podría hablar contigo en privado?

Cuando el último de los profesores hubo salido, cerró la puerta y se volvió hacia mí con una mueca de disculpa.

—Sabía que no te gustaría esta idea. Lo supe en cuanto el consejo de administración me planteó la propuesta.

—Me sorprende que dieras tu aprobación. ¿Cómo pudiste hacerlo? ¿Anillos escolares?, por todos los santos. ¿Y qué tal un torneo de videojuegos de Duke Nukem? Podríamos cobrar entradas.

—Estás exagerando.

Abrí los ojos como platos, indignada, pero Dan levantó una mano.

—No empieces con tu lista de los principios sobre los que se fundó esta escuela. Llevo trabajando en escuelas de Steiner tantos años como tú. Por eso precisamente me contrató tu consejo de administración. Porque la escuela perdía dinero.

—Nunca ha perdido dinero. Simplemente ha estado mal administrada.

—De eso no cabe duda. Nunca había visto una comunidad tan

conflictiva de profesores, y tú has formado parte de ella. No tendríamos que hacer estas concesiones si la escuela hubiera actuado con mayor eficiencia hace cinco o diez años. ¿Cuántos alumnos blancos hay en tu clase?

La confusión se apoderó de mí y sólo acerté a preguntarle:

—¿Qué?

—¿Cuántos alumnos blancos tenemos? Porque no podemos aceptar alumnos de la vecindad sin ayuda financiera, y no podemos prestar ese tipo de ayuda si ni siquiera podemos pagar nuestros gastos de funcionamiento. Estamos obligados a aceptar sólo a las familias que pueden pagar y sabes muy bien lo que eso significa. La escuela se vuelve más para blancos y más para ricos. Y si me preguntas, eso traiciona más los principios que vender anillos.

Le dirigí una mirada de furia por toda respuesta.

—Tienes que admitirlo, Judy —dijo, bajando la voz—. Se trata de una cuestión de supervivencia. No me mudé con toda mi familia desde el otro lado del país simplemente para hundir esta escuela. Esto deberías tenerlo claro. Mi hijo está en tu clase, por el amor de Dios. Vine porque tengo fe en esto. Pero antes que nada intento evitar que nos hundamos, sea como sea.

—La vida es lo desconocido y lo que no se puede conocer —cité—, pero estamos en este mundo para comer, para mantenernos con vida tanto tiempo como podamos.

—¡Exacto! —exclamó con pasión—. Es Kahlil Gibran, ¿no?

—*Juan Salvador Gaviota* —corregí, y sostuve sin pestañear su fría mirada azul. Por un desconcertante instante, mi reproche se topó de bruces con la valla electrificada de mi sueño con él: un recuerdo de algo que nunca tuvo lugar.

En el vestíbulo, los demás profesores me dejaron sola. Hasta Sandy se apresuró a marcharse. Se dirigieron al aparcamiento en parejas o en tríos, charlando entre ellos. Era un poco como en el instituto: a nadie le gustaban las sabelotodo. Pero en unos cuantos días volvería a estar a bien con ellos.

Al llegar al aparcamiento oí el chirrido de una sierra que provenía del taller. Volví la cabeza con curiosidad. Por lo que yo sabía, era la última en salir del colegio. ¿Era posible que un estudiante estuviera trabajando a esas horas? Decidí acercarme a ver y empujé la pesada puerta. Zach estaba trabajando con la misma sierra del otro día, pero ahora montada sobre el banco de trabajo. La luz baja que entraba por la ventana convertía el serrín en una nube de chispas doradas.

—¿Tienes permiso para trabajar aquí sin nadie que vigile? —le pregunté.

Sopló sobre una madera para quitar el polvo.

—Técnicamente, no.

Entré en el taller y dejé que la puerta se cerrara a mis espaldas.

—Bueno, por lo menos te has puesto las gafas protectoras.

—Llevo lentillas. Si no me las pongo, el serrín de la madera me irrita los ojos. —Se quitó las gafas protectoras—. Pareces destrozada —dijo.

Su comentario me sorprendió. Mi experiencia con los adolescentes me había enseñado que poseían una capacidad casi ofensiva para hacer caso omiso del estado emocional de los adultos. Era la misma táctica que seguían con las cacas de perro o con los platos sucios: no tienes ninguna responsabilidad sobre aquello que no eres capaz de ver.

—El doctor Beckett y yo hemos tenido diferencias de opinión en la reunión de profesores —dije, seguramente sin mucha sensatez.

Esto despertó al punto su interés.

—¿Ah, sí? ¿Acerca de qué?

Intenté imprimir a mi voz hastiada un cierto tono sardónico.

—Vamos a celebrar nuestra primera venta de anillos escolares.

Soltó una risita burlona.

—Es patético.

—¿Eso crees?

De nuevo me sorprendió. Los alumnos de Waldorf solían aprovechar cualquier ocasión de participar en rituales que a ellos les estaban prohibidos, pero que eran habituales en las escuelas públicas.

—Por supuesto. A Steiner no le gustaría.

—Pensaba que Steiner y tú teníais diferencias insalvables.

El reino de la infancia

Otra vez esbozó una tímida sonrisa mientras daba vueltas en la mano a un trozo de madera.

—Disiento en que soy un crimen contra la naturaleza, desde luego, pero en nada más.

—¿En nada más?

Se encogió de hombros.

—Me han gustado los colegios a los que he ido. Soy feliz, no tengo quejas.

Di una vuelta alrededor de la casa de juguete. Los tablones que el otro día se amontonaban en el suelo ya estaban colocados, perfectamente encajados en las esquinas con cortes limpios y precisos. Pasé el dedo por los bordes y admiré el trabajo de marquetería en el ribete de madera sobre el banco. Era un trabajo de un nivel muy superior al que cabía esperar de un alumno de su edad. Era mucho mejor, sin duda, de lo que había hecho Scott en clase de arte el curso anterior.

—Parece que el proyecto te está saliendo muy bien —comenté—. ¿Cuándo esperas acabarlo?

—En un par de semanas. Debo tenerlo listo antes de que acabe el trimestre si quiero pasar de curso. Quería ponerle un techo de paja, pero el señor Zigler dice que habría riesgo de incendio.

—Tiene toda la razón.

—Supongo que sí. Me gusta el fuego, de manera que para mí sería un punto positivo.

Solté una carcajada.

—Pero no para el que está dentro —dije.

—No, claro. Sin embargo, sería un bonito atrezo para una escena de acción en una película. Apuesto a que ardería de «pe» madre.

Festejé la gracia con una sonrisita.

—Entonces, ¿qué tipo de tejado piensas poner?

—Lo cubriré de bellotas. Tenían uno así en el parvulario de mi anterior colegio. Quedará muy chulo.

—¿Y dónde encontrarás suficientes bellotas para cubrir todo el tejado?

Señaló una caja junto a la pared. En la cara lateral ostentaba un letrero de la década de 1960 donde ponía, con la tipografía redondeada de la época: *Patatas fritas de Greg, las más naturales*. Estaba repleta de bellotas.

—¿Dónde has encontrado tantas?

—En el bosque. Por una vez, mi madre me dejó el coche para que pudiera cogerlas. Fue por una causa mayor.

—Tendrás que enseñarme el lugar. Me irían bien para algunas manualidades.

Eché una mirada dentro de la casa y me fijé en lo bien acabadas que estaban las esquinas. La agité un poco para comprobar la sujeción. Apenas se movió nada.

—La obra de carpintería es estupenda. Tienes unas manos muy hábiles.

Esbozó una sonrisa lasciva.

—Eso me han dicho.

Simulé no haber oído esto último. En lugar de contestar, le pregunté:

—¿Cómo volverás a casa?

—Le he dicho a mi madre que la llamaría cuando estuviera listo.

—¿Tienes móvil?

—No, la telefonearé desde secretaría.

Con un gesto, le señalé las ventanas que daban al aparcamiento: estaba vacío.

—Ya no queda nadie.

Zach hizo una mueca.

—Bueno, eso podría ser un problema.

—Vamos, ya te llevo yo.

—Supongo que tendré que aceptar la propuesta.

Le ayudé a ordenar el taller. Apilamos en una estantería las piezas de la casita de juguete y barrimos la buena cantidad de serrín que se había depositado en el suelo. Si el chico era capaz de dedicar tanto tiempo y esfuerzo a un trabajo, tal vez su participación en el mercadillo no resultaría tan penosa como yo había imaginado. Al parecer, la inmadurez que yo había visto en anteriores ocasiones era sobre todo aparente. En algunos aspectos, por lo menos, parecía más centrado y más consciente que Scott, que estaba a punto de cumplir los dieciocho. Y no es que mi hijo fuera un modelo a imitar.

Cuando Zach se instaló en el asiento del copiloto, le quité unos pelos de gato de las camisetas: una camiseta de manga corta con una imagen de la Tierra bajo la inscripción: «Quiere a tu madre», y debajo una camiseta térmica de manga larga tan llena de pelos como uno de esos rodillos para recoger la pelusa.

—¿Cuántos gatos tienes? —le pregunté.

—Uno. ¿Es un problema?

—No quiero que se llene el coche de pelos. Mi marido es alérgico.

Se quedó quieto mientras le quitaba los pelos de la camiseta.

—Eso es signo de maldad —dijo.

Me eché a reír.

—¿A qué viene eso?

—Los gatos son los sirvientes de la diosa luna. Sólo a las personas malvadas no les gustan. Es lo mismo que pasa con los vampiros y el ajo.

Sonreí y observé atentamente su expresión para comprobar si lo decía en serio.

—La diosa luna, ¿eh?

Zach esbozó una sonrisa.

—Es algo que dice mi madre. Es broma.

—No estoy tan segura. No conoces a mi marido. Puede que tu madre no ande tan errada.

La risa del adolescente era forzada.

—Bueno, yo no he preguntado nada.

Me callé, un poco disgustada por haber traspasado una línea invisible al quejarme de Russ. El silencio del coche se llenó con las noticias del tráfico y el tiempo que sonaban en la radio. Cuando se reanudó el debate sobre la actualidad, me llevó unos segundos de más entender de qué trataba el parloteo del pinchadiscos: era el informe del fiscal Starr sobre el presidente Clinton y Monica Lewinsky, con todos los escabrosos detalles. Acerqué la mano a los mandos para cambiar la sintonía.

—No te preocupes —dijo Zach, que ni por un momento se creyó que me hubieran entrado deseos de escuchar la música del Top 40—. Está en todas partes. En unos segundos hablarán de lo mismo en esta emisora.

—Pero puedo intentarlo.

Soltó una carcajada.

—Te pareces a mi madre. Es muy tranquila, pero se sobresalta cada vez que hablan de este tema en las noticias, lo que ocurre a cada momento, por si queda alguien que no se haya enterado aún. Personalmente, encuentro muy gracioso oír a un presentador diciendo «sexo oral». Suena a broma.

—Lo malo es que no es ninguna broma.

—No, pero es gracioso, de todas formas. Lo que hizo Bill Clinton, según el informe Starr... ¿Lo has leído entero? Bueno, es el presidente de Estados Unidos, y yo tengo dieciséis años, y me parece que algunas cosas son realmente *infantiles*. Como el asunto con el cigarro. ¡Por favor!

—Ha sido una gran decepción. Yo era una seguidora entusiasta de Clinton. Ahora ya no sé qué pensar.

—Mis padres también lo eran —dijo, toqueteando las rejillas de ventilación—. Eran. Son. Lo que sea. Creo que es una tontería atacarle por algo tan estúpido. Si lo piensas, tienes que reírte.

Reduje la velocidad ante una señal de stop.

—Te ríes de lo absurdo de la situación, tal vez, pero no de los chistes.

—¿Por qué no? Tienen gracia.

—Están fuera de lugar.

—Bill Clinton y Al Gore van a un restaurante —empezó.

—Zach, *no*.

—Leen la carta, y la camarera se acerca y les pregunta si ya saben lo que quieren. Clinton responde: «Sí, quiero montarte».

—Zach —protesté.

—Y la camarera dice: «¿Montarme, señor? Con los problemas que tiene últimamente en su vida privada, no creo que sea una buena idea. Volveré cuando haya elegido algo de la carta». Cuando la camarera se aleja, Gore se inclina hacia Clinton y le dice: «Bill, creo que se dice "Quiero un *montadito*"».

Me había preparado para reprimir una sonrisa, pero me hizo gracia y solté una carcajada.

—Éste es bueno —admití.

El chico tamborileó con los dedos sobre el salpicadero.

—Gracias. ¿Quieres oír otro?

—No, por favor.

Ya estábamos cerca de su casa. Señaló la ventana.

—Puedes parar en la entrada.

Aparqué el coche detrás de un pequeño descapotable con la capota de lona levantada. En la placa de la matrícula había una inscripción: «VIVE LIBRE O MUERE». Zach se colgó la mochila al hombro y se encaminó lentamente hacia su casa. Tenía los dobladillos de los vaqueros deshilachados por los lugares donde tocaban el suelo. Estaba tan delgado que los pantalones casi le resbalaban por las caderas. Esperé a que abriera la puerta de su casa, y el resplandor del vestíbulo iluminó de repente la tarde gris. Se volvió y me dijo adiós con la mano. Levanté la mía para despedirme y miré cómo entraba en su casa con la cabeza gacha y el pelo tapándole los ojos.

ZXP, ponía en su mochila.

Me pregunté a qué correspondería la equis.

El viernes por la noche me telefoneó Vivienne Heath para informarme de que su hijo quería usar el taller durante el fin de semana. ¿Me importaba abrirle la puerta y vigilarle?

—De acuerdo. Unas horas —accedí, aunque no me hacía ninguna gracia ceder una parte de mi sábado—. Por la mañana, porque por la tarde tengo planes. ¿Podrá estar allí a las ocho de la mañana?

Y para mi sorpresa, allí estaba, puntual. Cuando llegué, lo encontré sentado en los escalones del taller, con la mochila al hombro y unos auriculares que le tapaban las orejas. Cuando le abrí la puerta, entró sin decir palabra y se puso a trabajar. Se movía por el taller con tanta familiaridad que parecía un jovencísimo profesional. Yo me senté en un taburete a leer el periódico y a tomarme mi café.

Mientras trabajaba, empezó a cantar para sí. Me pareció que lo hacía sin darse cuenta, y cuando miré de reojo lo vi muy concentrado, midiendo y marcando sin dejar de cantar. Me impactó lo bonita que era su voz separada del resto del coro, por sí misma. Tenía la pureza y la claridad cristalina de un coro infantil, pero con el trasfondo ligeramente ronco de una voz que acaba de sufrir el cambio. No era la de una estrella del rock, por más que fuera rock lo que estaba cantando: una canción agridulce y melancólica.

—Es muy deprimente esto que cantas —le dije cuando se quitó los auriculares y se los colgó alrededor del cuello.

Se sentó junto a la mesa que había a mi lado y levantó la mochila.

Me dirigió una sonrisa.

—Son Ben Folds Five. No sabía que estuvieras escuchando.

—¿Es el nombre de la canción o el del grupo?

—El grupo. La canción se llama *Brick*.

Abrió la cremallera de la mochila y extrajo un cuaderno, una botella de té verde y una barrita de cereales biológicos. Hojeó el cuaderno y miró atentamente un dibujo esquemático de la casita de juguete mientras bebía tragos de la botella. Desenvolvió la barrita de cereales y dio un mordisco. No era extraño que estuviera en tan buena forma. Cuando Scott era más joven yo lo alimentaba exclusivamente con productos de las tiendas biológicas, pero desde que entró en la adolescencia sólo comía esos productos si no había nada más en la despensa. A lo mejor ocurría lo mismo con Zach.

Señalé las iniciales en el bolsillo frontal de su mochila.

—¿A qué se refiere la equis?

Sonrió y bebió un sorbo de su té.

—No pienso decírtelo.

—¿Por qué no?

Se encogió de hombros.

—¿Y por qué sí?

—Seguro que es Xavier.

—No es Xavier.

—Es el único nombre de chico que empieza por equis.

El reino de la infancia 65

Mordió su barrita biológica. Con la voz amortiguada por los cereales dijo:

—No, no es el único.

—Entonces, ¿qué nombre es?

Esperé a que acabara de tragar sus cereales. Me dirigió una mirada maliciosa.

—Si tanta curiosidad tienes, ¿por qué no lo miras en mi ficha? Eres una profesora, ¿no?

—Pero no me gusta husmear en tus asuntos.

—Husmea todo lo que quieras. Soy un libro abierto.

Tomé un sorbo de café.

—No conozco a ningún adolescente que pueda decir eso.

—Ahora ya lo conoces.

—Venga, dímelo.

—¿Y qué me darás a cambio?

Medité la pregunta. En sus ojos y en las comisuras de su boca vi una sombra de la expresión traviesa que aparecía siempre en su rostro segundos antes de hacer una observación subida de tono. Contesté antes de que saliera con uno de sus chistes:

—Café.

—¿Qué clase de café?

—El que prefieras. Starbucks.

Arrugó la nariz con expresión de disgusto.

—Starbucks es una empresa.

—Bueno, es lo que tenemos por aquí. Esto no es New Hampshire, son los suburbios.

—Dímelo a mí. ¿Y qué tal un café en Starbucks con una de esas galletas blancas y negras? Me encantan sus galletas blancas y negras.

—No estoy segura —dije, dando un sorbo a mi propio café con leche—. Tal vez a Steiner no le gustaría.

Zach soltó una carcajada.

—¿En serio me estás sobornando?

Asentí en silencio. Él se quedó mirándome para evaluar si lo decía en serio y respondió:

—La equis es por Xiang.

—Eso empieza por che.

—No, en chino la equis puede tener un sonido de che. Significa «alzarse», «desplegar las alas para volar».

Le dirigí una mirada cargada de admiración.

—¿En serio?

Asintió con orgullo.

—Zachary Xiang Patterson —dije, pronunciando con cuidado cada una de las tres sonoras palabras.

—Tengo las iniciales más bonitas del mundo.

Eché otro vistazo a las iniciales escritas con rotulador negro, un código que ahora tenía sentido para mí.

—De no haber conocido a tu madre, probablemente no hubiera adivinado que tienes algo de chino.

—Pues sí que lo tengo —insistió—. Tócame el pelo.

Decliné el ofrecimiento con una carcajada.

—No importa.

—En serio, tócamelo. —Inclinó la cabeza hacia mí. Todavía reticente, alargué la mano y le toqué el pelo, como si fuera un perrito. Aunque por el corte no lo parecía, su pelo tenía una textura sedosa y resbaladiza—. Es como el de mi madre.

—Más suave de lo que aparenta.

—Sí. Además, tengo cera asiática en los oídos.

Esbocé una sonrisa.

—¿En qué se diferencia?

—Es escamosa, en lugar de pegajosa. Y no apesto cuando sudo.

Un poco perpleja, hice memoria para recordar si podía aportar pruebas de lo contrario.

—¿Se supone que esto es una característica de los asiáticos? Me suena a mito.

—No se cumple con todo el mundo, pero conmigo sí. Y es una suerte, porque tendrías que oler a mi padre cuando está trabajando. A veces parece el vestuario de un equipo de fútbol después del partido.

Enarqué las cejas, muy digna.

—Gracias por avisar.

—Entonces, ¿cuándo me invitas a ese café?

El reino de la infancia   67

—Os llevaré a ti y a Scott el lunes después del coro.

—¿Qué tal mañana? Mi madre te dijo que iba a trabajar aquí todo el fin de semana, ¿verdad?

Dejé escapar un suspiro.

—No, no me lo dijo. ¿Significa que mañana también tengo que hacerte de canguro?

Zach se encogió de hombros.

—Pensaba que sí —dijo sin inmutarse.

—Pues entonces supongo que tendré que hacerlo —dije a regañadientes—. De todas formas, la invitación a café queda para el lunes.

—Podré aguantarlo.

Se colocó de nuevo los auriculares y bajó de un salto del taburete. Con la botella de té en la mano, se encaminó hacia la casa de juguete. La camiseta negra le quedaba un poco pequeña y no llevaba nada debajo. Cuando levantó los brazos para coger unos recortes de madera de uno de los estantes más altos, la camiseta se levantó, dejando ver un vientre liso, ligeramente musculoso, con una delgada línea de vello oscuro bajo el ombligo.

Desvié la mirada.

Hasta la sección sobre moda del diario estaba repleta de alusiones al informe Starr. Zach tenía razón: no había forma de eludir el tema. Pasé la página en cuestión para que a él no se le ocurriera poner en marcha otra de sus representaciones cómicas y me puse a hojear la sección de viajes.

«Escápate del D.C.», leí.

Puse los ojos en blanco y miré qué estaba haciendo el chico. En cuclillas junto a la sierra de vaivén, torneaba pequeñísimas piezas de contrachapado, haciéndolas girar junto a la hoja hasta que sus dedos casi tocaban la protección de plástico. Los músculos de sus bíceps parecían saltar y danzar con el movimiento.

Volví mi atención a la escapada del D.C.

Aquella noche tuve un sueño.

Soñé que era una niña y salía al jardín a coger arándanos. Unos árboles altos y frondosos bordeaban el camino; más allá se extendía el campo en barbecho, desnudo y terroso como un paisaje lunar. Me agaché junto al arbusto de arándanos y empecé a coger los frutos de las ramas más altas, donde maduran antes, y a comérmelos con avidez. El zumo violeta de los arándanos me ensuciaba los dedos y me dejaba manchones en el dobladillo del vestido.

De repente oí una voz, una voz masculina, que hablaba alemán en tono amistoso. Levanté la mirada y allí estaba Zach Patterson, al otro lado del arbusto, hablándome sonriente. Lo entendía perfectamente. Incluso en sueños, una pequeña parte de mi mente se admiró de mi comprensión. En lugar de contestarle, seguí comiendo, atiborrándome de arándanos, dejando que los más maduros me cayeran sobre los dedos de los pies, que asomaban por fuera de las sandalias.

«Te estás poniendo perdida, Judy», me dijo Zach en tono cariñoso. Seguía hablando en alemán.

Yo le miré atentamente y no contesté.

Rodeó el arbusto y se puso en cuclillas junto a mí. Iba vestido como un joven granjero, con botas, vaqueros lavados a la piedra y una raída camiseta verde. Cuando me puso los dedos bajo la barbilla, yo tragué saliva. Acercó su rostro al mío y me besó en la boca suavemente, con mucha sensualidad. Pero yo sólo era una niña.

Seguí acuclillada, dejando que me besara como un hombre besa a una mujer, y supe que inevitablemente tendría problemas. A su lado me sentía muy pequeña.

Me apartó los labios con la lengua. Yo entendía el inglés y también, por algún milagro, el alemán, pero no conocía ninguna palabra que describiera esa sensación en mi vientre, ese calor oculto que se despertaba en células escondidas, esa corriente que brotaba a la vida saltando y brincando como un riachuelo. Sin embargo, bajo ese sentimiento cálido latía un temor. Un temor que se me apelotonó en el estómago, justo encima del lugar donde la corriente formaba remolinos y turbulencias. Un temor que hizo que me temblara la boca, pero que no la cerró, porque mi boca acogía agradecida el calor y la seguridad de la suya y la forma en que su mandíbula se frotaba contra la mía.

Probar la boca de otro es entrar en su cuerpo.

Y él entró en mi barriga, allí donde yacían escondidos los arándanos, los frutos de la niña de las cavernas, creados por la naturaleza, devorados por la fantasía.

6

El domingo me llevé al taller una pila de viejas acuarelas de mis alumnos y estuve una hora trabajando sola, recortando las pinturas al tamaño de tarjetas y doblándolas luego en dos, hasta que apareció Zach. Estaba molesta y preparada para decirle un par de cosas por hacerme perder el tiempo, pero decidí callarme cuando vi su expresión. Tenía puestos los auriculares, que dejaban oír el zumbido de una música agresiva, y llevaba los mismos vaqueros y la misma camiseta del día anterior, sólo que ahora lucían peor aspecto. Me saludó con un movimiento de cabeza y empezó a colocar el ribete sobre la estructura, blandiendo la pistola de impacto como si estuviera dispuesto a usarla contra la primera persona que osara traspasar su espacio personal.

Preferí quedarme sentada recortando las postales. Era mejor así, porque me resultaba difícil mirarlo sin superponer el Zach del sueño sobre el real, y si estábamos cara a cara, resultaría más difícil todavía. Cuando se agachó para atornillar una pieza del ribete, me sorprendió lo bien que había calculado las medidas de su cuerpo. Las proporciones de sus hombros y sus brazos, la forma en que su espalda se iba estrechando hasta la cintura, incluso la agilidad y la gracia con la que se puso en cuclillas y volvió a levantarse: el sueño se proyectaba sobre él como una transparencia, y cuando se movió, su cuerpo encajó a la perfección en mi recuerdo. Me vino a la mente de golpe el desagrado irracional que me había inspirado la mirada implorante de Dan Beckett y me pregunté por qué mi mente poseía esa tendencia a coleccionar lo bello que se ocultaba en individuos odiosos.

Justo cuando metí la mano en mi bolsa de lona en busca de tijeras y bramante, la pistola de impacto dejó oír un agudo chirrido indicador de un patinazo. Alcé la vista alarmada. Vi que Zach arrojaba la pistola por la ventana de la casa que estaba construyendo y se tiraba al suelo. Se tapaba la cara con las manos.

—Mierda, joder, mierda —dijo en voz alta, pero sin gritar.

Me acerqué a la casa.

—¿Va todo bien?

—No. Me he pasado una hora poniendo esta mierda al revés. —Salió arrastrándose de la casa, se quitó con un gesto brusco los auriculares y se los dejó alrededor del cuello. Se sentó en el suelo con las piernas dobladas de manera que las rodillas le tocaran el pecho y se frotó los ojos.

—Y tengo serrín en las lentillas.

—¿No llevabas las gafas protectoras?

—No —refunfuñó—. Estaba demasiado ocupado haciendo esta mierda y no me acordé.

Me senté a su lado en el suelo, con las piernas cruzadas.

—¿Qué te ocurre hoy?

—Estoy harto de esto. No podía dormir, y esta mañana me he dormido, y mi madre ha entrado en mi cuarto como una furia desatada para despertarme. No he desayunado.

Se abrazó las piernas y apoyó la frente en las rodillas.

Le acaricié la espalda con movimientos circulares para tranquilizarle, y él apoyó su cuerpo encogido contra el mío. Notaba bajo las manos la piel tirante sobre los huesos; no había ni un centímetro de grasa que hiciera de cojín en ese cuerpo larguirucho.

—Me *muero* de hambre —repitió—. No conseguiré acabar esto antes de la una. Cuando mi madre venga a recogerme, me encontrará cadáver.

Su estómago rugió en ese momento, como para corroborarlo.

—¡De acuerdo! —Le di unas palmaditas en el hombro—. En marcha. Te llevo a comer algo.

Alzó la cabeza. Su rostro tenía una expresión de desmesurada felicidad.

—¿En serio?

—Sí, iremos a Seven-Eleven. Pero será a cambio de la invitación a Starbucks. Vamos.

Entró detrás de mí en la tienda sin decir nada y se fue directo a la máquina expendedora de granizados. Cogió el vaso más grande que había y lo llenó con capa tras capa de granizado de color chillón. Se mostró más sensato en la elección de comida: dos barritas de queso cheddar, una manzana y un tubo lleno de pipas recubiertas de chocolate. Como muchos de mis estudiantes, consideraría estas golosinas una porquería decadente. Seguramente le habían enseñado desde su más tierna infancia que comer pastillas de goma y tabletas de chocolate Nestlé equivalía a ingerir líquido desatascador.

—Eso tiene un aspecto asqueroso —le dije cuando ya estábamos en el coche, señalando con la barbilla su vaso de granizado—. ¿Qué diría tu madre?

—Que diga lo que quiera. Ya he visto lo que hay en tu nevera.

Me abroché el cinturón y lo fulminé con la mirada.

—¿A qué te refieres?

—Puedes decir lo que quieras. De todas formas, está bueno. —Inclinó el vaso hacia mí—. Pruébalo.

Solté una breve carcajada.

—Es igual, déjalo.

—Vamos. No tengo piojos.

La pajita violeta casi me daba en la nariz. Le miré a los ojos y tomé un sorbo. Fue como caer por un agujero a través del tiempo: otra vez bebía con un colega de la misma pajita, como si fuera una estudiante de instituto.

—No está mal —admití.

Zach apartó el vaso y me dirigió una sonrisita de satisfacción. Volvió a meterse la pajita en la boca. Apoyaba la rodilla contra el salpicadero, como si fuera el dueño del coche.

Mientras daba marcha atrás le pregunté:

—¿Qué tiene de malo mi nevera?

—Tienes todo tipo de comida basura: perritos calientes, pimientos y esa crema de queso que viene en tarro. *Nunca* te quedas sin Coca-Cola.

—Tú te la bebes.

—Sí, pero no en mi casa. Mi madre no compra esas cosas, sobre todo porque vosotros los profesores le decís que no las compre.

—Es Steiner quien lo dice —le corregí—. Alimentos y bebidas saludables. Que se cumpla en el colegio es nuestro deber, pero no tenemos obligación de hacerlo en casa.

Zach negó con la cabeza y sonrió, todavía con la pajita en la boca.

—Mentira.

Le dirigí una mirada ofendida.

—No, no es mentira.

—Sí que lo es. Se supone que seguís estas reglas, y lo sabes. —Volvió la cabeza para mirarme—. ¿Puedo hacerte una pregunta?

—No, si vas a hacer que me despidan.

—¿Es cierto que los profesores del parvulario creéis en los gnomos?

Me reí por lo bajo.

—Esto es un secreto profesional. Oficialmente, sí.

—Mi profesora de primaria siempre juraba y perjuraba que ella creía. Ya sé que Steiner decía que los gnomos existían, pero siempre me he preguntado si los profesores lo creíais de verdad.

Torcí la boca mientras evaluaba cómo responderle.

—Yo no creo en demasiadas cosas —expliqué—, y desde luego no creo en hombrecillos regordetes con sombreros puntiagudos que corren de un lado a otro con palas y rastrillos en la mano. Pero creo en los espíritus en general, también en los malignos. Lo que decía Steiner es que si no progresas espiritualmente durante tus encarnaciones físicas, volverás convertido en un gnomo. Así que puede que todos tengamos algo de gnomo, esa parte de uno mismo que es incapaz de perdonar o que guarda rencores. —Me encogí de hombros—. La idea de que los espíritus menos evolucionados son llevados a lo más profundo de la naturaleza no es original. Los antiguos irlandeses creían que los espíritus vivían en las ciénagas, y al parecer en Dinamarca encuentran continuamente momias en los pantanos, a veces con sogas atadas al cuello. Por lo visto, siempre se trata de lugares relacionados con el agua, no me preguntes por qué.

—La señora Valera nos contó algo así. Tácito, ese romano, escribió que en Germania tenían la costumbre de meter a las prostitutas en lodazales y mantenerlas hundidas con unas estacas. Lo hacían para que sus espíritus no salieran a pasear por ahí.

Se me escapó una risotada.

—Desde luego suena muy alemán.

—Sí, tenemos que hacer un trabajo en grupo sobre esto. Sólo que el nuestro será sobre Maryland, y yo me encargo de la sección de crimen y castigo, que es de lejos lo más interesante.

—Podrías hablar de nuestras leyes contra el matrimonio interracial —sugerí, dando a mis palabras un acento de humor. El semáforo se puso en rojo, y reduje la velocidad al añadir—: Cuando yo era niña, seguía siendo ilegal. Parece ser que enturbia la antigua sabiduría, o algo por el estilo.

—Ése soy yo —bromeó él—. Me gusta complicaros la vida a vosotros, los blancos. Si no fuera por mí, creeríais de verdad en los gnomos. Pero me siento un momento en tu coche y ¡zas! —Abrió los brazos en cruz y me dio un golpe con su vaso de granizado—. Te apartas del camino. Ya no bebes Kool-Aid.

—Si lo descubren mis colegas, me despiden.

—Oh, yo no te delataré. Sólo usaré esta información para hacerte chantaje.

—¿Eso es lo peor que puedes averiguar sobre mí?

Se encogió de hombros.

—No lo sé. Dímelo tú.

Esbocé una sonrisita misteriosa.

—Oooh —dijo—. Puede que no sea esto lo peor. Tendré que averiguar tus peores secretos.

—Escarba lo que quieras, chaval.

Me dio otro puñetazo en el brazo, luego en la cintura, y otro, y otro más, hasta que empecé a reírme a carcajadas. Y por un momento, tal vez por primera vez en mi vida, los secretos que guardaba me hicieron sentir misteriosa, en lugar de horrible.

Ahora que tenía la barriga llena de manzanas, queso y diversos colorantes alimentarios, Zach parecía estar de mucho mejor humor.

Teníamos por delante horas de trabajo. Eché una ojeada al aparcamiento, vacío salvo por mi coche, y le dije al chico que volvería por la tarde. Crucé los dedos, confiando en que no se produjeran accidentes ni incendios durante mi ausencia.

—Me las arreglaré —aseguró, con un punto de regocijo.

Fui a hacer mis recados. Paré en la universidad de Russ a recoger montones de folletos para la feria de Sylvania School la próxima semana, luego me acerqué a la cantina y me compré un emparedado que venía acompañado de un puñado de patatas fritas estropajosas y absolutamente incomibles. Durante el recorrido me detuve en el mostrador de la panadería y compré dos galletas: una con pedacitos de chocolate y otra blanca y negra.

Hacía un tiempo delicioso, fresco pero sin llegar a ser frío todavía. Decidí subir a lo alto de la colina con mi recipiente de poliuretano y sentarme en uno de los bancos que rodeaban el estanque. Me puse a comer contemplando a los jóvenes que se deslizaban arriba y abajo con el monopatín, haciendo crujir la pendiente de cemento, un inmenso disco de reloj solar. Eran pura energía y gracia en movimiento. Algunos parecían tener edad suficiente como para ir a la universidad, pero la mayoría no. Todos vestían camisetas estrechas y llevaban esos vaqueros holgados a media cadera, incluso más abajo que Zach. Sus cuerpos parecían duros como piedras. Lo único que se veía eran músculos y tendones en movimiento; y actuaban con despreocupación, como si moverse por la vida con ese embalaje tan bello, compacto y perfecto no tuviera la menor importancia. Mientras me comía la galleta, uno de los monopatines me golpeó el tobillo, y uno de los jóvenes, un chico rubio de pelo largo y rizado, se acercó corriendo y me dijo: «Lo siento, señora». Yo acepté sonriente su disculpa.

Al cabo de un rato, recogí los restos de la comida y me marché. Notaba un nudo en el pecho, como si tuviera algo apretado, atado con un cordel muy tirante. Creo que marcaba el lugar en mi corazón donde en otro tiempo estuvo la alegría de la juventud: un dolor fantasma.

Zach salió a recibirme a la entrada del taller. Tenía los pulgares metidos en los bolsillos de los vaqueros y sonreía. Antes incluso de que yo acabara de atravesar el aparcamiento, me gritó:

—¡Ya está!

—¿La has acabado?

Asintió sonriente.

—Sí. Al fin.

Le mostré la bolsa de papel que tenía en la mano.

—Y yo que pensaba que necesitarías refuerzos para el último tramo.

—Eh, no me importa. —Sacó la galleta y se comió un cuarto de un solo bocado—. Es de las blancas y negras —dijo complacido, soltando migajas—. Lo has conseguido, después de todo.

—Vamos a ver lo que has hecho.

Entré tras él en el taller. Las herramientas estaban esparcidas sobre las mesas, y también las enormes sierras metálicas. El aire olía a madera limpia y fresca, y en los rayos de luz que entraban por las ventanas danzaban motas de polvo. La casita estaba al fondo, justo en el centro de la pared. Era una casa liliputiense, pero aun así era tan grande que me asombraba que Zach hubiera podido construirla solo. El tejado y el macetero de madera bajo la ventana principal estaban adornados con festones de pan de jengibre. En toda la base de la casa había colocado fibra de vidrio que imitaba la piedra de un modo tan natural que parecía colocada a mano. Lo que le daba el toque definitivo era un árbol artificial que se alzaba detrás de la casa para darle sombra y derramaba sus frondosas ramas sobre el tejado cubierto de bellotas. Abrí la puerta principal, de impecable estilo holandés, y eché un vistazo dentro, admirando la unión perfecta de las esquinas y la cajita de madera que había bajo una ventana, una cajita como de cuento, para guardar tesoros.

—Es perfecta, Zach —le dije—. Has hecho un magnífico trabajo.

—Gracias.

—La escuela podrá conseguir una buena cantidad de dinero por esta casa. Puedes estar orgulloso. —Di una vuelta alrededor de la casa, admirando su trabajo—. La verdad es que ha valido la pena el suplicio que he tenido que aguantar.

Me dirigió una sonrisa tan dulce e inocente que se me encogió el corazón. Luego canturreó con un sonsonete: «Gracias, señorita McFarland».

—De acuerdo, de acuerdo.

—¿No quieres verla por dentro?

Dirigí una mirada burlona al reducido espacio de la casita.

—Soy un poco grande para entrar, ¿no te parece?

—Nada de eso. Eres bastante pequeña para un adulto. Además, por dentro es más grande de lo que parece. Ya verás.

Se agachó y entró a cuatro patas. Una vez dentro, se acuclilló y sacó la cabeza por la puerta.

—¿Lo ves? Yo quepo. Y soy treinta centímetros más alto que tú.

—Me sacas mucho menos, jovencito.

—Es igual. Entra.

Me puse a cuatro patas y entré como pude por la puerta. Pero Zach tenía razón: como el techo era alto, dentro había más espacio y pude arrodillarme cómodamente. Sin embargo, no dejaba de ser un espacio para niños de cinco años. Sentí un poco de claustrofobia.

—Aibó, aibó —dijo el chico.

—Así tuvo que sentirse Blancanieves entre los enanitos —comenté.

—¿Me estás llamando bajo?

—Aquí dentro, no. Aquí eres enorme.

—Vaya, muchas gracias. Veo que mi reputación me precede.

Solté una risita y él sonrió, satisfecho de su propia broma. Incliné el cuerpo hacia delante para acomodar las rodillas, que empezaban a dolerme, y de repente las manos del adolescente estaban sobre mis brazos y su rostro se acercaba al mío con los labios entreabiertos y los ojos entrecerrados.

No opuse resistencia. Lo que sentí no era sorpresa ni repugnancia, sino un cierto *déjà-vu*: allí estaba en carne y hueso el Zach de mi sueño besando a mi yo-niña como si fuera una mujer. El primer contacto con sus labios me resultó incluso familiar, pero todo cambió cuando el beso se hizo más profundo y su lengua tocó la mía.

Sus labios tenían una calidez líquida, alucinante, y la acogí como a un viejo amigo. Introduje los dedos en las trabillas de su cinturón y lo atraje hacia mí. Al oír su gruñido de satisfacción, un pensamiento brotó en mi mente como una llamarada: «Sigue esto hasta el final, donde quiera que te lleve». Lo que había tomado como una leve atracción reveló en ese momento su verdadera cara monstruosa: lo quería todo de él.

Su boca descendió por mi cuello, y cuando alcé el rostro para dejar que me besara, él metió las manos por debajo de mi blusa y bajó el rostro hasta mis pechos. El serrín espolvoreaba su pelo negro y me iba cubriendo las manos a medida que acariciaba sus hombros y sus brazos. Cuando volvió a levantar la cabeza para besarme, vi en sus ojos una mirada turbia y desenfocada. El sabor de su boca, la suavidad de su cuerpo delgado y prieto bajo mis manos, el olor de su piel..., todo era nuevo para mí, y aquella repentina intimidad me resultaba emocionante. Metí los pulgares bajo la cinturilla elástica de sus vaqueros y maldije la casa de juguete por ser tan pequeña que no nos permitía tumbarnos en el suelo.

De repente se oyó un repiqueteo en la puerta y una voz de mujer que llamaba: «¡Zach!»

Se apartó de mí de inmediato y al momento estaba de pie junto al banco de trabajo, frotándose la cara con las manos como para obligarse a despertar. Yo fui más despacio; los brazos y las piernas me temblaban tanto que apenas podía tenerme en pie. Miré alrededor: el alto techo, el amplio espacio, las esquinas del fondo, un poco borrosas, todo se me antojó un tanto irreal.

—¿Quién es? —pregunté.

—Mi madre. —Se volvió hacia la puerta para responder—. Espera un segundo, enseguida voy.

Acto seguido se sentó en un taburete, apoyó los codos sobre la mesa y, dejando caer la cabeza sobre las manos, exhaló un gruñido.

—¿Qué hace aquí?

—Ha venido a buscarme. Ha llegado puntual.

Con un hondo suspiro, revolvió en su mochila, sacó la camiseta térmica y se la abrochó a la cintura. Luego se peinó el pelo hacia atrás con la mano y resopló indignado.

Me quedé a una distancia prudencial, fuera del alcance del ventanuco rectangular de la puerta. Mantuve los brazos firmemente cruzados sobre el pecho para impedir que temblaran, y di las gracias al cielo porque no me había tomado la molestia de abrir la puerta por dentro. Aunque no sabía a quién tenía que darle las gracias.

Por primera vez desde que llamaron a la puerta, Zach me miró, y aunque en su mirada quedaba un resto de ebriedad, había en sus ojos tal franqueza que casi me resultó dolorosa. Soltó una breve carcajada.

—Hasta luego —dijo.

—Adiós.

Se colgó la mochila del hombro y saltó del taburete, ligeramente encorvado por el peso. Abrió la puerta, saludó a su madre con un murmullo y se marchó.

Los dientes me castañeaban. Obligué a mis temblorosas rodillas a llevarme hasta el taburete donde Zach había estado y me senté con cuidado en el halo imaginario de su calor. Desde allí contemplé las herramientas desparramadas por la habitación, la casa de juguete. En el suelo de la casita, el polvo se arremolinaba alrededor de las huellas que habían dejado nuestras rodillas.

Una horrorosa sombra oscureció mi mente.

«¿Qué he hecho?», me pregunté.

7

1965
Mainbach, Alemania Occidental

La vegetación de hoja perenne formaba una línea verde bajo el frío cielo azul, totalmente despejado a pesar de la capa de nieve que cubría la tierra. En lo alto de la colina, Judy exhaló con fuerza y su aliento empañó un instante el panorama que se desplegaba ante ella y, al condensarse, mojó todavía más su bufanda con dibujos en relieve.

—Vamos —dijo Rudi—. Tú sola. ¡Emocionante!

Judy movió la cabeza.

—Sólo una vez.

De nuevo negó con la cabeza.

—Si no vienes, no pienso bajar.

Rudi suspiró y colocó el trineo en el suelo. Judy se acomodó y agarró la cuerda. Él se acurrucó detrás y puso las piernas, con sus pantalones de lona marrón claro, firmes junto a las de la chica. Con las manos enguantadas cubrió los mitones de Judy, luego apoyó su pecho contra la espalda de ella. El trineo salió disparado, y la pequeña gritó de placer cuando el viento helado le azotó la cara.

Cuando estaban a punto de llegar, una placa de hielo hizo que el trineo se ladeara hacia la derecha y cayeran de nuevo sobre la nieve. Por un instante, Judy notó sobre su cuerpo el peso de Rudi, tan tranquilizador como una gruesa manta de lana. Cuando él se puso en pie tambaleante y le ofreció la mano entre risas, ella se sintió ligera como una pluma a pesar de las pesadas capas de prendas y abrigos que la envolvían, y no sólo cuando la levantó del suelo con una sola mano, sino también cuando le pasó el brazo por los hombros.

—Vamos a casa a calentarnos —sugirió Rudi.

Regresaron a la granja a paso lento, en medio del frío silencio invernal. A Judy la nieve le había mojado las medias y tenía los muslos helados. Miraba de soslayo a Rudi, absorbiendo todos los detalles: sus mejillas enrojecidas por el frío, los rizos de lana que ribeteaban las orejeras de su gorro, la forma en que asomaba un colmillo un poco torcido cuando abría la boca para resoplar. Junto al establo, el corretear de una ardilla agitó las ramas de un árbol y la carga de nieve se desplomó sobre sus cabezas. Judy soltó una carcajada.

—Cuelga el abrigo del clavo —le dijo Rudi.

Al entrar en el calor de la casa, el contraste de temperatura fue tan brusco que notó un dolor en los huesos. A pesar de eso, se acercó a la estufa con las manos extendidas y exhaló un suspiro de alivio al ver el fuego.

—Tienes los leotardos mojados —dijo Rudi—. Quítatelos o te pondrás enferma.

—Pero tendré frío cuando vuelva a casa.

—Los pondremos junto a la estufa para que se sequen. Y tus botas también.

Judy se sentó en una silla para quitarse las botas y echó una ojeada a la cocina. Los moldes de madera para galletas que adornaban las paredes tenían formas que podía reconocer: un corazón rodeado de flores, Adán y Eva junto a un árbol, los músicos de Bremen, subidos uno encima del otro como una pirámide, incluso Struwwelpeter, con ojos vacíos e incoloros que daban miedo.

—¿Quién iba a querer comerse una galleta con la forma de Struwwelpeter? —preguntó.

Rudi esbozó una sonrisa.

—Las hacían en la época de mi abuela. Eran al mismo tiempo un regalo y un castigo.

Al verla debatirse con los leotardos, se sentó en el suelo a su lado y le ayudó a quitárselos. Hizo una mueca cuando rodeó con sus curtidas manos los dedos de los pies de Judy.

—Están tan fríos que parecen pedazos de hielo.

—Noto pinchazos. A lo mejor se me han congelado.

Le frotó los pies entre sus manos. Ladeando la cabeza, le preguntó:

—¿Qué quiere decir congelado?

—Cuando los dedos se ponen negros y se caen.

—Ah. *Erfrierung*. No, no lo creo.

Se puso de pie, se lavó las manos en el fregadero y se sirvió una taza de café.

—¿Te apetece tomar un vaso de Ovaltine? ¿O una galleta?

Judy aceptó la galleta que le ofrecía y se quedó sentada en el taburete, balanceando las piernas y moviendo los dedos de los pies. Mientras se calentaba la leche, Rudi se bajó los tirantes, se quitó la camisa y las dos camisetas y las colgó sobre los respaldos de las sillas frente a la estufa: una camisa, una camiseta térmica y finalmente una camiseta. Los tirantes quedaron colgando enmarañados de su cintura.

Judy comía lentamente su galleta mientras lo observaba preparando el vaso de Ovaltine. Aunque sabía por experiencia que los alemanes eran poco pudorosos, de acuerdo con los parámetros estadounidenses, le chocó ver a Rudi con el torso desnudo. Era un hombre como su padre: con pelo alrededor del ombligo y bajo los brazos, pero de pecho lampiño, y no le avergonzaba mostrarse sin camisa. Cuando él se volvió a mirarla, ella agachó la cabeza avergonzada y contempló su galleta de especias.

—¿Por qué es blanca por debajo?

Giró la galleta y se la mostró a Rudi.

—Es para que no se pegue a la bandeja del horno —le explicó—. En alemán lo llamamos *Oblate*. Son como las hostias.

—No voy a la iglesia.

Pareció ligeramente sorprendido.

—Es lo mismo que el cuerpo de Cristo que bendice el cura. Pero por supuesto éstas no están bendecidas, sería pecado. De esta manera te las puedes comer como galletas y no pecas.

Judy se quedó pensando en esto con un punto de emoción. Su familia había visitado muchas veces iglesias antiguas y había admirado la arquitectura y las imágenes, pero nunca había tomado parte en los ritos religiosos que tanto divertían a su padre. Ahora resultaba que aquella misteriosa hostia a la que con tanta veneración se acercaban los alemanes, ella iba a comérsela para merendar; era como colar un cómic dentro de un libro de texto. La hostia tenía sabor a almidón. Judy la encontró sosa, pero las aromáticas especias de la galleta la tornaban comestible. Cuando Rudi le tendió la taza de Ovaltine caliente, la aceptó y la apuró hasta la última gota.

Él regresó a su sitio junto al poyo de la cocina y se bebió el café a sorbitos. Parecían un matrimonio, una escena de marido y mujer en la cocina sin decirse nada. Imaginó que en su taza había café en lugar de Ovaltine, que el trabajo de ganchillo del trapo de cocina lo había hecho ella misma y que el hombre de torso desnudo junto a la estufa era su marido sacándose el frío del cuerpo tras un día de trabajo en la granja. Porque si pudiera elegir un marido entre todos los hombres del mundo, desde luego elegiría a Rudi.

—Los animales tendrán mucho frío —dijo en un alemán titubeante, como si fuera un ama de casa preocupada.

Él le dedicó una sonrisa comprensiva. Le respondió en alemán.

—Estarán bien. El calor corporal los mantiene calientes.

—¿Aunque duerman lejos uno de otro?

—Sí. Hay pocos sitios más cálidos que un establo en invierno, sobre todo si tienes tantos animales como tenemos aquí. Y en verano hace un calor infernal. —La miró apretando los labios, como intentando evaluar si lo había entendido todo. Luego añadió:

—Te estás poniendo perdida, Judy. Ven aquí.

Ella se levantó y oyó una lluvia de migas que caían al suelo. De repente fue consciente de que tenía el labio superior pegajoso de Ovaltine y migajas en las comisuras de la boca. Menuda ama de casa, sucia de restos de comida como un bebé. Se sintió avergonzada.

El rugido de un avión al despegar en el lejano aeropuerto hizo temblar las cucharas dosificadoras, colgadas de un gancho. Rudi abrió el grifo y puso su mano bajo el chorro caliente. Con la mano mojada frotó la boca de Judy, mientras con la otra mano le sostenía delicadamente la cabeza.

—Ya está —dijo en inglés—. Ahora ya estás limpia.

Judy sabía lo que sucedería ahora: él le diría que los leotardos se habían secado y que era hora de volver a casa, y entonces volvería a estar sola, con la única compañía de su madre, que se estaba marchitando como una flor y parecía tan frágil que no la tocabas por miedo a que se quebrara en pedazos. Llevada por un impulso, se abrazó a la cintura de Rudi y enterró la cabeza en esa zona blanda debajo de sus costillas, donde el olor y el calor de su cuerpo casi le hicieron perder el sentido.

—Vamos, vamos —dijo él, un poco incómodo—. Puedes volver mañana.

A principios de marzo, los Chandler se metieron en el Mercedes azul marino y fueron a Múnich para ver el desfile de carnaval. Las gentes se agolpaban a lo largo de las calles y tocaban con entusiasmo unas estridentes trompetillas de cartón de vivos colores. Los hombres llevaban máscaras con largas narices y sonrisas torcidas. No se les veían los ojos, convertidos en oscuros agujeros. Las mujeres iban disfrazadas de bebés, con gorritos y chupetes, y había también payasos que caminaban sobre zancos. Para Judy fue como entrar en un mundo de pesadilla en el que todos los adultos se hubieran vuelto locos. Su padre le compró una diadema con orejas de conejo y una rosquilla rellena de mermelada de naranja. Judy se la comió lentamente mientras miraba pasar las carrozas con su alborotada comitiva. Por todas partes flotaba un olor a cerveza.

Delante de una iglesia habían dispuesto unas casetas donde pintaban la cara a los niños y les proponían juegos. Los globos atados a las mesas chocaban entre sí, azotados por el viento de marzo, y las cintas se enredaban unas con otras. Una mujer trajo una delgada tarta cortada en cuadrados y le pidió a cada niño que eligiera el suyo. Al morder su porción, Judy encontró una judía, y la mujer aplaudió y le dijo que esto significaba que era la reina del carnaval. Otra señora le pintó en la cara una nariz de conejo y unos bigotes acordes con su diadema. Luego se metieron todos en el Mercedes y volvieron a casa.

—El ritual se remonta al paganismo —explicó su padre mientras aceleraba por la *Autobahn*—. Preparaban un pastel con un fruto seco dentro y al que le tocaba se convertía en rey de la tribu durante un año.

—¡Qué suerte!

—No tanta como te imaginas. Al cabo de un año lo sacrificaban a los dioses y rociaban la tierra con su sangre.

Judy hizo rodar la judía en su mano.

—Oh.

—Será mejor que no volvamos al carnaval el próximo año —añadió su padre—. Por si acaso.

Judy sonrió. Le encantaban estos sábados: las excursiones por la montaña, las visitas a elegantes castillos, los sinuosos recorridos por calles medievales, cuando podía sujetar la mano de su padre, que le hacía sentir ligera y segura con su refrescante sentido del humor, sobre todo después de soportar a diario el rígido sentido del orden de su madre, quien los acompañaba en estos viajes, pero se quedaba en silencio, casi como si hubiera olvidado la mente en casa, donde un lápiz dejado por descuido en el cajón de una mesita provocaba un ataque de histeria y de incontenibles temblores, como si Judy hubiera perforado por accidente una delgada membrana, provocando tal herida en la cordura de su madre que la hubiera dejado agonizante en el suelo del salón.

—Un mugido —dijo su padre—. Mira por la ventana, Judy. Hay un ternero, el primero que veo esta primavera.

Ella miró sin mucho interés el ternero y recordó el que había en el establo de Rudi. Ahora que los días volvían a alargarse, había vuelto a visitarle por las tardes, antes de la cena. Se cambiaba las mercedidas por unas botas verdes de goma, metía en la mochila los libros del cole, unos gruesos lápices de cera y una pluma y se dirigía al establo, carretera abajo. Siempre estaba alerta por si aparecían las hermanas: Daniela, que acostumbraba a gritarle en un alemán sonoro, casi incomprensible, y Kirsten, mayor que Rudi, que había acabado el colegio y solía trajinar por ahí barriendo el camino o recogiendo los huevos. Judy prefería quedarse con Rudi a solas. Si llegaba en el momento adecuado, lo encontraba sentado en el taburete de ordeñar, con la cabeza casi metida debajo de la vaca y las piernas abiertas, en una postura de viril despreocupación.

A veces la recibía sonriendo y la salpicaba con la leche que acababa de ordeñar. A veces le daba un puñado de maíz para que diera de comer a los pollos, o las bolitas hechas con la lana que se quedaba enganchada en las vallas del redil. De lo alto de la pared del establo colgaba un crucifijo. El chico no le prestaba la menor atención, como si vivir bajo el cuerpo retorcido de Cristo fuera lo más natural del mundo. Rudi tenía razón: incluso cuando en el exterior había una espesa capa de nieve, el establo estaba tan cálido como un dormitorio. Antes de ordeñar, cogía una pala y limpiaba enérgicamente el suelo del establo. Judy se sentaba con las piernas modosamente recogidas bajo la falda en un banco hecho con pacas de heno y dejaba que su mente absorbiera la escena: un crucifijo, Rudi, mierda de vaca.

La vida en el establo era tan simple y desnuda. La lana era grasienta porque estaba hecha así, el maíz que arrojaba a los pollos era polvoriento porque ésa era su naturaleza. Los animales comían, luego cagaban allá donde estuvieran, porque eso era lo que hacían los animales. No había ninguna razón escondida, nada incomprensible o desconcertante. Era lo opuesto a su propia vida, una vida que intentaba recubrir con una capa de normalidad. Su madre había empezado a accionar tres veces el interruptor antes de encender la luz, y si en un plato quedaba una migaja, volvía a meterlos todos en el fregadero y empezaba de nuevo. Un día descubrió que en la carnicería le habían dado un muslo de pollo de más. Se desplomó sobre una silla y se quedó en silencio, empapada en sudor, respirando con fuerza por la nariz, como un pez boqueando en el fondo de la barca. Hacia finales de marzo, el padre de Judy envió a la madre al psiquiatra.

Tenía que ir tres veces por semana a la base aérea de Augsburg para recibir tratamiento. Puesto que su marido era importante, un coche pasaba a recogerla. La primera semana dejaron a la niña sola en casa, pero la ropa sucia se amontonó y su madre sufrió ataques de pánico. Fue entonces cuando el padre de Judy se dirigió a la casa junto al establo y preguntó en su alemán, que era bastante claro y correcto, si podía contratar a Kirsten, la hermana de Rudi, para las tareas del hogar. Judy se quedó mirando por la ventana a los dos padres de familia mientras acordaban los detalles, y observó a la joven que permanecía de pie junto a ellos con las manos unidas en la espalda: era alta y delgada, pero de caderas anchas, con una falda acampanada por debajo de las rodillas y dos trenzas rubias que se cruzaban en lo alto de la coronilla. Llegaron a un acuerdo, y la chica estrechó la mano de John Chandler con una energía que a Judy le pareció poco refinada, según le había enseñado su padre, que daba importancia a estas cosas.

Pero no tardó en descubrir que la chica era muy competente. Hacía las mismas cosas que su madre: aireaba los edredones, mantenía limpia la jaula de los pájaros y doblaba las camisas como en las tiendas de J.C. Penney, en Estados Unidos. Venía los días en que la madre de Judy iba al médico, y siempre dejaba algo en la cazuela para cenar: costillas de cerdo con manzanas en almíbar, estofado de buey acompañado de pequeños *Spätzle* dorados. Mientras hacía su trabajo, le daba a Judy clases de alemán, y cuando cocinaba, ponía en la radio los éxitos americanos del momento. Desde que Judy alcanzara a recordar, era la primera vez que su casa estaba repleta de olores deliciosos y alegres melodías, de manera que los días en que Kirsten trabajaba, ella tenía ganas de volver del cole. Cada día era distinto del siguiente, porque entre las tardes de Beatles y chuletas de ternera con rodajas de limón estaban aquellas en que el silencio le atronaba los oídos y la tensión se amontonaba en los rincones de cada habitación como si el aire llevara horas inmóvil, mientras su madre, sentada sola a la mesa, comía los restos de la nevera. Había desaparecido aquella madre guapa y delgada, con el pelo a lo Jackie Kennedy, y en su lugar había una nueva con un cardado que parecía un accidente y un trasero que ocupaba toda la butaca. Era a causa del litio, le había explicado su padre en secreto. Judy no sabía exactamente qué era el litio, pero la palabra le sonaba a algo muy ligero. Se lo representaba como un globo de color rosa que se elevaba hacia el cielo con el cordel colgando. Parecía algo que tuviera que sentarle bien a su madre, que la hiciera sentirse ligera para poder saltar de una tarea a otra sin que los pies le tocaran al suelo. En lugar de eso, su madre pesaba cada vez más. Sentada en el sillón de estampado naranja con funda de plástico, bebía café y veía programas de televisión en alemán. Las manos le temblaban un poco, y en ocasiones el café salpicaba ruidosamente la funda de plástico.

Pero luego llegaba el día siguiente y aparecía Kirsten, que les traía huevos morenos de sus gallinas y el *Apfelstrudel* que tanto gustaba al padre de Judy. A la pequeña le sonreía a menudo y la llamaba *Mausi* —ratoncito— con el afecto que suele reservarse para una hermana. Antes de meter la ropa sucia en la lavadora, la frotaba en la cocina con la pastilla de Fels-Naptha, la rociaba con agua y fregaba y restregaba hasta producir espuma; era lo que su padre denominaba «darse una paliza». Mientras trabaja, movía las caderas siguiendo la música de la radio, y en el salón Judy también bailaba moviendo los brazos arriba y abajo, tal como había visto en *El show de Ed Sullivan*. Una tarde en que estaban así entretenidas, llegó su padre. Se rió al ver la actuación de Judy, y atravesó sonriente el salón para saludar a Kirsten en el centro de la alegría. La joven salió de la cocina con las manos llenas de agua jabonosa. Su rostro en forma de corazón brillaba como si estuviera recién fregado. Levantó las palmas de las manos, en una pose de jazz, y empezó a cantar, en su inglés chapurreado, la canción de los Beatles «I'm happy just to dance with you». Judy rió. Su padre rió también, juntó las puntas de sus dedos con los dedos de Kirsten y bailó con ella. La muchacha no parecía sorprendida; se limitó a sonreír y a seguirle como si los dos estuvieran en *El show de Ed Sullivan* y conocieran el baile de memoria porque lo hubieran ensayado un centenar de veces.

Judy dejó de bailar. Se quedó mirándolos, todavía con los brazos colgando y los puños cerrados tras su imitación del baile. El pedazo de *Strudel* le pesaba como una piedra en el estómago, y cuando se fue a dormir aquella noche, y la siguiente, y la siguiente, lo que le vino a la mente no fue el baile ni las sonrisas entre ellos dos. Lo que vio fueron las manos de su padre tocando las de Kirsten cubiertas de espuma, el modo en que las puntas de sus dedos se posaron en los de ella, como una abeja en el pétalo de una flor. La joven le había hecho su *Strudel* favorito. Se había puesto su mejor vestido.

Sólo gradualmente empezó a comprender lo que pasaba: no

eran los temblores, las obsesiones y el litio lo que conspiraba para destrozar su familia. Era la chica.

El psiquiatra decidió que la madre de Judy necesitaba estar ingresada, y un poco antes de Pascua hizo dos maletas y se marchó hasta una fecha futura en que los médicos decidieran que ya estaba mejor. A Judy le dijeron que podría visitarla los domingos, y su padre contrató a Kirsten para que viniera cinco días a la semana. Ahora ya no era tan seguro que Rudi estuviera en el establo, pero, a pesar de todo, muchos días Judy metía los deberes en su mochila y se sentaba en una bala de paja frente al crucifijo, intentando encontrar, si no la paz, por lo menos la posibilidad de consuelo. De qué manera podría salvarla ese hombre de alma torturada era algo que ni siquiera ella sabía, pero estaba dispuesta a devorar cualquier migaja que calmara su punzante ansiedad.

—¿Por qué estás tan triste? —le preguntó Rudi un día que entró en el establo y la encontró allí sentada contemplando la vaca, con el papel y los lápices abandonados a un lado. Había usado el volumen de *Struwwelpeter* a modo de pupitre. El pobre chiquillo la miraba desde la cubierta del libro, con sus piernas abiertas, sus mejillas hundidas y sus inútiles garras extendidas. Parecía que se estuviera encogiendo de hombros.

—Quiero que vuelva mi madre.

—Volverá. Los médicos la curarán, y entonces no habrá más *flick-flick-flick* con la luz ni más *bop-bop* con el cuenco del gato. Ya verás.

Judy negó con la cabeza.

—Cada vez que intentan arreglarlo, se estropea por otro lado. Cuando estábamos en Estados Unidos, no era así. Iba guapa y le gustaba que las cosas estuvieran ordenadas, pero ahora se derrumba si no lo están. Y está gorda.

Rudi rió.

—¿Gorda?

—Es como si la hubieran inflado de aire. Ha tenido que comprarse ropa nueva. Mi padre dice que es a causa de la medicación.

La puerta se abrió con un crujido y apareció Kirsten.

—*Hallo*, Judy —dijo, y recogió las lecheras blancas esmaltadas que estaban puestas en hilera junto a la ventana. El repiqueteo que hicieron al chocar entre sí disolvió la tristeza del momento, pero cuando Kirsten salió, Judy acercó las piernas al pecho, se abrazó las rodillas y apoyó la frente sobre ellas.

Rudi se acuclilló junto a ella y la miró sonriente.

—Ven conmigo —dijo.

Siguió al chico hasta un cobertizo que había en el último rincón de la propiedad. Él abrió el candado y Judy miró hacia atrás con una pizca de inquietud. Desde el establo podía ver su casa, pero desde el cobertizo sólo alcanzaba a ver el establo, la casa de Rudi y la de sus vecinos, un matrimonio mayor del que ignoraba hasta el nombre. El joven abrió la puerta de bisagras casi rotas y entró. Judy lo siguió con paso inseguro. Dentro del cobertizo flotaba un aroma a tierra mojada mezclado con un ligero olor a gasolina proveniente de la lata de color rojo oscuro junto al viejo tractor. Dentro hacía frío y la única luz era la que se filtraba por unas finas rendijas y daba en las herrumbrosas herramientas del jardín. Rudi le hizo una seña para que le siguiera hasta un rincón.

—¿Qué pasa? —susurró la chica.

La puerta se cerró tras ellos con un golpe sordo. El muchacho siseó para indicar a Judy que guardara silencio y con un dedo le hizo una seña para que se acercara. Ella se arrodilló a su lado cuidando de que la falda no tocara el húmedo suelo. Notó que algo se movía y contuvo el aliento. Metiendo la mano en la temblorosa pila, Rudi sacó con cuidado un animalito no más grande que una ardilla y se lo puso sobre las manos abiertas para que lo viera.

—Vamos, cógelo —musitó.

—¿Es un ratón?

—No. *Igel.*

—¿Un qué?

Le acercó otra vez las manos.

—Vamos.

Judy cerró asustada las suyas y las apretó contra el estómago. Aquel animalito no parecía un pájaro, pero era difícil distinguirlo en la penumbra. Cuando Rudi extendió sus manos hasta casi tocar su estómago, ella abrió las suyas en un acto reflejo para evitar que la criatura se le metiera bajo el vestido. Él le entregó el animalito en las manos y se arrimó a su espalda para ayudarle a sostenerlo. Desde atrás, le pasó los brazos por los costados y puso las manos bajo las suyas. Ella perdió el miedo. El animalito resopló y alzó la cabecita. Era un erizo.

—¡Oh! —gritó—. ¡Oh! ¿Me morderá?
—No, no.
El cálido aliento de Rudi le rozaba la oreja.
—Suave. Muy suave.

Supuso que le estaba dando instrucciones, porque el animal no era suave. Le pinchaba en la palma con sus pequeñas púas, y se retorcía de manera que parecía que fuera a escapársele. Pero Rudi se anticipaba a sus contoneos y pataditas, y colocaba sus manos bajo las de Judy a modo de red de seguridad. Pese a la instrucción de guardar silencio, ella soltó una carcajada.

—Chisss... —le recordó él.

Le miró y vio en su rostro la paz que le imprimían las tareas de la granja. Cuando hablaba de la familia o del colegio, se mostraba animado, incluso cómico, pero los trabajos en la naturaleza parecían devolverlo a la paz del centro, al océano en calma.

Hizo un cuenco con las manos para proteger al erizo y se acurrucó contra el pecho de Rudi. Notó cómo movía los tobillos buscando el equilibrio y aspiró su olor a trabajo duro, a raíces terrosas y áspero pelaje animal, al cobre de las herramientas que manejaba, al penetrante sudor de un hombre.

Pascua pasó y florecieron los narcisos. Sus tallos verdes crecieron tan rápidamente que desplazaron a los azafranes que habían soportado las últimas nieves. A Judy le alegró la llegada del calor; por fin pudo abandonar los incómodos leotardos de lana y recorrer el camino de vuelta a casa con la mochila pegada a la espalda y las piernas libres, desnudas bajo la falda. Por todas partes se extendían los campos en barbecho, una áspera tierra parda que la lluvia dejaba bruñida y reluciente, y a lo lejos se dibujaban las siluetas azuladas de los Alpes orientales, Jagerkamp y Miesing, donde habían ido de excursión el verano anterior. Los cazabombarderos americanos hacían sus prácticas en el cielo con un agudo rugido y dibujaban estrechas estelas blancas. Al llegar a su casa, Judy vio el coche de su padre frente a la puerta. Kirsten también estaría, pero no le quedaba más remedio que fastidiarse, porque debía cambiarse de ropa antes de marcharse corriendo al establo.

Acarició los narcisos de vivo color amarillo que bordeaban el caminito del jardín trasero; las flores se inclinaron a su paso. Abrió la puerta y entró en el salón, tan limpio y ordenado con su alfombra amarillo maíz recién aspirada, salpicada por fragmentos de luz que entraban por las impolutas ventanas. En la radio sonaba una canción de The Supremes, y sus voces brotaban suaves y perfectas como la crema de leche que Kirsten vertía sobre el *Strudel* de su padre. Toda la casa olía alegremente a cerdo y a manzanas especiadas, con un toque final de mantequilla. Sin embargo, no parecía haber nadie. En la cocina, la colada esperaba su turno en el fregadero, y la caja de cerillas se había quedado olvidada junto a la cazuela. A Judy no le estaba permitido tocarlas, pero la historia de Pauline le había despertado la curiosidad, y además nadie podía verla. Abrió la cajita, sujetó una cerilla por la varilla de madera y la observó de cerca. La frotó contra el mostrador, el costado de la estufa, el armarito de metal, pero no funcionó. Por fin la frotó en la pared y la llama se encendió como por arte de magia. Judy sonrió. *Cómo crepitaba, qué bien ardía*, decía el poema; y era cierto. Pauline era una tonta, no había apagado la llama a tiempo. Judy sopló con fuerza. La llama desapareció y un olor a deseos de cumpleaños inundó la cocina.

Encontrar la casa tan vacía resultaba extraño, pero no desagradable. Recorrió el pasillo asomándose a cada habitación: el cuarto vacío que su padre utilizaba como despacho, el cuarto de baño, su propio dormitorio con su edredón tan esponjado que parecía una nube. Desde su cuarto oyó un ruido ahogado que provenía de la habitación contigua. Era un chirrido continuado, como el de una puerta que cuelga de las bisagras. Giró el picaporte de la puerta que daba al dormitorio de sus padres, y en ese preciso instante el estruendoso estampido de un reactor silenció el chirrido.

Lo que recordó más tarde fue que no había visto nada. Nada en absoluto: había abierto la puerta y no había visto nada más que un negro espacio vacío. Más allá de aquella puerta se acababa el mundo. Más allá de aquella puerta empezaba la incomprensible oscuridad.

La oscuridad engulló a su padre, y cuando éste regresó, Judy reconoció a un impostor.

8

Me vestí para la noche de la Feria Universitaria con cierta sensación de temor. Scott no tenía ganas de acudir porque ya se había hecho a la idea de matricularse en una escuela de Baltimore, más conocida por su consumo de cerveza que por su nivel académico. Pero no nos quedaba más remedio que asistir; estaría muy mal visto que él o yo faltáramos. Los padres necesitaban comprobar que los alumnos de Waldorf podían competir a nivel universitario, y yo me preparaba para explicar con entusiasmo lo bien que le iba a Maggie en la universidad. Habían pasado únicamente tres días desde la tarde en el taller, y a Zach sólo lo había visto desde la ventana de la clase, cuando entraba y salía del aparcamiento. Había momentos en que casi me volvía loca haciéndome preguntas que no era capaz de responder. Temía que estuviera enfadado o que me guardara rencor, el arrepentimiento del día después, pero lo que más me aterrorizaba era que se fuera de la lengua; incluso aunque no abrigara malos deseos contra mí, los adolescentes no tienen precisamente fama de discretos. Seguro que se lo contaría a *alguien*, y si algún chico de Sylvania se enteraba, en pocas horas lo sabrían todos. Cada vez que un colega me miraba, cada vez que oía mi nombre, el corazón se me paraba en el pecho. Era necesario que hablara con Zach, aunque sólo fuera para repetirle lo mucho que lo sentía, que había sido una terrible equivocación y que no la cometería nunca más en toda mi vida.

El aparcamiento estaba atestado de coches. Cuando me dirigía con Scott camino del vestíbulo, vi la casa de juguete colocada justo delante del despacho principal y se me hizo un nudo en el estómago. Alrededor de la casa se había formado un corro de padres que expresaban su aprobación. Zach estaba apoyado en una pared junto a una mesa repleta de folletos informativos sobre el mercadillo de vacaciones. Su mirada se intensificó al verme, pero su expresión continuó imperturbable.

En cambio, Vivienne se acercó a mí con la mano extendida y una sonrisa de bienvenida.

—¡Judy! ¿Has visto? ¿No te parece que ha hecho un trabajo extraordinario? Estoy tan impresionada que no sé qué decir.

Yo hice un gesto de asentimiento.

—Ha trabajado mucho.

En la boca de Zach se dibujó la sombra de una sonrisa. Lo tomé como un signo positivo. Cuando un adolescente quiere mostrarse adusto, nada ni nadie puede impedírselo.

Vivienne me apretó la mano con fuerza.

—Te agradezco enormemente que hayas dedicado tantas horas de tu tiempo a que pudiera hacer este trabajo. Zach puede hacer grandes cosas cuando se esfuerza.

El chico puso los ojos en blanco. No le había pasado desapercibido el énfasis que su madre había puesto en las últimas palabras. Scott, a mi lado, se estaba impacientando.

—Te veo más tarde en la sala multiusos —dijo.

Tuve que atender a un montón de padres que me machacaron a preguntas. Por fin conseguí llegar a la sala y divisé a Scott al fondo jugando a luchar con sus amigos. Judo Medieval, así lo llamaban. El juego consistía en ejecutar unos movimientos de artes marciales acompañados de frases rimbombantes y satíricas al estilo de *Monty Python y los caballeros de la mesa cuadrada*. Zach, que había logrado atravesar la multitud más rápidamente que yo, ya estaba con ellos. Al acercarme vi que él y Temple estaban practicando una especie de llave de kung-fu. Zach consiguió zafarse girando sobre sí mismo, se agachó y lanzó una patada que hizo que Temple se echara teatralmente hacia atrás. Acudiendo en ayuda de éste, Scott agarró a Zach por debajo de los brazos y lo agitó a un lado y a otro.

—¡Deteneos, bellaco! —gritó Zach—. O me veré obligado a castigaros con mi Ataque de Pedos Asiáticos!

Mi hijo no se inmutó.

—¡Mi fe me protegerá, buen caballero!

—Scott —dije en voz alta. Con un gesto de la cabeza le indiqué el semicírculo de puestos de información de universidades.

—Ahora voy —contestó en tono nada amistoso.

Cruzó las manos por delante del pecho de Zach y lo levantó echándose hacia atrás. Al momento, sin el menor esfuerzo, éste colocó un pie entre las piernas de mi hijo y, con un movimiento de cintura, le hizo inclinarse hacia delante. Scott perdió el equilibrio y cayó dando tumbos a un lado. Yo me quedé estupefacta, pero mi hijo no pareció haberse hecho daño. Soltó una carcajada de pura sorpresa y se puso de pie.

—¿Has visto algo que te pareciera interesante? —le pregunté.

Una pregunta más o menos retórica.

Me respondió con una mirada de supongo-que-estás-bromeando. Pasó a mi lado sin hacerme ningún caso y se puso a hojear folletos en los puestos. Las chicas se alejaron en compañía de Temple, y Zach se quedó atrás. Me acerqué a él. Nos quedamos mirando la ruidosa sala, repleta de emocionados estudiantes que charlaban alegremente con los representantes de las universidades. Las preguntas se amontonaban en mi mente y no sabía por cuál empezar. Tras unos momentos de silencio le pregunté:

—¿Se lo has contado a alguien?

Zach movió la cabeza sin dejar de mirar a la gente que pululaba por la sala. Un mechón de pelo le tapaba un ojo casi totalmente, y la expresión de su boca era seria y meditabunda. Dudó un instante, y preguntó:

—¿Y tú?

Se me escapó una carcajada.

—Claro que no. ¿Crees que estoy loca?

Exhaló un largo suspiro, como una risa silenciosa.

—Siento mucho lo que pasó —dije en voz baja—. ¿Quieres que hablemos?

Asintió con un gesto casi imperceptible.

—Podemos ir a otro sitio. Todavía tengo cosas en el taller.

—Nos vemos allí en cinco minutos, si quieres.

—De acuerdo.

Dio media vuelta y salió por la puerta lateral. Busqué con la mirada a Scott; estaba de nuevo con sus amigos al otro lado de la sala. Salí por la puerta del pasillo central.

El taller estaba a oscuras, salvo por un pequeño fluorescente en un rincón al fondo, donde había estado la casa de juguete. En cuclillas sobre las puntas de los pies, Zach limpiaba el serrín de una lijadora eléctrica. No alzó la mirada cuando entré.

—Lo siento —repetí.

Sus hombros se agitaron y rió sin alegría.

—Así que lo sientes. Llevo toda la semana esperando que me llamaran al despacho de Beckett. Estoy de mierda hasta el cuello.

Fruncí el entrecejo y me acerqué unos pasos. Me detuve en el borde del rectángulo de luz.

—¿Y por qué piensas que estás de mierda hasta el cuello?

Me miró y sonrió..., le había hecho gracia que hablara así, supongo.

—Por lo ocurrido. Parecías muy cabreada. No era mi intención que pasara eso.

—No estaba cabreada. Estaba aterrorizada. Yo sí que he pasado toda la semana temiendo que me llamaran al despacho de Beckett. Para despedirme.

Todo el temor atroz de los últimos días desapareció con un movimiento de cabeza de Zach.

—No voy a decírselo a nadie.

—Bueno, yo no lo sabía.

Se puso de pie y dejó la lijadora sobre la estantería. Metió las manos en los bolsillos traseros del pantalón.

—Créeme, si despiden a la madre de Scott por mi culpa no me ganaré muchos puntos aquí. Todos mis amigos son amigos suyos.

—Te lo agradezco —le dije—. Pero fue culpa mía, y te prometo que no volverá a ocurrir. Si ya no quieres trabajar conmigo en el mercadillo, lo entenderé perfectamente. Le diré a tu madre que hay otro alumno que necesita horas de trabajo. Ningún problema.

—Bah, eso no me preocupa. Simplemente tengo que mantenerme alejado de los lugares cerrados.

Respondí con una carcajada que tenía una nota de pesar.

—No sé en qué estaba pensando, Zach. Lo siento mucho. Te

juro que nunca había hecho nada parecido. Últimamente mi marido se está portando como un imbécil, y me he sentido muy sola... —Me detuve en seco. El chico no me había pedido ninguna explicación—. Supongo que estaba un poco deprimida. No tengo justificación.

—Está bien. Al principio creí que te lo habías tomado muy bien. Pero luego pusiste una cara que... supuse que había ido demasiado lejos.

Negué enérgicamente con la cabeza.

—Oh, no. No pensé eso en absoluto.

Por un momento, pareció confundido con mi respuesta. Luego apartó la mirada con una sonrisa.

Al comprender su deducción me estremecí.

—De acuerdo, olvidemos esta conversación —sugerí, sin hacer caso de su carcajada—. Ha sido un error tremendo y no volverá a ocurrir. Se acabó.

—Se acabó —repitió.

Necesitaba tanto olvidar lo ocurrido que me dejé arrastrar por mis deseos y decidí que Zach hablaba en serio. Al fin y al cabo, toda mi carrera se había basado en los cuentos de hadas.

—Bien. Por lo menos —dijo en voz alta, más animado—, la casa de juguete está terminada. Es fantástico, ¿no?

Hice un gesto de asentimiento.

—Ha quedado preciosa. Firmaré el papel conforme has cumplido con las treinta horas de servicio. Has hecho un gran trabajo.

—Ostras, profe. —Su irónica sonrisa resultaba contagiosa—. ¿Intentas sobornarme? No creo que eso sea legal.

Una carcajada brotó de mi pecho, pero tenía un deje de alarma, y me invadió la extraña sensación de que iba directa al abismo. El peligro que me acechaba era mucho mayor de lo que yo había imaginado.

Y no porque él fuera a acusarme, sino porque no iba a hacerlo.

Cuando mis alumnos salieron corriendo al patio, no se esparcieron en todas direcciones como abejitas, que era lo que solían hacer, sino que se dirigieron todos al mismo lugar. No tardé en averiguar por qué. En el camino entre el taller y el patio de juegos estaba la casita de Zach. A la espera de que la pusieran a buen recaudo. Vi a dos adolescentes forcejeando con un carrito metálico al otro lado de las barreras de hormigón que delimitan la entrada en la zona de aparcamiento.

—Vamos al patio de juegos, niños y niñas —dije—. Esta casa es para la subasta navideña. Se la tienen que llevar y guardarla bien.

Max sacó la cabeza por una de las ventanas y me sonrió.

—Fuera de aquí, Max —le ordené. Señalé el pequeño puente de madera que había sobre el foso de arena—. Mira, tus amigos están jugando a las tres cabritas.

—No, a los bandidos —me corrigió.

—Vale. ¿Y por qué no juegas con ellos?

En cuanto el crío salió corriendo, cerré aliviada la puerta. Daba gracias de que la casa de juguete no estuviera destinada a mi clase, porque me resultaba incómodo ver a los niños correteando a su alrededor. Incluso después de hablar con Zach... Mejor dicho, especialmente desde entonces, desde que supe que mi empleo y mi vida no corrían peligro, me sumía a menudo en un estado de ánimo melancólico teñido de culpabilidad. «¿Cómo se me había ocurrido hacer algo así?», me preguntaba. Había dedicado mi vida de adulta a servir a un único amo: la pureza de la infancia. Ni a Dios, ni al Mesías ni a un profeta. Sólo a la infancia en su máxima pureza, un jardín vallado en el que nada malo podía entrar, que llegaba tan lejos como lo permitiera la imaginación del niño. Había prestado una atención obsesiva a detalles nimios: el color de un retal de seda, el acabado de un caballito de madera. Había trabajado con entregada devoción para que sus mentes aún por formar experimentaran solamente lo que era natural y puro. Sin embargo, me había mostrado incapaz de controlar un impulso totalmente natural y había dejado que asomara la brutal impureza.

«Un fallo de raciocinio», pensé. Lo que me embriagaba no era la juventud de Zach, sino su manera de sacar mi propia juventud a la superficie; era como si cada hora que pasaba con él me quitara un año de encima, y llegaría un momento en que al mirarme en el espejo vería a una desconocida. Cuando él me besaba, reconocía a la chica que se proyectaba desde mi interior. Pero yo ya no era esa chica. Cualquier jurado de personas de mi edad se apresuraría a recordármelo. Por eso debía encontrar la manera de anclarme en el tiempo y no dejarme arrastrar por el magnetismo de su camaradería. Si tan ávida estaba de afecto, entonces tenía que buscar un amante de mi edad.

Sujeté con firmeza el nudo del pañuelo que me cubría la cabeza y me obligué a pensar en el viaje con el coro a finales de semana. El coro de madrigales de Sylvania tenía la oportunidad de participar en una competición en Ohio, así que me tocaría pasar cuatro días fuera de casa vigilando a los adolescentes, pero también podría hacer lo que quisiera en los ratos libres. Dentro de un año o así, tal vez sería la oportunidad perfecta para buscarme un sustituto de Russ, pero por el momento me faltaba valor. Más bien intentaría pensar como una mujer *libre*, no comprometida. Me imaginaría que volvía a tener diecinueve años, volvería a percibir esa corriente de deseo que fluye siempre en el saludo de un hombre a una mujer. Y en lugar de darle la espalda, la acogería con los brazos abiertos.

—¡La profe es casa! ¡La profe es casa!

Los gritos de los niños me devolvieron a la realidad. Se perseguían por el foso de arena, tan húmeda que parecía azúcar moreno cuando la levantaban con las zapatillas al correr. Aidan venía hacia mí corriendo con todas sus fuerzas, moviendo enérgicamente los bracitos, con el pelo rubio al viento; en su rostro se dibujaba una sonrisa eufórica. Sonreí al verle y me preparé para recibir el impacto. Sabía lo que Aidan sabía: yo era la zona de seguridad. Era pequeña, pero sólida como una roca.

Entonces todavía no tenía ningún motivo para dudarlo.

Mi objetivo en Ohio era pasármelo bien unos días haciendo cosas propias de una mujer adulta, actividades enriquecedoras, que me interesaran, como visitar tiendas de antigüedades, aprender sobre la vida de los amish y beber vino. En menos de un año, Scott iría a la universidad, y yo volvería a disfrutar de las aficiones que había abandonado en los años más exigentes de la maternidad. Y si alguna vez había estado necesitada de un discurso que me recordara lo emocionante y maravillosa que puede resultar la vida adulta, era ahora.

Justo ahora, mientras veía a los adolescentes a mi cargo tocándose y empujándose frente a la mesa del bufé, sirviéndose platos hasta arriba de los alimentos que propician las enfermedades coronarias, bromeando y riendo, haciendo acopio de un tercer o cuarto *brownie*. Ahora, mientras los veía comprar revistas y goma de mascar y aparecer con veinte minutos de retraso, con el pelo perfectamente planchado. Nada más salir del paraíso de cuento de Waldorf, se habían sumergido en la cultura consumista americana como si se tratara de una presa repleta de agua fresca en un día de calor intenso. De haber sido más crédula, esto me habría desanimado, pero mientras miraba los cubrecamas expuestos a la venta en una granja, me dije que hasta los amish toleran que sus adolescentes cometan alguna locura, porque confían en que volverán al redil. *Rumpspringa*, así llaman ellos a este periodo. Y si «el pueblo sencillo» se mostraba tolerante con los fumadores y con las carreras de coches, yo podía cerrar los ojos a la prensa sensacionalista y al jarabe de maíz.

Lo que no me resultaba tan fácil, sin embargo, era cerrar los ojos a la forma en que Zach iba detrás de Fairen. Le tocaba el hombro, la oreja, la cintura... y se ajustaba subrepticiamente los vaqueros. Su deseo era tan intenso que intentaba traspasar los límites de su cuerpo. Decidí que no me importaba.

En mi escaso tiempo libre fui en coche a la zona turística en busca de objetos de artesanía: cerámica, tallas de madera, ropa. También buscaba cosas nuevas para mi clase: un cuenco esmaltado para nuestra mesa de objetos o una oveja de juguete para hacer un retablo. En la tienda de las colchas artesanas encontré una cama tipo trineo, de caoba como la mía y bellamente tallada. Me pareció muy tierna y acogedora, con su colcha cosida a mano. Acaricié la suave curva de madera y recordé el día en que Russ y yo nos compramos una cama en Vermont. Estábamos prometidos, nos habíamos ido de fin de semana a un *bed-and-breakfast* y descubrimos que la habitación estaba repleta de tesoros: un armario de boticario, un cuenco de estaño estilo Paul Revere, una cama preciosa. Russ se rió cuando dio la vuelta al cuenco de estaño y vio una etiqueta con el precio. Resultó que todo el dormitorio estaba en venta, una astuta manera de venderles a las parejas jóvenes que pasaban un romántico fin de semana. Extendimos un cheque que equivalía a todo lo que teníamos en nuestras cuentas más mi sueldo del mes siguiente y nos enviaron la cama al apartamento de Russ.

Entonces no me importó el precio; de hecho estuve encantada de pagarlo. Mis propios padres habían dormido durante todo su matrimonio en camas gemelas, y no les había ido bien. Lo que más me gustaba era que cuando Russ y yo nos metíamos en la misma cama saltaban chispas. Incluso Bobbie, que sentía por Russ un desdén apenas disimulado, nos envidiaba en este aspecto. «Quiero encontrar a un hombre que me mire de la misma manera que te mira él», me dijo en más de una ocasión. El único regalo de bodas que yo quería era una cama capaz de contener todo lo que él y yo queríamos hacer, que estuviera a la altura de su importante función.

Pero ahora Russ era un desconocido. La mitad del tiempo tenía los nervios de punta, y la otra mitad parecía estar abúlico y lo único que le interesaba era tumbarse a ver la tele o dormir. La semana anterior, al llegar a casa encontré cuatro mensajes en el contestador: su jefe y el asistente lo buscaban para dar la clase. Abrí la puerta de su despacho y lo encontré tumbado boca abajo en su harapiento sofá, con un brazo colgando fuera, como un niño durmiendo la siesta. Un rayo de luz de la lámpara del escritorio, refulgente y denso como el de un astro, hacía destellar su ya deslucido anillo de casado. Por un instante pensé que estaba muerto, y en los segundos que transcurrieron antes de que sus dedos y sus pies se movieran levemente, me invadió un sentimiento de alivio. Me sentí avergonzada, pero también hastiada. Ya no comprendía al hombre que dormía a mi lado, en los raros momentos en que dormía.

Contemplé los cubrecamas, doce, artísticamente dispuestos sobre el colchón, pero no me vi con ánimos de comprar uno. Eran preciosos, pero extenderlos sobre mi cama sería como cubrir un cadáver con una sábana. Compré una manta de muñeca para mi clase y volví en coche al hotel.

A las diez salí de mi habitación y me senté en el suelo en mitad del pasillo, donde divisaba todas las puertas, tanto a uno como a otro lado. De pronto, una puerta se abrió con un crujido y se cerró de inmediato. Por una ironía del destino, me habían nombrado policía sexual. Los de mi generación estábamos en lo cierto cuando dijimos que todos los mayores de treinta años eran unos hipócritas.

Mientras hacía guardia, cosía un retal de terciopelo. Era un cojín relleno de hierbas aromáticas para el cumpleaños de un alumno. Siempre estaba ocupada con estos cojines aromáticos, pero aunque había cosido centenares, seguía disfrutando del proceso: pensaba en el alumno, en qué tipo de persona llegaría a ser, en eso que hace que un niño se transforme en un individuo. Era inevitable que sintiera más cariño por el crío después de hacerle un cojín. El de hoy era para una niña llamada Josephine, una rubita muy curiosa que se moría de ganas de aprender a leer. Le divertía cubrirse los hombros con un retal de seda azul, y lo que más le gustaba era jugar con los peces y los delfines de madera. Se le movía un diente, señal de que estaba a punto de madurar de golpe, tanto física como mentalmente.

No era difícil pensar con cariño en Josephine. Mientras cosía vi con el rabillo del ojo que un hombre salía de una habitación y se sentaba en el suelo a mi lado. De vez en cuando me miraba subrepticiamente. Por fin me habló:

—¿Qué haces?

—Un cojín para uno de mis alumnos.

—Es muy bonito.

—Es un cojín aromático. Lo rellenaré de lavanda y cebada. Se pone bajo la almohada. Es un regalo.

—Oh.

Miró a un lado y a otro del pasillo y yo aproveché para fijarme bien en él: cuarentón, fornido sin ser gordo, sin entradas. Llevaba pantalones caqui y mocasines. Como estaba sentado en el suelo y con las piernas dobladas, se le veían los calcetines blancos.

—¿Has venido de carabina? —le pregunté.

—Sí. Mi hija participa en la competición coral.

—Me lo imaginaba. Mi hijo también.

—¿Ah, sí? —Volvió la cabeza para mirarme a la cara—. ¿Estás de vigilante para evitar conductas pecaminosas?

—Al parecer —dije, con una risita—. Supongo que nuestros hijos están en el mismo pasillo.

Se volvió hacia mí tendiéndome la mano derecha. Cuando se movió para apoyarse en la mano izquierda, atisbé su anillo de casado.

—Soy Ted —dijo.

Le estreché la mano.

—Soy Judy.

—Encantado de conocerte, Judy. Venimos de Saint Scholastica.

—¿Es un colegio católico?

—Sí, de Michigan.

Asentí, pero no le ofrecí información de mi colegio. La gente siempre hacía una pregunta tras otra, y no tenía ganas de que me interrogaran. Volví la atención al cojín.

Al cabo de un rato, Ted dijo:

—Bueno, no veo mucha actividad. Creo que se quedarán quietos.

—Es evidente que no conoces a los adolescentes.

Sonrió.

—Dejemos que aprendan. Dicen que la virtud que no se ha puesto a prueba no es virtud.

Hice un nudo en el hilo y lo corté con los dientes.

—Lo que dices no parece muy católico.

—Bueno, es que no soy católico.

—¿Lo es tu mujer?

Se quedó pensativo, empujando la mejilla con la lengua.

—No, la matriculamos en Saint Scholastica porque es un buen colegio. Lo que nos convenció fue la enseñanza, no su filosofía conservadora.

Para ocultar mi sonrisa me acaricié la mejilla con el terciopelo.

—Yo tampoco soy demasiado conservadora.

Hizo un gesto de asentimiento y dudó un instante antes de preguntar:

—Entonces, si te invito a tomar una copa no te sentirás demasiado mal por abandonar tu puesto, ¿no?

Lo pensé un momento.

—No sé. No quedaría bien que me vieran en el piso de abajo cuando se supone que estoy de guardia.

—He dicho una copa —recalcó. Indicó con el pulgar la pared a su espalda—. Me han dejado una nevera muy bien surtida.

—¿En serio? Justamente aquí, en el país de los amish.

Ted sonrió abiertamente.

—Ya, bueno, tampoco soy amish.

Su boca estaba en mi cuello, en mis pechos, en mi vientre; sus manos estaban entre mis muslos, colocaban mis piernas alrededor de su cintura; estaban hambrientas, ilusionadas, como si el largo viaje desde Michigan hubiera sido un paciente encaminarse hacia el adulterio que por fin alcanzara su destino. Su boca conservaba, bajo la punzante frescura de Jack Daniels, un sabor a humo. La piel junto a su oreja tenía un gusto mentolado de loción de afeitado. Antes de quitarse los pantalones se puso de puntillas para desprenderse de los calcetines, un sutil gesto de vanidad que encontré encantador.

Y no es que tuviera mucho tiempo para delicados sentimientos. En cuanto me levantó la barbilla y comprobó que estaba dispuesta, no perdió el tiempo. Si no se hubiera mostrado tan agradecido, tan convencional, habría deducido que estaba acostumbrado a utilizar los viajes de su hija como la pantalla perfecta para buscar sexo fácil. Pronunció mi nombre una y otra vez: «Oh, Judy, oh, Judy, oh, Judy...», como si tuviéramos una relación sentimental. Pero en su boca mi nombre sonaba extraño y aislado, un nombre oído una sola vez que repetía para no olvidar.

De manera que me sentí en parte una desconocida y en parte un antiguo amor. Follaba como cualquier marido cuarentón, de forma hábil y entregada, sin ningún tipo de manías.

Pero cuando estábamos en plena actividad, después de la sorpresa del primer contacto con su boca y sus manos, pero antes de sentir su peso y su respiración sobre mi cuerpo, me olvidé de él. Cuando me acarició el vientre con los labios y —buen Ted, experto Ted— apoyó mis muslos sobre sus hombros, cerré los ojos y vi a otra persona como en una película vieja y gastada. Era todo movimiento: la oscilación de un oscuro mechón, el tic nervioso de una mejilla, la contracción de unos bíceps. Zach. Zach encima de una mujer sin rostro, todo él dibujado en tonos grises, recorriendo el mismo arco de sensaciones que yo. Y hasta que oí a Ted murmurando entre risas «Chisss, chisss», no me di cuenta de que él seguía allí y que Zach estaba en otra parte, en un lugar al que ahora llegaban las ondas de mis gritos, como el rugido de un avión supersónico.

En su segundo día en Ohio, Zach y sus amigos se levantaron temprano para cantar en la competición final. Quedaron en segundo lugar, lo que a él le complació enormemente. Para celebrarlo, los adultos los llevaron a cenar al bufé más completo, y a las ocho estaban de vuelta en el hotel. Zach estuvo viendo un rato la tele con Temple. Luego salió de la habitación con un montón de monedas para comprar un par de refrescos en la máquina expendedora al final del pasillo.

La bebida de Temple cayó con estrépito al receptáculo de recogida. En ese mismo momento Zach oyó un susurro proveniente del pasillo. Era Kaitlyn, que atisbaba por una puerta entreabierta.

—Eh —dijo en voz baja—. ¿Temple duerme ya?

—No. Estamos mirando la tele.

—Estoy aburrida.

Él se encogió de hombros.

—Ven con nosotros, si quieres. Si consigues eludir a las carabinas.

Kaitlyn sonrió, hizo un gesto con los dos pulgares levantados y recorrió el pasillo de puntillas, con un pantalón de pijama de ranitas. Zach esbozó una sonrisa y apretó el botón para que cayera su bebida, luego metió la cabeza por la puerta de la habitación, que seguía entreabierta. Fairen estaba leyendo echada boca abajo en la cama. Al verlo, dijo:

—Pasa.

—¿Quieres venir a ver la tele con nosotros? Kaitlyn también estará.

La chica arrugó la nariz.

—Yo no veo la tele.

—Oh, vamos. No me digas que te han lavado el cerebro hasta ese punto.

—No es que me hayan lavado el cerebro. Es que no me gusta.

Zach entró y cerró la puerta. Fairen cerró el libro y rodó sobre sí misma para ponerse de lado y dejar que él se sentara en la cama junto a ella.

—¿Estás leyendo *El principito* en francés?

—Me gusta *El principito*.

—A mí también me gustaba, pero cuando tenía siete años.

Fairen le dio un suave puñetazo en el abdomen.

—¿Dónde has dejado tu camisa?

—Acabo de ducharme. Y tengo que irme a dormir dentro de un rato.

—¿No te pones pijama?

Él se rió por lo bajo.

—No. Salvo cuando hace mucho frío, duermo en ropa interior.

—¿Calzoncillos largos o cortos?

—¿Qué crees tú?

Con una sonrisita, pasó el dedo bajo el elástico del pantalón de Zach, que se excitó al momento. Luego tiró de los calzoncillos hacia arriba, para que asomaran por la cintura.

—Es lo que me imaginaba —dijo.

—¿Estás segura? ¿No quieres confirmarlo?

Para sorpresa del chico, Fairen abrió de golpe el primer botón de sus vaqueros y bajó la cremallera hasta la mitad. Luego le miró a los ojos.

—Veo que te gusta este juego. Me siento halagada.

—Bueno, puedes seguir adelante todo lo que quieras.

Dibujó con el dedo dos puntos sobre el ombligo de Zach, dio un golpecito en el centro y trazó un semicírculo debajo.

—Es una cara sonriente —dijo. Dibujó con el dedo una flecha que apuntaba hacia abajo—. Justo aquí.

—No mucho. ¿Sabrías dibujar una cara que indicara «jodidamente frustrado»?

—Los dos, tú y yo.

—Oh, por favor. No entiendo por qué las chicas decís esto. Acércate a cualquier chico de nuestro grupo, dale una palmadita en el hombro y estará encantado de ayudarte.

Ella se incorporó y le dio una palmadita en el hombro.

—No me tomes el pelo —dijo él—. No está bien.

Fairen le agarró por la cinturilla del pantalón y le hizo caer sobre ella. Él se quedó tan sorprendido que al principio apoyó las manos para levantar el torso, pero en cuanto leyó la expresión en el rostro de la chica se inclinó a besarla. Cuando la excitación aumentó, ella empezó a empujarle los hombros y luego la cabeza. Zach se preguntó en qué extraño agujero del universo había caído para que Fairen Ambrose insistiera en tener sexo oral con él. Hacía sólo diez minutos, estaba comprando un refresco para Temple, y ahora la lata estaba sobre la mesita de noche calentándose mientras él se desprendía de casi todo lo que le quedaba de inocencia. Poco a poco notaba que el cuerpo de Fairen se retorcía y se tensaba cada vez más, y cuando creyó que iba a apartarle de un empujón, estalló en una pura, abierta explosión de placer. Zach se incorporó sobre las rodillas, maravillado ante lo que había hecho. Parecía un superpoder.

—Ponte encima —dijo ella.

Se arrastró hasta colocarse a su altura y se tendió encima de la chica. Ella enroscó sus piernas alrededor de su cintura y empujó sus pantalones todavía más. Estaban tan apretados uno contra otro que lo único que impedía que hubiera penetración era la presencia de una fina sábana. Zach hundió el rostro en el cuello de Fairen y emitió un gruñido de frustración.

—Es una lástima que no tengamos un condón —observó ella.

—Oh, yo tengo uno.

Habló con los labios en el cuello de la chica.

—¿En serio?

Sacó del bolsillo el condón que siempre llevaba consigo, siguiendo órdenes estrictas de Rhianne, y lo sujetó entre los dedos.

—Oh, qué guay. Póntelo.

Obedeció encantado. Mientras se preparaba, de rodillas sobre la cama, ella se tendió boca abajo y le observó por encima del hombro. Sus miradas se encontraron. Le invadió el sentimiento de que eran dos animales en celo. Iban a aparearse por puro instinto, sin más pretensión, sin sentido de propiedad ni de temporalidad. Empezó tan suave como pudo, pero estaba muy excitado antes de comenzar, y perdió el control. Enterró la mano en la melena de Fairen, agarró el pelo, lo retorció formando una coleta. Apretó los dientes, se dejó llevar por los instintos.

La imagen que le quedó en la retina —la que veía con los ojos cerrados, la que vio más adelante en sueños— era la expresión de Fairen cuando le tiró del pelo: arrugaba la nariz, mostraba los caninos. Era sexo. Una expresión sólo para él, provocada por él. No importaba lo que ocurriera más adelante; esto no podrían quitárselo.

9

Descubrir lo que su cuerpo podía hacerle a una chica fue embriagador para Zach. No pensó en otra cosa durante las primeras tres horas del viaje de vuelta a Maryland. Había confiado en poder sentarse en el coche donde viajaba Fairen, pero cuando se le pasó un poco la decepción, decidió que había sido mejor así. Le habría resultado difícil sentarse junto a ella y guardar las apariencias sin volverse loco. No se habían vuelto a ver desde la noche anterior, y él pensó que esto actuaba en su favor, porque si ella viera la profundidad de su lujuria, si viera cuánto deseaba estar con ella otra vez, y otra, y otra, a lo mejor se le quitaban las ganas. Aunque sabía poco sobre la naturaleza de las chicas, estaba convencido de que nada acaba más rápidamente con una relación —amorosa o de un género cercano al amor— que el desequilibrio en el sentimiento.

Así que se quedó mirando por la ventanilla los campos de maíz cubiertos de rastrojos, rememorando una y otra vez el cuerpo de Fairen. Sus deliciosos hombros, que asomaban como alas sobre los omóplatos; su ombligo pequeño y redondo entre los angulosos huesos de las caderas; las codiciadas sombras entre su vientre y sus muslos. Pensó en su rostro, en los delicados promontorios gemelos del labio superior sobre la plenitud del labio inferior, en sus ojos inteligentes y sus pestañas oscuras, en la filigrana de pendientes de plata que contorneaba sus pálidas orejas.

No le apetecía conversar, pero al parecer eso no importaba, porque Scott miraba por la ventanilla con los auriculares puestos, probablemente sumido en pensamientos similares acerca de su propia chica, Tally. Como la noche anterior le había dejado exhausto, Zach se durmió apoyado en la ventanilla, soñando con Fairen. Se despertó de golpe cuando dejó de oírse el ronroneo del motor. Miró a su alrededor parpadeando, totalmente desorientado. Estaban en una estación de servicio de la autopista. Judy salió del coche seguida de Temple, que había viajado en el asiento delantero junto a ella. Scott seguía con la cabeza apoyada en la ventanilla y los ojos cerrados, inmerso en la música. Los abrió cuando Zach le tocó el brazo.

—Parada para descansar.

Scott se encogió de hombros.

—Me quedo aquí. Tráeme una Coca-Cola, por favor.

Zach se estiró para desentumecer los músculos y se dirigió al edificio. Fue al lavabo, se lavó las manos y se unió al grupo. Los componentes del coro estaban comprando pizza en la zona de restauración. Fairen leía el menú colgado sobre las cajas registradoras. Se acercó a ella por la espalda y le dio un toque en la cintura con los dedos índices.

—¿Qué tal estás?

Ella hizo un gesto de indiferencia.

—Bien. Cansada.

—Ambos lo estamos. —Echó una ojeada en derredor para asegurarse de que nadie podía oír su conversación y bajó la voz—. Sigo pensando en anoche.

Fairen sonrió sin ganas.

—Sí, una locura.

—Pero en el buen sentido.

De repente ella le dio la espalda y se alejó. Zach fue tras ella y la agarró de la muñeca. La chica hizo un gesto para liberarse y le dirigió una mirada tan severa que él se quedó consternado.

—Déjame en paz, ¿quieres? —le soltó—. No estuvo muy bien lo que hiciste.

—¿Qué hice?

—Me cogiste del pelo, me lo estiraste. No pensaba irme a ninguna parte, ¿sabes? No había necesidad de que me trataras como si fuera un maldito animal.

Las personas que iban y venían a su alrededor parecían existir en otra dimensión. Zach estaba solo delante de Fairen, que le clavaba una mirada implacable y pronunciaba palabras carentes de sentido. Tardó unos momentos en entender qué pasaba.

—¿Por qué no me dijiste nada entonces? ¿O después?

—No soy tan borde. No iba a interrumpirte y a arruinar la fiesta. Pero ya está, ¿de acuerdo? Así que déjame en paz.

—Lo siento. —Metió las manos en los bolsillos y la miró con los ojos entrecerrados y la cabeza baja, implorando que le perdonara—. En serio, lo siento.

Fairen le lanzó una mirada de soslayo muy poco esperanzadora y desapareció entre los miembros del coro, apelotonados frente al puesto de pizzas. Zach no se movió. Tenía plomo en los pies, y hasta su estómago había dejado de rugir. Vio pasar a Fairen con un trozo de pizza en la mano y subir al coche sin dignarse a dirigirle una mirada. Cuando llegó al coche y le entregó a Scott su refresco, estaba tan consternado que tenía ganas de llorar.

Volvieron a la autopista. Cuando Judy puso esa horrible música de los años setenta, Zach sacó de la mochila su reproductor de CD y se colocó los cascos. Subió el volumen de los Goo Goo Dolls para sofocar el regusto a colocón *hippie* de lo de Judy. En cuanto llegó al decimoprimer tema, ya estaba tan harto que la letra deprimente de *Iris* le resultó inaguantable. Apagó el reproductor de CD, se quitó los auriculares y lo guardó todo en la mochila.

—¿Todo bien por ahí detrás? —preguntó Judy.

Temple dormía con la cabeza apoyada en la ventanilla. Scott seguía mirando el paisaje con los ojos entrecerrados, escuchando la música de su reproductor portátil. Zach respondió con desgana:

—Sí.

—Estás muy callado.

—Estoy cansado.

—Mañana deberías quedarte en casa y descansar. Diles a tus profesores que te he dado permiso para saltarte las clases.

Zach la obsequió con una media sonrisa. Sin apartar los ojos de la carretera, Judy sacó la mano del volante y le palmeó el muslo. Esto bastó para recordarle al chico que no repugnaba a todas las mujeres, sino a una sola, y le subió un poco el ánimo. Contempló a Judy, su expresión serena, las manos a las diez y diez en el volante. Parecía increíble que aquella mujer tan modosita fuera la misma que lo había agarrado del trasero y le había metido la lengua en la boca, y en una habitación donde habrían podido descubrirles fácilmente. De repente se echó a reír.

—Sube el volumen de la radio —dijo.

—¿Te gusta esta canción?

—¿Que si me gusta? Me encanta. Me encantan los Lemonheads.

A veces la radio parecía hechizada, como si pudiera leer sus pensamientos.

Judy sonrió.

—No son los Lemonheads. Son Simon and Garfunkel.

—La canción se llama «Missis Robinson» —insistió él—. Es de los Lemonheads.

—Habrán hecho una versión, pero éstos son Simon and Garfunkel. No van a poner a los Lemonheads en una emisora para viejos rockeros. Recuerdo este tema de cuando tenía tu edad.

Lo dejó estar. Seguramente Judy tendría razón; creía que era una nueva versión del CD, pero en realidad tenía un sonido más *folk* que la actuación en vivo. De todas formas, era una asombrosa coincidencia. Echó una mirada a Temple y a Scott para asegurarse de que estaban demasiado absortos en sus cosas para prestar atención.

—¿Sabes de qué habla? —preguntó.

—Claro, ¿y tú?

Tuvo que armarse de valor para responder.

—Trata de una mujer madura a la que le gustan los jóvenes.

Judy se echó a reír.

—Es lo que piensa todo el mundo, porque es el tema de *El graduado*. Pero no, no tiene nada que ver con eso.

—Entonces, ¿de qué crees que va?

Dobló los dedos sobre el volante y lo miró a través del espejo retrovisor antes de responder:

—Habla de una mujer que está perdiendo la razón. Su matrimonio es una mierda y lleva una vida aburrida en un barrio residencial. Se siente atrapada y se está volviendo loca.

Zach hizo un gesto de asentimiento, aunque esa explicación era menos interesante que la suya.

—Ah.

—O más bien, se ha vuelto loca.

Judy tenía la mirada en la carretera y una curiosa sonrisa en los labios.

—Es deprimente, ¿no?

—Sí. Me gustaba más mi explicación.

Ella bajó el cristal de la ventanilla; el ruido del viento ahogó la música. Apoyó el codo en el bastidor de la puerta, levantó la mano y movió los dedos, acariciando el aire.

—A lo mejor son las dos cosas —dijo—. ¿Y quién iba a culparla?

El lunes por la tarde, Dan se quedó remoloneando en mi clase cuando vino a recoger a Aidan. Uno a uno, los niños se fueron marchando con sus padres o con sus canguros. Miré a Dan con una mezcla de curiosidad y aprensión.

—¿Qué tal el viaje con el coro? —preguntó.

—Muy bien. Los chicos quedaron en segundo lugar.

—¿No destrozaron ninguna habitación?

Solté una carcajada.

—Claro que no. Se portaron como ciudadanos ejemplares.

—Entonces espero que tu fin de semana resultara mejor que el mío. —Echó una ojeada al pasillo para comprobar que su hijo estaba entretenido con los juguetes—. El viernes me llamó la inspectora de Sanidad. Propuso que cerráramos el colegio durante una semana, hasta que pasara la epidemia de sarampión. Le dije que no.

—Dile que sí —le contesté de inmediato—. Lo que sea para tranquilizarlos.

—No podemos hacer eso, Judy. —Su tono no dejaba dudas sobre lo que opinaba de mi propuesta, y en aquel momento sonó muy similar a Russ—. Tendría que vérmelas con cincuenta padres reclamándome que les devolviera la parte proporcional del dinero de la matrícula. Los niños que se han vacunado no corren peligro, y los demás seguramente ya se han expuesto al contagio. Cerrar el colegio no cambiará nada.

Me encogí de hombros.

—Es ridículo se mire por donde se mire. La escuela no tiene forma de controlar si los padres vacunan a sus hijos. Lo único que podemos hacer es tener los documentos preparados, pero aparte de eso, nadie puede hacernos responsables de las decisiones de los padres.

—Esto no significa que no podamos vernos metidos en un lío. Y si el próximo otoño tenemos menos matriculaciones, estaremos jodidos.

—Siempre estamos bastante jodidos, pero vamos tirando.

Se le formaron unas arruguitas junto a los ojos, una señal de irritación.

—A lo mejor tu definición de jodidos es diferente de la mía. Yo me refiero a que estaremos demasiado jodidos para ir tirando.

Volví a soltar una carcajada.

—Por cierto, ¿cómo van las ventas de anillos escolares?

—No la tomes conmigo. Estoy haciendo todo lo que puedo. Pero necesito tu ayuda. Ahora tenemos dos eventos.

—La procesión con farolillos el día de San Martín y el mercadillo.

—Sí. Tenía entendido que Bobbie Garrison solía encabezar la procesión con farolillos y que tú a veces ayudabas...

—Yo *siempre* la ayudaba. Ella y yo trabajamos juntas desde la universidad. *Trabajábamos*. Bueno, lo que sea.

Agité la mano, restándole importancia a mi confusión con los tiempos verbales. Era lo que solía ocurrirme cuando hablaba de Bobbie: revolvía y pisoteaba las palabras como si fueran hojas secas en diferentes fases de descomposición.

—Ya, pues como este año ella no está, necesitaremos que alguien nos eche una mano.

—No, no está. Se ha ausentado —dije con frialdad.

Sostuvo mi mirada con expresión de paciencia sobrehumana.

—Soy consciente de que la escuela lamenta profundamente su pérdida. Nos resultaría de gran ayuda que te encargaras de esto. Podrías hacerlo en su memoria. Todo el mundo te lo agradecería mucho.

—Lo haré encantada.

—Este año es preciso que divulguemos el evento. Llama a los diarios locales y asegúrate de que enviarán fotógrafos. Anuncia el mercadillo en todos los lugares que se te ocurran. En cuanto a la procesión con farolillos, procuraremos que participen tantos niños como sea posible. Si no le ponemos remedio, no pasaremos del próximo año.

Asentí.

—Haré todo lo que pueda.

Dan habló eligiendo cuidadosamente las palabras.

—He de reconocer... que tu parvulario es lo que decide a muchos padres a traer a sus hijos al Sylvania Waldorf. Vienen porque se lo han recomendado, y luego supera sus expectativas. Sé que no siempre estoy de acuerdo contigo en cuanto a cómo dirigir el colegio...

—Casi nunca estás de acuerdo conmigo —puntualicé.

Soltó una risita incómoda.

—Es cierto. Pero reconozco que un parvulario potente es absolutamente decisivo para una escuela Waldorf. Bueno..., tengo un gran respeto por tu trabajo.

—Gracias.

Se abrió la puerta y apareció Zach. Llevaba una camiseta negra de Led Zeppelin en la que Ícaro volaba hacia el cielo. Se metió los pulgares en los bolsillos de los vaqueros y se acercó a mí sonriendo.

—Eh, profe —dijo a modo de saludo.

—Señor Patterson —contestó Dan con entusiasmo—. ¿Cómo van los estudios?

—Bastante bien.

—¿Está trabajando mucho en el mercadillo?

Zach asintió. El flequillo le cayó sobre los ojos.

—Este año nos va mejor de lo acostumbrado —tercié—. Tenemos bastantes donaciones de la comunidad: clases de masaje, talleres de muñecas, cosas así. Y están empezando a llegar trabajos de manualidades. Los de tercero han hecho unas bonitas velas de cera.

Dan sonrió.

—Y tenemos esa preciosa casa de juguete que has construido, Zach. Seguro que ofrecen mucho dinero por ella. Has hecho un gran trabajo.

—Gracias. Mi padre es carpintero. Yo llevo haciendo cosas así, bueno, toda mi vida.

Dan asintió y le dio una palmada en el hombro.
—Muy bien. Adelante con el buen trabajo.
Dan salió dejando la puerta abierta. Cuando pensé que ya no podía oírme, me volví hacia Zach.
—¿Qué crees que estás haciendo?
Abrió los ojos como platos, puso cara de sorpresa y se encogió de hombros varias veces, las señales corporales que emplean los adolescentes para decirle a una persona adulta que se ha vuelto loca.
—Quiero saber cuál es mi próximo trabajo —me informó.
—Ya te dije que firmaría conforme has cumplido con tus horas de servicio.
—Sí, pero no pensé que lo dijeras en serio. No puedes liberarme de las tareas obligatorias simplemente porque te has liado conmigo.
Cerré los ojos, intentando hacer acopio de mi escasa paciencia.
—Zachary, dijimos que íbamos a olvidarnos de ese tema.
Se encogió de hombros.
—Bueno, vale, pero lo que quiero decir es que, si espero que me liberes de todas las tareas, entonces no es como si lo olvidáramos, ¿no? En realidad sería como si me prostituyera.
—Zach.
—Sólo lo digo. —Al ver mi mirada implorante, volvió a encogerse de hombros—. Es una muestra de personalidad y de integridad.
Suspiré.
—No vengas a mi clase, ¿vale? Te daré el trabajo, pero si quieres comentar algo pásate por casa. Queda muy raro que entres aquí dando saltitos cuando estoy hablando con el doctor Beckett.
Soltó una risa burlona.
—¿Y si me presentara en tu casa no quedaría raro? Vamos. Él ya sabe que colaboro contigo; fue él quien puso en marcha esto. No seas paranoica.
Medité sus argumentos un segundo y sacudí la cabeza.
—Lo siento, no me tranquilizas.
—Porque estás paranoica.
Su mirada bajo las greñas del flequillo tenía la misma picardía que cuando la vi por primera vez a través del espejo retrovisor, cuando le regañé por contar un chiste verde. Al ver el brillo im-

pertinente de sus ojos y la sonrisa burlona de sus labios me dije que era extraño que se sintiera atraído hacia mí. En Ohio, cuando lo vi siguiendo a Fairen como si estuviera atado a ella por una cuerda invisible, me pareció tan joven que dudé de mi cordura por haber tenido algo que ver con él. Pero luego había momentos —como ahora— en que me dirigía una mirada directa, cargada de intención, o se estiraba todo él con una gracia confiada, una gracia *consciente*... Entonces sonaba un tambor que anunciaba el hombre en que se convertiría, y yo me sentía impelida a recogerlo como si fuera una pompa de jabón que fuera a desaparecer en un instante. Eso era algo que debía aclarar.

—No creo que éste sea el mejor lugar para hablarlo —dije—. ¿Te importa que vayamos a otra parte?

—Depende —replicó sin comprometerse—. ¿Me invitarás a un café?

Cuando subió al coche de Judy, corrió el asiento para atrás, aparentemente para dar más espacio a las piernas, pero en realidad para poder observarla mejor. Cuando pensaba en Fairen, en el viaje a Ohio, se sentía un poco deprimido, pero acto seguido recordaba su conversación con Judy y se le alegraba el ánimo. Había estado varios días analizando lo que ella había dicho sobre «Mrs. Robinson» y comparándolo con su comportamiento en la casita. Llegó a la conclusión de que, a pesar de sus aires de ofendida, sus remilgos y sus excusas, Judy no lo lamentaba en absoluto, y volvería a hacerlo encantada si se le presentaba la ocasión. La idea era a un tiempo peligrosa y deliciosa. Era un subidón.

En Starbucks se apoyó en el mostrador redondeado de la zona de servicio y la contempló mientras pagaba, intentando determinar si sus teorías se ajustaban a la realidad. No era la primera vez que le asaltaban las dudas. El rostro de Judy —pómulos anchos y barbilla pequeña como la de un niño— tenía una forma juvenil, pero si mirabas las arruguitas de la frente y alrededor de los ojos veías claramente que era una mujer de más de cuarenta años, nada impresionada con el mundo y un poco harta de todo. Su larga melena oscura estaba sembrada de hebras grises. No era el tipo de mujer madura de pelo teñido y sujetador con relleno que acecha al jardinero con una toallita apenas enrollada al cuerpo. Y, sin embargo, en ella había algo —tal vez en su cuerpo delgado o en la forma rápida y silenciosa que tenía de moverse— que revelaba un elemento de tensión en su interior, un gatillo tan sensible que si no se había disparado era por pura casualidad.

Se preguntó cuántos amantes habría tenido, cuánto le habrían durado, y, ya puestos, cuándo habría estado con uno por última vez.

No tendrían oportunidad de sentarse a charlar, como Judy había planeado, porque las mesas estaban abarrotadas de adolescentes que acababan de salir del instituto. El camarero le entregó a Zach su café; ella, siempre tan eficiente, cogió su vaso y se dirigió a la salida.

Subieron al coche. Judy se echó la melena hacia atrás con un movimiento de cabeza.

—¿Quieres que te lleve a casa? Hemos tardado más de lo que pensaba.

—No, será mejor que me beba esto primero. A mi madre no le gusta que tome café. Dice que la cafeína es mala para el desarrollo de mis huesos.

Judy sonrió.

—No me extraña, después de lo que dijiste de mi nevera.

—Ya. Mis padres se lo toman muy en serio. He sido vegetariano hasta los catorce años, y ellos lo son todavía. Cuando llegué a la pubertad empecé a tener ganas de comer carne, aunque nunca la había probado. —Tomó un sorbo de café—. Creo que volveré a ser vegetariano cuando haya acabado de crecer. Es, no sé, lo llevo en la sangre.

—¿Te refieres a la nutrición o a la crueldad con los animales?

—Las dos cosas.

Estaban aparcados perpendicularmente al centro comercial. Zach contempló a las personas que entraban y salían, atraídas por la cafeína.

—Mis padres son totalmente pacifistas. A los cinco años, me empeñé en que quería aprender karate, y ellos no sabían qué hacer.

Finalmente acordamos que haría judo, porque el judo se basa en utilizar la fuerza del contrincante. Esto les parecía bien. —Apoyó la rodilla en el salpicadero—. Mi madre intentó que hiciera yoga, pero no funcionó. Ella es profesora de yoga, ya sabes.

—No, no lo sabía.

—Sí. Me ha llevado con ella a clase desde que nací. Soy bueno en yoga, pero no es lo mío. Ahora ella tampoco hace, desde que la comadrona le ordenó reposo.

Judy asintió.

—¿Cómo se encuentra?

—Harta de estar embarazada. Se muere por un poco de movimiento. La comadrona le ha dicho que si no hace reposo se hará daño y no podrá dar a luz en casa, y parece que esto la ha asustado. No quiere ir al hospital.

—La entiendo perfectamente. Tanto Maggie como Scott nacieron en casa.

—Yo también. Quiere dar a luz en casa, pero también cree en la necesidad de encontrarse bien, y dice que estar todo el día en cama es malísimo para su circulación. Se pasa el día intentando convencer a mi padre de que le masajee los pies para que su *chi* se mueva.

Judy suspiró y se reclinó en el asiento, rodeando con las manos su taza de café.

—Ojalá tuviera a alguien que me lo hiciera. El único rato que estoy sentada en todo el día es cuando leo un cuento. Es como ser camarera.

—Yo puedo darte un masaje —se ofreció.

Judy soltó una carcajada.

—Mejor que no. Si hemos salido a tomar un café, es para establecer unos límites profesionales, no para que me hagas un masaje en los pies.

—No hay que darle tanta importancia. A mi madre le hago masajes continuamente. Sé reflexología; me enseñó mi padre.

Judy le miró dudosa.

—No nos mira nadie. Venga.

Se sentó de cara a ella en el asiento y extendió las manos.

Con un suspiro, Judy descalzó el pie y lo apoyó sobre sus rodillas. Zach se lo puso en el regazo y empezó a masajear con los pulgares entre el primer y el segundo dedo.

—Las diferentes zonas corresponden a diferentes partes del cuerpo —explicó. Recorrió el pie con los pulgares para demostrarlo—. Pulmones. Hígado. Estómago. El masaje deshace los obstáculos que bloquean el *chi*.

—La verdad es que algo está bloqueando mi *chi* últimamente.

—A lo mejor son los riñones. —Masajeó un punto en el centro del pie—. Los chinos creen que los riñones almacenan una gran cantidad de *chi*. ¿Notas algo?

—No sé si son mis riñones, pero es agradable.

Fue masajeando hasta el talón, volvió a los dedos y los trabajó uno por uno. Judy se reclinó contra la portezuela, cerró los ojos y echó los hombros hacia atrás.

—Mira, funciona —dijo Zach—. Los obstáculos están empezando a deshacerse.

Ella rió.

—Serán mis riñones.

Notó que el pie de Judy le respondía arqueándose en su mano, y esto le excitó. Subió la mano hasta el talón de Aquiles, acarició los huesecitos del tobillo. Ella no se inmutó, no retiró el pie; estiró la pierna para que pudiera tocarle la pantorrilla.

—¿Sabes que masajeando a una mujer de determinada manera puedes provocarle un orgasmo? —preguntó. Judy enarcó las cejas y abrió los ojos. Zach movió los dedos siguiendo el modelo que había leído—. Es algo así como: tobillo, estirar. Pasar la uña por el arco del pie. Y repites lo mismo otra vez.

—¿Lo has hecho en alguna ocasión?

Sonrió y le frotó la pantorrilla. Judy siguió sin inmutarse.

—No, ¿quieres que lo pruebe?

—Mejor que no —dijo. Pero no retiró el pie.

Zach trazó con la uña una línea que recorría la planta del pie, y los dedos se curvaron.

—Venga —insistió—. Si funciona no se lo contaré a nadie.

Judy dirigió la mirada hacia los clientes en la entrada de Starbucks. Él se estremeció al comprender que estaba sopesando la posibilidad.

—Apuesto a que es esto lo que bloquea tu *chi* —le dijo, bromeando.

Ella levantó una ceja.

—Si así fuera, ¿sería asunto tuyo?

—No lo sé. ¿Quieres que lo sea?

Le respondió con una sonrisa forzada que tenía un deje de amargura.

—No te enteras, amigo mío —dijo. El tono de confianza cogió al chico por sorpresa. Judy continuó en voz queda—. De esto quería hablarte. La gente va a la cárcel por cosas como ésta, Zach. Las mujeres. Las profesoras. Siempre hay alguien que lo descubre.

—¿Van a la cárcel por dejar que les masajeen los pies?

—No. Van a la cárcel por liarse con estudiantes. Y sólo se culpa a una parte, no importa quién haya sido el instigador. ¿Sabes a quién se culparía?

—Pero tú no te has liado conmigo.

Judy esbozó una levísima sonrisa.

—Es verdad. Sólo le has hecho proposiciones a mi pie.

—No son más que pies.

—Pero éste no es el tipo de masajes que le das a tu madre, ¿no?

—No, pero mi madre tampoco me mete la lengua hasta la garganta.

En la sonrisa de Judy había una sombra de cansancio. Sacó la pierna del regazo de Zach.

—Tengo que llevarte a casa. No creo que tu madre quiera tener un papel en esta conversación.

—Te sorprenderías. No es tan mojigata como parece.

Ella volvió a calzarse el pie.

—Bueno, yo sé un poco más de madres que tú.

En su tono había una condescendencia que le hizo sentirse niño. Sabía un par de cosas de los adultos y sus secretos, y estaba harto de ellos, sobre todo de sus padres, que actuaban como si él fuera tan inocente que fuera incapaz de deducir lo más evidente.

—No conoces a mi madre —replicó—. No es nada mojigata. Engañó a mi padre con uno de sus estudiantes de yoga.

Judy entrecerró los ojos.

—¿Cómo?

—Eso hizo. Con un tipo que estaba en su clase de yoga dinámico.

Zach sabía su nombre, pero se veía incapaz de pronunciarlo. El tipo llevaba el pelo recogido en una cola de caballo, tenía piernas flacas y peludas. Solía ir a clase con una camiseta con la cara de Lennon y la inscripción: «Larga vida al doctor Winston O'Boogie». Al poco tiempo, empezó a referirse a él con un mote secreto: Booger.*

—No era un crío —continuó el chico—. Tendría veintiocho o veintinueve años. Creo que ésta es una de las razones por las que mi madre tenía tanto empeño en salir de New Hampshire. El tipo seguía acudiendo a sus clases, y creo que ella se sentía incómoda, paseándose con la barriga delante de él.

Judy asintió como si nada de eso la sorprendiera. Esta reacción tan desapasionada decepcionó a Zach y le tranquilizó a un tiempo. Tal vez aquel acto que él había visto como una terrible traición, una tragedia secreta, no era tan extraño en el mundo de los adultos. Tal vez su reacción había sido exagerada.

—¿Es el padre del bebé? —preguntó Judy.

—Creo que no. Estoy bastante seguro de que rompieron un tiempo antes. Eso creo. —Eso esperaba—. Nos mudamos en junio, y llevaba sin verlo por el estudio desde el otoño. Pero muchos días iba a judo después de clase, así que no sé. No quería ver nada que me sintiera obligado a contarle a mi padre, de manera que a partir del día en que comprendí lo que pasaba hice lo posible por no ir al estudio.

La risa de Judy estaba cargada de complicidad.

—Yo hice lo mismo cuando de niña me di cuenta de que mi padre estaba liado con la chica de servicio. Oh, cómo me enfadé. Y la culpaba a ella, no a él. Él no podía hacer nada malo, era mi padre. Pero ella... oh, no sabes con quién te la juegas, querida.

* Moco. *(N. de la T.)*

Zach soltó una carcajada.

—Sí, lo mismo me pasaba a mí. Dame el otro pie.

Judy le plantó el pie en el regazo.

—¿Cómo te enteraste?

Se encogió de hombros y empezó a masajearle la planta del pie.

—Lo supe, simplemente. No hubo ninguna escena espectacular, no les pillé enrollándose ni nada de eso. Pero es que en las clases de yoga hay determinados contactos entre el profesor y los alumnos. Cuando lo has visto muchas veces, percibes si hay más contacto de lo habitual. Y desde luego aquello no era lo normal.

—A lo mejor viste algo y lo borraste de tu mente.

Zach estaba masajeando la parte central del pie.

—¿Qué quieres decir? —preguntó, frunciendo el ceño.

—Pues que a lo mejor los pillaste practicando sexo, pero no lo recuerdas. Creo que es lo que me pasó a mí. Recuerdo que llegué a casa y la encontre vacía. Abrí la puerta del dormitorio de mi padre y salí de casa corriendo y llorando. A partir de aquel día nunca entraba en casa si estaba ella. Pero no vi nada, o por lo menos no me acuerdo. —Con un dedo, se dibujó un óvalo en la frente—. Es como si en la película de esta cadena de acontecimientos hubieran quemado unos fotogramas. No me quejo, porque si era tan traumático supongo que es mejor no recordarlo. Ya tengo bastantes trastos aquí dentro.

Zach movió la cabeza como dudando.

—No creo que eso me haya sucedido a mí. Me habría fastidiado mucho, y no estoy tan hecho mierda.

—Pues no sé qué decirte —dijo ella, haciéndole sonreír—. Nunca antes había tenido que llamar a un estudiante a un aparte para decirle que se comporte. ¿Podríamos llegar a un acuerdo, por favor? Preferiría que pactáramos ahora en lugar de tener que hacer mi imitación de Mussolini más tarde.

—A lo mejor me gusta tu imitación de Mussolini.

—Oh, vale. Déjalo ya.

Era como un combate de judo: encuentra el punto débil de tu oponente y utilízalo. Era fácil identificar el de Judy: las palabras llenas de sensatez que brotaban de su boca no se correspondían con la forma en que respondía su cuerpo. Sobre el muslo de Zach reposaba una pequeña muestra de lo que podía hacer Judy con el resto de su cuerpo, si no fuera por el pequeño detalle del decoro.

Ella lo miraba a los ojos, y él sostuvo la mirada sin problema, aun sonriente. Movió la mano lentamente sobre su pie: *Tobillo, estirar. Pasar la uña por el arco del pie.*

Judy sonrió. Los dedos de su pie se separaron como en un abanico.

Repetir.

Repetir.

Levantó el pie que reposaba sobre el muslo de Zach y le acarició lentamente el interior del muslo hasta detenerse en la parte frontal de sus vaqueros. Apoyó el pie allí, y él, que había estado deteniendo el aliento, respiró por fin. Por más que lo intentó, no pudo resistirse a arquear el cuerpo contra el pie de Judy. En el momento de mayor excitación, se golpeó la cabeza contra la ventanilla y se lastimó un poco.

—Deja de joderme, Zach. —Habló bajito, y en su voz bailaba una nota que parecía de temor—. Lo digo en serio. No está bien y no tiene gracia. Se trata de mi jodido trabajo. Mi reputación. No voy a arrojarlo todo por la borda para que puedas jugar a seducir a la profesora. Porque aunque lo consiguieras, luego no sabrías qué hacer conmigo.

Retiró el pie y se calzó. El chico volvió a su asiento y se peinó el pelo sobre los ojos.

—Lo siento —dijo Zach cuando el coche arrancó.

—No pasa nada. —Extrañamente, ahora su voz sonó amistosa y alegre—. Bueno. En mi armario hay una caja de ovejas de lana a las que hay que poner precio. Puedes venir mañana por la tarde a hacerlo.

—¿Que vaya a tu clase?

—Claro. —Se volvió a mirarle y le sonrió como si no hubiera pasado nada—. No veo por qué no.

10

En nuestro segundo año de universidad, mucho antes de que Bobbie o yo hubiéramos oído algo sobre una cosa llamada escuela Waldorf, mucho antes de que supiéramos que íbamos a pasarnos unos cuantos años dando clases juntas en una de ellas, compartíamos una habitación decorada con mi póster de *El último tango en París* y su colección de monos de todo tipo: de peluche, de madera de balsa, de jade, de cáscara de coco, en caricatura. Su difunta madre le había hecho dos colchas iguales recubiertas de pequeñas escarapelas de algodón, y eran las que poníamos en nuestras camas gemelas, colocadas una frente a la otra en nuestro cuarto. El curso anterior habíamos tenido horarios de clase casi idénticos; las dos queríamos ser profesoras de educación primaria. En segundo curso no coincidíamos en clase, pero compartíamos dos profesores, uno de ellos con una pésima reputación.

—Es un crápula —me advirtió Bobbie aquella primavera—. Una amiga mía lo tuvo el año pasado. Intentará que le compres tu buena nota.

—¿Con qué?

—Con mantas y collares. ¿A ti qué te parece? Si vas a hablar con él, mantente a distancia. —Dibujó un amplio arco alrededor de su cuerpo—. Hay que dejar sitio al Espíritu Santo, como decían las monjas. Si no, intentará hacer lo mismo que probablemente hacía tu madre con los melones.

Mi madre no hacía nada especial con los melones, pero ya me imaginaba por dónde iba.

—¿Y si se me acerca y lo hace de todas maneras? —pregunté. Y añadí—: Es el profesor. —En aquel entonces todavía no había asistido a suficientes mítines feministas y me encontraba un poco atrasada en ese aspecto.

—Pues le das una patada en los cojones —sugirió Bobbie.
Solté una risa un poco histérica.
—Nunca podría hacer eso —dije.
Y no es que no entendiera la venganza. La entendía, tal vez demasiado bien. Pero la clase de venganza que se me ocurría era silenciosa; era esa venganza de soslayo que puede parecer, si la miras con ojos entrecerrados, un acto divino. Lo que no me cabía en la cabeza era ejercer la violencia mientras miras a la otra persona a los ojos y la ves sufrir. Me parecía propio de salvajes, y sobre todo no era mi estilo.

Lo recordé cuando Zach me acarició el pie que reposaba sobre su muslo y me masajeó la planta con el índice y el pulgar, igual que hiciera aquel profesor con mi seno. No le di una patada como me aconsejó Bobbie. Ahora era mayor y sabía que había dolores más interesantes que el que produce un rodillazo en la ingle. Estaba el dolor que cerraba la puerta a todo placer, y también el que venía envuelto en él.

Cuando volví a casa después de la excursión a Starbucks, me sentía confiada y un poco victoriosa. Scott estaba con su chica y Russ en la oficina. Subí a mi cuarto arrastrando la maleta de Ohio, que llevaba en el salón desde mi regreso. En cosa de un mes, Russ emprendería su viaje de investigación a Islandia. Por pura consideración, aunque yo entraba en su oficina lo menos posible, decidí guardar la maleta con el resto para que no tuviera que volverse loco buscando la más apropiada. La puerta chirrió al abrirla, y di un respingo como si Russ pudiera oírme. Frente a la puerta estaba el viejo sofá, hundido en el centro, entre los dos cojines; al lado había una pila de revistas científicas marcadas con papelitos amarillos. El maltrecho escritorio color café con leche estaba pegado a la pared con el ordenador en el centro, un dios pagano de un solo ojo en su altar. En su despacho de la universidad, Russ tenía algunos adornos que permitían una visión más elevada de su trabajo —fotos de rudos pescadores de cangrejos, el bello paisaje de la costa ártica, tan frágil ecológicamente—, pero en casa prescindía de tales fruslerías. Pisé la sucia alfombra para acercarme al armario y saqué de allí la maleta grande, que estaba entre una caja de papel para imprimir y un montón de suéteres.

Al poner la maleta en el suelo se produjo un ruido parecido al que hace un sonajero. Era extraño. La abrí y encontré dentro una bolsa de plástico de supermercado cerrada con un nudo. Contenía un batiburrillo de frascos de medicamentos. Me pregunté de dónde habrían salido. ¿De la endodoncia que le habían practicado a Russ hacía unos meses? ¿O habrían pertenecido a mi madre, que murió años atrás, y alguien los había guardado aquí cuando vaciamos su casa? Me pareció extraño que los frascos no fueran color ámbar, de las medicinas que te recetan, sino más grandes, como los que están en las estanterías de las farmacias con su etiqueta.

Valium. Xanax. Dexedrina. Nembutal.

Miré el ordenador de Russ, luego el frasco de Xanax que tenía en la mano. Me quedé así un momento, leyendo los frascos, sin saber qué pensar. Poco a poco entendí que estos frascos no estaban en la maleta por olvido. Los habían escondido.

Metí la maleta pequeña dentro de la grande y las guardé en el armario. Después cogí la bolsa del supermercado y la llevé abajo con todo el batiburrillo. Sólo experimentaba curiosidad y una pequeña semilla de ira que estaba empezando a brotar.

Russ llegó a casa a las nueve y media en punto. Pareció sorprendido cuando me vio sentada en la mecedora junto al hogar, vigilando la entrada. Inclinó la cabeza para mirarme —ya le tocaba ponerse lentes progresivas— y la luz sacó destellos a los pequeños rectángulos de sus gafas. Acto seguido, dejó caer en el suelo la pesada cartera que llevaba al hombro y se dirigió a la cocina.

—Russ. —Dije su nombre en un tono tan sospechosamente almibarado que se volvió—. Hoy he entrado en tu despacho para guardar una maleta y he encontrado en el armario unas cosas que supongo que son tuyas.

Me respondió en tono hostil.

—¿Y qué hacías en mi despacho?

—Ya te lo he dicho: guardar una maleta.

—Es *mi* despacho. No deberías entrar.

—Yo también pago la hipoteca, querido.

—Una parte muy pequeña.

Levanté la bolsa, que estaba en el suelo a mi lado, y la coloqué sobre la mesa de centro. Se me había ocurrido que los medicamentos podían ser de Scott. Era un chico lo bastante listo como para esconder las cosas a la vista de todos, y lo bastante emprendedor como para considerar la posibilidad de ganar dinero con eso. Ambas posibilidades podían ser ciertas; ¿qué sabía yo del consumo de ese tipo de droga? Cuando yo tenía la edad de Scott, las drogas no venían de un laboratorio, sino que crecían en granjas o, en mi caso, en unos cubos debajo de unos fluorescentes, en el sótano de una casa cerca de la charcutería.

—Esto no es tuyo —dijo Russ.

—Eso ya lo sé.

—*Dios*, Judy. —De repente estalló. Su rostro estaba contorsionado, y empezó a agitar los brazos—. Llego a casa después de un día de trabajo agotador y me *arrojas* esto encima. ¿Por qué no te buscas un puto *hobby*? Trabajo como un burro todo el día, no necesito esto.

—Entonces, ¿todo esto es tuyo? ¿No es de Scott?

Se encaminó de nuevo hacia el pasillo y me dirigió una mirada desdeñosa.

—Como si estuvieras en condiciones de juzgar a Scott o a cualquier otro. Si eres la Reina del Colocón. Nuestra Señora de las Drogas Recreativas.

Me quedé mirándolo con indiferencia mientras daba un tirón a la bolsa sobre la mesa.

—No se te ocurra entrar en mi despacho —me ordenó.

—Será mejor que no te pillen conduciendo con eso encima —le advertí—, porque no pienso pagar la fianza. Por mí, puedes pudrirte ahí dentro.

—No se me ocurriría llamarte. ¿Por qué iba a hacerlo? Hace años que no te importo una mierda. Llamaría a mi abogado.

Desapareció escaleras arriba con su alijo. Yo me quedé balanceándome suavemente en la mecedora. Un año antes, esta conversación habría acabado de forma muy diferente: gritos, llanto, humillación. Ahora mis ojos estaban secos, y algo en mi interior se preparaba para la guerra.

Ocho meses, me dije. El tiempo que faltaba para que Scott acabara el curso en Sylvania. Dentro de un año podría estar en cualquier parte del mundo. Sería libre.

Lo que me temía era que no sabría por dónde empezar.

El lunes no estaba resultando un buen día para Zach. En su examen de química había una nota escrita con bolígrafo rojo: «Hablaremos en mi despacho». Fairen no le hacía ningún caso y se dedicaba a tontear con un chico del equipo de natación. Ni siquiera podía irse directo a casa después de clase; debía pasar por el aula de Judy para recoger un letrero del mercadillo que había que repintar. Y así como *Parsifal* le había acabado interesando, lo que estaban estudiando ahora, *El infierno* de Dante, no le gustaba nada. No lo entendía.

Le aburría el infierno. Le daba igual que la idea de Dante resultara avanzada para su tiempo o profundamente personal, o que planteara cuestiones sociales. Le importaba una mierda. Además, le disgustaba examinar el adulterio de Francesca y decidir si su deseo por Paolo evidenciaba «una voluntad débil». Prefería pensar sobre el deseo en otros términos: tú deseabas a una persona, y ella respondía sí o no. Y el matrimonio de Francesca era una triste farsa, lo que todavía hacía menos comprensible que ella y su amante acabaran en un infierno, del tipo que fuera. En lo más profundo de su corazón, Zach estaba convencido de que las cosas eran justas, en última instancia. Creía que —salvo en el caso de su padre, desde luego—, si un tipo se tiraba a tu mujer, lo más seguro era que te lo merecieras.

Soportó la tarde. Soportó a Dante. En cuanto se acabó la clase se colgó la mochila al hombro y salió pitando. Abrió la puerta del edificio de los pequeños y se dirigió al aula de Judy, que se despedía de un crío cuya canguro había llegado por lo menos veinte minutos tarde.

Se apoyó contra la pared y esperó a que la niñera terminara de hablar con Judy. Acento ruso, una anticuada trenza, un gordo trasero embutido en bermudas, muslos demasiado gruesos para una veinteañera. Al parecer los padres no habían pagado la matrícula, y con sus secos comentarios sobre el calendario Judy le dio a entender que no se le escapaba ese dato. Zach reprimió una sonrisa y golpeó con el talón en el suelo, impaciente. Finalmente, la mujer se marchó.

—Y tú —Judy se volvió hacia él con un suspiro—, Zachary Xiang. ¿En qué puedo ayudarte?

—Se supone que he de recoger un letrero.

Ella parpadeó y movió la cabeza con irritación.

—Letrero. ¿Qué letrero?

—Uno de madera que se coloca en la carretera para que la gente sepa dónde se encuentra el mercadillo. La señora que se ocupa de esto me dijo que tenía que repintarlo.

—¿Y se supone que yo tengo ese letrero?

Zach se encogió de hombros.

—Dijo que lo tenías en un armario.

—Oh, Dios.

Judy dio media vuelta y se dirigió al fondo de la clase, donde había un armario con la puerta entreabierta. El pelo, de un castaño oscuro, le caía suelto hasta la cintura; parecía roto en las puntas y necesitaba un cepillado. Se metió en el armario, cambió un par de cestas de sitio, apartó los descoloridos disfraces que colgaban de unas perchas y dijo:

—No tengo ni idea de dónde puede estar. Vuelve mañana y a lo mejor lo he encontrado. A lo mejor. Si me decido a buscarlo.

—¿Qué diablos te pasa?

—¿Que qué me pasa? He tenido un fin de semana infernal. ¿Quieres que te lo cuente?

—No, gracias. Estoy leyendo el jodido *Infierno* de Dante. No creo que puedas superarlo.

—*El jodido infierno de Dante* —repitió ella—. Parece que lo han actualizado desde que yo era niña.

A pesar suyo, a Zach se le escapó una sonrisa.

—Profesora mala. Menudo ejemplo estás dando. Primero los gnomos y ahora esto.

Judy arqueó cómicamente las cejas, abrió los ojos como platos y cerró el armario echando el pestillo.

—A los gnomos que los jodan —dijo.

—Menudo lenguaje —replicó él asombrado—. Tu *chi* está muy mal.

—Bueno —prosiguió Judy, cambiando de tema—. Dime dónde está ese afortunado lugar en el que encontraste las bellotas, porque tengo que empezar el proyecto de manualidades y me gustaría ir en coche hasta allí ahora que tengo tiempo.

—Son los bosques que hay detrás de la urbanización que están construyendo. No están lejos.

—¿Dónde?

—Cerca de Pine Road. Donde está el hospital abandonado.

—¿Qué hospital abandonado?

Zach exhaló un suspiro y miró por la ventana: el sol se encontraba relativamente alto en el cielo.

—No te lo sabría explicar exactamente. Puedo ir contigo en el coche y te indico el lugar, si quieres; siempre que me lo cuentes como horas de trabajo.

Ella se colgó el bolso del hombro y el jersey sobre el brazo doblado.

—Para mí todas tus horas son de trabajo. Ya lo sabes.

Zach ahogó una carcajada.

—Dijiste que dejara de bromear con eso.

—Bueno, hoy estoy de humor. —Se dirigió a la salida a paso vivo, golpeando el suelo con sus chancletas—. Sígueme. Tengo el coche aparcado en este lado.

El aire tenía una calidez estival, por lo menos lo que se consideraría calidez en New Hampshire. En la radio sonaba una canción de Joan Baez. Judy la tarareaba mientras conducía; Zach se metió un chicle en la boca y aguantó con estoicismo. Cuando llegaron al punto en que las carreteras se hacían más estrechas, le fue indicando el camino. Aparcaron el coche en un extremo del complejo, cerca de la puerta metálica que marcaba el final de la carretera y el inicio del camino de tierra. Zach vació la mochila y se la colgó del hombro. Así podrían transportar lo que recogieran.

—Hay que ir por aquí. —Subió por la empinada cuesta que llevaba a los bosques y oyó los pasos de Judy tras él. Cuando iban abriéndose paso entre los árboles, añadió—: Dicen que hay un tipo disfrazado de conejo que persigue a los que vienen aquí. Le llaman el Hombre Conejo.

—Las cosas que inventan. Parece el personaje de un libro de cuentos alemanes. En mis tiempos lo hubieran puesto en un cuento para advertirnos de los peligros de dormir demasiados años con animales de peluche, o de comer demasiados dulces.

Zach rió.

—No es para niños, te lo aseguro. Al parecer lleva un hacha en la mano.

—Mejor que mejor. En el libro que leí de pequeña aparecía un chico con garras y unos ojos macabros. *Der Struwwelpeter*, helo aquí, con garras y pelos de loco. —Puso cara de monstruo malvado y tensó las manos en forma de garra—. Niños y niñas, no os olvidéis de cortaros las uñas, porque podéis convertiros en monstruos.

—Esto es una idiotez.

—Pues no sabes ni la mitad —dijo, pero su tono no era serio—. Creo que me metió el miedo en el cuerpo para siempre.

Zach respondió con una amplia sonrisa. Después de llegar a lo alto de la colina les esperaba la bajada hasta un riachuelo que se veía a lo lejos. Los árboles empezaron a clarear, hasta que la vegetación prácticamente desapareció. Cuando el terreno se hizo más llano, el chico aminoró el paso y, con un ademán, le indicó a Judy el suelo.

—Aquí lo tienes. Está lleno.

Ella lanzó un grito de entusiasmo y se puso a recoger bellotas a dos manos. Zach apoyó la mochila contra un árbol y se acuclilló para ayudarla. En un momento tuvieron la mochila llena. Judy seguía arrodillada, recogiendo bellotas a puñados.

—Pero, en realidad, ¿cuántas necesitas?

Ella echó un vistazo a lo que habían recolectado.

—Bueno, creo que esto sería suficiente. Estoy tan acostumbrada a no encontrar nunca nada que no me había dado cuenta de que tuviéramos tantas. Y te sobraron unas cuantas de las que recogiste para el techo de tu casita, ¿verdad?

—Sí, unas cuantas.

—Bueno, pues con esto hay suficiente.

Miró satisfecha a su alrededor, con las manos en las caderas. Zach le disparó contra la espalda las últimas bellotas que tenía en la mano.

—Oye, un momento.

Judy le lanzó a su vez unas cuantas bellotas. Él respondió con otro ataque y, esquivando las que le lanzaba ella, consiguió meterle un puñado de bellotas por debajo del jersey. Para escapar de ella se metió detrás de un árbol, pero una bellota le alcanzó en la frente. Simulando indignación, la agarró por la cintura y, a pesar de sus chillidos, la arrastró hacia el coche. Era tan *menuda*, poco más de un metro cincuenta, y cuarenta y seis kilos como mucho. Pero daba patadas como una pandillera en una pelea callejera, y le propinó una en la espinilla que le hizo daño de verdad.

—Maldita sea —dijo Zach, dejándola en el suelo—. Eres fuerte para ser una enana.

Ella se volvió hacia él y le sonrió. Tal vez para recobrar el equilibrio, o tal vez para poder tocarle, había metido los dedos en las trabillas del cinturón del chico. El sol, ya bajo en el cielo, iluminaba su mejilla. Cuando él inclinó la cabeza para besarla, no podía saber quién había sido el instigador. Sabía únicamente que su boca le respondió con el mismo ardor de la primera vez, y que no opuso resistencia, lo mismo que entonces. Cuando las manos de Judy se deslizaron por su espalda y se le metieron bajo el pantalón, Zach comprendió que esta vez no habría nadie que llamara a la puerta y los interrumpiera. Llegarían tan lejos como ella quisiera, porque desde luego *él* no iba a detenerla.

Le hubiera sido imposible, además, porque la boca de Judy estaba en su cuello, se dirigió a su pezón, descendió por su vientre —«Pero no se atrevería, ¿era posible que se atreviera?»— para despojarle de los calzoncillos y tomarlo en su boca ardiente y húmeda. De la garganta de Zach brotó un sonido que era mitad gruñido y mitad sollozo. Al mirar a Judy vio en sus ojos un hambre tan intensa que le recorrió una corriente de placer. Le temblaban las piernas, tuvo que apoyarse en el tronco de un árbol. Ella le susurró:

—Túmbate en el suelo.

Zach se tragó el chicle y obedeció. Las hojas crujieron cuando apoyó la cabeza y los pies. La intensa luz del sol se filtraba a través de las ramas. Se tapó la cara con el brazo. Esperaba sentir de nuevo la boca de Judy, pero ella apoyó las palmas de las manos en el suelo, una a cada lado de su cabeza, y cuando él abrió los ojos, se encontró con su mirada llena de intención, casi calculadora. Su oscura melena tamizaba la luz del sol como una cortina un poco ajada.

—Si quieres decir que no, ahora es un buen momento —dijo Judy.

Zach se preguntó si sus ojos reflejarían la sorpresa que sentía. Rápidamente reevaluó sus expectativas.

—Necesito ponerme un condón —dijo, todavía sin creérselo.

—¿Tienes uno?

—Sí.

Judy sonrió.

—Esto responde a mi segunda pregunta.

Zach introdujo los dedos en el bolsillo del pantalón.

—¿Cuál era la pregunta?

—Si eras virgen.

—No.

—No sabes cómo me alegra saberlo —dijo ella sin emoción.

La cara de Zach se iluminó con una sonrisa. Cruzó las manos detrás de la cabeza para poder observar a Judy, que se colocaba sobre él con los ojos cerrados y arrugaba la nariz de puro placer. Resultaba tan deliciosamente relajante verla rendida al goce, tan entretenido contemplar los continuos cambios en la expresión de su cara, ahora que estaba concentrada en sí misma, que se quedó hipnotizado. El peso de su cuerpo lo anclaba acogedoramente a la tierra. Sólo cuando vio que el cuerpo de Judy se arqueaba de la manera que ya conocía, temblando de excitación, la tomó de las caderas y volvió a conectar sus sensaciones con ese espacio de su interior, húmedo y cálido como el mar. Entonces todo fue redondez, todo fue ascensión hasta acabar en un clímax generosamente entregado, un clímax libre de culpas que Zach no hubiera sido capaz de detener de haber querido. Cuando acabó, dejó caer las manos a los lados de su cuerpo, *savasana*, y miró exhausto y eufórico el rostro sonriente de Judy. Se sentía capaz de conquistar todo el jodido planeta.

11

1965
Mainbach, Alemania Occidental

El padre de Judy era experto en muchas cosas. Hablaba ruso, alemán y francés con fluidez, y podía chapurrear varias lenguas de las repúblicas soviéticas más pequeñas. Lo sabía todo sobre el baloncesto universitario, era un estupendo jugador de tenis y sabía doblar una hoja de papel hasta formar un pequeño balón que se inflaba con un soplido. Cuando visitaban edificios históricos, podía señalarles los elementos arquitectónicos —*triglifo*, *metopa*, *friso*—, y si Judy se cansaba de la visita, se la cargaba a la espalda y la llevaba así, con las piernas colgando por el hueco que quedaba entre sus brazos y su estrecho torso, todo el tiempo que hiciera falta. Podía hacer cualquier cosa de cierta importancia, de eso la niña estaba segura. Era inconcebible que hiciera algo terriblemente malo.

Kirsten, sin embargo, era un ser humano como cualquier otro, de modo que Judy proyectó sobre ella una doble ración de rabia silenciosa. La chica siempre había sido amable con ella, pero ahora le dedicaba todo tipo de atenciones. Cuando le preguntaba en un alemán muy simple si prefería *Butterbrot* de salami o de jamón para desayunar, había en su rostro una expresión de auténtico terror. Su padre nunca hizo mención de lo que Judy había visto, y los sucesos de aquel día —la cocina vacía, los sordos gemidos, su súbita pérdida de visión, como si se hubiera apagado una bombilla— no se repitieron más. De no ser por el miedo que había en la mirada de la chica, tal vez Judy hubiese olvidado el asunto como si se tratara de un mal sueño. Pero el miedo evidenciaba el delito, y el delito hacía estremecer a Judy con su propio terror inconfesable: que su padre decidiera volver a Estados Unidos y abandonara a su madre, ahora inmóvil y sin voluntad, en su cuartito del hospital militar. Miedo a que su padre no fuera ya el hombre que conocía, sino un amasijo de deseos primitivos que pugnaban por escapar por entre las costuras de su blanca ropa de tenis. Miedo a que la familia de Rudi descubriera el juego de la chica y enviaran a unos hombres que estarían tan furiosos como Judy, lo que convertiría en oponentes a los dos hombres que ella más quería.

Aunque últimamente no había visto mucho a Rudi. Cuando iba a verlo al establo, lo encontraba tan amable como siempre, pero ahora hacía sus tareas sin perder el tiempo. Ya no se detenía para acariciar el morro de la vaca o para enseñarle cómo formar una estrellita con briznas de paja y un pedazo de lana y explicarle, mientras tanto, el cuento de aquella niña tan generosa que le llovieron del cielo estrellas que se convirtieron en monedas. Judy lo echaba muchísimo de menos. Un día en que soplaba una agradable brisa decidió volver a casa dando un rodeo y tomó la carretera gris y serpenteante que llevaba a la iglesia. Era allí donde ella y Rudi habían estado bajando en trineo el invierno pasado. Todavía notaba las sienes tirantes a causa de las dos trenzas que Kirsten le había hecho aquella mañana; llevaba los calcetines blancos perfectamente limpios y con el dobladillo bien hecho. Al acercarse a la iglesia divisó las lápidas del antiguo cementerio. Brotaban del suelo en extrañas posiciones, formando rombos y cruces, cubiertas de musgo, con las esquinas gastadas. Entre estas lápidas habían arrastrado ella y Rudi su trineo; se habían movido entre los muertos como si caminaran entre la multitud del mercado. Recordó el peso del cuerpo del chico cuando tomaron una curva demasiado cerrada y cayeron rodando sobre la nieve. Al rememorar lo fuerte que era su mano enguantada cuando la ayudó a ponerse en pie, sintió un dolor en las entrañas. No habría un segundo invierno con Rudi, porque para entonces ella y su familia ya no estarían.

Al mirar el cementerio vio por primera vez los nombres en las lápidas que estaban en el suelo, al pie de la colina. Durante el invierno no se veían porque estaban cubiertas de nieve. Por un momento, la idea le asustó, aunque más tarde la desestimó. Después de todo, las personas recibían lo que se merecían; ésta era la lección que había aprendido después de meses escribiendo dictados de *Struwwelpeter*. Las acciones de cada uno determinaban su destino; cuanto peor hubiera actuado, peor le iría en la vida. Los muertos habían acabado aquí por alguna razón. No se iba a sentir culpable porque ella y Rudi hubieran utilizado el cementerio para sus juegos, ya que éste era el papel de los vivos: considerar con serenidad la moraleja que había en las muertes y luego seguir adelante, recordando que había que acabarse la sopa y no jugar con cerillas ni salir de casa en medio de la tormenta.

Al lado de la iglesia había una capilla de piedra dedicada a la Virgen María. Judy se acercó a la entrada y miró el interior. Estaba fresco y silencioso. A un lado había un soporte de hierro negro con muchas velas encendidas, y enfrente dos banquitos de madera para que los fieles pudieran sentarse o arrodillarse. Al fondo estaba la estatua de la Virgen, de una piedra blanquísima que parecía suave como la tiza. Con un pie pisaba una luna creciente, con el otro una serpiente, y llevaba una corona de estrellas de metal sin bruñir.

Judy había hecho el mismo camino varias veces aquella primavera; nunca cruzaba el umbral, se quedaba en la entrada mirando, no con la fría objetividad de su padre, pero tampoco con la devoción de sus compañeros de clase. Había empezado a albergar hacia estos iconos un sentimiento primitivo, basado en una necesidad ciega, de niña. En el establo había un Cristo que propiciaba la amistad y el calor, la vida amable y sencilla. En este edificio de piedra estaba María, que mandaba silencio y quietud, que era una madre, pero no dudaba ni vacilaba, no violaba ni era violada. La tribu humana debía a su pueblo una o dos personas intachables. Una o dos personas —no más— que no estuvieran sujetas a los caprichos del cuerpo y de la mente, tan firmes como dos piedras entre las que pasan los rayos de sol. Dos personas así, si se encontraban, serían el principio y el final de todo. Podían mirar desde el cielo a una niña generosa, prácticamente desnuda bajo las estrellas, y enviarle su bendición. Porque había una justicia en el mundo.

Desde la entrada recitó en voz baja el avemaría que le había enseñado su profesora. Después se colgó la mochila a la espalda y emprendió el regreso a casa.

Cuando estaba a la altura de la casa de Rudi, a una buena distancia de su hogar, le llegó desde allí como un repiqueteo que cesó en cuanto tomó el camino que conducía a la puerta trasera. Nada más entrar vio a una chica de la edad de Kirsten encima de la mesa de centro, recogiéndose la falda con las manos. Kirsten, arrodillada en el suelo con alfileres en la boca, apenas le dedicó una mirada.

—*Guten Tag*, Judy —murmuró sin abrir los labios, y siguió colocando alfileres en el dobladillo.

—Así que ésta es su hija —comentó la otra chica en alemán—. Es pequeña.

—Entiende lo que dices —le advirtió Kirsten. A Judy le dijo—: Ésta es Eva, una amiga.

La pequeña no saludó. Dejó que la mochila le resbalara por la espalda y cayera con un ruido sordo junto al radiador. Se había acostumbrado a dejar las cosas mal para que Kirsten tuviera que ordenarlas. Por lo general, no era nada serio, pero de vez en cuando organizaba pequeños desastres por los que la culparían a ella. Sobre la mesa del comedor estaba la máquina de coser procedente del trastero —la madre de Judy no llegó a utilizarla— y montones de retales de una tela blanca con florecitas de colores pastel. Había también unas tijeras dentadas, abiertas de par en par como la boca del lobo del cuento. Los redondos agujeros de los mangos parecían los ojos de un dibujo animado. Judy pasó el dedo por la hoja dentada.

—No toques eso, *Mausi* —dijo Kirsten.

A Judy le resultaba odioso que la llamara así. El apodo, que al principio le sonó cariñoso, le parecía ahora dirigido a resaltar su insignificancia.

Observó a la chica que estaba sobre la mesa con los hombros desnudos y el vestido a medio acabar. Tenía el pelo oscuro y lo llevaba cuidadosamente peinado y recogido. El rostro era de rasgos marcados, con una barbilla bien formada y unas cejas que resaltaban sus ojos, pero la boca, curvada hacia abajo, tenía una expresión casi enfurruñada. La chica miró a Kirsten marcando el dobladillo y le dijo:

—Deberías acortar la falda.

Kirsten chilló escandalizada.

—Eva, no sería propio de una dama.
—A Rudi le gustaría.
Kirsten rió.
—Oh, Rudi. —Dio unas palmadas en el bajo de la falda para alisarla—. Ya está. Ya te la puedes quitar.

Con un movimiento de hombros, Eva se quitó el vestido para que Kirsten lo recogiera. Se bajó de la mesa en bragas y sujetador y prendió una cerilla para encender un cigarrillo. Judy no le quitaba los ojos de encima, y la joven le dirigió una mirada inquisitiva.

Volvió a oírse el traqueteo de la máquina de coser. La niña se dirigió a la cocina, donde flotaba un olor que le picaba en la garganta, como el del *Sauerbraten*. Sin hacer ruido apagó el quemador bajo la cazuela. La llama azul disminuyó hasta desaparecer. Pero era demasiado evidente. Kirsten deduciría que lo había apagado ella por molestar. Sería mejor abrir el gas, pero sin encender el fuego, de manera que pareciera que había un problema con el quemador. Kirsten sospecharía, pero no tendría pruebas.

Giró el dial del quemador hasta dejarlo en la misma posición en que lo había encontrado y oyó el débil silbido del gas.

—*Mausi*.

Kirsten tenía la mirada fija en la máquina de coser.

—Tráeme la cesta que hay en el trastero. La que tiene los hilos.

Judy la miró impasible.

—*Ich verstehe nicht*.

La joven levantó la mirada.

—Sí que entiendes. Entiendes lo que son los hilos.

Palmeó la bobina sobre la máquina de coser.

Judy hizo un gesto de desgana y salió al pasillo en dirección al trastero. La cesta, primorosamente vestida de percal, estaba en el estante frente a la puerta, pero continuó hasta el final de la habitación en forma de ele. Dio una patada a una vieja máquina de escribir en el suelo y acarició los abrigos que colgaban de la barra: la gabardina color caqui de su padre, el abrigo de pelo de camello de su madre, largo hasta los tobillos, y que ahora sin duda le iría pequeño; su abrigo verde de lana con mangas de doble puño. Hundió la cara en el abrigo para aspirar el olor a invierno.

—¡Judy! —Sonó el grito de Kirsten.

Hubo un murmullo de conversaciones y la voz de la otra chica, más fuerte. El crujido de unos pasos sobre el suelo de madera. Al poco rato, un chillido.

Kirsten parecía asustada.

—¿Qué pasa?

—El gas está abierto y el fuego se ha apagado. ¡Dios mío!

Judy se metió entre los abrigos. El suyo colgaba demasiado alto, pero se envolvió en los bajos. Una polilla salió volando y ella agachó la cabeza para no chocar con sus alas grises. Luego se dijo: «¡Claro!». Su madre no había estado en condiciones de poner bolas de naftalina, y para el próximo invierno todo estaría agujereado.

—¡Judy! —El grito de Kirsten sonó apremiante.

La niña empezó a dar vueltas cogiéndose al abrigo como si lo estuviera enrollando, luego tiró para descolgarlo de la percha y se arrebujó con él. Su falda de verano se levantó bajo el abrigo como la de una bailarina, formando un círculo que flotaba alrededor.

El último día de clase, en cuanto bajó del autobús, Judy arrancó a correr a toda prisa por la carretera que llevaba a casa. Por unos preciosos momentos se había olvidado de los problemas que allí le esperaban. La mochila, casi vacía, le golpeaba en la espalda a cada paso. Su profesora sabía que no volvería al colegio el siguiente curso, y le había hecho dos regalos de despedida: el libro de *Struwwelpeter* y un corazón de pan de jengibre con las palabras *Viel Glück* escritas con azúcar de un rosa intenso. Las palabras de la profesora fueron: «Deseamos mucha suerte a nuestra nueva amiga», acompañadas de una cariñosa sonrisa. Judy corría con el pastel de jengibre —bien envuelto en papel de cera— apretado contra el pecho. Olía deliciosamente a azúcar y a canela. En cuanto el establo apareció en su campo de visión, moderó el paso. Sus zapatos de dos colores hicieron crujir la gravilla cuando atravesó el sendero para llegar al césped bien cuidado del jardín.

Antes de entrar en el corral dejó su mochila junto a la verja. La puerta del establo estaba entreabierta, lo que alimentó sus esperanzas de encontrar a Rudi. Las gallinas, todas de color blanco, la ignoraron y siguieron picoteando y escarbando la tierra. Una racha de brisa le trajo la voz estridente de Daniela discutiendo acaloradamente en alemán con su padre o con su madre. El viento agitaba las cortinas, que asomaban las esquinas por las ventanas y las agitaban como si quisieran saludar. Había un rastrillo apoyado en la puerta entreabierta del establo, pero ella era lo bastante delgada como para colarse por la abertura sin moverlo. Esto era una ventaja, porque las bisagras estaban muy viejas y gastadas, y por lo general la pesada puerta reposaba sobre un surco de barro. Judy se apretó la galleta de jengibre contra el pecho y entró. Tomó aire para llamar a Rudi, y de repente vio que lo tenía justo delante, de espaldas a ella.

Estaba sentado sobre una bala de paja, con la camisa tirada en el suelo. Tenía sobre el regazo a la amiga de Kirsten, con aquella falda de florecitas color pastel, una falda de vuelo que sobresalía por ambos lados de la cintura de Rudi como si se tratara de dos crisantemos. La chica estaba sentada de cara a él. Judy comprobó que el muchacho no hacía ningún caso del crucifijo que colgaba en la pared, porque estaba besando a Eva. Con una mano le cogía la cabeza y apretaba su boca contra ella con tanto ardor que para Judy fue como si hubiera perdido todo atisbo de caballerosidad. La chica acariciaba lentamente la pálida espalda de Rudi, y cuando dirigió las manos a la parte delantera del pantalón, el joven echó hacia atrás la cabeza y rompió el silencio con un trémulo gemido.

Judy dio un paso hacia atrás y, con cuidado de no hacer ruido, volvió a colarse por la puerta entreabierta. Al pasar por la verja arrojó sobre el barro la galleta de jengibre en forma de corazón.

En su casa encontró a Kirsten limpiando la ventana del salón con una arrugada página de *Stars and Stripes* empapada en amoníaco. Estaba descalza y el lazo de su delantal se agitaba con cada movimiento de sus caderas.

—*Guten Tag, Mausi* —saludó.

—*Guten Tag*.

Judy la miró a los ojos y se preguntó cómo era posible que un soldado tuviera que luchar y un redentor tuviera que sufrir, mientras que una mujer podía dominarlo todo sólo con quedarse tumbada.

12

Zach era Piscis. Lo descubrí poco después, mirando su ficha escolar. No tenía por qué haberme sorprendido —ya lo sospechaba por su carácter, y que hubiera nacido en marzo no hizo más que confirmarlo—, pero de todas formas me entristeció. Tenía justo dieciséis años y medio. Yo había abrigado la esperanza de que tuviera casi diecisiete, como si eso cambiara las cosas en algo.

«Di que no», recuerdo que le supliqué. Porque era yo la que deseaba algo malo, y él habría podido detenerme. Pero él no quiso, de manera que no hubo nada que me contuviera. El deseo que sentía por él era tan enloquecedor que yo misma me sorprendí. Nunca me habría considerado capaz de algo así hasta que me puse a cuatro patas y me monté sobre él, y el fuego que ardía en mi interior era tan intenso que habría podido abrasarme como una tea.

Cuando ya me resultó imposible fingir que no haría lo que acababa de hacer, me apresuré a llamar a la consulta de mi comadrona. Entendía perfectamente que, en lo referente a métodos anticonceptivos, yo estaba totalmente pez. No había visto nunca un condón —fuera de los que aparecían en los carteles de planificación familiar— hasta que Ted sacó uno envuelto en papel de aluminio de la mesita de noche. Russ nunca los había utilizado, y tampoco mi otro novio, Marty. En la década de 1970, la solución era muy simple: la mujer tomaba la píldora y se acabó. Pero no cabía duda de que Ted estaba al día con los nuevos tiempos, y de que Zach también era partidario del condón. En mi opinión, sin embargo, el margen de error de una cosa que podía romperse o salirse de sitio era demasiado amplio, sobre todo con un riesgo tan alto como en este caso.

Estampé mi firma en el portapapeles que había en el mostrador de la consulta y pregunté:

—¿Hoy está Lynnette?

La mujer tras el mostrador —gruesa, con una bata con motivos pastel— no apartó los ojos de la pantalla.

—No, ya no trabaja aquí.

Parpadeé. Me parecía inaudito.

—¿Ya no trabaja aquí? ¿En serio? Me ayudó a parir a mis dos hijos.

La secretaria me miró con una sonrisita. Supuse que estaría calculando mi edad y diciéndose que tendría suerte si mi comadrona no había muerto ya.

—Nuestras profesionales son muy competentes —dijo secamente—. ¿Cuándo vino por última vez?

—Hace unos tres años —le dije con pesar. Muy mal que no hubiera cumplido con la revisión ginecológica anual. No había vuelto a pensar en el tema hasta la semana anterior.

—La visitará Rhianne Volker. Es nueva aquí, pero tiene mucha experiencia. Seguro que le gustará. —Acabó con una sonrisa que no pretendía confortar, sino poner punto final a la frase.

Suspiré y tomé asiento. Cuando entré en la consulta, eché un vistazo al entorno estéril y medité acerca de lo mucho que había cambiado la especialidad de comadrona desde que yo di a luz a mis hijos. En aquel entonces la consulta se hacía en una habitación provisionalmente adaptada, las sábanas y los manguitos para tomar la presión compartían espacio en las estanterías. A mí me gustaba que fuera así, y me decía que dar a luz era un acto natural. Ahora apenas podía ver la diferencia entre esta consulta y la de un obstetra.

Se abrió la puerta y apareció una mujer de pelo corto. Bajo la bata llevaba vaqueros y una camiseta de un grupo de rock.

—Hola, Judy —dijo, echando un vistazo a mi historial—. Me parece que no nos conocemos. Soy Rhianne.

—Hacía tiempo que no venía.

—Varios años. ¿Has estado yendo a otro centro?

—No. —Puse cara de consternación—. Venía cada año puntualmente, sobre todo para renovar mi receta de anticonceptivos. Pero últimamente no los necesitaba.

La comadrona se sentó en una silla y sonrió.

—Y ahora los necesitas.

—Sí. La gente todavía toma la píldora, ¿no?

Rhianne soltó una carcajada.

—Las cosas no han cambiado *tanto*. Pero ahora hay otras posibilidades. Si quieres te las explico.

Me encogí de hombros.

—Preferiría continuar con lo que ya conzco.

—Bien. ¿Y cómo están —miró el historial— Scott y Maggie?

—Oh, están muy bien. Los dos estudian. —Me moví un poco inquieta sobre el papel de la camilla—. ¿Tienes hijos?

—Todavía no. Algún día. —Sonrió de nuevo y se levantó para lavarse las manos en la pileta—. Me alegra que estén bien. Deberías mandarnos fotos. Nos gusta poner las fotos de los niños que hemos ayudado a nacer, ya crecidos.

—Uf, esto sí que me hace sentir vieja —dije con una risita.

—Lo siento. —Se puso unos guantes y se volvió hacia mí—. Y ahora, empecemos con la revisión.

Mientras los macarrones hervían en una olla, Zach preparó la salsa de queso con una bolsita de polvos amarillentos y un pedazo de mantequilla que partió con el filo del tenedor. Se sentía un poco culpable por prepararle a su madre una comida tan pobre, pero desde que tenía que hacer reposo y no iba a comprar, su padre y él habían dejado que la despensa se vaciara demasiado. Rhianne llegaría en cualquier momento, y a él no le daba tiempo de mostrarse creativo preparando un plato vegetariano. Ahora lo que importaba era alimentar a su madre.

Sacó de la nevera la botella de leche y calculó que quedaban tres cucharadas. Bebió un trago. Se dijo que era una suerte que su madre estuviera esperando el bebé en una zona residencial de Maryland. Cuando vivían en New Hampshire, tenía un acuerdo con un granjero de la zona para que les llevara leche recién ordeñada, sin pasteurizar. Oficialmente la leche era para el gato, lo único que permitía la ley, pero el granjero nunca preguntó cómo era posible que *Luna*, la gatita, se bebiera tantos litros de leche a la semana.

Y esto, como finalmente comprendería Zach cuando empezó la enseñanza secundaria, no lo hacían ni los naturistas más radicales del vecindario. Pero aquí en Maryland, lo único que podía hacer su madre era comprar las botellas de leche bio —pasteurizada, pero no homogeneizada— que les traían a casa dos veces por semana. A él nunca le había sentado mal la leche sin pasteurizar, pero el embarazo de su madre despertaba su instinto protector; era preferible que tomara esa leche aguada a la que todos los demás estaban acostumbrados.

Coló los macarrones y los sirvió en un cuenco. Cuando entró en la habitación, su madre se sentó en la cama y le sonrió. El clip con el que recogía su oscura melena estaba un poco ladeado.

—No he podido hacer nada mejor —dijo, disculpándose de antemano—. Pero es la versión bio, no lleva Kraft ni nada por el estilo.

—Está bien, Zach.

Le entregó el cuenco a su madre, acercó a la cama una silla del rincón y la giró para sentarse con la barbilla y los brazos apoyados en el respaldo.

—¿Qué tal el cole?

—Bien. Estamos leyendo a Dante.

Ella respondió con un murmullo de asentimiento.

—¿Te gusta?

—No. La verdad es que lo detesto. —Su madre reprimió una carcajada, pero el movimiento de sus hombros reveló que le había hecho gracia—. Pero me gusta la clase de español, y el coro está bien. Lo de Ohio fue muy divertido.

—Qué bien. —Frunció la frente un poco preocupada—. Creo que estás haciendo nuevos amigos, ¿verdad?

—Sí. Temple es muy simpático.

—¿Y Fairen? Parece que te gusta.

Zach se encogió de hombros y apartó la mirada. Su madre captó la indirecta.

—El verano próximo iremos a New Hampshire —le prometió—. El bebé ya tendrá seis meses, podrá sentarse. ¿Te lo imaginas? Entonces podrás ver a tus antiguos amigos. A Jacob, a Arne y a Sam, a todos. Ya sabes que puedes llamarlos siempre que quieras. No nos preocupan las facturas de teléfono.

—Ellos tienen su vida y yo estoy fuera —dijo Zach—. Y los chicos no hablan por teléfono como las chicas. Ya lo sabes.

—Ya lo sé. —Cubrió con su mano la mano de él—. No tenía intención de arrancarte de allí en mitad de tus estudios, cariño. Siento mucho que hayamos tenido que hacerlo. Pero aquí el trabajo de tu padre va mucho mejor. Tiene tantos encargos que ha contratado a tres personas más.

—Sí.

Incluso a él le pareció que había respondido con sequedad.

Pero no quería hablar de ese tema. Cuanto más se empeñaban sus padres en explicarle por qué habían venido a Maryland, más le sonaba todo a mentira. Aunque era posible que fuera verdad; a lo mejor todo se reducía a un tema de carpintería, y no de paternidad. Sin embargo, pensar en eso le llevaba a considerar las otras posibilidades, cuando lo que quería era aceptar las circunstancias y seguir adelante con su vida. Después de todo, ya tenía suficientes problemas como para cargar con los posibles conflictos de New Hampshire.

El timbre de la puerta lo sacó de su ensimismamiento.

—Es Rhianne —dijo—. Voy a abrir.

Fue una visita rutinaria. La comadrona escuchó los latidos del corazón del bebé, mojó las tiritas para el análisis de orina, y le dijo a Vivienne que debía hacerse una prueba de tolerancia a la glucosa. A la madre de Zach no le gustó la idea.

—Ya sabes que prefiero no someterme a ese tipo de intervenciones.

—No es una intervención, es un diagnóstico —explicó Rhianne—. Tienes el nivel de azúcar un poco alto. Estaría bien que te hicieras la prueba para descartar que tengas diabetes gestacional.

—Seguro que se debe a los macarrones con queso que me acabo de tomar.

—Tal vez sí, y tal vez no. Hay que averiguarlo. Es la primera vez que te sale un nivel de azúcar alto.

Vivienne apoyó las manos abiertas a ambos lados de la cintura

—o por lo menos del lugar donde solía estar su cintura— y preguntó:

—¿Acaso tengo aspecto de ser propensa a la diabetes gestacional?

—Tienes cuarenta y un años —respondió Rhianne— y tus niveles de azúcar están más altos de lo normal. Haz lo que quieras, si no te preocupa dar a luz un bebé de cinco kilos.

Vivienne hizo una mueca de dolor. La comadrona le dio unas palmaditas en la rodilla.

—Te veré en un par de semanas. Dejaré los papeles sobre la mesa.

Con un gesto, le indicó a Zach que la acompañara.

—¿Se pondrá bien mi madre? —preguntó él cuando llegaron al vestíbulo.

—Estará bien. Es una prueba que se suele hacer. Probablemente también se la hizo contigo.

—Probablemente no.

Con una sonrisa, Rhianne le acercó la bolsa que llevaba y la abrió para que pudiera meter la mano. Zach sacó un buen puñado de condones.

—¡Vaya! —exclamó ella—. Veo que te gusta llevarlos.

Él respondió con la sonrisa entre tímida y orgullosa de un chico que acaba de hacer algo muy osado y se metió los regalitos en los bolsillos del pantalón.

—¿Hay una novedad en tu vida?

—Más o menos.

—¿Quieres hablar de ello?

Zach hizo un gesto negativo.

—No. Estoy tomando precauciones. Y ella toma la píldora.

—Bien, pero hay otras cosas importantes, como el respeto mutuo, la madurez emocional, cosas así.

—Sí, eso también lo tenemos.

Rhianne soltó una carcajada.

—¿Lo saben tus padres?

Zach se puso serio.

—No. Y no les digas nada, ¿vale? Ya tienen bastantes preocupaciones. Se asustarían.

—No te preocupes, no voy a traicionar tu confianza. —Le dedicó una sonrisa seria, pero cariñosa—. Y si en algún momento quieres hablar de algo, aquí me tienes.

Las probabilidades de que Zach llegara a hablar de Judy con Rhianne eran absolutamente nulas, pero su amabilidad le enterneció.

—Muchas gracias —dijo, abriendo la puerta para dar por terminada la conversación—. Bueno, nos vemos.

Un viernes me tomé medio día de fiesta para ir a ver a Maggie, que ya estaba instalada en la universidad. Ir en coche hasta Saint Mary suponía dos horas de ida y dos de vuelta. Pasado Baltimore, los postes metálicos que jalonaban la carretera se convitieron en auténticos árboles, y las colinas se hicieron cada vez más altas. En mi cabeza, Maggie y Zach se disputaban mis pensamientos.

En su última llamada telefónica —que había sido hacía bastante tiempo, ahora que caía—, mi hija me comunicó que había decidido estudiar biología. «Ya era hora», pensé, dado que era su segundo año. Pero es que Maggie siempre me había resultado un tanto extraña: nunca hacía lo que yo suponía que iba a hacer. De niña era tranquila y fácil de contentar, era buena y obediente, pero no parecía tener interés por nada. No discutía, no se alteraba, no había nada que la sacara de sus casillas. Esto me dejaba perpleja. ¿Cómo era posible que Russ y yo —que podíamos mostrarnos no sólo entusiastas, sino hasta fanáticos con lo que nos gustaba— hubiéramos tenido una hija tan indiferente? Con los años me fue resultando cada vez más difícil relacionarme con ella. Pensé que tal vez se acercaría más a mí cuando los chicos entraran en su vida, pero durante sus años de preadolescencia Maggie mostró hacia el sexo opuesto una actitud desdeñosa que más tarde se convertiría en auténtica indiferencia. De nuevo pensé en mí y en Russ y me pregunté: ¿de dónde diablos le ha venido ese gen?

Pero no era asunto mío, como yo misma me recordaba una y otra vez. Maggie ya tenía edad para hacer o no hacer lo que ella prefiriera. Además, yo ya había hecho suficiente por las dos. Dado lo mucho que podía equivocarme cuando se trataba de sexo, tal vez era preferible que a Maggie el tema le importara poco. A su edad yo me enamoré de Marty y me acosté con él. En poco tiempo se transformó en un tipo celoso y controlador, y hasta su sentido del humor se tornó malicioso. Como yo era joven e inocente, me costó mucho encontrar la manera de poner fin a la relación, y me alegraba de que Maggie no tuviera que vivir una experiencia tan dolorosa.

Tomé la vía de salida y subí la ventanilla. Hacía mucho viento. Habíamos acordado que Maggie me esperaría en la puerta principal de la residencia universitaria. Probablemente ya estaría allí. Me subí el cuello del abrigo y procuré centrar en ella mis pensamientos.

—No vinisteis el Fin de Semana de los Padres.

Metí las manos en los bolsillos del abrigo y fruncí el ceño.

—¿Cómo?

—Fue hace dos semanas. Pensaba que vendríais.

Sacaba el labio inferior con un mohín malhumorado. La gruesa cola de caballo castaño oscuro que le caía sobre un hombro parecía el ornamento de un casco romano que se le hubiera torcido. Observé que tenía un poco de papada. Tener buenas notas no la había salvado de los kilos que suelen ganar los estudiantes en el primer año de la universidad.

—No nos dijiste nada —le informé.

—La universidad mandó una circular.

—Maggie. La universidad nos manda un montón de cosas, y la mayoría son para preguntarnos si queremos entradas para los partidos de fútbol o si estaríamos dispuestos a pagar cien dólares por una placa conmemorativa en el centro de ex alumnos. Ahora estás en segundo curso y yo pensaba que ya no habría más reuniones orientativas.

Se arrebujó en su chaqueta polar.

—Bueno, es que me sentí sola, nada más.

Esbocé una sonrisa.

—¿Qué tal estamos de amores?

—¡Oh, mamá!

La llevé a una pizzería muy cerca del campus. En cuanto nos sentamos a la mesa comprendí por qué había elegido ese restaurante. El nivel de ruido era insoportable, y las mesas estaban tan juntas y había tanto jaleo que era inútil tratar de conversar en serio. Así me castigaba por haberle hecho una pregunta sobre su vida amorosa, estaba segura de ello.

—Bueno, ¿y cómo van tus clases de biología? —grité, para hacerme oír por encima del estrépito.

Asintió varias veces con la cabeza para darme a entender que las cosas iban tan bien como se esperaba.

—Bien —dijo—. Las clases de ciencias siempre van bien. El año pasado aprendí algo muy importante.

—¿Qué?

—Que lo que nos enseñaron de ciencia en Sylvania era una mierda absoluta.

La miré fijamente.

—¿Cómo dices?

—Una mierda absoluta —repitió, más fuerte esta vez.

Me quedé pensativa, tanto a causa de la afirmación como por el hecho de que era la primera vez que oía a Maggie decir algo tan agresivo o tan soez.

—Estás haciendo una afirmación muy radical —dije finalmente.

—Pero es la verdad —replicó levantando la voz.

Asentí en silencio. Al cabo de un rato, dije:

—Bueno, yo siempre he pensado que Waldorf era estupendo sobre todo para los pequeños.

Maggie me dirigió una mirada benevolente. Tenía las manos entre las rodillas.

—Por cierto, he empezado a ir a la iglesia.

—¿Cómo dices?

—No haces más que preguntar *cómo dices*. ¿Tienes problemas de audición?

—¿A qué iglesia?

—La iglesia baptista del campus.

—¿La iglesia *baptista*?

—Exactamente.

Maggie cogió una porción de pizza y empezó a comer, pero yo no podía ni pensar en empezar. Alrededor todo era tintineo de cubiertos, y el zumbido de las conversaciones era tan alto que parecía el de una maquinaria pesada. De la cocina llegó un estrépito de cristales rotos. La iluminación del techo era amarilla y deslumbrante, del tipo que se usa para matar a los bichos.

—¿Por qué? —pregunté.

—La gente es muy maja —dijo. Empezaba a tener la voz ronca de tanto gritar—. Muy edificante. Los domingos vamos de casa en casa para dar a conocer nuestro mensaje.

—¿Vas de casa en casa?

—¿Ves como puedes oírme? —dijo, asintiendo—. Sigues repitiendo todo lo que digo.

—Porque hablas el mismo idioma, pero no entiendo lo que me dices.

—Porque tienes una mentalidad muy cerrada.

Me recliné en la silla.

—Bueno, es la primera vez que me lanzan una acusación así.

—Probablemente porque sólo te relacionas con personas que son como tú —sugirió Maggie amablemente.

En lugar de responder, cogí un pedazo de pizza y aparté los grasientos trozos de pimiento antes de llevármelo a la boca.

—El caso —continuó Maggie— es que me he dado cuenta de que me he pasado dieciocho años refugiándome en esas tonterías, aprendiendo cosas sin importancia de personas que casi siempre son unas hipócritas..., y luego, en el mundo real, cuando conseguí aceptarlo, comprobé que el mundo real no explota si reconoces que las hadas no existen y que bailando no alcanzarás un nivel más alto de conciencia. Se trata de pensar con lógica.

Asentí.

—Y aquí es donde entra la iglesia baptista.

Enarcó levemente las cejas y levantó con el tenedor un trozo de *mozzarella*.

—La redención es lógica —afirmó—. Comparada con las tonterías que he tenido que tragarme, es prácticamente la ley de Newton.

Asentí.

El reino de la infancia

—De manera que así es como se rebelan mis hijos.

—No me rebelo. Así es como he sido toda mi vida, pero no tenía las palabras para expresarlo, porque en Sylvania sólo emplean la cháchara de la Nueva Era. Nunca encajé en ese estúpido colegio, ya lo sabes. Lo único que quería era ser una persona normal en una familia americana normal. Una familia que celebrara el Cuatro de Julio con una barbacoa sin un montón de tipos explicando cómo pudieron librarse de Vietnam. —Se inclinó hacia mí con una sonrisa—. Pero antes me preguntaste cómo me iba con los chicos.

—Sí —dije, encantada de poder cambiar de tema—. ¿Hay alguna novedad?

—Sólo una cosita. He hecho un voto de pureza.

La rebelión de Maggie contra la educación recibida estaba alcanzando un nivel absurdo, pero aunque por una parte me daba risa, por otra parte no podía evitar entristecerme. Recordé cómo era cuando le daba el pecho: una criatura diminuta, con un pelele blanco y el gorrito rosa que le había tejido Bobbie. Decidí desde el fondo de mi corazón que a ella no le pasaría lo mismo que me pasó a mí con mi madre. Durante toda mi infancia vi la lucha de mi madre por conservar la cordura, y algunos años me pareció que no se esforzaba lo suficiente. Cogí un hilo que se había enredado en la lana del centro del gorrito mientras meditaba en lo que yo había representado para mi madre —un pequeño defecto en medio de un impecable diseño— y me prometí que mis hijos nunca se sentirían así. *Ellos* serían el centro, *ellos* serían el diseño. A pesar de todo, Maggie pensaba que yo había colocado mi idea de la infancia por encima del niño real. Había tejido una red de seguridad tan tupida que la había asfixiado con ella.

Me sentía muy melancólica aquella noche en el hotel cuando me coloqué la almohada bajo la cabeza y me puse a pensar en mi hija. Zach me habría dicho: «No te rayes tan rápido», una expresión que al principio me dejó perpleja, hasta que me explicó que era una forma de decir que no me preocupara tanto. Probablemente hoy estaría en mi casa con sus amigos, bebiéndose mi Coca-Cola. De haber estado allí, le habría ofrecido acompañarlo en coche a casa. Nos habríamos desviado camino del lago, como hicimos dos noches atrás. Cuando acabamos, él me cogió la mano levantada y se rió. Dijo: «Oh, Dios mío, ha sido increíble». Y yo respondí a esto con una sonrisa de satisfacción, como si un profesor me hubiera nombrado su mejor alumna. En el camino de vuelta, las noticias en la radio hablaban de nuevo del juicio a Clinton. «Me pregunto si se arrepiente de lo que hizo», le dije a Zach. Él respondió: «¿Estás de broma? Esto es lo mejor que hay».

Con este recuerdo me resultó fácil coger el sueño. Me resultaba grato rememorar la oscuridad nocturna del interior del coche, la prisa por desabrocharse el cinturón, la gozosa facilidad con que su cuerpo recibía mis atenciones. Zach gimió, luego rió y habló, pero su voz había cambiado. Le miré. En la oscuridad su cara parecía pálida; su pelo, de un rubio sucio, y sus ojos, dos cristales azules. Incluso entonces, en los albores del sueño, me sorprendí al ver su rostro, tan diferente del de Zach, pero esto no me detuvo. Cuando se me acercó, olía a cobre y a tierra y tenía las manos callosas, pero nada impidió que un estremecimiento de placer me recorriera el cuerpo desde el vientre, sin el menor atisbo de vergüenza.

13

Zach estaba en la cocina de Judy con los brazos metidos hasta el codo en agua jabonosa, convirtiendo bolas de lana en fieltro. Las esferas de colores, de un tamaño apropiado para las manos de los párvulos, flotaban en el agua: rosa, azul y verde menta. Su profesora de primaria habría protestado diciendo que eran manualidades Waldorf hechas en serie. Pero se acercaba la fecha del mercadillo y había que terminar los juguetes que se pondrían a la venta.

El chico exprimió el agua de una bola verde, la movió de una mano a otra y la volvió a sumergir. Frente a él, Judy dejó caer una bola amarilla en una bandeja cubierta con una toalla. Era su quinta bola.

—Eres más rápida que yo —se admiró Zach.

—Lo he hecho muchas veces —dijo Judy con voz compungida. Exprimió el agua de una bola color lavanda, la manipuló para darle forma esférica y la volvió a sumergir en el agua—. Me gusta hacer esto. De niña, cuando vivía en Alemania, solía ir después del cole al establo de los vecinos para ver a su hijo, que cuidaba de los animales. Él me pasaba trocitos de lana de las ovejas, y yo los amasaba para convertirlos en bolas así, parecidas. Entonces no sabía convertirlas en fieltro, por supuesto. Era sólo por hacer algo. —Sacó del agua la bola lavanda—. Tocar esto siempre me recuerda a aquella época. Y a aquel chico. Se llamaba Rudi.

—Rudi —repitió Zach, pronunciando una erre más sonora y resaltando la u, en imitación del acento alemán.

Judy chascó la lengua.

—Era muy simpático conmigo. La vida allí era muy solitaria. No tenía amigos. Y mi padre follaba con la criada. —El adolescente se rió por lo bajo—. Que aquel chico fuera amable conmigo significó mucho para mí. Tú te pareces un poquito a él. No en el color del pelo y la piel, porque él era bastante ario, pero en la boca. A veces hay algo en tus ojos que me recuerda a él. Y en tu cuerpo.

Zach rió a carcajadas.

—Mi cuerpo. ¿Y cuántos años dices que tenías?

Judy sonrió.

—Me refería a que eres nervudo como él. Supongo que tenía tu misma edad, de modo que no es extraño. Sin embargo, Scott, por ejemplo, es de cuerpo fornido, como Russ. Temple es flaco sin más. Pero Rudi parecía que solamente tenía músculos bajo la piel. Yo nunca había visto nada parecido hasta que lo conocí. Tú también eres así.

A Zach el agua jabonosa empezaba a ablandarle la piel. Dejó un momento lo que estaba haciendo y se secó las manos con una punta de su camisa. Cuando vio que su gesto hacía sonreír a Judy, dijo:

—Para ser una niña de seis años, encuentro que te fijabas mucho en él.

—Oh, no, tenía diez años, pero no había nada de eso. Lo vi siempre como... un puerto en el que refugiarme, supongo. Nunca lo vi como un objeto sexual, nada de eso. —Otra bola de lana salió del agua y fue a parar a sus manos perfectamente redondeada, como por arte de magia. Judy sonrió para sí—. Aunque lo cierto es que la otra noche soñé con él, ¿sabes?

—¿Con R-R-R-Rudi?

Esta vez le arrancó una carcajada.

—Sí. La noche en que fui a ver a Maggie. Fue un sueño muy explícito. Cuando desperté, me pareció muy sorprendente, porque no pensaba en él en estos términos. Lo recuerdo casi como a un santo, o a un salvador.

—Entonces, ¿fue un mal sueño?

Judy volvió a sonreír, esta vez con un mohín de vergüenza. Cuando alzó la mirada, había en sus ojos una chispa de malicia.

—No —dijo.

Zach rió. Su pulso se aceleró al instante. Siempre esperaba que Judy se echara atrás en cualquier momento y dejaran de ser amantes; se sorprendía cada vez de que la historia continuara. Y continuaba en todas partes: en el aula de ella, en el taller, en el Volvo aparcado junto al lago, y por supuesto en el bosque. Cuando Zach ponía peros al lugar o a la hora del encuentro, ella se arrodillaba y le bajaba la cremallera, y a partir de ahí ya no había discusión. En estas ocasiones Judy parecía perfectamente satisfecha. Él no lo entendía, pero se limitaba a aceptar la suerte que tenía y a admirar su buen trabajo. La sesión de manualidades había resultado totalmente casta hasta el momento, pero Judy era capaz de pasar de profesora a amante insaciable en un abrir y cerrar de ojos. Zach se preguntó cuál de las dos le acompañaría esta noche a casa.

Pero antes de que pudiera pensarlo más en serio, se abrió la puerta y entró Scott con el abrigo desabrochado y la mochila colgando del hombro.

—Hola, mamá —dijo al entrar en la cocina. Luego se dirigió a Zach—. Hola, tío. —Miró las bolas de lana colocadas sobre la toalla—. Bonitas bolas.

A Zach le vino a la mente la respuesta que esperaba: «Eso mismo me dijo tu madre». Pero esta vez se contuvo.

—¿Quieres echarnos una mano? —le preguntó Judy.

—Ahora mismo me iba —respondió Scott. Cogió de la nevera un recipiente de plástico, miró con desgana el contenido y lo dejó para coger una manzana.

—¿Has quedado con Tally? —preguntó Judy.

Scott emitió un gruñido antes de hincar el diente en la manzana. Rebuscó en un armarito, y al no encontrar nada que le gustara dejó oír un sonido inarticulado, dio un manotazo a un montón de papeles sobre el mostrador y salió.

—¡Prepárate un bocadillo! —le gritó Judy desde la cocina.

—Ese pan es asqueroso —respondió él a gritos—. Tiene semillas y mierdas así.

Se oyó el portazo de la puerta. Judy suspiró y le dirigió a Zach una sonrisa de disculpa.

—Bienvenido a la felicidad de mi hogar.

—¿Siempre te habla así?

—Sí, cuando me dirige la palabra. La mayor parte de los días viene Tally en su pequeño BMW y nada más llegar se mete con él en la habitación o en el estudio para «ver la tele». —Con los dedos puso las comillas a la expresión «ver la tele»—. Me resulta sorprendente que haga estas cosas simplemente para molestarme. No hay ninguna razón para que se metan en el estudio. Cuando miro la tele, lo último que deseo es pensar en lo que ha hecho mi hijo en el sofá.

Zach se rió por lo bajo.

—Temple me comentó algo. Dijo que Scott hacía algunas cosas sólo porque sabía que te molestaban. Me pareció muy raro. A veces discuto con mis padres, pero cuando hago algo que les molesta de verdad siempre me siento fatal.

Judy ladeó la cabeza y le miró a los ojos.

—¿Y por qué eres amigo suyo?

—No lo sé. Porque es amigo de mis amigos.

—No te pareces mucho a él.

—Cierto. Pero me parezco a otras personas con las que él va. Como Temple. Y Fairen.

Al oír el nombre de Fairen, Judy torció la boca.

—Háblame de New Hampshire —dijo.

—¿De New Hampshire? ¿Qué quieres saber?

—Cómo es. Qué echas de menos. Tu colegio, tus amigos..., háblame de ellos.

Era una pregunta que abarcaba tanto como su vida..., por lo menos su vida hasta el pasado mes de junio. Al salir de casa por las mañanas todavía se le encogía el corazón cuando veía que no había montañas en el horizonte y se daba cuenta de que ya no estaba en New Hampshire. Aquí hacía demasiado calor. Las hojas eran aburridas, los bosques raquíticos, las autopistas demasiado anchas y jalonadas de restaurantes impersonales con el mismo tipo de comida, como si fueran fábricas. Y en todos estos meses desde su llegada nadie le había preguntado por el lugar de donde venía. Lo cierto era que se moría por hablar de New Hampshire, pero sabía lo pesado que resulta que el recién llegado se ponga a contar lo bonito que es el lugar de donde viene. Además, a nadie le importaba. Ahora estaba aquí y se acabó.

Sonrió y negó con la cabeza, dudando.

—No sabría por dónde empezar.

Judy se levantó, fue a la nevera y, después de rebuscar, encontró una Coca-Cola. Abrió la lata y se la tendió.
—Tenemos toda la tarde. No hay nadie en casa.
Zach dejó sobre la toalla la última bola de lana y cogió el refresco. Judy le indicó una silla para que se sentara. Él se sentó. El silencio de la casa invitaba a la comunicación, inspiraba privacidad y tranquilidad. En aquel vacío, el chico se dio cuenta de que lo que más deseaba era que alguien le escuchara. No quería otra Judy que la que ahora mismo estaba sentada a la mesa de la cocina, esperando pacientemente a que él le hablara de su antiguo hogar.
—Era como un bosque de un cuento de hadas —empezó.

Lo primero que recordaba cuando pensaba en su hogar eran las tupidas copas de los árboles, y la forma en que la luz las atravesaba en forma de dardos y puntitos; la oscuridad profunda, tan completa, tan absoluta, que reinaba dentro del bosque. En su barrio las raíces de los árboles sobresalían del suelo y destrozaban las aceras, invadían los senderos. La naturaleza estaba siempre presente, sobre su cabeza, bajo sus pies. La naturaleza no permitía que le pusieran límites.

El estudio de yoga se levantaba sobre pilotes junto a un camino vecinal. Tenía las paredes de madera deslucidas por tantos inviernos de nieve, y los pilotes no estaban solamente para darle un aire rústico: eran necesarios porque el terreno solía inundarse. Por detrás de la casa discurría el río Saco, que en aquel tramo era poco profundo; apenas te llegaba el agua a los tobillos, pero con el deshielo podía convertirse en un torrente. En más de una ocasión, mientras jugaba cerca del río, fueron a dar a sus pies unos pececillos desorientados. Las heladas rocas junto al río eran blancas como la nieve y estaban cubiertas de líquen.

A través de las puertas correderas de cristal, en el piso de arriba, podía verse a su madre ejecutando las *asanas*. En aquel pueblecito era como un pájaro exótico, tan menuda y flexible, agitando su negra coleta. De alguna forma conseguía mostrarse cordial sin dejar de ser distinta a todos. A la gente siempre le sorprendía descubrir que el carpintero rubio era su marido, y que el crío de pies descalzos y húmedos era hijo suyo. Parecía el tipo de mujer capaz de abandonarlo todo para subirse a un avión con la mochila y marcharse a un país lejano. Y lo habría hecho, de no ser por el carpintero rubio y por el crío.

Zach se preguntó si el problema no estaría en el espíritu inquieto de su madre, en su deseo de aventura. Y lo entendía. Le habría gustado saber cómo acabó aquella relación, aunque prefería no pensarlo. Porque el aspecto de la niña, en algún punto de la escala entre asiática y caucásica, no desvelaría el secreto. Y él la querría de todas maneras, ya empezaba a quererla.

A pesar de que no quería, pensó en todo esto mientras vaciaba los platos y los colocaba en el lavaplatos, limpiaba los mostradores y calentaba el agua para prepararle a su madre una taza de té. Mientras el té reposaba, llevó las peladuras de fruta y el poso del café al cajón de compostaje y cogió del jardín los últimos tomates. Cuando le llevó a su madre la taza de té, la encontró incorporada en la cama, leyendo el libro *Manos amorosas: el arte tradicional de dar masajes al bebé*.

—¿Cuántos años tiene este libro? —preguntó.

Su madre sonrió con picardía y rodeó con las manos la taza de té.

—Oh, unos dieciséis, más o menos.

—¿Y por qué no te deshiciste de él?

—No pude. Las ilustraciones son tan bonitas. —Echó una mirada melancólica a la cubierta y dio un sorbo al té—. Supongo que en el fondo siempre tuve esperanzas de tener otro bebé.

—Lo has conseguido.

Su madre se acabó el té y le entregó la taza. Con un suspiro, se reclinó en las almohadas con una mano sobre la tripa. La camiseta se le subió por encima del ombligo, dejando ver una buena franja del abdomen. Zach observó que un bulto trazaba un camino bajo la piel: un pie, tal vez. Apoyó la palma en el otro lado y esperó a que el bultito chocara contra su mano.

—Te pillé —dijo.

Su madre rió. Permanecieron unos momentos en silencio. Zach

tocaba lo que debía de ser el pie del bebé, haciendo lo posible por rehuir la amorosa mirada de su madre.

—¿Cómo está Fairen? —preguntó ella finalmente.

Él soltó una risita incómoda.

—Bien, supongo.

—No te he preguntado mucho sobre tu vida, últimamente.

—No pasa nada.

—¿Estás con ella?

Estar con. Así era como lo preguntaban las madres. Intentó que el bebé se moviera otra vez.

—No.

—Pero ¿estabas?

Notó que le empezaba a arder el rostro. Apartó la mano del vientre de su madre y la apoyó sobre la colcha.

—Sí.

Su madre sonrió espontáneamente.

—Bueno, pues lamento no haberte preguntado mientras estabais juntos.

—No había mucho que contar.

—¿Te ha roto el corazón?

Zach negó con la cabeza.

—¿Te estoy incomodando?

—Más o menos.

Le dio una palmada en la mejilla.

—¿Recuerdas cuando eras pequeño, cómo te llevaba subido a mi espalda como un monito?

—La verdad es que no.

—Ahora tienen unos canguros muy monos —dijo—. Pero entonces tú te subías a mi espalda y yo ponía la mano bajo tu pequeño trasero y te llevaba así a todas partes. Eras el niño más cariñoso que se ha visto jamás. Espero que esta niña sea igual.

—Yo espero que *duerma*.

—Bueno, entonces no se parecerá en nada a ti. —Zach rió—. ¿A dónde vas esta noche?

—Scott ha invitado a unos cuantos.

La frente de su madre se ensombreció.

—¿Estará su madre en casa?
—Supongo. No lo sé.
—Zach..., ya sabes que no me gustan las fiestas sin padres.
—No es una fiesta. Sólo un grupo de amigos en su casa. Pero me portaré bien, ¿vale?

Su madre pareció satisfecha con la respuesta.

—¿Fairen también estará?
—*Mamá*. No lo sé.
—Sólo una cosa más —insistió ella—. ¿Acabasteis mal?

La carcajada de Zach fue suave como un suspiro.

—No sé dónde empiezan y dónde acaban estas cosas.

Su madre asintió con expresión seria.

—Es muy sabio por tu parte verlo así.
—No lo llevé con tanta sabiduría.

Se inclinó y apoyó la frente sobre la rodilla de su madre, que le acarició el pelo con suavidad. Zach cerró los ojos y vació la mente. Se concentró en las manos de su madre, cálidas y suaves.

—No hay nada que se pierda en la vida —citó su madre en un susurro—. Lo que es real siempre fue y no puede ser destruido.

Zach exhaló un suspiro junto a la pantorrilla de su madre, y notó en el rostro la cálida ráfaga de su propio aliento. Las palabras de la *Bhagavad Gita* le calmaron. Su madre siempre acudía a estas citas en las prácticas de meditación con sus alumnos, y él las había absorbido palabra por palabra. Ahora le ayudaban a cerrar la herida causada por Fairen, aunque sólo fuera un poco.

—Aprenderás, Zachary Xiang —dijo su madre.

14

Russ se marchó a Islandia a principios de noviembre, llevándose consigo la maleta grande, motivo de tan gran disgusto poco antes. Le acompañaban otros dos profesores del departamento, de modo que no hubo ceremonial de despedida en el aeropuerto; simplemente, al llegar a casa descubrí que su equipaje ya no estaba en el vestíbulo. En otro tiempo me habría sentado mal que no me hubiera dicho adiós, pero ahora no sentía nada. Pocos días más tarde, cuando estaba recogiendo la cocina y preparándome para acudir al evento escolar que había organizado Dan, Scott me comentó que aquella noche dormía en casa de Zach. Al momento supe que era mentira. Zach había estado en mi aula aquella misma tarde, y una cosa así me la habría dicho.

Cuando llegué a la escuela lo vi sentado en el escenario con Temple. Todavía llevaba puesta la túnica de vivos colores que se había puesto para la demostración de euritmia, y estaba haciendo tiempo tras la actuación de la tarde. Me hacía gracia que los profesores le hubieran elegido a él para hacer una demostración del «arte del movimiento expresivo», una técnica que todos los alumnos aprendían desde primaria. Lo más probable era que le hubieran elegido a él porque era nuevo, y por lo tanto fácil de convencer para una tarea que sus compañeros rehuían a toda costa. También era cierto que Zach sería bueno en este tipo de actividad. Se movía con una gracia leonina que yo conocía bien; era una de sus cualidades más atractivas. Le hice señas desde la puerta para que se acercara y bajó de un salto del escenario. Cuando estuvo lo bastante cerca como para que nadie nos oyera, le pregunté:

—¿Quieres que te lleve en coche a casa?
—Claro.

—Bueno, pues sí que es raro —bromeé—. Me han dicho que Scott dormirá esta noche en tu casa.

En los ojos de Zach se reflejó la confusión.

—No es cierto.

—Ya lo sé. —Esbocé una sonrisa torcida—. Imagino que irá a casa de Tally, o a un motel. Quién sabe. Ya tiene dieciocho años, como insiste en recordarme. Pero me dijo que iría a dormir a tu casa.

Zach negó con la cabeza, sin entender. Como si me dirigiera a un niño pequeño, le repetí:

—No estará en casa.

—¿Y Russ?

—Estará en Islandia hasta el martes. Te lo dije ayer.

—No, no me lo dijiste.

Ladeé la cabeza. Tenía que esforzarme para que mi mirada no revelara el ansia que sentía.

—Puedes llamar a tu familia desde mi casa —le susurré—. Diles que pasarás la noche en casa de Scott.

Hizo una mueca de disgusto.

—Detesto decirles mentiras, Judy. Ya lo sabes.

—No es una mentira.

De su garganta se escapó un profundo suspiro.

—Judy.

—Si lo prefieres, te acompaño a casa y ya está. Como quieras. Pero sólo digo que no ocurre a menudo que Scott no venga a dormir a casa. Por lo general, lo consideras... ¿cuál era la palabra? ¿Aguafiestas?

Él consiguió reírse por lo bajo y poner los ojos en blanco al mismo tiempo.

—Tengo que hablar con unos padres en el vestíbulo —comenté—. Nos encontramos en mi coche dentro de veinte minutos y me dices cuál es el plan.

Zach hizo una pelota con su fina túnica de euritmia y se agachó para coger las zapatillas que había dejado en una esquina junto a la cortina del escenario. Temple se había alejado un momento para hablar con un profesor y ahora estaba solo sobre el escenario. Le molestaba mucho que Scott lo hubiera utilizado a él, precisamente, como coartada. Había mentido sin decirle nada. Era muy irritante, además, porque Scott siempre se burlaba de él por su supuestamente miserable vida sexual, y ahora resultaba que recurría a él para practicar el sexo. Le daban ganas de aceptar la propuesta de Judy sólo para fastidiarle. Claro que a ella le importarían poco sus razones, mientras pudiera llevarlo a la cama.

Los pocos niños que quedaban se entretenían con los curiosos juguetes que habían hecho los profesores: una cesta llena de muñecas de punto, piezas de vivos colores para encajar, figuritas de madera que representaban a los personajes de cuentos infantiles. Zach se los quedó mirando. Echado en el suelo boca abajo, el hijo del doctor Beckett apilaba los animales de *Los músicos de Bremen*, ajeno a los demás niños a su alrededor. Encima de los pantalones de pana y la camiseta roja, llevaba una capa dorada de guerrero que a él le hizo sentir una punzada de nostalgia. Se vio a sí mismo con seis años, de pie ante su profesora con una capa casi igual. La profesora le hacía entrega de una áspera espada de madera. «Zachary, tu espada es muy fuerte y brillante. Utilízala sólo para hacer el bien.» Le vinieron a la memoria las canciones de la escuela Waldorf, y sus letras le trajeron muchos recuerdos de infancia. «Disfrútalo mientras dure, chico», se dijo. No hacía tanto tiempo que él estaba en esa misma postura, tumbado en el suelo con un puñado de animales. Lo único que necesitaba entonces para sentirse valiente, fuerte y poderoso era este país de fantasía.

En el último momento, despertó del ensueño y atravesó corriendo el aparcamiento. Alcanzó a Judy cuando acababa de subir al Volvo. Ella le abrió la puerta del copiloto y puso el motor en marcha. El indicador de gasolina señalaba que el depósito estaba casi vacío. Zach estuvo a punto de decir algo, pero se lo pensó mejor.

—Entonces, ¿a dónde vamos? —le preguntó. La respuesta no pareció sorprenderle.

Como Scott no estaba, Zach decidió fisgonear. Siempre le había gustado explorar las casas de los demás, y en ocasiones incluso sobrepasaba los límites de la buena educación como invitado. Cosa un tanto sorprendente, ella no se abalanzó sobre él en cuanto llegaron, sino que se puso a ordenar la cocina, y él se sintió en libertad para recorrer la casa. Había estado otras veces en el dormitorio de Judy, pero siempre con el tiempo justo, en plena excitación sexual antes de entrar y obligado a salir corriendo nada más terminar. Esta noche no había límites; tener tiempo por delante se le antojaba un lujo.

En el cuarto de baño encontró el cajón donde Scott guardaba una colección de productos para el pelo que enorgullecería a cualquier chica. Hojeó el álbum de fotos más antiguo, saltándose las apariciones de Russ y analizando la apariencia de una Judy mucho más joven. Era muy guapa, aunque no hubiera sido más su tipo entonces que ahora. Prefería las chicas rubias y elegantes a las morenas y menuditas, aunque desde luego no era por su aspecto por lo que Judy le atraía, sino porque colocó un pie sobre su erección cuando él estaba convencido de que llevaba la batuta; por eso estaba con ella. El deseo de Judy era un lago tan profundo que podía sumergirse en él sin llegar nunca al fondo. Y, sin embargo, la superficie se veía serena como un espejo. Resultaba endiabladamente sexi.

Se abstuvo de entrar en el cuarto de Scott y en el despacho de Russ. Subió al dormitorio y se agachó para ver las viejas cajas de cartón y las bolas de polvo que había debajo de la cama. En el cajón de la mesita de noche había un peine de plástico, gomas para el pelo y un ejemplar de *Little Birds*, de Anaïs Nin.

—Mira cómo mete las narices en mis cosas —bromeó Judy desde la puerta. Sostenía en la mano una copa de vino, ya casi vacía.

Zach se volvió hacia ella con una sonrisa levemente avergonzada.

—No tienes casi nada interesante.

—No habrás mirado en los lugares adecuados.

—Y tú no tienes las cosas normales que tiene todo el mundo.

—¿Cosas normales? —Judy alzó las cejas—. ¿Cuáles?

El chico se puso de pie y se sentó sobre la cama.

—Anticonceptivos. Velas. Esas tiritas que te pones en la nariz para no roncar.

Judy rió.

—Ni Russ ni yo roncamos. Guardo las píldoras anticonceptivas en el bolso para que Russ no sepa que las tomo. Y no me gustan las velas.

—¿Por qué no? Pensaba que a todas las chicas les gustaban.

—A mí no. —Se sentó junto a él sobre la colcha—. Cuando era pequeña tuve que leer un libro sobre una niña que juega con las cerillas y se prende fuego. Se llamaba *La terrible historia de Pauline y las cerillas*. Todavía lo recuerdo, casi palabra por palabra. —Movió la copa y contempló la oscilación del vino. Luego canturreó en tono burlón—: «Está mal, muy mal, ya lo ves. Te quemarás de la cabeza a los pies».

—¿Esto era un cuento para niños? —Zach sonrió—. Qué bonito.

—Sí. Estaba en el libro del que te hablé aquel día en el bosque. —Apuró el vino—. Al final, lo único que queda de ella es un montón de cenizas y sus zapatitos rojos, y los gatos son los únicos que la echan de menos. Tuve pesadillas durante semanas. Me parecía lo más horrible del mundo, la peor muerte posible. Por eso nunca he sido muy aficionada al fuego.

—Es raro. En la escuela utilizan mucho las velas.

—Sí, y no me importan las velas siempre que estén controladas. Creo que el fuego posee la belleza de lo peligroso, pero no es lo que elegiría para poner en casa cuando quiero relajarme. —Le dirigió una sonrisa—. No pondría fuego en un sitio donde pudiera caerse. Me inquietaría. ¿A ti no?

—Sí, supongo que sí.

Judy asintió con aire pensativo.

—Supongo que de aquí nos vino la idea de Dios: algo hermoso y cálido que nos atrae, pero tan poderoso que es capaz de consumirnos. Está en nuestra naturaleza identificarnos con el mundo natural, y viceversa. Nos imaginamos que si un ser humano canalizara las fuerzas de la naturaleza habría alguien a quien podríamos exponer nuestro caso, alguien capaz de detener un desastre. Pero nunca he visto que esto funcione demasiado bien. —Se bajó de la cama dando un saltito—. Si tienes hambre, hay montones de comida en la nevera. Y todos los aditivos, altos niveles de fructosa y jarabe de maíz que puedas soñar.

Zach respondió con una sonrisa.
—Estoy bien.

Mientras esperaba a Judy, salió por la puerta de atrás al jardincito vallado. Había árboles y una mesa con un agujero en el centro para la sombrilla, con algunas sillas de hierro forjado alrededor. Se sentó en una de ellas con una lata de Coca-Cola que había sacado de la nevera. Podía haberse servido vino, pero descartó la idea. Aún tenía la paranoia de que Scott podía presentarse en cualquier momento, y la pelea sería más justa si él estaba sobrio.

En un extremo del jardín había una casita, ya destartalada y cubierta de enredaderas, con la pintura desportillada. Supuso que habría sido en algún momento de la hermana de Scott. Pero la casa que él había construido estaba mucho mejor pensada y acabada. Rememoró lo pesado que fue volver a poner el ribete que había colocado mal. Recordó el momento del primer beso. Supo que Judy se iba a mover un instante antes de que se moviera, y luego todo ocurrió al mismo tiempo: ella se incorporó, le cogió la cara entre las manos, puso la boca sobre la suya. Fue sorprendente: una profesora, una madre, un pequeño flirteo sin importancia, como uno de esos juegos de habilidad que te entretienen un rato. Semanas más tarde, en el bosque, fue imposible determinar quién sedujo a quién, pero en la casita estaba muy claro quién había empezado.

Pero eso ahora no importaba. Colocó un pie sobre otra silla y se agachó para mirar al cielo: Orión asomaba por encima de las copas de los árboles, la Osa Mayor, Venus, con su luz azulada. Todavía le molestaba que no hubiera montañas. Sin el perfil protector de las montañas, la tierra parecía demasiado cercana al cielo, se arqueaba hacia lo alto como un perro atado por una correa que empujara con el hocico, pidiendo permiso para entrar en el territorio de Dios.

Desde el interior de la casa le llegó un chirrido de cañerías. En el segundo piso se veía luz en la ventana del cuarto de baño, interrumpida de vez en cuando por la sombra de Judy. Cuando por fin bajara, su pelo mojado empezaría a ondularse a medida que se secara, su piel olería a loción de fresas y su boca a vino. Para Zach era un misterio que Russ no se acercara a ella, y le gustaba pensar que tenía su propia amante. Así aliviaba su sentimiento de culpa. Por otro lado, tenía que mentir a sus padres, y por más que lo intentaba no conseguía dejar de sentirse como una mierda. A medida que ascendía desde la profundidad de la niñez a las aguas superficiales de la edad adulta, descubría que estas brillantes mentiras eran manchas irisadas de gasolina, y que más pronto o más tarde ensuciaban a todo el mundo. Se vio a sí mismo descalzo, con los vaqueros enrollados a media pantorrilla, saltando de una piedra a otra por encima de las perezosas aguas del río Saco, junto al estudio de yoga de su madre. Encima de su cabecita de oscuros cabellos, las ramas formaban una bóveda de hojas verdes; en el río, el agua se deslizaba acariciadora junto a las piedras redondeadas como juguetes, y no lejos de allí, más allá del zumbido de los insectos y de la hierba que agitaba la brisa, su madre mentía y mentía. Les mentía a él y a su padre, y se acostaba con otro hombre bajo la cita de la *Bhagavad Gita* que había escrito en tiza: «Observa tu disciplina y levántate».

Incluso su madre.

Rompió la lengüeta de su Coca-Cola y la introdujo en la lata vacía. Se reprendió interiormente por tener pensamientos tan melodramáticos. En realidad, en la época en que su madre empezó a follar con Booger, él ya tenía catorce años y empleaba su tiempo en tareas menos inocentes que pescar pececillos en el río. El problema de tener un conocimiento tan vago como el que tenía, era que podía suponer que aquella aventura había empezado muy atrás en el tiempo, y que se había extendido indefinidamente, de modo que todos sus recuerdos del estudio adquirían un matiz siniestro, hasta obligarle a preguntarse si su madre todavía sentiría algo por aquel cabrón con camiseta de Lennon. Aunque ahora no estaba en situación de criticarla, desde luego.

Se puso de pie. Al estirarse, se le subió la camiseta y el aire frío le dio en la barriga. Cuando relajó los músculos notó un agradable cosquilleo en la médula espinal. A él también le vendría bien una ducha, y seguramente se la daría antes de que amaneciera, pero sabía que a Judy no le importaba si se duchaba o no. En todo caso, parecía que le gustaba más así. Le olisqueaba todo el cuerpo, le recorría la clavícula con la lengua..., como un impulso animal. Luego siempre se inclinaba sobre él y apretaba el rostro contra su vientre para inhalar. Le decía lo maravillosamente que olía y acto seguido procedía a demostrarle que no lo decía por compromiso.

A través de la pared que tenía a su espalda le llegó el silbido del grifo que se abría y se cerraba: Judy estaba lavando su copa de vino. Zach cerró el puño de una mano primero, y luego de otra, para hacer crujir los nudilos, y se encaminó a la puerta trasera. El decoroso sonido del pestillo quedó ahogado por el cálido «Hola» de Judy.

15

El alegre gorjear de los pájaros era una indicación de que ya estaba amaneciendo. Tumbado bajo el edredón de Judy, con las manos bajo la nuca, Zach contemplaba en el techo la danza de un rayo de luz que se filtraba por la ventana. A su lado, ella respiraba con el ritmo lento del sueño profundo, pero para él la noche había sido larga. No había conseguido dormir, y de tanto en tanto había entrado en un estado de agotamiento que resultaba cualquier cosa menos reparador.

Alguien podía llegar en cualquier momento. No podía dejar de pensarlo. Scott podía pelearse con Tally; Russ, que de todas maneras nunca le decía nada a Judy, podía volver más pronto de lo esperado de Suecia o de donde estuviera. Y cada vez que conseguía librarse de estas preocupaciones, otros pensamientos, mucho peores que la posibilidad de que le descubrieran, ocupaban su lugar.

Booger, por ejemplo. Recordó sus piernas blancas y delgaduchas, la arrogancia con que le miraba cuando entraba en clase, sus estrechas caderas de ciclista en aquellos pantalones ceñidos que se ponía para el yoga. Todo en él —su comportamiento, su aspecto, su estúpido aire de la Nueva Era— le resultaba repelente. Se preguntó si ya odiaba todas estas cosas antes de conocer a Booger, o si las odiaba porque formaban parte de aquel tipo. Fuera como fuese, no podía dejar de pensar en las cosas que Scott detestaría de su persona, por las mismas razones. Si se enterara, también se convertiría en la medida de las cosas repulsivas, de la misma forma que Booger lo era para él.

Escuchó el gorjeo de los pájaros y suspiró quedamente. El coro del amanecer..., un nombre poético para algo francamente molesto. Abandonó la idea de dormir, apartó suavemente el edredón y se movió con cuidado para no despertar a Judy.

De todas maneras, ella se volvió hacia él y le miró con unos ojos grandes que relucían en la oscuridad.

—¿Ya te levantas?

—No puedo dormir.

En cuanto se puso los pantalones se sintió aliviado. Ahora estaba más o menos vestido. Ya no era tan culpable.

—En la cocina hay magdalenas.

—Estoy bien. Comeré en casa.

—¿Ya te vas? —Su voz tenía un deje de escepticismo—. Si me das unos minutos, te acompaño en coche.

Zach soltó una seca carcajada.

—No tengo ganas de que mis padres se asomen a la ventana y nos vean.

—Pero a estas horas no estarán levantados, ¿no?

—Iré andando. No hay problema.

Judy se incorporó, apoyándose sobre un brazo. En la oscuridad parecía increíblemente joven. La luz tenue suavizaba las finas arrugas de su rostro y hacía brillar el blanco de sus ojos y de sus dientes. Parecía tierna y vulnerable como una paloma; su pelo alborotado se veía totalmente oscuro, sin hebras plateadas. Tal vez lo que redondeaba el efecto era su indumentaria: llevaba una vieja camiseta y unos pantalones estampados de franela, como cualquier chica de la edad de Zach. Y era tan condenadamente *menuda*.

—¿Me harías un favor antes de irte? —preguntó.

Él recogió su camisa del suelo y la miró impaciente. Tenía la boca seca y pastosa y el estómago vacío, y como no llevaba lentillas de repuesto ni productos para limpiarlas, notaba los ojos secos y cansados. Pero sobre todo necesitaba espacio. Los placeres de la noche anterior le habían dejado un poco nauseabundo, mareado y harto, como cuando te zampas un helado gigantesco y llega un momento en que casi tienes ganas de vomitar.

Pero antes de que pudiera decir algo, llegó la pregunta.

—¿Podrías llenarme el depósito del Volvo?

Zach sonrió sin comprender totalmente.

—¿Tu coche?

—Sí. El depósito está casi vacío, y Russ todavía estará unos días fuera. Podría pedírselo a Scott, pero ya sabes cómo es.

—¿Hay alguna razón por la que no quieras hacerlo tú misma?

Se encogió de hombros.
—El olor me molesta. Sólo es por eso.
—Vale, no me importa —dijo.

Y lo decía en serio. Se calzó las zapatillas deportivas, cogió las llaves del coche y un billete de veinte dólares del bolso de Judy y salió de la casa al aire húmedo y fresco de la mañana.

Era agradable sentarse al volante, con la ventanilla abierta para que entrara el aire fresco y la radio sintonizada, por una vez, en una emisora que le gustaba. En la gasolinera llenó el depósito y echó un vistazo a la tienda para comprar algunos víveres: una botella de té verde, gotas para los ojos, y una manzana y una bolsita de almendras para desayunar, los únicos alimentos que le estaban permitidos. Con esto se gastó casi los veinte dólares de Judy. Volvió a subir al coche y se encaminó hacia Crescent Road.

El pueblo dormía todavía. A los lados de la carretera se levantaban los edificios de viviendas, de hormigón encalado y las casitas de posguerra que indicaban la línea que separaba la aldea de Sylvania de los edificios prefabricados de los amplios barrios periféricos. Sobre la carretera colgaba un letrero que anunciaba un concurso artístico en el pueblo. Pasada la pequeña iglesia católica con su umbrío descampado —donde muchas tardes se reunía con Judy—, centelleaban las oscuras aguas del lago Hauschen bajo los pinos. Estaba tomando la curva que llevaba a la casa de Judy cuando de repente miró hacia lo alto de la colina y aceleró.

La carretera subía por la colina y se dirigía hacia una autopista. Zach podía oír el zumbido de los coches. Era muy temprano, pero ya había multitud de camiones de reparto y todos los pobres diablos que tenían que llegar al trabajo. Se unió a ellos. Conducía sin rumbo fijo, limitándose a seguir la carretera, pasando ante edificios de oficinas, almacenes, ranchos destartalados y una subestación eléctrica. Al cabo de un rato tomó un desvío y se metió por una carretera más estrecha que entraba en el bosque. El cielo era de un azul intenso surcado de rayas rosas y amarillas, como el dibujo que había en la pared del aula de Judy, pero visto de lejos. Dejándose llevar por un impulso como el que le había hecho llegar hasta allí, detuvo el auto en el arcén y apagó el motor.

Estaba mentalmente cansado, pero el viaje en coche había transformado su sensación de náusea en entusiasmo y vitalidad, y tenía ganas de ver hasta dónde le llevaba esto. Cogió la bolsita de almendras y se internó en el bosque, haciendo crujir las hojas secas bajo los pies. La cuesta de la colina, cubierta de agujas de pino, resultaba resbaladiza, y tuvo que hundir las puntas de los pies y apoyarse en los troncos para subir. Un poco más allá había una alambrada de tela metálica que no tenía sentido, porque el bosque continuaba y no había ningún letrero que indicara que aquello era una propiedad privada. Zach cogió la bolsita de almendras entre los dientes, trepó por la alambrada de más de dos metros y se dejó caer al otro lado sin ningún problema.

El bosque. Era agradable estar allí. Aspiró el aire cargado de olor a pino y continuó subiendo hasta la cima de la colina. El terreno se nivelaba. Había abetos y ocozoles, y un poco más allá empezaban los campos de cultivo. Al ver los campos amarillos comprendió dónde estaba. Había pasado por allí otras veces con sus amigos: era una instalación agrícola, una especie de granja experimental donde hacían pruebas con nuevos híbridos y fertilizantes. De todas maneras había árboles y espacio, y una bendita soledad. Se sentó bajo una pícea y se comió las almendras. Luego se tumbó en el suelo para contemplar cómo desaparecía del cielo el último trazo de oscuridad.

Era noviembre y los árboles estaban desnudos. Entre sus ramas retorcidas era fácil ver los sutiles cambios que anunciaban el amanecer. En su estado natal hubiera hecho demasiado frío como para estar tumbado en el bosque en ropa de calle, pero aquí sólo notaba un poco de fresco. Las hojas secas crujían bajo su espalda, y arriba, las pocas que quedaban en las ramas parecían susurrarle a la tierra. Cerró los ojos para oírlo mejor.

«Precioso», pensó.

Se llenó los pulmones de aire fresco y se concentró en percibir el bosque con todos los sentidos: el peso de su cuerpo sobre un colchón de hojas secas, el pálido rayo de sol que asomaba entre los árboles, promesa de un calor que todavía tardaría en llegar.

Cuando despertó, vio a un *sheriff* del condado de pie junto a él que lo observaba con las manos en el cinturón.

La mente de Zach tuvo que pasar de la profundidad de la palabra «precioso» al estado de «oh, mierda».

—Los malditos fugitivos siempre venís a parar aquí —dijo el *sheriff*—. ¿No habéis oído hablar del centro comercial?

El chico se incorporó, apoyándose sobre los codos, y murmuró:

—No soy un fugitivo.

—Levántate. Tu carnet de identidad.

Sacó del bolsillo la cartera y le entregó al agente el carnet de conducir. Se frotó un ojo con la palma de la mano para despejarse.

—No sabía que no podía estar aquí.

—Claro que no puedes. Es un complejo federal.

—Pensaba que era una granja.

—Y lo es. Del Departamento de Agricultura. Sólo personal autorizado. —El agente agitó el carnet ante el adolescente—. New Hampshire. Y dices que no te has escapado, ¿eh?

Después de casi veinticuatro horas sin dormir, el cuerpo le imploraba a Zach volver a tumbarse en el suelo. Incluso en presencia de un policía estuvo a punto de dormirse de pie. Medio atontado, negó con la cabeza y dijo:

—Vivo en Sylvania desde el verano.

—Entonces, ¿qué haces aquí?

—Visitar a mi novia.

El agente esbozó una sonrisa torcida.

—Pues no la veo por aquí.

—No. Me detuve aquí para... ver el bosque. Me gusta el bosque.

—Has venido andando desde Sylvania.

Zach volvió a negar con la cabeza. Apenas podía sostenerse recto. Dios santo, necesitaba dormir. No encontraba palabras para explicar cómo había llegado hasta allí. Cuando pensaba en el coche de Judy, aparcado al pie de la colina, los pensamientos se le fundían como cera caliente. En un intento de aclarar la mente, parpadeó varias veces.

—¿Cuánto has bebido? —le preguntó el agente.

—¿Bebido? No he bebido nada. Un poco de té.

Habría sido mejor un poco de café, pensó. No estaba acostumbrado a tomar café, porque normalmente sus padres estaban cerca.

—¿Pretendes que me lo trague? Tienes los ojos rojos como dos brasas.

—Es por las lentillas. Mire mi carnet de conducir. Tengo dieciséis años. No puedo beber alcohol.

—Como si esto fuera un impedimento para los jóvenes como tú.

El agente agarró a Zach por el brazo y lo condujo hasta un coche de color beige, aparcado entre el bosque y los campos de cultivo.

—¿Tu padre o tu madre están en casa?

Por un momento lo asaltó el pánico, pero enseguida recuperó el control y consiguió que su mente se pusiera en marcha.

—Sí —murmuró—. Mi madrastra.

Cuando Judy llegó a la oficina de seguridad, Zach estaba bastante más calmado que cuando el agente lo metió en el coche. En primer lugar, comprendió que el tipo no era en realidad el *sheriff* del condado, sino un agente de seguridad privada que trabajaba en el centro agrícola y llevaba un uniforme marrón. En segundo lugar, Judy chilló y despotricó sobre lo mucho que detestaba conducir el coche de Russ, lo que llevó a Zach a deducir que estaba dispuesta a pagar la fianza para sacarle de allí, aunque no le hiciera gracia. A medida que fueron pasando los minutos, mientras la esperaba y rascaba con la uña una marca en la mesa del agente, el chico empezó a sentirse casi gallito. ¿Qué podía hacer Judy, ir con el cuento a sus padres? ¿Dejarle plantado? ¿Prohibirle que volviera a llenarle el depósito de gasolina? No, él tenía la sartén por el mango. Se había pasado las últimas diez horas dándole un placer de mil demonios. Judy había sido afortunada, porque cuando un tipo uniformado lo cogió del brazo, él tuvo la sensatez de inventarse una explicación apta para todos los públicos.

El agente fue a recibirla. Zach cruzó una mirada con ella. Sobre la camiseta que le hacía de pijama se había puesto uno de esos jerséis anchos y deformados que llevaba para ir a la guardería, pero el abrigo disimulaba lo extraño del atuendo. Se había recogido el pelo con una coleta mal hecha, él le dirigió una sonrisa y ella le respondió con una mirada furibunda.

—Dice que venía de ver a su novia —le dijo el agente—, pero se tambaleaba como si estuviera completamente borracho.

Judy respondió con enérgicos movimientos afirmativos de cabeza.

—Te dije que te apartaras de esa chica.

—Le he dicho que podíamos acusarle de invadir una propiedad federal, pero no haremos efectiva la acusación si un adulto se hace responsable de él. Lo dejo en sus manos.

—Resolveremos esto, no se preocupe —murmuró ella, mientras estampaba su firma en el papel.

Cuando estuvieron sentados en el deportivo rojo de Russ, Judy se volvió hacia él con una mirada que hizo que la de antes pareciera angelical.

—¿Qué diablos has hecho, Zach?

—Tenía ganas de conducir.

—Tenías ganas de conducir. *Mi coche*. Casi te arrestan. Dios mío, tienes suerte de que haya sabido seguirle la corriente al tipo cuando me ha llamado a casa.

Zach se encogió de hombros.

—Y ahora estamos en el coche de Russ —continuó—, y tú con tu camiseta llena de pelos de gato. Y me has obligado a firmar un documento donde pone que te he venido a buscar a las siete de la mañana. ¿Qué te parece que pueden pensar? ¿Estás intentando que me arresten? ¿O quieres encontrarte ante un tribunal explicando esto con pelos y señales delante de tu madre?

Él se encogió de hombros otra vez. Reconocía el tono de melodrama. Era cosa de madres. Lo mejor era quedarse callado y dejar que se desahogara.

—¿No tienes nada que decir?

Lo pensó un momento.

—Sí, que tengo muchas ganas de mear —dijo al fin.

Judy golpeó el volante con las dos manos.

—Maldita sea, Zach. Tienes mucha cara, en serio. Tienes *chutzpah*.

—¿*Chutzpah*? —rió él—. ¿Es como aquello de R-R-R Rudi?

La bofetada que le asestó Judy le dejó la mejilla ardiendo.

El chico se llevó la mano a la cara.

—Auu. ¿Qué mierda te ocurre?

—No te burles de mí —le ordenó ella, pero en su voz había un temblor nervioso.

—Y tú no me pegues, maldita sea. ¿Qué diablos ha sido eso?

Judy giró la llave en el contacto.

—Eso ha sido una bofetada.

—Una bofetada, ¿por qué?

—Por tu comportamiento.

—¿Mi comportamiento? —Él empezó a ponerse rojo—. ¿Quién mierda te crees que eres? ¿Mi madre? Ni siquiera *ella* me pega.

—No la tomes conmigo, Zach —le advirtió Judy—. No es la primera vez que te desquitas conmigo.

—¿Cuándo te he hecho yo algo así? —Todo él temblaba de furia—. ¿Cuándo te he puesto la mano encima porque estuviera enfadado?

—¿Y por qué ibas a estar enfadado? —chilló Judy. Su voz llenó el vehículo—. Tú eres el que toma las decisiones, el que decide marcharse cuando ya está satisfecho. Te aprovechas de mí, me das un susto de muerte y luego tienes la desfachatez de quedarte ahí tan fresco y de burlarte de mí porque estoy preocupada. ¿Cómo te *atreves*?

Zach sostuvo su mirada sin pestañear.

—Me debes una disculpa. Una cosa es que estés enfadada, pero no puedes abofetearme. Nadie me abofetea.

—Estoy enfadada.

—Vale. Y si es así como quieres estar, me largo.

—A lo mejor no es mala idea —contraatacó ella—. Lárgate. Y sobre todo recuérdamelo, para que no se me ocurra ceder la próxima vez que intentes seducirme mientras te hago de canguro. Lárgate y métete en la cama de Fairen, ya que es lo que en realidad quieres. A ver si ella te aguanta estas tonterías.

Esto le dolió. Recordó la mirada helada y las duras palabras que le lanzara Fairen en el área de servicio. Recordó el doloroso pinchazo en el corazón cuando la cogió por la muñeca y ella apartó la mano.

—No seas cabrona —dijo.

Judy dejó oír una seca carcajada.

—O sea, que *yo* soy una cabrona. Imagínate que el agente hubiese hecho su trabajo un poco mejor, que hubiera encontrado mi coche y buscado al propietario. Habría llamado a tu madre, y yo iría a la *cárcel*. Mis hijos no volverían a hablarme y mi marido pediría el divorcio. Dentro de veinte años viviría en una habitación de alquiler repleta de cucarachas, y tendría que ponerme una redecilla en el pelo para ir a trabajar. Y todo por mamártela.

Zach le miró entornando los ojos. Al cabo de un momento dijo:

—Has hecho bastante más que mamármela.

—Sí, y lo has pasado muy mal. Ha sido un castigo adecuado a la falta cometida, ¿no te parece?

Metió la primera y salió en dirección al lugar donde estaba el Volvo aparcado en el arcén, no lejos de allí. Cuando aparcó detrás del coche y paró el motor, el chico no se movió. Se quedó mirando los árboles, empapándose de aquella calma.

—Todavía me debes una disculpa —protestó.

—Vale. —Su voz sonó a un tiempo brusca y animada—. Lamento haberte dado un bofetón. ¿Está bien así?

Zach no respondió. Por el tono estaba claro que Judy no sentía remordimientos. Los ojos se le humedecieron. Se entristeció al pensar que la noche anterior había estado jugando con la idea de que él y Judy eran una especie de Bonnie y Clyde del sexo; no dos personas que follaban cuando les apetecía, sino una especie de pareja con algo que les unía. Ahora se daba cuenta de lo tonto que había sido.

—¿Aceptas mis disculpas? —insistió Judy.

Él suspiró.

—Claro.

Judy se recostó en el asiento y le masajeó la espalda. El gesto era conciliador, pero los dedos se movían seguros y confiados. El chico miró por la ventana sin hacer caso, pero no la detuvo. Y esto era lo peor, que su deseo por ella seguía intacto. Después de todo el miedo y la culpa y de toda aquella mierda, todavía la deseaba.

16

Había llegado el día de San Martín y la caminata con los faroles. Cuando todos mis alumnos se hubieron marchado, coloqué una cartulina sobre la mesa de manualidades y distribuí alrededor todas las fotos de Bobbie que había conseguido reunir. No es que fuera una tarea apasionante, pero ya me iba bien. El breve chasquido de mi mano contra la mejilla de Zach había ido creciendo hasta convertirse en un trueno que no acababa nunca. «Nadie me abofetea.» Después de aquello no le quedó más remedio que volver a mi casa para dejar el coche. También entró y, con la espalda apoyada contra la puerta principal, aceptó con desgana mis improvisadas disculpas. Con eso me bastaba para saber que su silencio no duraría eternamente, pero entretanto echaba de menos su compañía, en todas sus manifestaciones.

Desde que Dan me pidió que le hiciera un pequeño tributo a Bobbie, mis colegas me habían ido trayendo todas las fotos que encontraban. Esperé hasta el último momento para colocarlas a fin de asegurarme de que no quedaba ninguna fuera, y ahora me enfrentaba a la parte más difícil: mirarlas. Ya había pintado la cartulina en colores pastel con la técnica de acuarela húmeda que usábamos siempre, y había escrito en lo alto el nombre de Bobbie con la noble caligrafía de Waldorf. Ahora iba pegando en la parte de abajo una foto tras otra de ella posando con sus colegas. En muchas fotos aparecía joven, con su cara redonda y su pelo castaño, que siempre llevaba corto. En las últimas estaba más delgada y llevaba en la cabeza un pañuelo de color lila. Empecé colocando abajo las fotos de juventud, y la tarea se fue haciendo más difícil a medida que iba ascendiendo. Bobbie empezó su capacitación un par de años después que yo. Sus experiencias en otras escuelas privadas la dejaron descontenta, mientras que yo estaba entusiasmada y había encontrado un rumbo en la vida. Pero como estudiantes nuestras vidas estaban tan unidas que casi dependíamos la una de la otra. Al mirar las fotografías sentí una angustia que me recorría el cuerpo como si fuera un avión en la pista de despegue. Un solo pensamiento ocupaba mi mente, sin dejar espacio para nada más: *la pérdida, la pérdida, la pérdida.*

Ahí estábamos: dos chicas de veintidós años en pantaloncitos blancos de deporte y calcetines de color verde esmeralda, altos hasta la rodilla. Nos encontrábamos en el terreno de juego del equipo universitario de *softball* y sonreíamos como si nos gustara lo que estábamos haciendo. Bobbie me pasaba un brazo por los hombros y se apoyaba con garbo en una sola pierna, mientras que yo, más bajita y de huesos pequeños, tenía las manos unidas bajo el esternón, como si rezara. La sonrisa de Bobbie era abierta y sincera. La mía era nerviosa, y con razón. El semestre anterior había estado a punto de perder todas mis cosas en un incendio en la anterior residencia universitaria. Bobbie también, por supuesto —era mi compañera de habitación—, pero ella no cargaba con todas sus cosas cuando se iba de casa; ella no tenía miedo de que su familia se disolviera en su ausencia y desparramara todas sus cosas por ahí. Pero sobre todo Bobbie no había estado saliendo con el hombre que provocó el incendio por estar borracho y haberse dormido con un cigarrillo encendido. Yo sí. Y en parte me sentía responsable, porque conocía las malas costumbres de Marty, pero no había hecho nada por denunciarlas o remediarlas. Cuando estaba enfadado, lo que ocurría a menudo, bebía. El día del incendio habíamos dormido juntos; después yo me tumbé con la cabeza sobre su pecho, contemplando cómo subía hasta el techo el humo de su cigarrillo. Una chica llamó, y Marty me pidió que saliera de la habitación para que él pudiera hablar con ella. Discutimos y me marché muy ofendida a mi cuarto. Meses más tarde seguía teniendo la sensación de que si no me hubiera mostrado tan sensible, una docena de personas se hubieran ahorrado la molestia y los problemas que acarrea perder todas las pertenencias. Y, desde luego, Marty estaría vivo.

«No te sientas culpable», me dijo Bobbie. Para disipar mi sombrío estado de ánimo, hizo lo posible por convertir mi habitación en un lugar alegre. Fue ella quien me compró un nuevo póster de *El último tango en París*, subrayando que Marlon Brando podía hacer que una dejara de pensar en lo que fuera, y me regaló una bola de cristal con espirales púrpura para colgar en la ventana. Cuando le daba el sol, la habitación se inundaba de rayos de colores. Todavía tenía aquella bola, colgada en la ventana de la cocina. Como todo lo que llevaba el sello del cariño de Bobbie, aquella bola era para mí tan preciosa como si fuera una reliquia.

Pegué la foto en el centro de la cartulina y la alisé con la mano. En aquel momento se abrió la puerta y entró Sandy con una caja repleta de faroles que hacían ruido de cristal al entrechocar. Eran tarros de cristal forrados con papel de estrellitas.

—Los he encontrado en el armario —dijo—. He pensado que nos pueden ser útiles para los pequeños que se presenten sin farol. ¿Te parece que servirán?

Asentí con la cabeza.

—Si puedes, ponlos después en su sitio, si no te importa. Tengo que irme pronto... Eh, ¿te encuentras bien?

—Sí —dije, pero me temblaba la voz—. Sólo estoy... intentando montar esto.

Sandy dejó la caja en el suelo y se acercó para mirar lo que estaba haciendo. Noté que me acariciaba el brazo para consolarme. Era aficionada a tocar, y aunque normalmente me ponen nerviosa las personas cuando hacen eso, ella lo hacía con buena intención. Era su manera de demostrar amor, igual que cuando Bobbie hacía regalitos. Pensar en estos términos me ayudaba.

—Fuisteis amigas mucho tiempo —comentó.

Asentí de nuevo y me sequé una lágrima con el dorso de la mano.

—Háblame de ella, si quieres. No es bueno guardarse toda esa pena. Te reconcome por dentro.

—Me resulta más fácil no hablar de ello. Si me pusiera a hablar, me volvería loca.

—No es cierto. Si te lo quedas dentro sí que te volverás loca. Hablar es catártico. El silencio acaba por destruirte. Como dice la canción: «El silencio crece como un cáncer».

—¿Qué canción es ésa?

—«Los sonidos del silencio.»
Solté una breve carcajada.
—Simon y Garfunkel, claro. Muy buenos.
—Para aquellos que tenemos edad de recordarlos.

Me reí de nuevo, esta vez con una risa más sincera y desesperada. Recordé mi debate con Zach en el viaje de vuelta de Ohio y me pregunté cuál de las dos *missis* Robinson sería ahora para él: la tentadora o la lunática. Desde luego no se excluían la una a la otra.

Sandy acercó una de las sillas pequeñas y se sentó a mi lado. Me pasó un brazo por la espalda y apoyó la mano firmemente sobre mi hombro. Quería que yo apoyara la cabeza en el suyo, que llorara y hablara, pero me resultaba imposible, sencillamente. Era como si guardara mi dolor en un lugar tan profundo que no pudiera salir a la superficie ni una mínima parte. Llorar sobre el hombro de Sandy sería como arrebatarle el papel a Bobbie para entregárselo a ella. Y mi lealtad hacia Bobbie era demasiado grande incluso para llorarla, porque el duelo es el primer paso para seguir adelante.

—La noche de San Martín era su celebración favorita —dije—. Le gustaba el otoño, le gustaba ver a los chiquillos saliendo a caminar al campo, y el olor de esta época del año. Le gustaba tener una excusa para ponerse esos extraños jerséis que tejía. Hoy quiero recordarla. No se trata de llorar, ni de hablar siquiera. Quiero que esta tarde recordemos lo que significa para nosotros y para la escuela. Lo que *significaba*, quiero decir.

—Me parece maravilloso —dijo Sandy, y su abrazo se estrechó. Yo simulé que no me daba cuenta de su condescendencia.

Al anochecer los niños se reunieron en el aparcamiento del colegio portando faroles encendidos. Sus gruesos jerséis de lana y sus mitones tejidos a mano me recordaron inmediatamente a Bobbie. Los niños de mi clase habían hecho sus faroles unos días antes: tarros de mermelada forrados de papel de seda de colores y un asa hecha con alambre retorcido. Los papeles eran de colores vivos —naranja, amarillo, rojo—, y cuando se encendía la velita, el efecto era precioso. Cada mes de noviembre toda la escuela se reunía para dar un paseo por las calles de los alrededores. De vez en cuando nos parábamos en alguna casa y les ofrecíamos a los vecinos un trozo de pastel de plátano o unas galletas. Luego volvíamos al aparcamiento del colegio y tomábamos sidra y palomitas de maíz.

A mí me encantaba. Era una tradición tranquila, acogedora y totalmente libre de cualquier relación comercial. Algunos años —no siempre, pero bastante a menudo—, al contemplar todas aquellas caras sonrientes, había tenido la sensación de retroceder en el tiempo muchos miles de años, hasta dar con el sentido más auténtico y primitivo de la palabra *tribu*. Este año lo necesitaba más que nunca, y no sólo a causa de Bobbie. Necesitaba olvidar aquella tontería de Russ, y la agitación de mi corazón, y el temor que me inspiraba el futuro de la escuela. La noche de San Martín era sencilla: fuego, niños felices, comida compartida. Intentaría vivir el momento presente libre de miedos, intentaría no pensar en la oscuridad del mundo que me rodeaba.

Levanté mi farol, un recuerdo de Scott cuando era pequeño, y caminé con los demás. Los vecinos, que llevaban años presenciando esta procesión, salían al porche para saludar. Los niños más pequeños portaban sus faroles con expresión solemne. Se tomaban en serio las palabras de los adultos sobre la responsabilidad que comportaba llevar fuego encendido. Los niños de más edad intentaban que la luz dibujara figuras sobre el pavimento; después de dar una vuelta regresaban al aparcamiento, donde unos cuantos profesores habían colocado una enorme caldera de sidra sobre los carbones encendidos. El olor de las brasas impregnaba el aire nocturno.

Cuando Dan se colocó en el centro del grupo para dar su pequeño discurso sobre Bobbie, dejé mi farol en el suelo, junto al edificio, y uní las manos con ademán respetuoso. Como él la había tratado menos de un año, sus palabras sonaban a generalidades, como si fueran las palabras de un cura que acaba de aprenderse el nombre del fallecido. Yo sabía mucho más acerca de Bobbie de lo que él podía decir, así que empecé a divagar y a mirar alrededor. Con el rabillo del ojo vi algo que se movía y supe al instante que era Zach. Me volví un poco para verlo bien. Llevaba una sudadera negra con capucha y vaqueros negros, y se disponía a sentarse en la barrera de hormigón que había en un extremo del aparcamiento. Llevaba en la mano un vaso de papel con sidra. Fairen se encontraba cerca, hablando con una chica, pero por el momento él estaba solo.

Hizo un gesto con la cabeza a modo de saludo. Yo agité la mano, un poco indecisa. Me pregunté si su gesto había sido breve porque no quería saludarme o porque no quería que lo vieran.

De repente todos levantaron el brazo. Dan estaba brindando por Bobbie. Zach desapareció entre aquel mar de brazos. Yo bebí un sorbo y de nuevo miré hacia allí. Zach apuró su bebida, miró alrededor, se levantó y vino hacia mí.

—Hola, profe. —No pude evitar una carcajada, pero él sonreía sin ironía—. Parece que estás de buen humor.

—Tú también.

—Siempre me gusta verte contento. Ya lo sabes.

Su sonrisa se hizo más amplia.

—Y por cierto, ¿sabes en qué se diferencia el presidente Clinton del *Titanic*?

Enarqué una ceja.

—¿En qué?

—Que todos sabemos a cuántas personas jodió el *Titanic*, pero no sabemos a cuántas jodió Clinton.

—Eres horrible —dije sonriendo.

Metió las manos en los bolsillos de su sudadera.

—Lo siento. Tendré que esforzarme en mejorar.

Dan se acercaba a nosotros, rodeando a un grupo de personas. Yo mantuve la sonrisa y Zach se alejó en dirección a un grupo de amigos que jugaban a Judo Medieval. Se agachó para esquivar una patada alta y contraatacó abalanzándose sobre su amigo y cogiéndolo por la cintura. Yo me agaché para recibir a Aidan, que se acercaba portando bien alto su farol forrado de amarillo. Su padre lo llevaba con firmeza de la mano.

—¿Le has enseñado a tu padre el trabajo tan bonito que has hecho?

El pequeño asintió. Hizo girar el farol para mostrarme cómo el papel de color naranja transformaba la luz de una simple vela en una preciosa luz anaranjada. Bajé la mirada para contemplar su farol, y al momento levanté la vista por encima de su hombro para divisar a Zach, que seguía jugando a luchar con los otros chicos. Sus movimientos estaban llenos de gracia, su cuerpo era todo músculo y secreta sexualidad. Viéndolo me invadió la alegría del triunfo, la pura borrachera de la posesión. Ahí estaba esa hermosa criatura que otras mujeres mirarían con deseo, pero yo era una de las pocas que le conocían íntimamente, que habían podido acercarse a él. Nunca había sentido que un secreto tuviera tanto poder, nunca había guardado algo con tanto celo.

Me puse de pie, levanté el farol y me dije: «Tal como una de estas velas puede encender la otra, así ha reavivado él con su fuego las brasas de mi interior». Porque donde antes me había apagado hasta morir, ahora revivía. Y era gracias a él. Ardía de deseo por él, y esta vez la idea no me pareció tan terrible.

Cuando acabó la reunión, recogí los faroles, los metí en una caja y los llevé al aula de Sandy. Recorrí los pasillos con la caja contra el pecho, apoyando el mentón en la parte superior para sujetarla bien. Con dos dedos, empujé el pomo para abrir la puerta y deposité con cuidado la caja en el suelo, junto al armarito de las manualidades. La habitación estaba en penumbra, iluminada solamente por las lucecitas titilantes que entraban por las rendijas de las persianas. Eran los niños que volvían a casa de la mano de sus padres, portando sus faroles. A mi derecha, sobre la pizarra podía leerse la leyenda: «El hombre es un Dios caído y está en camino de transformarse en un ser divino».

Abrí de golpe el armario de los materiales y contuve el aliento: en el estante superior estaban las cosas que Bobbie usaba en sus clases, todas puestas una encima de otra, sin orden ni concierto. En primera línea, su taza de café con un arcoíris inclinado sobre una nube sonriente, detrás, hecha un revoltillo, la chaqueta de punto de color lavanda que ella solía colgar bajo el monito central. Había un ovillo de hilo con una aguja de ganchillo clavada en el centro y algunas hileras de punto colgando, y un ejemplar muy usado de *El reino de la infancia*, de Steiner. El borde inferior se había doblado tantas veces que quedaba levantado como el alerón de un avión.

Lo fui colocando todo delante. Miraba y tocaba cada objeto con atención y me preguntaba cómo era posible que alguien hubiera metido sin cuidado las cosas de Bobbie en un armario y se hubiera olvidado de ellas. A lo mejor había sido Sandy, o Dan. Me enfurecía pensar que hubieran tenido tan poca consideración con lo que quedaba de ella, a pesar de sus fingidas caras de pesar y de sus solemnes palabras sobre *nuestra pérdida*. Sostuve en las manos el ovillo de lana azul con hebras plateadas y alisé la labor de ganchillo, intentando imaginarme qué había empezado a hacer y para quién. Porque fuera quien fuera esa persona, deberíamos darle la labor para que pudiera cogerla y saber que, incluso mientras se estaba muriendo, Bobbie la había tejido pensando en ella.

De repente una mano por detrás me apartó la mata de pelo y unos labios se posaron sobre mi nuca. Solté un grito y me giré rápidamente. El ovillo de lana se me cayó de las manos. Zach me contemplaba sonriente, un poco confuso.

—Lo siento. Pensaba que me habías oído entrar.

—No. ¿Y qué haces aquí? Lárgate antes de que llegue la señora Valera.

—Ya se ha marchado. No vendrá nadie.

Me agaché para recoger el ovillo de lana del suelo, y cuando me incorporé, vi que Zach se estaba desabrochando los pantalones. En mi semblante apareció una mueca de furia.

—Por Dios, Zach. *No*. ¿Cómo se te ocurre, precisamente aquí? Ahora no.

—Oh, vamos. Nos llevará un minuto. Cerraré la puerta.

—No.

Le di la espalda y cogí la caja de faroles para colocarla sobre la estantería vacía. Al empujarla para que quedara bien colocada, la aguja de ganchillo se escapó del ovillo que tenía en la mano y cayó al suelo con un sonido metálico. Tiré del hilo para recogerla y de repente todos los puntos de la labor de Bobbie se soltaron uno tras otro, como una cremallera que se abre. Esta vez mi grito fue prolongado y lleno de angustia.

—¿Qué ha pasado? —preguntó Zach.

Me arrodillé para recoger el montón de lana desmadejada. El hilo estaba ondulado a intervalos regulares, como una trenza cuando se deshace. Le dirigí una mirada cargada de irritación.

—¿Por qué lo has hecho? —pregunté.

—No he hecho nada.

—Si no hubieras entrado dándome un susto de muerte...

—Pensé que querías verme —dijo en tono cortante, igual que su mirada. Se subió la cremallera y se abrochó el cinturón—. Tranquilízate, maldita sea. ¡Sólo es un ovillo de lana! *Joder*.

Dicho esto, se marchó. El frío de las baldosas me traspasaba los leotardos. El portazo de Zach me sobresaltó. Me quedé sola en el aula amplia y silenciosa, un lugar que me resultaba familiar, en penumbra salvo por la luz del pasillo que entraba por el ventanuco rectangular de la puerta. Me quedé contemplando el revoltillo de lana que tenía en las manos. Por primera vez desde que volví a casa tras el funeral, pude llorar mi pena por la muerte de Bobbie.

17

Al día siguiente de la procesión de San Martín era fiesta, el Día del Armisticio, y Zach se había comprometido a trabajar con su padre. Cuando se levantó y se vistió medio dormido, todavía estaba oscuro. Poco después, con una taza de té verde en las manos, contemplaba la desierta carretera de circunvalación por la ventanilla de la camioneta. En la oscuridad, las luces blancas de las farolas pasaban zumbando y dejaban atrás las delgadas sombras de los árboles. Su padre parecía tan cansado como él. Había encendido la radio y la escuchaba en silencio. Aunque era de la misma edad que Judy, tenía mejor gusto en cuestión de música; escuchaba los mismos temas que le gustaban a Zach, lo que, tras varias semanas de aguantar la música de supermercado que ponía Judy, era de agradecer.

Llegaron a la embajada, donde su padre estaba instalando una nueva biblioteca, y entraron con las herramientas. El zumbido de las sierras sacó al chico de su torpor soñoliento y en poco tiempo estaba trabajando duramente. Como todas las tareas de su padre, era un trabajo que requería precisión, cuidado y limpieza. Había cubierto la entrada con plásticos, de forma que parecían envueltos en un capullo, y Zach empleaba casi tanto tiempo en pasar la aspiradora como en hacer de carpintero.

Acuclillado en el suelo, observaba el trabajo de su padre y esperaba sus instrucciones. Al igual que él, su padre llevaba gafas protectoras, mascarilla contra el polvo y un casco del que solamente sobresalían unos mechones rubios de vikingo. Sus ojos azules, enmarcados por rubias pestañas, tenían una mirada seria y concentrada mientras medía y anotaba sus cálculos en las maderas. Cuando Zach era un niño, su padre le parecía *enorme*; incluso ahora que ya había alcanzado su altura de adulto, o casi, parecía bajito a su lado.

Al levantar la vista, su padre vio que él le estaba mirando.

—Agradezco tu ayuda, hijo.
—No hay problema.
—Me gusta poder estar contigo antes de que nazca el bebé.
—Aha.

Su padre se puso de pie y se dirigió al otro lado de la habitación para coger el martillo de un cubo. Zach se bajó la mascarilla y dio una profunda inspiración. El polvo le hizo toser. Su padre sonrió y le pasó la botella de agua.

—Hoy estás muy callado —dijo—. ¿Hay algo que te preocupe?

Él negó con la cabeza, pero era una mentira más de las que decía últimamente. Al encontrarse a solas con su padre en la intimidad de aquella habitación, sintió la inquietante necesidad de iniciar una conversación que podría llevarle a decir mucho más de lo que pretendía. De haber sido Judy una chica normal, Zach tendría muchas preguntas. Le preguntaría a su padre sobre las relaciones que van demasiado rápido, cómo decir que no cuando lo que quieres es decir que no, si es normal que en una relación se pierda la magia y quede sólo el sexo. Pero la relación de su madre con Booger le había afectado tanto y le resultaba tan incómoda que no se atrevía a hablar por temor a que cualquier cosa que le contara a su padre pudiera llevarle a revelar *aquello*. En un momento dado se preguntó si no estaría equivocado, si no habría dado demasiada importancia a un simple flirteo. Pero ahora, mayor y más sabio, sabía que resultaba muy sencillo ocultar una aventura, y que él simplemente había sido testigo de un secreto mal escondido. Era una suerte que no se hubiera dado cuenta en New Hampshire, porque le habría sido imposible contener el impulso de abordar a Booger en el camino del estudio y estamparlo contra el suelo.

«Qué mierda de tío», se dijo con furia. Pasaba muy serio ante Zach, y en ocasiones también ante su padre, con su colchoneta de yoga enrollada bajo el brazo, como si estuviera concentrado en sus *asanas* avanzadas. Él sospechaba que se veían en el cuarto de la caldera, donde se guardaban las colchonetas y una vieja mesa plegable de linóleo. ¿Qué clase de hombre podía hacer eso, pasar educadamente ante el niño y el marido mientras se liaba con la madre y esposa entre una y otra sesión de yoga? ¿Qué clase de hombre era capaz de hacerle esto a un tipo tan bueno como su padre?

Se llevó las rodillas al pecho y se balanceó sobre los pies. Al verlo, su padre exclamó:

—¡Vaya, chico, sí que estás flexible!

Zach se levantó y volvió a pasar la aspiradora.

Aquella noche, cansado del día de trabajo, estaba tumbado en la cama con las manos bajo la nuca, escuchando el murmullo de voces al otro lado de la pared. La voz de su madre era casi inaudible; la voz de barítono de su padre vibraba a través del tabique. Cerró los ojos, intentando adormecerse con el murmullo. De niño, oír de fondo el ronroneo de la voz de su padre le ayudaba a conciliar el sueño. Entonces oyó la risa de su madre; la cama crujió y los sonidos cambiaron totalmente; unos se hicieron más rítmicos y otros más aleatorios.

Zach se tumbó boca abajo y se tapó la cabeza con la almohada.

Antes nunca le había importado, pero esa noche sí. Ahora le resultaba demasiado fácil visualizar lo que pasaba. Como cuando aprendes un idioma, de repente los sonidos dejaban de ser un conjunto de ruidos inconexos: ahora entendía el significado de cada uno. De repente era *soez*. Y también le llenaba de aprensión. Su madre tenía que hacer reposo. Rhianne le había escrito una larga lista de cosas que no debía hacer, y ésta era una de ellas. Zach detestó pensar que su madre había cedido a la tentación de todas formas, que se había visto arrastrada por el mismo monstruo que él no podía controlar, por la misma debilidad que la había llevado hasta Booger. Estaba embarazada. Era una madre. Debería ser capaz de resistir.

Se tapó las orejas con la almohada, apretando con los puños para no oír nada, y esperó a que acabaran.

En el funeral, el pasado mes de julio, la tumba de Bobbie era un rectángulo recortado en el césped. El contraste de la tumba con el verde brillante de la hierba era tan fuerte y definido como si un niño la hubiera pintado con trazos gruesos en ese lugar precisamente, porque ninguno de nosotros entendía cómo había llegado hasta allí. El intenso olor a jardín, a tierra rica y arcillosa que desprendía el agujero parecía una afrenta, un insulto a Bobbie que era preferible ignorar. Ahora, en noviembre, el aire que soplaba era más frío y todo parecía más correcto. La hierba amarillenta crujía bajo mis zapatos de fina suela, el aire traía un olor a hojas muertas, y donde antes se abría un agujero en la tierra, ahora se veía apenas un reborde como el de la costra que cierra una herida.

Me acerqué a la tumba con mi abrigo color guisante. No llevaba flores, tenía las manos vacías. No iba a rezar; Dios y ella podían arreglárselas perfectamente sin mi intervención, y desde luego no le haría ningún favor a Bobbie si me ofrecía como referencia. Con las manos en los bolsillos del abrigo, me dirigí a ella en voz alta, con palabras entrecortadas.

—Bobbie, siento lo que ocurrió el otro día en tu aula. Sé que pensarás que soy horrible después de lo que he hecho. Lo pienso a menudo, no creas. No eres el tipo de profesora que haría algo así con un alumno. No pretendía que lo presenciaras, ni nada por el estilo. —Inspiré profundamente, un poco temblorosa—. Lo siento muchísimo.

Alguien había dejado un pequeño ramillete de plástico en el florero, y los tallos, de un verde intenso, se balanceaban tiesos al viento. Recordé el aspecto que tenía Bobbie su última semana en el hospital, tumbada en su cama bajo un amasijo de tubos. El pelo había vuelto a crecerle por fin, y lo llevaba corto. Tenía una expresión de inquietud mientras miraba la televisión, y sus ojos, antes chispeantes, estaban apagados. En un momento dado, llegó su cuñada y le dijo que estaba luchando como una leona. «No lucho —replicó Bobbie—. No estoy ganando. Ni perdiendo. Estoy aquí tumbada, y me jode. Es cáncer, no un partido de fútbol.» Sentí una lástima terrible. No pretendía saber cuánto sufría, pero sabía lo que era sentirse impotente en manos de una fuerza invisible que te desconcierta.

Crucé los brazos sobre el pecho y la parte delantera del abrigo me dio en la barbilla.

—Ahora ya no sé qué hacer, Bobbie. No puedo parar. Siento por él un deseo como jamás he sentido. Sólo tengo que esperar que esto siga su curso hasta que él se canse de mí. Y se cansará, lo sé, y no puedo soportar la idea. Haría cualquier cosa por evitarlo.

Estreché los brazos con más fuerza y sorbí ruidosamente. Las lágrimas cayeron por mis mejillas y se congelaron de inmediato. Me sequé la nariz con la mano enguantada y sentí en el cuello la tensión de un sollozo reprimido. Y eso era lo peor, que sabía que estaba hablándole al vacío, al infinito espacio vacío ante mí. Porque sólo Bobbie sabía lo que «cualquier cosa» significaba, viniendo de mí. Y si ella no estaba aquí para detenerme, ¿quién iba a hacerlo?

El martes los alumnos llegaron alborotados y desobedientes al colegio, como si tener un día de fiesta les hubiera abierto el apetito para otro más y nos castigaran por no dárselo. Al final del día, desde el otro lado del colegio llegó el sordo rugido que anunciaba que los adolescentes salían de ensayar en el coro. Encontré a Scott jugando al Judo Medieval con sus amigos en el pasillo que había frente al aula de usos múltiples. Zach estaba tumbado en el suelo, con los brazos abiertos, recuperándose al parecer de una herida mortal.

—¿Nos vamos? —le pregunté a Scott. Miré a Zach en el suelo—. ¿Quieres que te llevemos a casa?

—Aha.

Se arrodilló y, con un salto digno de un acróbata, se puso en cuclillas y se incorporó rápidamente.

Como en otras ocasiones, dejé a Scott en casa con la excusa de que tenía que comprar alguna cosa en la tienda al otro lado del pueblo. Zach me dijo, después de que dejáramos a Scott:

—No creo que se trague esa excusa mucho tiempo más.

—Si no le importa. Ni siquiera se da cuenta.

El chico torció la boca en una mueca.

—Yo no estaría tan seguro. Mi madre debió de pensar lo mismo.

Se me aceleró el corazón.

—¿Tu madre sabe algo?

—No, me refiero a cuando salía con ese tipo del yoga. Seguro que pensó que yo no me enteraba de nada.

—Oh. —Había empezado a caer una lluvia fina y helada. Los

limpiaparabrisas chirriaban contra el cristal—. De acuerdo, intentaré ser más innovadora.

Entré en el aparcamiento de la escuela, pero estaba lleno de coches. Había actividades después de clase.

—Mierda. Lo había olvidado.

—De todas formas es mejor que lo dejemos —dijo Zach—. Tengo un montón de deberes, en serio. Y no me quedan condones.

—Tus profesores saben que hoy tenías ensayo con el coro. Se mostrarán comprensivos si no has hecho los deberes. Y nos podemos arreglar sin los condones.

—No podemos.

—Sí que podemos. Llevo semanas tomando la píldora, y no nos acostamos con nadie más, que yo sepa.

—Sí, pero aun así es más seguro usarlos.

—¿Más seguro para quién? Yo no padezco enfermedades. ¿Y tú?

—No, pero dicen que es mejor actuar como si todos las padecieran —dijo en tono despectivo.

Solté una risa burlona.

—Hay que ver qué cosas os enseñan a los adolescentes.

Zach suspiró y se quedó mirando por la ventanilla.

—Entonces, ¿quieres que te lleve a casa?

—A lo mejor, porque no hay otro sitio a donde ir.

—Oh, sé un poco más creativo —sugerí—. Estamos en las afueras de la ciudad. Esto está lleno de aparcamientos.

—Nos descubrirán.

—Si tenemos cuidado, no.

Tomé un desvío que iba hacia el lago.

—No voy a durar.

Le miré de reojo. Apoyaba una rodilla contra el salpicadero y mordisqueaba la uña del pulgar.

—¿Qué dices?

—No voy a durar. De todas formas no será gran cosa para ti.

—Zach —le dije riéndome—, ¿es ésa la auténtica razón? ¿Por eso te pone tan nervioso que nos descubran? Porque te aseguro que ahora te pareces a Linus con su mantita.

—No. —Su voz estaba teñida de desprecio. Me dirigió una mirada severa—. Es porque no quiero que te quedes *embarazada*, por el amor de Dios. Si eso ocurriera, mi vida se iría a la mierda.

—A mí me hace tan poca ilusión como a ti —le contesté fríamente—. Por eso tomo la píldora.

Entré con el coche en el desierto aparcamiento junto al lago y aparqué al fondo, cerca del bosque. Puse la mano en el muslo de Zach.

—Oye.

Se volvió a mirarme.

—¿Por qué estás de mal humor?

—Porque tener que pensar en policías y en bebés no me levanta el ánimo, precisamente.

—¿Hay algo más que te preocupe?

—No. Estoy nervioso. Estoy *cansado*.

Pasé la mano entre sus cabellos y le masajeé el cuello por detrás. Noté su piel cálida, más cálida que la mía. Al principio no reaccionó, pero luego cerró los ojos, perezosa y deliberadamente. La tensión de su cuello iba cediendo, pero aunque estaba encorvado, parecía preparado para saltar en cualquier momento. Con la palma de la mano le fui dando masajes en pequeños círculos a lo largo de la espalda. Él se fue encorvando poco a poco hasta apoyar los antebrazos en los muslos. El pantalón se le abolsaba por detrás dejando ver su estrecha cintura, los bultos que señalaban las vértebras desaparecían dentro del elástico del calzoncillo.

—¿Recuerdas cuando te llevé a tomar un café, hace tiempo, y me diste un masaje en el pie, y me...? —le dije.

—Sí.

—¿Por qué lo hiciste?

—Quería ver qué harías.

Sonreí.

—¿Después de que te pidiera mil excusas por lo ocurrido dentro de la casita? Qué feo.

Zach se encogió de hombros, sacudiendo el pelo que le caía a un lado del rostro.

—Las disculpas no me parecieron muy sinceras. Tenía curiosidad por saber qué pasaría si forzaba un poco la situación.

—Y yo descubrí el farol.

—No fue un farol. De haberlo sido no estaríamos hoy aquí.

Le acaricié la parte baja de la espalda. Tenía la piel tan suave que parecía una estatua.

—Tienes razón —dije.

Apoyó la frente contra el salpicadero y exhaló un suspiro. Luego se apartó de mí y trepó por encima de la consola central para pasar al asiento trasero. El coche se balanceó levemente.

Volví la cabeza para mirarle.

—¿Qué haces? —pregunté.

Se desabrochó el cinturón y me dirigió una mirada impaciente.

—¿Has cambiado de opinión? —pregunté.

—Tú no has cambiado.

—Sólo estaba ganando tiempo.

Con las palmas de las manos, dio unos golpecitos llenos de ritmo contra el asiento.

—¿Quieres o no? Porque se está haciendo tarde y de verdad que tengo muchos deberes.

Hice una mueca de disgusto.

—No lo digas así. Suena horrible.

—¿Eso es un no?

Tenía que haber contestado que así era. Yo conocía perfectamente su forma de actuar cuando no quería hacer algo, y empezaba así. De haber existido la posibilidad de que la vida me arrojara un vaso de agua fría a la cara y cambiara el curso de los acontecimientos, habría sido en ese instante, con esa pregunta.

Pero pasé al asiento trasero.

Y aquél fue el momento en que dejé de ser una mujer que había tomado una serie de decisiones equivocadas, pésimas, y me convertí en una acosadora de menores de edad.

Segunda parte

ZXP

18

Cuando por fin llegó a casa, subió la escalera con fuertes pisadas y se dio una ducha. Mientras esperaba a que el agua saliera caliente, y en tanto su imagen se volvía borrosa a causa del vapor, se miró en el espejo y tomó nota de sus defectos. Tenía la piel hecha un asco, necesitaba cortarse el pelo. Como no hacía yoga ni judo, estaba perdiendo musculatura, y para colmo seguía siendo bajo.

No era probable que creciera mucho más. Era claramente un hombre, a todos los efectos. No se sentía adulto, y por lo general le gustaba sentirse así. Después de todo, tenía toda la vida por delante para cavilar y lamentarse sobre engorrosos asuntos mundanos, pero mientras siguiera teniendo libertad para disfrutar y divertirse, la aprovecharía. Por eso detestaba que los adultos le traspasaran sus preocupaciones.

Estaba cabreado consigo mismo por haber eyaculado.

Había estado tan seguro de que podía evitarlo... Pero sobre todo, decidió que no eyacularía. Se sentía cansado y hecho una mierda, y estaba molesto con ella —no, *furioso*—, porque lo había llevado a un lugar desierto en medio de ninguna parte y le había insistido para que accediera a tener relaciones sexuales. No le preguntó, no tanteó para ver si le apetecía, simplemente dio por supuesto que él estaba dispuesto, como si por tener dieciséis años y encontrarse en su coche fuera un público cautivo con una erección permanente. No se sentía tanto el irresistible Zach Patterson como la suma de sus partes.

Podía haberse negado en redondo, por supuesto, pero eso le hubiera dado demasiados problemas. Ella se habría sentido rechazada, y a la larga hubiera podido hacerle la vida imposible. Resultaba más sencillo darle lo que quería y marcharse a casa.

Sin embargo, él creyó que no podría acabar. No estaba de humor, no le gustaba el comportamiento de Judy, y —a pesar de que ella parecía convencida de que no había peligro— tenía terror a dejarla embarazada.

Todo apuntaba a que le sería imposible llegar, que el intento acabaría en fiasco, pero al final no lo pudo evitar. Su cuerpo, su querido cuerpo, le traicionó.

Se miró en el espejo frunciendo el entrecejo y se metió en la ducha. Apoyó la frente en la fresca pared de azulejos. El agua caliente en la espalda le resultaba agradable, pero sentía cada vez más cansancio en lugar de alivio. Salió de la ducha, se secó con la toalla, se peinó, se cambió de calzoncillos y empezó a bajar por las escaleras. A mitad de camino se detuvo y se sentó en un escalón con la cabeza entre las manos.

—Zach, ¿eres tú?

Su madre venía por el pasillo, con una mano en la cintura y otra apoyada sobre la tripa. Al verle se quedó mirándole sorprendida.

—¿Te encuentras bien?

—No demasiado.

Le indicó con un gesto que bajara, y Zach obedeció. Cada paso le costaba un tremendo esfuerzo. Su madre se puso de puntillas —era más alto que *ella*, por lo menos— y le puso la mano, deliciosamente fría, en la frente.

—Oh, Dios mío —dijo—. ¿Estaba muy caliente el agua?

—Normal, pero yo tenía frío.

Zach se tumbó en el sofá. Su madre lo tapó con dos mantas y volvió de la cocina con la cestita de pastillas, suplementos y medicamentos homeopáticos. Y por segunda vez en el mismo día, tuvo que resignarse a la idea de que su cuerpo estaba a punto de fallarle por causa de fuerza mayor.

Al día siguiente, cuando recogí a Scott de las prácticas con el coro, vi que Zach no estaba con los demás. El miércoles por la mañana me inventé una excusa para entrar en la escuela de los mayores y atisbé por la ventanilla su clase: su sitio estaba vacío. Aquella misma tarde reuní el valor suficiente para llamar a su madre.

—¿Necesitará que lo lleve en coche al concierto del coro el sábado por la noche? —Hasta a mí me sonaba forzado el tono inocente de mi pregunta.

—Muchas gracias, pero no hará falta —dijo Vivienne—. Si va, ya le acompañaremos nosotros.

—¿Está bien?

—Tiene algún virus. Fiebre, tos, dolor de garganta. Pero supongo que está bien.

Recordé haber notado su piel caliente cuando le hacía masaje en la espalda. Entonces me pareció sensual que irradiara aquel calor. No se me ocurrió que fuera raro, que pudiera estar enfermo. ¿Cómo era posible que no hubiera sospechado nada? De haber sido mi hijo, me habría dado cuenta. Pero era el hijo de otra mujer: Vivienne.

Me asaltó de nuevo el rastrero sentimiento de culpa que sentí en el coche ante la dura mirada de Zach, y otra parte de mi ser se apresuró a negarlo todo.

—Le echaremos de menos en el concierto —dije—. Espero que se ponga pronto bien.

—Es muy amable. Le diré que ha llamado.

Nada más colgar el teléfono me asaltó una idea: ¿Y si era rubeola? El miedo me encogió el estómago. ¿Se me habría pasado por alto una enfermedad tan grave? Pero no, seguro que no era más que un resfriado. De los quince alumnos que habían contraído la rubeola, ninguno era de la escuela de los mayores. Había poco contacto entre los alumnos de uno y otro edificio, y casi todos los que estaban sin vacunar pertenecían a la escuela de los pequeños.

Entonces recordé que Zach había venido a verme al parvulario, y no una, sino muchas veces.

Pensé en todo lo que me había contado de su familia, en lo que conocía de su cuerpo. Me dije: «Estas personas son auténticos creyentes».

Y luego me dije: «No puede ser».

Antes de que empezaran las clases me colé en secretaría para buscar la ficha del chico. Mi furtiva maniobra dio enseguida sus frutos, porque era la única P que estaba señalada con un banderín adhesivo amarillo, lo que significaba que faltaba el certificado de vacunación o un documento firmado de renuncia. La única documentación sanitaria que contenía era la encuesta del parto completada por su madre, donde describía con mucho lirismo cómo dio a luz a Zach en su casa rural de New Hampshire. Para averiguar si él era nuestro último caso de rubeola, tendría que preguntárselo personalmente.

En cuanto mi último alumno de la mañana se marchó con su madre, salí del aparcamiento a una velocidad que no era propia de una profesora de parvulario. Recorrí la calle de Zach despacio, comprobando los coches que había aparcados frente a su casa, pero no vi ni el pequeño Volvo convertible de su madre ni la camioneta verde de su padre. Para evitar riesgos, aparqué una casa más abajo y crucé su jardín delantero haciendo crujir las hojas secas bajo mis pies. Llamé a la puerta, y por un momento me asustó la idea de que su madre estuviera en casa, después de todo. Pero justo cuando me iba, se abrió la puerta y apareció Zach en la penumbra del vestíbulo, con una camiseta gris y unos pantalones de pijama demasiado anchos. Como llevaba unos días sin afeitarse, le estaba saliendo una barba del mismo color que el pelo, y llevaba unas gafas de montura metálica de color negro. El efecto era sorprendente. Parecía diez años mayor.

—Hola —dijo, abriendo la puerta mosquitera. Su voz sonaba más grave y ronca de lo habitual—. ¿Qué hay?

—Tu madre me dijo que estabas enfermo y quería, ya sabes, ver qué tal te encontrabas.

—Resulta un poco arriesgado que te presentes así, ¿no te parece?

Crucé los brazos sobre el pecho.

—¿Acaso no puedo interesarme por la salud de los amigos de Scott?

Me asustó su reacción: soltó una carcajada incrédula y puso los ojos en blanco.

—Tienes suerte de que mi madre no esté —dijo—. Le preocupaba que el bebé no diera patadas y ha ido a ver a la comadrona. Qué ironía, ¿verdad? Ella está paranoica con el niño y te presentas tú.

Mi semblante reflejó la incomodidad que sentía, y Zach suspiró.

—Entra, hace frío ahí fuera.

Entré en el vestíbulo. Había diarios desparramados sobre la mesa del comedor, y encima del sofá una cesta rebosante de ropa. El gato estaba instalado en lo alto. Al verme dio un maullido, pero no se acercó a investigar.

—Parece que a *Luna* no le gustas —dijo Zach, dirigiéndose a la cocina. Di unos pasos tras él, sin saber si debía seguirle. Cogió una taza azul y dio un trago.

—¿Te encuentras mejor? —le pregunté educadamente.

Asintió sin dejar de beber.

—El lunes vuelvo a clase.

Di unos pasos y entré en la cocina.

—Temía que tuvieras la rubeola.

Zach negó con la cabeza.

—Imposible. Estoy vacunado.

—¿En serio? No estaba segura. He comprobado tu ficha —dije, y al momento lamenté la confesión—. Tenía una marca que indica que faltan los registros de vacunación —añadí, como si todo se redujera a un tema administrativo.

—¿En serio? Mi madre no habrá tenido ocasión de entregarlo todavía. —Indicó con la barbilla un tubo azul de medicamento homeopático sobre el aparador—. Me está dando fósforo. Ha probado con otras tres sustancias y no han funcionado. También me ha ordenado que beba litros de Yogi Tea.

—¿Y el fósforo te va bien?

—Supongo. —Apuró su té y se volvió hacia la pila de la cocina. Sobre el mostrador había una tabla con un limón cortado por la mitad y una jarra de miel con forma de osito. Zach lavó su taza—. Si quieres algo de mí, no es el mejor momento. Hace dos días que no me ducho.

Me pareció increíble que dijera eso.

—No estaba pensando en eso. Estás enfermo.

Todavía de espaldas a mí, se encogió de hombros. Se le veía delgado bajo aquella camiseta vieja.

—El viernes ya estaba enfermo, y no pareció que te importara.

—No sabía que estuvieras enfermo, no me dijiste nada.

Zach dejó la taza en el escurridor. Se volvió hacia mí.

—Tenía treinta y ocho de fiebre. ¡Y tú estabas sentada *encima* de mí!

—¡Zach! —siseé, horrorizada al oírle decirlo en voz alta—. Lo siento. He venido a verte porque estaba preocupada. No lo digas como si solamente me preocupara una cosa, porque no es cierto.

Apoyó la espalda en el mostrador, y de repente, la arrogancia de su postura y la forma en que la ventana enmarcaba su cuerpo fuerte y delgado se conjuraron para hacerme sentir como si tuviera diez años.

—Dime una sola cosa más que te preocupe —me pidió.

Se me escapó una risa nerviosa.

—¿Qué quieres decir?

—Lo que has oído. Dime una cosa más.

Se quedó mirándome con las manos apoyadas en el mostrador a su espalda, esperando mi respuesta. No supe qué contestar, y no porque no se me ocurriera nada. Desde aquel fin de semana maratoniano para acabar la casa de juguete, no había dejado de analizar mi deseo por él como si fuera un rompecabezas. Lo había acercado a la luz, había mirado cada faceta. Zach era guapo, pero muchos amigos de Scott poseían una belleza más convencional, y nunca me habían obsesionado de esa manera. Como amante había resultado ser más hábil de lo que yo esperaba de un chico tan joven, pero esto por sí solo nunca me habría llevado a correr los riesgos que había corrido por él. No, la auténtica razón era otra: era como si él estuviera anclado en lo más profundo de mi ser y me tuviera atada por una cadena. Y, al seducirlo, aunque él no compartiera mi placer, lograba apaciguar una parte de mí que nunca había estado en paz. No podía explicarlo con palabras. Sólo sabía que todo mi ser se agitaba cuando pensaba en él, y que la sola idea de perderle me desesperaba. Lo quería con el amor postrado y entregado que siente un rehén hacia su captor. De manera que dije:

—No puedo darte una respuesta. No sé por qué hago esto. Pero te aseguro que no me excita el riesgo. Y nunca me había sentido atraída de esta manera por un adolescente.

Zach dejó oír una seca carcajada.

—Pues lo disimulas muy bien.

—Tú también.

—Yo me limito a tomar lo que se me ofrece.

—Entonces tal vez eres tú el que sólo quiere una cosa —sugerí—. O puede que los dos tengamos razones que no podemos admitir. Yo podría intentar averiguar cuál es la mía. En tu caso, a lo mejor tiene que ver con el tiempo que te pasaste imaginando a tu madre en la cama con su alumno de yoga. Sea lo que fuere, cuando estoy contigo no pienso en nada más. ¿Piensas en tu madre cuando estás conmigo?

—No —dijo secamente.

—Entonces pensamos lo mismo. Ahora tú llevas la batuta, Zach. Tú decides cuándo se acaba. La semana pasada cometí un error y lo siento. Pero si pudiera pensar con claridad cuando estoy contigo, no habríamos llegado hasta aquí, ¿no? Si te has hartado, vale. Dímelo abiertamente y no me pidas que te lleve en coche a casa. No puedes venir a mi encuentro a la salida del colegio y luego enfadarte cuando yo me siento así. Basta con que me digas: «No, Judy, ya no voy a hacerlo más».

Zach inspiró profundamente.

—No, Judy, ya no voy a hacerlo más.

Se me encogió el corazón, pero le dije:

—De acuerdo. Yo no te propondré llevarte a casa y tú no me lo pedirás.

Miró un punto a lo lejos, por encima de mi hombro.

—¿Y si un día me lo salto?

—No soy una prostituta, Zach. Toma una decisión y dime lo que quieres.

El gato entró en la cocina y se arrimó mimoso a las piernas del chico. Con un suspiro, él se frotó el puente de la nariz, encima de las gafas.

—Me alegro de que te encuentres mejor —le dije—. Sólo quería saber cómo estabas.

Él cerró los ojos con fuerza y se frotó los párpados. Cuando los abrió, parecía cansado. Con voz tensa que no supe interpretar, dijo:

—Gracias por pasar a verme.

19

El viernes por la mañana Zach se encontraba mejor. Las misteriosas infusiones y las pastillas de fósforo de su madre habían surtido efecto. Se afeitó la barba de una semana, se volvió a colocar las lentillas, se puso un mejunje en el pelo y casi recuperó su aspecto normal.

Casi, porque algo había cambiado. Se apartó el pelo de la cara y se contempló de cerca en el espejo, igual que la semana anterior, después de aquella noche miserable con Judy. Por lo menos la tez tenía mejor aspecto, pero había algo más: los ángulos de su rostro eran más afilados. Se levantó la camisa: el abdomen y el pecho parecían iguales, pero la cara indicaba unos kilos de menos. No era extraño. La fiebre le había quitado el apetito, y además cuando estaba nervioso vomitaba todo lo que comía. Se preparó una taza de té y un cuenco de cereales con leche, y cuando comprobó que no pasaba nada, se dijo que era hora de volver a satisfacer su apetito sexual.

En el colegio sus amigos se alegraron de verle, y algunas chicas de la clase incluso le abrazaron. En la clase de la mañana se esforzó por concentrarse para recuperar el tiempo perdido, pero como de costumbre, el *Infierno* de Dante no consiguió captar su atención. Su mirada se dirigió a las ventanas, a los árboles azotados por un viento desapacible, que pronto perderían las pocas hojas secas que les quedaban. Desde el patio del otro edificio, donde estaban las clases de los pequeños, llegaban las voces de los niños. Contempló a los pequeños persiguiéndose unos a otros y cavando en la arena con sus palas rojas de metal, mientras las profesoras paseaban entre ellos envueltas en gruesas chaquetas y con la cabeza cubierta.

Judy no estaba entre ellas, porque los niños eran de clases más avanzadas, seguramente de segundo y tercero, pero Zach seguía pensando en el parvulario, con el pueblo de minúsculas casas de madera dispuestas sobre el suelo, los gnomos de cera en fila junto a la ventana, las paredes pintadas de rosa que se curvaban de forma protectora en lugar de tener esquinas. Las ventanas daban por un lado al patio y por el otro al jardín. El primer día que él fue a verla, después de haber estado en el bosque, Judy no corrió las cortinas. Cualquiera podía haberles visto. Pero había estado tan ciego de deseo y tan sorprendido por la facilidad con que podía satisfacerlo, que no pensó en el riesgo. Tampoco ella. Nunca lo comentaron, pero aquel día Zach aprendió mucho sobre la temeridad de Judy. Desde entonces ella corría las cortinas cuando acababan las clases.

Aguantó toda la clase de español, y a la hora de comer recogió los libros y atravesó el aula multiusos. Judy ya estaría fuera con su clase de la mañana. La vio, una pequeña figura perdida dentro de su chaquetón de lona, con un pañuelo en la cabeza que le cubría medio rostro. Eran criaturas asexuadas estas profesoras, tan anodinas que resultaban casi invisibles. Ahora ya sabía que no era así, por supuesto, pero en cierto modo le gustaba pensarlo; quería imaginarla como un lienzo en blanco donde él podía garabatear todo lo que había tenido ganas de hacer con una mujer, como si ella pusiera los ingredientes de una historia o de una obra, pero él fuera la chispa que le daba vida.

—Ahora tienes mejor aspecto —comentó Judy—. Estás en forma.

—Estoy en forma —replicó él con rostro impasible—. Todavía tengo ronquera, de manera que esta noche no ensayo con el coro, pero me encuentro bien.

Ella asintió.

—¿Dónde estamos ahora? —preguntó.

—En el patio de los pequeños.

—Venga, Zach, no te lo tomes todo al pie de la letra.

Le atravesó con la mirada, pero él no contestó. No estaba seguro de lo que le preguntaba.

—¿Todavía estás enfadado conmigo? —insistió Judy.

El chico negó con la cabeza. *Enfadado* no era la palabra. Se le ocurrieron otras más acertadas, pero no las dijo. *Insensible. Endurecido. Ofendido.* Sentía que Judy le había hecho picar el anzuelo. Le había hecho creer que su relación se basaba en un mutuo deseo sexual desaforado, pero cuando él dejó de sentirlo ella siguió adelante de todas maneras. Sus disculpas apaciguaron el enfado de Zach, pero también le hicieron sentir triste e impotente al comprender una cosa: podía tomar a Judy tal como era, una oscura estrella que ardía de deseo por él, o dejarla totalmente. Y si la relación con ella le había enseñado algo, era que hasta entonces había estado manteniendo sus deseos a raya, muy bien atados, y ahora ya no quería devolver el animal a la jaula. De todas formas, no tenía por qué disimularlo.

—Cuando el coro esté ensayando, ven a mi clase —dijo Judy, en un tono monótono—. Entonces podré disculparme como es debido.

—No es eso lo que quiero.

Y no le apetecía. No quería volver a mostrarse vulnerable, apreciar su buena disposición a pagar una deuda. Quería demostrarle cómo se sentía con respecto a ella, y si accedía a hacer lo que ella quería no lo conseguiría.

Judy le miró nerviosa.

—Entonces, ¿qué quieres?

—Russ tiene clase hoy, ¿no? Iré a tu casa. Diré a mis padres que voy a la biblioteca.

Judy frunció el entrecejo.

—¿Durante el ensayo del coro? No me parece práctico, no hay tiempo.

—Me da igual.

Judy apretó los labios en una mueca de desaprobación. Las líneas junto a su boca se hicieron más pronunciadas. El viento agitaba las esquinas de su pañuelo de abuela rusa.

—Sigues enfadado. Ésta es tu manera de recuperarme.

—No. Es mi manera de conseguir sexo. Ha pasado más de una semana. No quiero una mamada, quiero una cama.

Ella suspiró.

—Bueno, supongo que debería agradecer que acudas a mí para eso.

—Sí —asintió Zach—. Deberías.

Judy le lanzó una mirada de soslayo, deteniéndose un instante en su rostro como para captar su enfado. Él hundió las manos en los bolsillos y, encorvándose para protegerse del viento, dio media vuelta y se dirigió al edificio de los mayores.

El enfado de Zach me dejó toda la tarde nerviosa. Para calmarme, me serví un vaso de zumo de manzana que quedaba en la botella para la merienda de los niños y le añadí unas gotas de Rescue Remedy de Bach. Mis alumnos jugaban a que cada uno se ponía la capa de seda dorada de la fiesta de San Miguel, que celebramos en septiembre, y los demás le cantaban la canción. *Aidan es valiente y poderoso, con su capa dorada tiene la fuerza de un oso.* En cuanto el niño se ponía la capa, cambiaba de expresión: su cara reflejaba orgullo y nobleza, y de vez en cuando se iluminaba con una sonrisa. Si era una niña, podía dar una vuelta sobre sí misma; si era un niño, plantaba los puños sobre las caderas. Yo los contemplaba sentada en una sillita, con las rodillas encogidas bajo mi sudadera, diciéndome que ojalá Steiner hubiera ideado algo así para los adultos. Me hubiera gustado envolverme en una capa roja de terciopelo con una capucha negra para sentirme misteriosa y distante, en lugar de desesperada y humillada. Pero de todas formas hubiera tenido que quitármela para darle a Zach lo que quería, así que no era mi día de suerte.

Al acabar la clase, entregué a cada alumno a sus padres o cuidadores. Conseguir que este momento fuera especial era una parte importante de mi labor, y normalmente me gustaba, pero hoy estaba impaciente por terminar los rituales para centrarme en arreglar las cosas con Zach. Pero en cuanto se hubo marchado el último niño, mientras yo recorría el aula colocando bien las sillas y poniendo orden en las cestas, apareció Sandy.

—Judy, ¿tienes un momento?

Me volví hacia ella. Sandy se sentó en el módulo de estanterías bajo la ventana.

—Hace un rato he visto que hablabas con Zach Patterson en el patio. Es alumno mío.

—¿En serio?

—Sí, y le pasa algo. No hace el más mínimo esfuerzo por prestar atención en clase. Tendrías que ver sus cuadernos. He visto trabajos mejores de niños de primaria. Y está claro que no es tonto. Quiero decir, no creo que descubra la vacuna contra el cáncer, pero estoy segura de que no es tan... *estúpido* como aparenta en mi clase.

Asentí. Luego me encogí de hombros.

—Es la edad. A veces parece que los chicos no se interesan por nada. Scott es así también.

—Sé que últimamente has pasado bastante tiempo con él, ayudándole con sus horas de trabajo comunitario.

—Sí.

Sandy movió las manos en el aire, buscando las palabras adecuadas.

—¿Y te... ha dicho algo? ¿Te ha dado a entender que tiene problemas en casa, te ha parecido preocupado?

Le respondí con una sonrisita. Mi corazón se estaba calmando después del pánico que había sentido cuando Sandy empezó a hacerme preguntas. Ahora comprendía que la situación era muy sencilla: quería que le explicara una historia. En la escuela de maestros de Waldorf aprendíamos la manera correcta de explicar una historia, muy diferente de la del resto del mundo. El profesor tiene que hablar en un tono monótono, sin animación, sin apartarse del guión. De esta forma la historia resulta casi hipnótica, y el niño se centra más en las palabras que en el narrador. La historia se graba en su mente, la interioriza hasta el punto de que entra a formar parte de su corazón. Es una excelente manera de contar un cuento de hadas, como también una mentira complicada. Yo era una maestra en el arte de contar historias al estilo Waldorf, porque había empleado estas técnicas toda mi vida.

—Sí —reconocí—. Tiene problemas con esa chica, Fairen Ambrose.

—Oh. —La preocupación en el rostro de Sandy dio paso a una total comprensión—. ¿Te lo ha dicho?

—Oh, sí. Ella está jugando con él, le da falsas esperanzas. Pude comprobarlo en el viaje a Ohio con el coro. Jueguecitos con los pies debajo de la mesa, masajes en la espalda, y cuando él se anima, entonces ella le da plantón. Se siente frustrado. Avergonzado. Intenta disimularlo actuando como si no le importara.

—Ahora lo entiendo. Trato de conocer a todos estos jóvenes, pero es un proceso. Me han dicho que tú conoces a casi todos desde el parvulario.

Asentí.

—Y es curioso lo poco que cambian. Fairen, por ejemplo. Es muy lista, pero muy mal hablada, y tiene poco respeto por los adultos. A los cinco años ya era así. Y, por supuesto, como pasa mucho tiempo en mi casa y como tengo un hijo, hay otras cosas de ella que no me gustan. Para decirlo suavemente, es una chica muy liberal.

Sandy rió.

—No me extraña que a Zach le guste.

—Sí, pero no me parece una buena opción para un chico que parece bastante ingenuo.

Sandy asintió. Inclinándose hacia mí, me susurró:

—Al final del trimestre los cambiaré de sitio en mi clase.

Solté una carcajada.

—Buena idea.

—Dios mío, qué horroroso, ¿no? Tener su edad y enfrentarse al drama del despertar del amor. Yo no volvería a pasar por eso ni por todo el oro del mundo. ¿Recuerdas cómo era?

Sonreí de nuevo, con un esfuerzo tal que me dolieron los músculos del rostro. Sí que me acordaba.

—Arriba.

Siguiendo la orden de Zach, levanté mi extremo de la mesa plegable. Él retrocedió y yo avancé unos pasitos. Se le marcaban los bíceps, y en sus antebrazos se apreciaba el movimiento de los tendones bajo la piel.

—Esto pesa diez kilos más de lo que debería —dijo.

—Bueno, es bastante viejo.

En tono burlón, dijo:

—En este colegio, *todo* es bastante viejo.

—¿Perdona?

Al ver mi mueca burlona me devolvió una media sonrisa cargada de paciencia.

—Exceptuándola a usted, señora McFarland.

—Zach, por favor.

Con cuidado, colocó la mesa en su lugar y yo le imité con alivio. Las banderines con el distintivo de Waldorf —en letras de imprenta de muchos colores, pintadas con mucho esmero por alumnos de los últimos cursos— colgaban sobre nuestras cabezas. Pilas de cestas repletas de objetos hechos a mano estaban estibadas contra las paredes. La joya de la corona, la preciosa casa que Zach había construido, estaba en un extremo de la habitación, entre las dos mesas donde se exhibían otros objetos que iban a subastarse, y su tejado vegetal se agitaba suavemente, movido por el aire que salía del conducto de la calefacción. Recordé mi conversación con Sandy y las explicaciones que le di sobre la distracción de Zach y la moral ligera de Fairen. Dicen que el diablo te atrapa con nueve verdades y una mentira.

—Todavía hay que colocar unas cuantas mesas más —dijo Zach—. ¿Quieres que le diga a uno de mis amigos que te sustituya?

—No te preocupes. Soy más fuerte de lo que parezco.

Atravesó la sala en diagonal hasta el armario del material. Apoyó el pecho sobre una mesa y se inclinó hacia delante para coger algo del suelo. La camisa se le subió por detrás y dejó ver una porción de piel desnuda. Estábamos en aquel cuartito con la puerta cerrada, de modo que nadie podía vernos desde el pasillo, y sentí un fuerte impulso de acariciarle la espalda cariñosamente. Pero me reprimí. Desde que se había curado y había vuelto conmigo, Zach no perdía el tiempo. Conservaba el deseo, pero no el calor. Me inquietaba, pero me consolé pensando que a medio plazo no tendría importancia. A pesar de su juventud, él era un hombre como los demás: pasaría por alto cualquier cosa que le incomodara siempre que el sexo siguiera funcionando.

Oí unos pasos y me obligué a abandonar esa línea de pensamientos. Coloqué las manos sobre la mesa, como debía ser, y me volví sólo cuando me llamaron.

—Tienes una llamada en secretaría.

Incluso por teléfono la voz de Russ sonó tensa y ahogada, como si le costara respirar.

—Maggie me ha llamado —dijo—. Tenemos que pagar la fianza para que la suelten.

Me volví de espaldas a la secretaria.

—Lo siento. ¿Has dicho «pagar la fianza»?

—La detuvieron en una manifestación. Se pasó de la raya o le gritó a un policía o algo así, no sé qué narices. En realidad ni siquiera sé si tenemos que pagar la fianza o quieren tocarnos las pelotas para que vayamos a recogerla. No se ha mostrado muy clara al respecto.

Emití un gruñido de exasperación.

—¿Qué clase de manifestación?

—Tenía que ver con la propuesta de destitución de Clinton. Había un grupo de estudiantes en contra, y ella estaba en el grupo contrario, con los que iban a favor. Al parecer chocaron, y ahora tenemos un viaje de dos horas por delante. Yo voto por dejarla allí hasta mañana, si te digo la verdad. Si uno juega, que sea con todas las consecuencias.

—Imposible. El mercadillo es mañana y tengo que estar aquí. —Me peiné el pelo hacia atrás con los dedos mientras oía el chirrido de las mesas que estaban trasladando en el aula multiusos—. Russ, ¿no podrías ir tú solo? Aquí me necesitan para montarlo todo.

—No puedo.

—¿Por qué no?

—Porque la mataré.

Cerré los ojos y me dije que de todas formas no era buena idea dejarlo ir por carreteras desconocidas atiborrado de pastillas. Lo último que quería era tener a dos miembros de mi familia entre rejas, cada uno en su celda, en distintos puntos de Maryland.

—De acuerdo. Estaré en casa en unos minutos, pero por favor, llena el depósito de gasolina del coche, ¿vale?

20

Emprendimos viaje hacia el norte. Russ estuvo todo el camino poniendo sus CD de Ken Burns hasta que me entraron ganas de romper el salpicadero de una patada y enviar el reproductor al interior del motor. En una ocasión, mientras cambiaba el disco se coló un fragmento de la radio y reconocí la canción; Zach la cantaba a menudo con los auriculares puestos mientras construía la casita. *She comes 'round and she goes down on me.* Eran letras cochinas, de sexo y drogas duras, que cantaba a capela con su voz de tenor perfectamente afinada. Me abstraí del jazz para recordar a Zach en el taller, en aquellas últimas horas cuando lo consideraba perfectamente hermoso y completamente intocable. Me moría de ganas de dar media vuelta con el coche y volver a casa.

—Es irónico, ¿no te parece? —comentó Russ—. A nosotros nos arrestaron dos veces por protestar contra la Guerra de Vietnam, y ahora a nuestra hija la arrestan por ser una chalada de extrema derecha. ¿En qué nos hemos equivocado?

Aparté un instante los ojos de la carretera para mirarle. Estaba recostado en el asiento del copiloto, con la boca torcida en una mueca irónica. No protestó cuando le pedí las llaves, aunque el coche era suyo. Puede que estuviera de tranquilizantes hasta las orejas, porque no parecía el mismo de siempre.

—Quiere hacer las cosas a su manera, pase lo que pase —respondí.

—Ah, el loco impulso de la juventud. Puede que hayamos forzado las cosas, que les hayamos obligado a tragarse nuestras ideas. Pero a Scott no parece haberle sentado mal. Sólo a Maggie.

No respondí enseguida. Al cabo de un minuto, dije:

—A Scott nadie le importa lo más mínimo.

—Es la edad. Sólo piensan en sí mismos. Dentro de unos años probablemente será abogado y luchará por los derechos humanos.

Respondí con un gruñido.

Con el rabillo del ojo pude ver que Russ fruncía el ceño.

—Te lo tomas todo de una forma demasiado personal, Judy. Si alguien te da una respuesta negativa, por la razón que sea, tú te lo tomas a pecho como si hubiera querido ofenderte. Que Scott no sea simpático no significa que te odie a ti o que deteste lo que representas. Probablemente, lo único que pasa es que sólo puede pensar en coches y tetas. Empeñarse en verlo de otra forma es puro narcisismo.

Aquello me hizo soltar una carcajada.

—O sea, que soy narcisista —dije en tono burlón—. *Yo* soy narcisista.

—Ahí lo tienes, a eso me refería —continuó Russ—. Un poco de crítica constructiva y entornas los ojos para mirarme como si me quisieras cortar el cuello.

—No tiene gracia.

Él se acomodó en el asiento.

—No pretendía ser gracioso.

En la comisaría me mantuve al margen y dejé que él hiciera el trabajo sucio. Cuando le abrieron la celda, Maggie salió con cara de pocos amigos. No parecía dispuesta a explicarse ni a pedir perdón, y apenas nos dirigió la palabra. De camino a la residencia, Russ le estuvo contando historias sobre sus temporadas en la cárcel por desobediencia civil, pero ella se limitaba a mirar por la ventanilla y a juguetear con una crucecita dorada que llevaba colgada del cuello.

Al cabo de un rato le interrumpí.

—No estás precisamente animándola a evitar que vuelva a ocurrirle lo mismo —le recriminé—. ¿Por qué no le explicas que tener antecedentes penales puede ser negativo a la hora de conseguir empleo?

—Por lo menos está luchando por algo en lo que cree —dijo—. Y ningún empresario va a rechazarla por el hecho de que la hayan arrestado en una manifestación. Es uno de los principios básicos de Estados Unidos. Thomas Jefferson estaría totalmente de acuerdo.

Oí que Maggie se agitaba en el asiento. Me volví hacia Russ.

—¿Piensas pedirle a Thomas Jefferson que nos haga un préstamo para pagar a sus abogados?

—Para empezar, no necesitas abogados si puedes convencer con buenas palabras a los polis de que no te arresten. ¿Por qué no le ofreces un poco de tu sabiduría maternal sobre esto?

Le miré con frialdad. Desde el asiento trasero llegó la voz de Maggie.

—Mamá, ¿a ti también te arrestaron por protestar?

—Sí —le dije—. Varias veces.

Después de dejar a Maggie sana y salva en la residencia, recorrimos la calle principal hasta que encontramos un motel que alojaba principalmente a ex alumnos que seguían siendo rabiosos seguidores de los deportes de su universidad. El vestíbulo estaba decorado con la parafernalia del equipo, y había también folletos informativos sobre las cuevas, los puentes naturales, los recorridos en antiguos trenes y los centros comerciales de la comarca. Pensé en Zach y en sus amigos, que estarían en Sylvania montando el mercadillo sin mí. La escuela estaría casi vacía, lo que reforzaría el sentimiento de camaradería y los tentaría a explorar los rincones más oscuros, dada la práctica ausencia de adultos. Pensé en Fairen Ambrose, aquella mordaz alumna del parvulario que se había transformado en un cisne rubio y malhablado, y en la ironía de que nuestras miradas siempre iban en la misma dirección. Algún día se decidiría a actuar, y eso me preocupaba. Zach no tenía mucho criterio ni era especialmente difícil de contentar.

Russ cogió la llave de tarjeta que le entregaron en recepción y lo seguí por un pasillo hasta una puerta de un feo color verde. Dejé mi equipaje sobre la rejilla y me encerré en el cuarto de baño para ducharme. Al día siguiente tendríamos que salir temprano para llegar a tiempo al mercadillo, que empezaba a las once. Ya era más de medianoche, y después de unas pocas horas de sueño me tocaría conducir a mí otra vez, porque Russ seguiría atontado por el Nembutal. No es que él me lo hubiera confesado, pero yo me había informado sobre esos medicamentos; quería saber qué efectos tenía lo que tomaba mi marido. Pero no tenía ni idea de si lo compraba en México a través de Internet.

Me desvestí y me miré en el espejo para comprobar la profundidad de mis ojeras. Entonces vi que tenía unas marcas de dedos sobre el pecho izquierdo. Miré el derecho y tenía unas marcas idénticas. Me llevé pensativa las manos a los pechos. Eran inequívocas: ocho marcas azuladas y dos más claras sobre el escote, una por cada dedo pulgar.

Me vinieron a la memoria una serie atropellada de imágenes: yo tumbada en plena euforia, y Zach sobre mí, impaciente, con una energía que tensaba todos sus músculos a un tiempo. El enfado que todavía sentía hacia mí teñía su pasión de un tono egoísta, un poco sádico. A mí no me importó. Después de hacerme caso lo indispensable, pareció sumergirse en sí mismo. Veía agitarse su negro flequillo, su boca abierta en una mueca que dejaba entrever la dentadura de la mandíbula inferior, lo oía jadear rítmicamente con cada embestida. En aquel momento no noté dolor en los pechos, seguramente a causa de las endorfinas que me recorrían las venas.

Antes de meterme en la ducha, comprobé que la puerta estuviera cerrada. Cuando salí del baño, esperaba encontrar a Russ totalmente dormido en una de las amplias camas, pero aunque estaba metido en la cama y en pijama, llevaba las gafas y miraba las noticias en el pequeño televisor.

—Pobre Bill —comentó—. Te han pillado con las manos en la masa, imbécil.

Saqué la crema corporal de mi neceser y me puse un poco en las manos. Cuando abrí el cobertor de la otra cama, Russ me preguntó:

—¿Qué estás haciendo?

—Me voy a acostar.

—¿En esa cama?

—¿Y por qué no?

Abrió los brazos para indicar la anchura de la cama en la que estaba. Ya había quitado la colcha, por supuesto. Para Russ, los cubrecamas eran como placas de Petri con estampados florales.

—En casa nunca duermes en otra cama.
—Tenemos una cama doble. Éstas son individuales.
—¿Y qué? No te comportes como si no nos conociéramos.

Tuve que reprimir una carcajada.

—Russ, en serio.

Se apoyó en las manos para bajar de la cama y se volvió hacia mí. Me acarició una rodilla con los nudillos y dijo:

—En la universidad teníamos suficiente con una cama individual.

—No quiero repetir aquello.

—Comparado con aquello, esto es un lujo.

Aparté la manta y la sábana encimera.

—Lo que es un lujo es poder dormir toda la noche, lo que de todas formas ya no podré hacer, y mañana me espera un día muy movido con el mercadillo.

—Bueno, pues voy contigo y te echo una mano. Si tú haces un sacrificio, yo también. Llámalo trabajo en equipo. ¿Qué te parece?

—Fantástico —dije secamente—. Bonita manera de reclutar voluntarios. ¿Te importa apagar la luz?

—En absoluto.

Se levantó para pulsar el interruptor. Yo me metí en la cama, me tapé y me di la vuelta hacia el otro lado. Por debajo de las cortinas se filtraba la luz del aparcamiento, pero estaba tan exhausta que apenas me importaba. Ahuequé las almohadas y cerré los ojos. Entonces Russ se metió en mi cama.

No me moví. Estaba demasiado sorprendida para reaccionar. ¿Cuándo había sido la última vez que había intentado tener relaciones conmigo..., había sido este año o el anterior? Había dado por supuesto que sus palabras eran un intento simbólico de acercarse a su mujer, para decirse a sí mismo que si no había sexo la culpa era de ella, y así dejar su ego a salvo. Eso por no mencionar su absoluta falta de interés en el acto en sí.

Pero ahora no parecía desinteresado. Intentó que me pusiera boca arriba, pero me agarré a la manta y me negué a moverme. Entonces me acarició el cuello y me levantó el camisón por detrás.

—No, Russ —dije, y le empujé con el codo.

—¿Por qué no?

—Porque necesito dormir.

—Pero tenemos toda una habitación para nosotros.

—Russ, siempre tenemos toda una habitación para nosotros.

—Sí, pero en casa estoy siempre liado con la disertación. —Me acarició el brazo—. Seré rápido, si quieres. O lento, como prefieras.

—No. Déjame en paz.

Me contorsioné para apartarme de él, pero me agarró por el codo y tiró de mí. Intentando liberarme, me volví boca abajo, pero él no me soltó y se me colocó encima. Tenía la cara hundida en la cama y casi me asfixia con su peso. Debió de oír mis jadeos y se apoyó en un brazo para dejarme respirar y mover la cabeza.

—Mira, Judy —dijo. Hablaba con calma, pero sin dejar de agarrarme del codo—. Ya sabes que nunca te obligo a hacer nada.

Yo tomé unas bocanadas de aire y tragué saliva.

—Ahora te *pido* que seas amable conmigo. Porque trabajo como un esclavo y tú eres mi mujer, y sería muy amable de tu parte que me concedieras el puto privilegio de tener relaciones contigo en una de las raras ocasiones en que mi trabajo me lo permite.

Me relajé un poco y él también aflojó la presión. Cuando me volví hacia el otro lado, se acurrucó contra mi espalda. Ya no protesté más. Me quedé mirando la franja de luz que se filtraba por la ventana y procuré hacer caso omiso de Russ, que por su parte no pareció notarlo, o no le importó.

Cuando a la mañana siguiente nos subimos al coche, las farolas estaban encendidas y su halo amarillento se recortaba contra un cielo negro como el carbón. Estábamos aturdidos y agitados, como si lo ocurrido la noche anterior hubiera dejado al descubierto el lamentable estado de nuestro matrimonio. O tal vez era una impresión mía, porque Russ, atiborrado como estaba de pastillas, ya no podía mostrar un comportamiento que tuviera un sentido. Esta vez él se sentó al volante y yo no protesté. Mi cansancio resultaba seguramente tan peligroso al volante como su propio estado, y él podía beberse el café mucho más rápido que yo.

Durante la primera media hora, los dos guardamos silencio y dejamos el trabajo de la conversación a la Radio Nacional. Dos congresistas, uno demócrata y el otro republicano, discutían sobre los procedimientos de destitución del presidente, y por una vez eché de menos los CD de jazz de Russ. Recordé la opinión de Zach sobre todo el asunto: que el presidente había sido traicionado, que se había sacado a la luz un tema privado para que sus enemigos pudieran convertirle en chivo expiatorio, que era frívolo y absurdo. Era una interpretación simplista, pero estaba de acuerdo con él en que la vida privada se había superpuesto a todo lo demás. Fui bebiéndome a sorbitos el café mientras miraba por la ventanilla las azuladas colinas envueltas en bruma y los campos amarillentos del otoño.

—Bueno, ¿cuándo piensas decirme algo acerca de las pastillas? —preguntó Russ.

Me volví hacia él sorprendida. No supe desentrañar el significado de su expresión sonriente y opté por seguir mirando por la ventana.

—No es asunto mío —dije.

—Claro que sí —replicó él con un resoplido—. Yo pago las facturas. Yo sigo en este maldito trabajo para que nuestros hijos puedan beneficiarse de la reducción de tasas en la universidad. —Sacó la mano del volante para mostrar el anillo—. Llevo la alianza.

—Qué amable.

Me miró un instante, frunciendo el entrecejo.

—Desde que te conozco tienes una opinión acerca de todo. Siempre espero llegar un día a casa y encontrarme a Scott, a ti, a mi jefe y a no sé quién más sentados alrededor de una mesa, planeando cómo enviarme a rehabilitación.

—¿Quieres que lo haga? —le pregunté con frialdad—. Hasta ahora tenía la impresión de que las últimas personas a las que querrías que se lo dijera eran justamente tu jefe y Scott.

—Así es. Pero me sorprende que no se lo hayas dicho todavía.

—Me subestimas —le dije—. Siempre me has subestimado.

Apretó los labios hasta convertirlos en una delgada línea.

—Me casé contigo —me recordó—. A pesar de todo.

—A pesar de *nada*. He dicho.

—Tonterías. —respondió—. A Marty no le fue tan bien. ¿Acaso te lo eché en cara? No. Y por Dios que debería haberlo hecho.

—Lo que le pasó a Marty fue un accidente.

—Y una mierda. Y por poco se lleva por delante toda la residencia. Un hombre tan borracho que pierde el conocimiento no rocía de vodka toda la cama, ni enciende un cigarrillo después de quedarse inconsciente. Te concedí el beneficio de la duda porque sabía que no podías poner en práctica algo tan maligno. Pero de vez en cuando me asalta la pregunta.

—Te asalta *el deseo* de que fuera así —le corregí—. Cuando yo tenía lo que querías, era inocente, y veinte años después, cuando tengo derecho a la mitad de tu pensión, resulta que soy culpable. Muchos borrachos hacen cosas así, y Marty era un borracho. Lo que le pasó fue terrible, pero no puedo decir que lo lamentara. Era un maltratador.

—Tú piensas que todos somos maltratadores. A mí también me consideras un maltratador.

—Perdona, pero anoche utilizaste la fuerza conmigo y no quemé nada. No permitiría que me maltrataras. Estoy por encima de eso.

—Qué suerte tengo. ¿Te gustó?

—No.

—Si me lo hubieras pedido, te habría esperado —dijo con una risita.

—No necesito nada, gracias.

—Lo más probable es que tengas una aventura —dijo, contemplando la carretera con expresión plácida—. No es propio de ti rechazar un orgasmo, por muy cabreada que estés.

—A lo mejor es que ya no quiero saber nada de opiniones ni de orgasmos.

Russ sonrió.

—Nada de eso. Pero es cierto que estos días bebes más vino de la cuenta. A lo mejor está relacionado.

—¿Con cuál de las dos cosas?

—Con cualquiera de las dos. Está claro que bebes para tranquilizarte o para animarte. Últimamente nuestro cubo de la basura parece el de un piso de estudiantes el día después de una juerga.

Y eso cada día de la semana. Puede que los dos necesitemos rehabilitación.

—Yo no. Si tú la necesitas, adelante, no hay problema. Yo guardaré el fuerte.

Me dirigió una mirada.

—Ya. Creo que la diferencia entre nosotros es que tú todavía estás en la fase de negación, mientras que yo estoy empezando a superarla.

—Oh, nada de eso —repliqué—. Yo no he negado nada.

Russ se quedó un buen rato pensativo. Finalmente, dijo:

—Judy, esto no tiene por qué ser tan malo. Creo que esta primavera darán el visto bueno a mi ascenso. Después me tomaré el verano libre. Empezaremos a llevar una vida sana, ya no tendremos hijos en casa, podremos irnos de vacaciones. Tal vez podrías ir al psicólogo, porque has estado muy deprimida desde la muerte de Bobbie. Los dos estaremos mejor. Podemos dejar toda esta mierda y seguir adelante con el resto de nuestras vidas.

Sus palabras sonaban sinceras, pero yo conocía a Russ demasiado bien para creérmelas. Para él lo primero era su ambición, y si ahora recurría a mí era simplemente porque no sabía a quién tendría que rendir obediencia para seguir trepando. Ante este vacío de autoridad, su mirada se dirigía de momento a su mujercita. Quería que me sintiera mal por no responder a una amabilidad que —como yo sabía por experiencia— no duraría mucho. Y aunque fuera sincero, nuestros sueños eran tan distintos ahora que me parecía imposible que pudiéramos vivir juntos mucho tiempo más. Russ pretendía instalarse en el éxito profesional y el respeto que correspondían a una fase más avanzada de la vida adulta, mientras que mi anhelo era retroceder hasta recuperar aquello que había ido perdiendo por el camino. Porque había aprendido que lo que todos queremos en realidad es sentirnos en paz con el dolor y la tristeza que han tejido nuestra vida, con las oportunidades que hemos perdido y las malas decisiones que hemos tomado. Para Russ, esta paz se tendía como un puente entre dos pilares situados en algún punto del futuro, mientras que mi propia paz era un triste ovillo de lana tirado en una paca de heno de un pasado incierto, y cada vez que intentaba cogerlo se me escapaba de las manos. De todo lo que recordaba de aquel lugar repleto de mierda y de salvación, lo único que quedaba era un amor casi puro.

—Ya he superado todo eso —le dije a Russ—. Ahora ya puedo seguir adelante con mi vida.

Suspiró profundamente. Su boca se torció en una media sonrisa.

—No lo digamos por ahora, ¿de acuerdo?

—¿Decir qué?

—La palabra que empieza por de. —Como yo puse cara de no entender, añadió impaciente—: La palabra que significa que un matrimonio se ha acabado.

—Son dos palabras —le corregí—. Disertación doctoral.

Rió abiertamente y apartó una mano del volante para frotarse los cansados ojos.

—Oh, Judy —dijo—. Dios, cómo lo he jodido todo.

Yo volví la vista hacia la ventanilla y contemplé el desnudo paisaje rural, los graneros de color rojo que salpicaban los campos dormidos, como cajitas de corazones en medio de la nada.

21

1965
Mainbach, Alemania Occidental

Visto desde la ventana, el establo apenas se distinguía de las casas de los alrededores: estucado, con el típico entramado de madera y un tejado muy inclinado de color mandarina con refuerzos de metal para soportar el peso de la nieve. Más allá del suelo de tierra del corral sólo se veía el verde ondulante de los pastos. Judy apoyó la frente en el cristal y suspiró. Habían transcurrido dos semanas desde que intentara ver a Rudi. Ahora los días eran largos, pero ella los pasaba encerrada en su cuarto, tumbada en el suelo delante del ventilador que le había comprado su padre en el centro comercial PX, leyendo sus gastados ejemplares de *El libro azul de los cuentos de hadas* y *El jardín secreto*, y dos novelas policiacas de *Bobbsey Twins*. De vez en cuando cogía el ejemplar de *Struwwelpeter* y pasaba lentamente las páginas, leyendo en voz alta las palabras y traduciéndolas mentalmente. El subtítulo siempre la dejaba intrigada: *Alegres rimas y divertidos dibujos*. Ahora Kirsten llamaba a su puerta y la enviaba a jugar al jardín cuando su padre estaba en casa. Salvo hoy, porque su padre había decidido que irían los tres a una de sus excursiones culturales. Kirsten los acompañaba para aportar «el conocimiento local».

—En marcha, amiga —dijo su padre—. ¿Preparada para la aventura?

Judy prefirió no contestar y siguió a su padre y a Kirsten. Subió al asiento trasero del Mercedes y la chica se sentó en el del copiloto. De mala gana, la pequeña se acurrucó en la otra punta y estuvo mirando por la ventanilla durante todo el trayecto al pueblo de Aichach.

Iban a visitar Burg Wittelsbach, un lugar situado en las afueras. Por el nombre, Judy dedujo que se trataba de un castillo. Cuando su padre bajó la ventanilla, notó en la cara el aire cargado de olor a hierba y a fertilizantes. El pueblo —un centro histórico de vacilantes casas medievales rodeado de edificios modernos— se extendía a lo largo de la carretera. Y más allá, otra vez el campo en todo su esplendor estival: largos tallos cargados de grano, una hilera tras otra de lúpulo que trepaba perezoso por los espaldares, tostados campos en barbecho, arados como un peine. Y en mitad de esos campos se levantaba una cruz alta como un hombre. El Cristo sufriente estaba bajo un tejadillo que lo protegía de los elementos. La base de la cruz se hundía en la tierra suelta y fértil, entre los montículos preparados para plantar repollos. Judy se dijo que echaría de menos todo esto: las montañas y la nieve, los olores del polen y el estiércol del campo, las ventanas abiertas de par en par al aire libre, la presencia de la naturaleza. La presencia de Dios.

Se metieron por una carretera estrecha y llegaron a una iglesia muy antigua. El padre de Judy aparcó cerca de allí y abrió el maletero para coger su bastón de caminante: un palo de madera nudosa y brillante, cubierto de esas medallitas de recuerdo que solían coleccionar los alemanes aficionados a las caminatas. Partieron en dirección a la iglesia y entraron en un bosque de árboles de tronco estrecho que crecían altos, buscando la luz del sol. Algunos tenían la copa envuelta en brillantes hojas de hiedra. Kirsten iba delante de Judy con su caminar rígido y metódico, moviendo la falda como si fuera una campana. La tela era blanca, estampada con florecitas que tenían los tonos de los huevos de Pascua. Era la misma que su amiga había llevado en el establo. Encima de la falda Kirsten llevaba un delantal atado recatadamente a un lado para indicar que estaba soltera.

—Hemos llegado —anunció el padre de Judy. Se encontraban frente a un inmenso bloque de granito cubierto de musgo—. Esto indica el lugar donde estuvo el castillo.

La niña hizo una mueca de disgusto.

—¿Quieres decir que no hay ningún castillo?

—Desde el año 1209. Pero aquí están los fundamentos. No arranques el musgo, Judy.

—¿Por qué lo derribaron?
—Porque el conde Otto asesinó al rey Philip de Suabia —le dijo. Kirsten asintió—. Luego el conde Otto derribó el castillo y utilizó la piedra para otros propósitos. Seguramente para construir su propio castillo en otro lugar, o para arrojar piedras contra los leales al rey Philip.

Judy pasó los dedos por las letras grabadas en la piedra. Detrás se levantaba un apretado grupito de árboles cuyos troncos se inclinaban en diversos ángulos, buscando la luz del sol. Aparte de la inscripción, nada indicaba que allí hubiera habido otra cosa que bosque. Era, en cierto modo, un cementerio igual que aquel en el que había jugado con Rudi el pasado invierno. Pero un cementerio para un lugar, en lugar de una persona. Una tumba para un hogar.

—Bueno, supongo que hemos de echar un vistazo a la iglesia —dijo su padre, golpeando el suelo con el bastón—. Cada día hay una nueva Virgen María de escayola. Tú nos guías, pequeña.

—Nos lo podemos saltar. No me importa.

Su padre le dirigió una mirada de incredulidad.

—¿Qué dices? Si todo eso te encanta.

Judy hizo un gesto negativo con la cabeza. No sería capaz de explicarlo de modo comprensible. Últimamente su padre había empezado a comentar el estado de su madre. Eran comentarios optimistas, a la hora de comer, sobre lo mucho que mejoraría cuando la trasladaran a un hospital civil en Estados Unidos, sobre lo contenta que estaría cuando supiera que Judy tenía quien la cuidara. «Kirsten ha sido una ayuda impagable», solía decir. Entonces se lanzaba a enumerar con entusiasmo las virtudes de la muchacha y mezclaba los tiempos verbales de un modo que dejaba claro que no pensaba dejar a la chica atrás. En otro momento, Judy hubiera confiado sus miedos a Rudi, pero ahora el establo le resultaba tan deprimente como su propia casa. Había rezado un avemaría tímido y vacilante y el universo se había limitado a retorcer el cuchillo en la herida.

—Bueno, pues yo quiero verla —dijo su padre—. ¿Cómo vas a dejar de visitar una iglesia de cuatrocientos años de antigüedad? Si esto ya no te emociona, es que llevas demasiado tiempo en Europa.

Se puso en camino, seguido de cerca por Kirsten. Judy iba detrás cogiendo grosellas de los arbustos junto al camino. La joven miraba las copas de los árboles, señalaba los pájaros y los nombraba en voz alta para Judy: *Rotkehlchen, Spatz, Krähe*. A la niña le recordó un cuento que había en el libro del colegio sobre un niño que siempre caminaba sin mirar por dónde pisaba, hasta que un día se cayó al río. «*Das ist ein schlechter Spaß*», advertía el libro. *Es un juego peligroso*. En el dibujo se veía cómo sacaban con unos bastones al niño medio ahogado mientras un trío de peces se mofaba de él. *Alegres rimas y divertidos dibujos*.

—Deberías prestar atención a lo que haces —le advirtió Judy en un alemán rudimentario—. Porque si no, puedes tener un accidente.

La chica le lanzó una mirada cargada de inquietud y se apresuró detrás del padre de Judy, que, con sus largas zancadas y su bastón, se había internado mucho más lejos que ellas en el bosque. En alemán, la palabra para *accidente* era sencilla: *Unglück*. Significaba lo opuesto a la suerte, algo que nadie podía escribirte en letras de azúcar rosado. Podía significar *accidente*, pero también *maldición* o *catástrofe*.

—Venga, pequeña —dijo el padre—. No te quedes atrás.

Kirsten miró a Judy por encima del hombro. La pequeña sonrió. Se iba metiendo puñados de grosellas en la boca. Era la niña de las cavernas que seguía al rey de la tribu, y comía los frutos que le ofrecía el bosque virgen. Hablaba una lengua que reducía las palabras a sus términos más simples para darles un significado que era a un tiempo nebuloso y denso, igual que la mañana.

La chica que tanto le gustaba a Rudi no podía quedarse allí para siempre. La semana siguiente Judy volvió al establo, en parte porque abrigaba la vana esperanza de que las cosas volvieran a la normalidad, pero también porque el tiempo se acababa, y quería aprovechar lo que le quedaba con el chico. Al llegar a la valla que marcaba el principio del terreno de Rudi, se volvió y vio su propia casa, enfilada sobre la colina. Era una casa alegre, con su entramado de madera y geranios en las jardineras bajo las ventanas, una bonita casa de campo que Kirsten había transformado en una caja de sorpresas de pavores ancestrales. En otro tiempo fue la pulcra propiedad de la madre de Judy. Pero ahora ésta estaba sentada junto a la ventana en su habitación del hospital, esperando recobrar la cordura, y los nativos habían organizado una fiesta en su casa. Para el padre de Judy, la topografía de Alemania consistía en una fina capa de vida moderna, afable y bien organizada, que cubría apenas las profundas raíces de una tierra bárbara. Las robustas ramas de las antiguas costumbres todavía asomaban, había que contar con ellas: el jolgorio de las fiestas campesinas, su cristianismo pagano y terrenal, la tentación de acariciar la mejilla de una virgen sumisa para averiguar si se atrevería a decir que no.

El viejo coche verde de la familia de Rudi no estaba en el camino de la entrada. Al parecer se habían marchado todos menos Kirsten, que estaba en casa de los Chandler, pero de todas maneras Judy miró en el establo. Las negras botas de goma del muchacho estaban junto a las pacas de heno. La vaca, con sus ojos grandes y sus ubres llenas, la saludó moviendo la cola. A aquella hora el establo estaba en penumbra y el olor a estiércol era más penetrante que de costumbre. La niña contempló el crucifijo colgado en la pared del fondo, testigo de tantos pecados. Recordó el abombamiento de la crinolina a ambos lados de las caderas de Rudi. Tuvo que apretar mucho a la chica contra él para que la crinolina se abriera así, como una flor en una película a cámara rápida. El establo producía ese efecto en la gente. Se mantienen calientes con el calor de su propio cuerpo, le dijo Rudi. Estaba de espaldas al mostrador y apoyaba en él sus manos curtidas. Judy se sentía incómoda. Su mirada se posó en los tirantes que le colgaban del cinturón, y en el ombligo, un curioso recordatorio de la infancia en su cuerpo de varón adulto. *Puedes comértelo como una galleta y no es pecado.*

Atravesó el patio en dirección al cobertizo. Iba allí de tanto en tanto para ver a la familia de erizos. El olor a gasolina le daba un ligero dolor de cabeza, pero valía la pena si podía jugar con los animalitos. A Rudi también le parecían preciosos. Pero los erizos se habían marchado: en su lugar quedaba un montoncito de hierbas secas mezcladas con hojas crujientes y amarillentas. Judy se acuclilló sobre la tierra compacta y golpeó con una paleta, pero no sirvió de nada. Los erizos habían desaparecido y ella no tenía ni idea de dónde podían estar.

Se puso de pie y colocó los brazos en jarras. Escarbó en el suelo con la punta del zapato. El cobertizo era pequeño y estrecho. Con el tractor dentro, quedaba poco espacio para nada más. Contra la pared del fondo se apoyaban unas cuantas herramientas: azadas, palas, y un rastrillo de dientes herrumbrosos; al lado había una pila de cestas medio podridas y un montón de lecheras. En el suelo junto a la puerta estaba el saco de fertilizante, ya abierto. Judy colocó una cesta boca abajo para utilizarla como asiento y sacó del bolsillo de su falda las cerillas que había ido llevándose de la caja de la cocina. Eran mucho más grandes que las que usaba la gente para encender un cigarrillo, y el hecho de que se pudieran frotar en cualquier sitio todavía le maravillaba. Si actuaba con indecisión, la cerilla se rompía en dos o no se encendía. Pero si la frotaba con gesto seguro, casi cualquier superficie se convertía en una pista para experimentar la emoción más prohibida que conocía hasta el momento. *Snap*: el costado de la cesta de mimbre se convertía en cómplice. *Snap*: la suela de su zapato hacía brotar una segunda llama rugiente. *Snap. Snap.* Dejaba que cada cerilla ardiera casi hasta quemarle los dedos y luego la tiraba al suelo, que al estar húmedo no ofrecía combustible para el fuego. Las cerillas se apagaban solas y fueron formando junto a ella un pequeño montículo de cenizas y madera quemada que le hizo pensar en el cuento de la niña que jugaba con el fuego. Al final los gatos lloraban como un grifo abierto junto a la montañita de cenizas en que se había convertido Pauline.

Pero no había de qué preocuparse. Pauline *saltó de alegría y empezó a corretear*, mientras que Judy seguía sentada. Cuando dejó caer al suelo la última cerilla, alimentó la llamita con una hoja seca de la madriguera de los erizos. La llama tembló y se elevó. El efecto le gustó tanto que le echó encima un poco de hierba seca, y luego un pedacito de mimbre que arrancó de la cesta. Ahora ya tenía una pequeña hoguera como de juguete, ideal para sus incursiones imaginarias en la tierra de los niños de las cavernas. Le echó otro matojo y miró a su alrededor en busca de un combustible más duradero. Su mirada se posó en el saco de fertilizante junto a la puerta. Tomó un puñado de los gránulos grises y los arrojó sobre la hoguera. *Snap*: pero en lugar de una llama, hubo un estallido y un fogonazo. Le echó otro puñado, y otro.

Se oyó un crujido y se abrió la puerta del cobertizo. Judy miró alarmada a su alrededor. Arrojó el puñado de fertilizante que tenía en las manos y colocó la cesta boca abajo sobre el combustible y la pequeña hoguera. En la puerta estaba Kirsten, con sus trenzas rubias coquetamente cruzadas sobre la nuca. Llevaba el delantal de flores verdes atado a la cintura y calzaba las grandes botas de Rudi. Dio un paso adelante y preguntó:

—Oh. *Hallo, Judy. Was machst du?*

—Estoy jugando —respondió ella en inglés.

Kirsten la miró sin comprender. La niña se irguió y se alisó la falda con la mano. La chica parecía nerviosa, como si quisiera hacer más preguntas, pero careciera del aplomo y de los conocimientos de inglés necesarios. Judy se dirigió a la puerta y la joven la siguió con la mirada. De nuevo esa mirada, la de una chica que pedía ayuda. Una súplica muda. Cuando la pequeña llegó a la puerta, Kirsten entró rozando su cuerpo y se dirigió a las lecheras en el otro extremo del cobertizo. A medio camino se detuvo y miró alrededor alzando el rostro, como si en ese instante detectara que su sospecha de que algo iba mal era más que cierta. Al verlo, Judy sintió una punzada de miedo. No quería que la descubrieran y la acusaran, que le prohibieran entrar en la propiedad de Rudi. Y no quería ver a Kirsten y a su padre unidos contra ella. No podría soportarlo.

Así que hizo algo muy sencillo. Echó el cerrojo y se alejó poco a poco del cobertizo.

Tras ella, una gallina graznó y batió las alas. Judy se volvió y se apresuró a marcharse de allí. Empezaba a levantarse viento. La niña cerró los ojos, hundió las manos en los bolsillos de su falda y se encaminó hacia su casa, que la esperaba vacía y en calma, hacia los cardos que empezaban a florecer.

22

Zach se topó con Scott en la puerta lateral del aula multiusos. El mercadillo estaba en pleno apogeo: los niños corrían sin freno por el patio y el aparcamiento estaba repleto de conductores que se hacían gestos obscenos unos a otros a pesar de las pegatinas de «Visualiza un mundo en paz» que lucían en el parachoques.

—Tío, esto está a rebosar de gente —dijo Scot—. Y hace un calor de muerte.

—¿Hay alguien más? —preguntó Zach. Sabía que Scott entendería que se refería a sus amigos comunes. De otra forma, la pregunta era una auténtica estupidez.

—Todos. Incluso Tally ha pasado por aquí.

En el vestíbulo, una niña golpeó sin querer a Zach con su varita de cintas de colores. A su izquierda, una profesora hacía una demostración de cómo convertir la lana en fieltro, y el espectáculo atraía a un numeroso grupo de gente.

—¿Se sabe ya quién ganó la subasta? —chilló Zach por encima del ruido.

—No, no empiezan hasta las cuatro.

En el aula multiusos no cabía ni un alfiler. La profesora de quinto enseñaba a un grupo de fascinados chiquillos a hacer gnomos con cera de abeja. Zach se imaginó que no serían niños del colegio, porque a los siete años él ya había hecho tantos gnomos de cera como para poblar la Tierra Media. En otra mesa, una profesora enseñaba a hacer jabón. Su puesto desprendía un suave aroma a aceite de caléndula que evocó en él una oleada de nostalgia. El remedio de su madre para casi cualquier golpe o rasguño era crema de caléndula y una tirita. Era el olor del cuidado maternal.

Desde el otro lado del aula Fairen y Kaitlyn daban saltitos y les saludaban con la mano. Estaban justo detrás del puesto de los pasteles, ayudando a Judy. También estaba Temple, que al verles agitó sonriente la mano. Zach tuvo que reprimirse para no mostrar su frustración. Nada le resultaba más incómodo que estar con Judy y Fairen al mismo tiempo. No tenía ganas de hablar con Judy, pero Fairen iba a quedarse un buen rato, y no quería que se sintiera menospreciada. Scott se le adelantó y se puso a hablar con Temple junto al puesto. Zach se acercó al grupo lateralmente y le hizo a Scott una llave de judo. Éste, un patético cinturón verde, consiguió liberarse y rápidamente adoptó una posición de ataque.

—Nada de karate en el mercadillo —avisó una profesora.

—Os han pillado —dijo Temple.

Fairen levantó los brazos y le dirigió a Zach una amplia sonrisa.

—Por fin estás aquí. Hemos estado todo el día esperándote.

Le pasó los brazos por el cuello y dejó que el chico la levantara por la cintura.

Zach captó de reojo la expresión de reproche de Judy, pero se limitó a fruncir el entrecejo.

Fairen le dio una galleta de chocolate.

—Prueba una. Las ha hecho la señora McFarland.

—No tengo hambre, gracias —dijo, levantando la mano.

—¡Come! —Le obligó a coger la galleta y le dio unos toquecitos en el estómago con el dedo—. No hace falta que te prives de comer galletas, créeme.

Judy levantó una bandeja de metal y tocó con ella el brazo de Fairen.

—Fairen y Scott, ¿os importa ir a la cocina y traer las otras dos bandejas?

«Hija de puta», pensó Zach. Cuando sus amigos se alejaron, le lanzó a Judy una mirada airada e hizo ademán de marcharse, pero ella lo agarró por la camiseta.

—¿Qué haces esta noche? —le susurró.

—Tengo que trabajar en mi proyecto de historia. ¿Y a qué viene todo esto? No seas tan condenadamente celosa. Sólo se está mostrando amable.

Judy respondió con una risa burlona.

—Oh, por favor. ¿Celosa de esa chica? Sólo quiero que haga el trabajo que se ha comprometido a hacer.

—Y una mierda. Lo que le has dicho es: no toques lo que es mío.

—No seas tonto. —Aceptó un billete de un dólar por un *brownie*—. Entre las siete y las nueve no habrá nadie en casa. A lo mejor quieres tomarte un descanso de tu proyecto.

—Creo que paso.

Judy le dirigió una mirada de soslayo. En su boca se dibujaba una expresión de mamá-te-lo-ha-advertido.

—Ya veo... —dijo—. Pero ten cuidado, porque un día de éstos necesitarás una recomendación del colegio.

—Eso no tiene gracia. —El chico la fulminó con la mirada.

—Es una broma, Zach.

—No tiene gracia. No hagas ostentación de tus galones conmigo.

—No hago ostentación de mis galones.

—Acabas de hacerlo. Es realmente feo lo que has hecho.

—¡Zach! —Judy alargó la mano para aceptar un puñado de monedas y dirigió al chico una mirada implorante—. Lo siento. No podemos hablar ahora. Hay demasiada gente. Si estás enfadado, charlamos más tarde.

—Más tarde tengo cosas que hacer. ¿Por qué mierda me haces esto? Me hablas como si fueras mi maldita consejera. Iba a preguntarte si nos habíamos visto en el autobús, pero espera, resulta que no es allí donde nos hemos visto.

Ella le clavó una mirada glacial.

—¿Quieres dejarlo estar?

—Entonces, ¿puedo irme ahora, señora McFarland?

Ella le dio la espalda para entregarle una galleta a un niño. Zach se encaminó hacia la salida y se cruzó por el camino con Scott y Fairen, que volvían con las bandejas de galletas. Estaba indignado por la jugada de Judy. Él debería ser la última persona a la que ella quisiera fastidiar, sobre todo después de las cosas que le había perdonado últimamente. El incidente de la bofetada estaba todavía demasiado reciente; si él lo había dejado pasar, era porque comprendía que había puesto el dedo en la llaga con su broma sobre aquel chaval alemán. Pero si Judy no era capaz de aceptar un chiste sobre un chico que conoció treinta años atrás, debería tener más cuidado con los impulsos que sí podía controlar.

Salió por la puerta trasera y se sentó en el asfalto, con la espalda apoyada en la pared de ladrillo. Su profe de química estaba enseñando un baile a los más pequeños. Él se quedó mirando, intentando no pensar en Judy.

—Eh, Zach...

Volvió la cabeza. Scott estaba allí, con una mano en el quicio de la puerta. Iba acompañado de un hombre de mediana edad, alto y con gafas. Instintivamente, Zach supo quién era, y notó que se le revolvía el estómago.

Scott señaló al hombre con el pulgar.

—¿Conoces a mi padre?

Le saludó con un gesto de la cabeza.

—Encantado.

—Viene a ayudar con el lanzamiento de anillas.

«Ya es mala suerte, encontrarnos aquí», pensó Zach. El padre de Scott no había asistido nunca a un concierto del coro ni a una función del colegio, nunca lo había acompañado en coche a su casa. Tal como lo describía Judy, sólo se apartaba del ordenador para comer, orinar y pegarle cuatro gritos antes de sumergirse de nuevo en el éter. ¿Desde cuándo se ofrecía voluntario para recaudar dinero para el colegio? ¿Cómo encajaba esto entre las razones de vida-o-muerte que podían apartarle de la disertación?

Scott le miraba con extrañeza: estaba esperando que le estrechara la mano a su padre. Zach comprendió que no podría evitarlo sin mostrarse grosero, de forma que se levantó y le tendió la mano.

—Así que estás en el coro con Scott —dijo Russ.

—Sí.

—Son muy exigentes. Debes de tener mucho talento.

—Gracias, señor.

—¿Qué registro? ¿Tenor?

—Sí.

Parecía muy amable. No se comportaba como el demonio furibundo descrito por Judy. Zach empezaba a acostumbrarse a las diferencias entre la faceta pública de los adultos y la privada. Tampoco Judy parecía una ninfómana cuando representaba funciones de títeres para los niños. A pesar de todo, le incomodaba mirarle a la cara. Dejó que le cayera el flequillo sobre los ojos y metió las manos en los bolsillos.

—Estupendo —dijo Russ, con una amplia sonrisa—. Me gustaría oíros cantar más a menudo. Con los años me he ido apartando de la música. Cuando éramos jóvenes, mi mujer y yo íbamos a muchos conciertos de rock, pero, claro, eso era en los años setenta. No es vuestra onda.

Zach sacudió la cabeza.

—La verdad es que no.

Russ asintió de nuevo y sonrió.

—Encantado de conocerte, Zach. Espero verte más a menudo cuando consiga acabar lo que tengo entre manos.

—Gracias, señor.

Scott y su padre se dirigieron al área de deportes al aire libre, y Zach tomó la dirección contraria. Llegó hasta el contenedor de basura, se agachó detrás de él y se llevó las manos al vientre. Pero no sirvió de nada. Apoyó una mano en la pared del rincón y vomitó todo lo que tenía en el estómago. Un Dr. Pepper y la galleta de chocolate de Judy.

Escupió en el cemento. Un hilillo de saliva le colgaba de la boca sin acabar de caer al suelo. Se secó la boca con el dorso de la mano y se preparó para una nueva tanda de retortijones. En ese mismo momento oyó una voz que le llamaba bajito.

—¿Zach?

Supo que era Judy. No se volvió.

—¿Te encuentras bien?

—Acabo de conocer a tu marido.

—O sea, que finalmente ha venido, ¿eh? ¿Qué te ha parecido?

La vergüenza de vomitar ante ella le ganó la partida a la incomodidad psicológica. Zach ya se sentía mejor. Se apartó del charco de vómito y se sentó en el suelo junto al contenedor. El cemento estaba agradablemente fresco, y tuvo que reprimir el impulso de tumbarse en el suelo. Hundió la cabeza entre las manos. Tenía las sienes empapadas en sudor.

—No me ha parecido tan malo.

—No te dejes engañar —dijo Judy, con una amarga carcajada—. Por lo general es insoportable. Hoy está de buen humor porque anoche pudo follar.

El estómago de Zach volvió a protestar.

—Gracias por contármelo. De verdad, es justo lo que necesitaba para sentirme mejor.

—Lo siento. —Cruzó los brazos sobre el pecho—. He estado buscándote para pedirte perdón.

—Ya me has encontrado.

—Sí, y he visto que mi marido te da náuseas. No pasa nada. A mí me produce el mismo efecto.

Zach forzó una risa.

Judy se acuclilló junto a él.

—Siento mucho lo que te he dicho —dijo en voz baja—. Fue una estupidez por mi parte. ¿Estás enfadado?

—No lo sé.

Más que enfadado se sentía harto, pero probablemente el enfado llegaría más tarde.

—Dime qué puedo hacer para compensarte.

Zach la miró a los ojos, intentando pensar con claridad, pero se sentía mareado. Encogió las piernas contra el pecho y se abrazó las rodillas.

—No quiero que te enfades —le susurró Judy—. Me importas mucho. Me gusta estar contigo. Y tú puedes seguir con tu vida, pero yo me lo estoy jugando todo. Mi carrera, mi matrimonio, todo. Ya lo sabes.

Judy aguardaba una respuesta. Zach siguió mirándola a los ojos, pero no dijo nada.

Ella se desabrochó los primeros botones de la blusa y la abrió. Su sujetador, negro y con puntillas, resaltaba contra la blancura de la piel. Bajo los huesos de la clavícula se veían las marcas de los dedos de Zach, dos arcos gemelos que parecían artísticos tatuajes. Él recordó cómo se sintió mental y físicamente en sus dos encuentros de la semana anterior: todavía no se encontraba bien, estaba agobiado por el poco tiempo que tenían... y enfadado. Cuando empezó a sentir deseo, lo transformó en rabia hacia Judy. Fue incapaz de diferenciar un sentimiento de otro, y tampoco se esforzó demasiado. Pero ¿había empleado tanta fuerza como para hacerle morados? Le apabulló ver aquellas marcas. Se preguntó si habría tomado fotografías, pero no se atrevió a decir nada. Lección de educación sexual número 386: es peligroso acostarse con alguien en quien no confías plenamente.

—Si Russ viera estas marcas —dijo Judy—, estoy jodida. Y no precisamente por ti.

—Fue un accidente.

—No te culpo. Lo digo para que entiendas lo mucho que me importas. Esto me da igual. Aunque me hicieras estas marcas cada vez, yo seguiría ocultándolas, ocultándolas y ocultándolas.

Zach dejó caer la cabeza sobre las rodillas.

—Dime qué puedo hacer para compensarte —repitió Judy.

Él se quedó mirando el suelo de cemento cubierto de arena. Lo único que quería era hacer unas inspiraciones profundas para relajarse y olvidar toda esa mierda que le estaba complicando la vida, un día tras otro. Ni siquiera quería romper con Judy, porque entonces el problema de la ruptura se sumaría a todos los demás. Y quería olvidarse de todo por un tiempo: no sólo de Judy, sino también del colegio, de Fairen y de la añoranza que sentía de New Hampshire.

Miró a Judy y le preguntó, con toda la amabilidad de que fue capaz:

—¿Puedes hacerme una mamada?

Judy sonrió,

—Claro que sí. Ven conmigo. Creo que me quedan algunas galletas en la cocina.

«Lo que quiero que sepan los ciudadanos americanos, lo que quiero que sepa el Congreso, es que lamento en lo más profundo todo el mal que he cometido, tanto de palabra como de facto.»

Estaba sacando del horno una bandeja de galletas cuando me llamó la atención el volumen del televisor. Apagué el horno y entré en el cuarto de estar. Zach estaba sentado en el sofá con el mando a distancia en la mano. En la tele aparecía Bill Clinton, pálido y canoso. Hablaba desde el Jardín de Rosas de la Casa Blanca. No parecía un discurso apropiado para aquel lugar.

—¿Qué pasa? —pregunté.

—Han pedido la destitución de Clinton.

—¿Qué? No.

Zach señaló el televisor.

—Esto es de ayer. La CNN lo está emitiendo otra vez porque acaban de aprobar otro artículo de la destitución o no sé qué.

Fruncí el entrecejo.

—No creo que eso signifique que ya hayan llevado a cabo la destitución. Pero no suena bien. —Escuché las noticias un minuto más—. ¿Ya lo sabías? —le pregunté.

—Más o menos. Mi padre comentó algo ayer por la noche.

—Esto me pasa por salir de la ciudad —murmuré.

Sin cambiar de postura, miré de reojo a Zach. Parecía poner toda su atención en las noticias, pero tenía los párpados caídos como si no se aguantara de sueño. Tenía la camiseta arrugada y hecha una pelota sobre la barriga, se había abrochado el cinturón, pero aún llevaba la bragueta abierta.

Las voces del informativo llenaban el silencio entre nosotros.

«Nada, ni la piedad, ni las lágrimas, ni el ingenio ni el sufrimiento cambiarán lo que he hecho. Tengo que aceptarlo.»

Miré de nuevo a Zach.

—¿Qué piensas de todo esto?

Se reclinó en el sofá. En su boca se dibujó una cansada sonrisa.

—Creo que tendría que haber rechazado la mamada —dijo—. Tendría que haberse limitado a decir que no.

—No piden destituirlo por lo que ha hecho —dije—. Sino por haber dicho una mentira bajo juramento.

Zach se encogió de hombros.

—Si no le hubieran hecho una mamada, no habría tenido que mentir bajo juramento.

—Es cierto. Sabía que eso le podía costar caro. En Europa no habría pasado. Creo que lo están linchando porque sí.

—Oh, no he querido decir eso —respondió Zach—. Creo que se lo merece. Debería tener la autodisciplina de no aceptar cuando se lo ofrecen, aunque sea un político. «Cumple con tus obligaciones, pero no te apegues a los frutos de tu trabajo.»

Me quedé mirándolo consternada.

—¿De dónde has sacado eso?

—De la *Bhagavad Gita* —masculló, mientras se mordisqueaba la uña del dedo pulgar—. Es un tema del yoga.

—Así que piensas que es el karma.

—Exactamente, es lo que pienso.

—No pensabas así hace un tiempo —le recordé—. Este otoño opinabas que le estaban echando un montón de mierda encima.

—Sí. He cambiado de opinión. Creo que tiene lo que se merece por mentirle a todo el mundo. Hay que eliminar a los mentirosos y a los tramposos.

—Eso piensas —dije. Di unos pasos hacia él para que pudiera verme con más claridad—. Y eso, ¿en qué lugar nos deja a nosotros?

Se sacó el pulgar de la boca un instante, lo suficiente para contestar.

—Hundidos en la mierda.

Regresaron al colegio. Cuando Judy entró con las bandejas de galletas, Zach se quedó un rato más en el aparcamiento. Había accedido con desgana a la petición de Judy, que le parecía una absoluta paranoia. Desde donde estaba podía ver a Russ en la zona arenosa del patio, donde se celebraba el lanzamiento de anillas. Estaba animando a los niños, que se esforzaban en hacerlo lo mejor posible y apuntaban sacando un poco la lengua. Lo hicieran bien o mal, Russ los felicitaba y les decía «choca esos cinco». Era varios centímetros más alto que él y bastante delgado para su edad. De rostro pálido, llevaba gafas y tenía una expresión de arrogancia que le inspiraba a la vez respeto y desdén. Y por más que su matrimonio estuviera en crisis, Russ era el verdadero amante de Judy, el que sabía manejarla, el que estaba cansado de acostarse con ella, el que sin duda estallaría en carcajadas si supiera que el chico que le estaba observando era objeto de las atenciones de su mujer. ¿Acaso Judy no era capaz de conseguir nada mejor?

Aplastó un poco de gravilla con el zapato y se dijo que lo que debería hacer era admitir la derrota: acercarse a Judy para decirle: «¿Me da permiso para salir?», y volver a su tarea de ganarse el favor de una chica de su edad. En los meses que habían transcurrido desde el viaje a Ohio, Fairen se había ido acercando a él. Cuando se reunían con Temple para hablar de su proyecto de historia, ella se sentaba a menudo a su lado, en lugar de enfrente. La semana pasada, durante el ensayo con el coro, después de cantar por tercera vez una canción que no les gustaba demasiado, Fairen echó la cabeza hacia atrás hasta apoyarla en el pecho de Zach —que estaba detrás de ella, subido en el peldaño— y suspiró para expresar su fastidio. Sus miradas se encontraron. Él había seguido resentido con ella mucho tiempo después del episodio de Ohio, y como la relación con Judy iba bien, no hizo nada por superar su enfado. Ahora, sin embargo, no era más viejo, pero sí mucho más sabio y estaba dispuesto a enfundar la espada. Si ella no le guardaba rencor, él tampoco; detestaba el sentimiento de pérdida que nacía en su pecho cuando se decía que, en su afán de poseerla, había logrado que se alejara.

Volvió a entrar en el edificio y se acercó a sus amigos. Estaban todos, incluido Scott, en el puesto de pasteles y galletas, pero Judy no. Así que se les unió encantado. Para cuando la actividad del mercadillo empezó a aflojar, gozaba de un humor excelente. Fairen flirteó con él y Russ no apareció, de forma que por un par de horas se sintió un chico casi normal.

Temple se ofreció a acompañarles en coche a Fairen y a él. Zach aceptó encantado y se sentó con ella en el asiento trasero. Encontró extraño que Temple diera un rodeo y se detuviera primero frente a la casa de Fairen. Sin decir nada, pasó al asiento contiguo al conductor.

—¿Ya no te acuerdas de dónde vivo? —le preguntó, mientras se abrochaba el cinturón.

—No es eso. Quería hablar contigo sin que ella estuviera delante.

—¿Acerca de qué?

—Tácito.

Zach soltó una carcajada y apoyó el pie sobre el salpicadero.

—Has elegido a la persona equivocada. La que está haciendo la investigación es Fairen.

—Me refiero a cosas que hemos estudiado en clase —dijo Temple—. ¿Recuerdas aquello de que colgaban a los traidores de los árboles y hundían a las prostitutas en las ciénagas, y arrastraban a las mujeres...?

—Desnudas por la calle. Sí. En esa parte presté atención. ¿Qué pasa con eso?

—La profe dijo que algunos crímenes se castigan públicamente para que sirvan de ejemplo, y luego estaban los que «corrompían» a la gente. En estos casos había que destruir a los corruptos y todas las pruebas. Estaba pensando que...

Zach le miró con ojos entrecerrados.

—Tío, esto no tiene nada que ver con nuestro informe, ¿no? Hemos de hacer un trabajo sobre Maryland, ¿no? Podríamos encontrar algo acerca del Hombre Conejo, pero no sobre prostitutas arrojadas al lago Hauschen.

—Deja de interrumpirme y *escúchame* un momento. Tengo que decirte una cosa. —El tono de Temple era serio. Zach se calló y le miró—. Lo que pensaba era que, en el fondo, es lo mismo en todas partes: la tribu no quiere elementos que violen las normas. Si un individuo amenaza al grupo, el grupo amenaza al individuo, ¿entiendes? En una sociedad pequeña y cerrada, para conseguir que se respetaran las normas tenían que mostrarse realmente brutales con los que las violaban. De vez en cuando había gente que las incumplía, aunque supieran lo que les esperaba. A lo mejor pensaban que no los pillarían, quién sabe. A lo mejor estaban tan obsesionados con lo que perseguían que se metían en el lío sin darse cuenta.

Zach asintió distraídamente y movió la salida del aire caliente para que le diera en la cara.

—Tío —dijo Temple, con voz pesarosa.

Zach le miró asombrado y leyó el dolor en sus ojos.

—Te estás acostando con la señora McFarland.

Por un instante se quedó completamente inmóvil. La sangre pareció detenerse en sus venas, el estómago paró el proceso digestivo, los ojos le picaban de no parpadear, tenía la boca seca. Tragó saliva.

—¿De *qué* estás hablando? —preguntó al fin.

—No me importa lo que hagas —se apresuró a añadir Temple—. Quiero decir, supongo que no es asunto mío...

—Tío, no me *acuesto* con ella. No es cierto en absoluto. ¿De dónde has sacado esta idea? Pensaba que estabas hablando sobre Tácito y ese rollo de *Germania*.

—Y de eso hablaba —dijo Temple—. Decía que eres un ejemplo del elemento podrido que irrita a la tribu. Es muy evidente y no está nada bien, amigo mío. Yo en tu lugar haría lo posible por acabar con esto antes de que Scott se entere, si es que no lo sabe ya. Pero acabará por saberlo, y entonces se lo dirá a todo el colegio.

—Dame un ejemplo —le retó Zach, con voz temblorosa, chillona—. Quiero saber de dónde sacas una idea tan estúpida como ésa. Porque hay que tener valor para acusarme de una mierda así.

Sin apartar los ojos de la carretera, Temple enarcó las cejas y adoptó una expresión tan petulante que a Zach le empezó a hervir la sangre de rabia.

—Hace tres horas la acompañaste a su casa.

—Se había dejado unas cosas allí y yo tenía que cumplir con horas de servicio. Buen intento.

La carcajada de Temple tenía un tono de sarcasmo.

—Bonita manera de hacer servicios. No se trata de un detalle o de un día concreto, tío, son muchas cosas. Desapareces con ella en cuanto te hace un gesto. Intercambiáis miraditas. Cuando ella acompaña a unos cuantos a casa, *siempre* te lleva a ti en último lugar. Ahora mismo te has dado cuenta de que he llevado primero a Fairen, aunque era una tontería hacerlo así. ¿Qué crees que pensamos cuando ella hace lo mismo?

—Y eso sólo puede significar que me acuesto con ella —replicó Zach—. No puede haber ninguna otra razón, como que mi madre me obligue a presentarme voluntario para trabajar en ese maldito mercadillo. No, tiene que ser por el sexo, ¿verdad? Tiene que ser por el sexo con la *madre de Scott*. —Había conseguido indignarse hasta tal punto que casi creía lo que decía.

Temple sacudió la cabeza.

—Tío, te estoy hablando como amigo.

—Y una mierda —vociferó Zach—. Dices que Scott se me tirará encima por una asquerosa mentira que te has inventado. ¿Qué me importa lo que diga Scott? Todo el mundo sabe que es un idiota. Nadie le creería si contara una tontería así.

—Le creerán si consideran que hay un gramo de verdad —le advirtió Temple—. Mira, no tengo intención de decirte con quién te puedes acostar. Pero, tío, estas habladurías son asquerosas, terribles. No sé si lo haces porque te parece emocionante o si ella te excita tanto que no eres capaz de pensar en nada más, pero como esto salga a la luz, te aseguro que nadie lo verá como vosotros podáis verlo ahora. Y puedes estar seguro de que a Scott no le gustará. Te humillará, te arrastrará por el barro. Será peor que si te pillan con un tío en el lavabo.

Zach soltó un resoplido y se hundió en el asiento.

—Ni siquiera sé qué decirle a un tonto como él.

—No le diré nada a Scott, te doy mi palabra —prometió Temple—. No tengo ni idea de por qué haces esto, pero es condenadamente peligroso. Scott es tonto, pero no tanto como parecéis creer, ni mucho menos. Podríais tener un poco más de *discreción*, maldita sea.

Totalmente abatido, Zach volvió la cabeza para mirar por la ventanilla: los árboles junto a la carretera, los interminables cables telefónicos que se unían en el horizonte. Contempló la hierba achaparrada y se sintió abrumado por el peso de todo lo que llevaba sobre los hombros, de las cosas que debía mantener en secreto, de todo lo que podía salir mal si se atrevía a decírselo a alguien.

—¿Por qué lo haces, Zach? —preguntó Temple, y aunque la fatiga de su voz convertía la pregunta en retórica, él comprendió que su amigo esperaba una respuesta. No dijo nada, y el silencio se instaló entre los dos. Luego, como si las posibles razones resultaran demasiado inexplicables o demasiado feas para tenerlas en cuenta, Temple exhaló un suspiro.

—No sé —dijo, y también se quedó en silencio.

23

La noche del domingo Zach estaba despierto mirando al techo, dando vueltas a lo que le había dicho Temple. Con algunas frases jugueteaba como si fueran chinitas que guardara en la mano, pero por más que las pasaba y repasaba no conseguía suavizarlas. «Habladurías asquerosas», «Te humillará», «No está bien, amigo». Creyó que repitiéndolas limaría sus aristas, pero sólo logró empeorarlo todo.

A la una de la mañana levantó el auricular del teléfono de su habitación y escuchó su monótono zumbido, debatiéndose interiormente con la idea de llamar a Temple. Sentía una necesidad casi física de confesar, de desprenderse de todos los secretos. En Temple podía confiar, de eso estaba seguro. Pero mientras siguiera negándolo, mientras continuara fingiendo que la acusación era falsa, podría evitar verse con los ojos de su amigo. Mientras los dos estuvieran de acuerdo en que la sola idea era repugnante y estaría muy mal, podrían seguir siendo amigos, a pesar de la mentira.

Se sumió durante unas horas en un sueño inquieto, y cuando sonó el despertador, se vistió con la desgana del niño que ya no era. El cielo lucía el azul oscuro de una mañana de invierno. Zach se sintió tentado de fingir que se encontraba mal y volver a la cama, pero ya había perdido una semana de clase cuando tuvo la gripe y no se podía permitir perder más. Por otra parte, se volvería loco si se quedaba todo el día encerrado en casa. Necesitaba distraerse y luego tener los *cojones* de hablar con Judy. Quería decirle que los habían descubierto, que tenían que dejar de comunicarse y de ir juntos en coche, tenían que dejar de *mirarse*, por el amor de Dios, porque ni siquiera eso sabían hacerlo bien. Sobre todo tenía que darle esta información a Judy sin caer en la tentación de regalarse una última inyección de adrenalina. A fin de evitarlo, cuando se metió las cosas en los bolsillos del pantalón, olvidó deliberadamente los condones que guardaba en el fondo de su cajón de la ropa interior. La semana anterior había decidido comprar sus propios condones, porque le avergonzaba aceptar tantos de Rhianne. Además, por duro que le resultara admitirlo, estaba empezando a tener *preferencias*. Si en septiembre le hubieran dicho que se iba a convertir en un exquisito de los condones, no se lo habría creído ni por asomo. Entonces hasta las predicciones de la partera le parecían una pura fantasía.

Rhianne. A lo mejor debería contarle sus problemas a *ella*. Le había dicho y repetido que podía hacerle todas las preguntas que quisiera. Estaba seguro de que desaprobaría totalmente su relación con Judy, pero también habría oído cosas peores. Y si se molestaba con él, tanto peor; pronto dejarían de verse. La sola idea de confiarse a Rhianne le animó un poco, y salió hacia el colegio con la esperanza de que, después de todo, a lo mejor daba con una solución.

El optimismo le duró hasta que llegó a la puerta de la clase. Su profesor lo saludó con el habitual apretón de manos y un cálido «Buenos días, Zach». Luego le entregó un pase y le dijo:

—La señora Valera quiere verte esta mañana.

—¿Cómo? ¿Por qué?

—Quiere hablar contigo. Es algo entre vosotros dos.

—Puedo ir a verla a la salida del colegio, ¿no? No quiero faltar a clase. He traído mi resumen sobre el *Infierno* para enseñárselo. Ya sé que es un poco tarde, pero...

—Zach —dijo el profesor, mirándole por encima de las gafas—. Ve.

El nerviosismo del chico iba aumentando rápidamente mientras recorría el pasillo. Temple le había vendido. «No le diré nada a Scott, te doy mi palabra.» Pero no dijo que no fuera a contárselo a un adulto. Y aquí estaba él, camino del aula que Temple seguramente habría visitado a primera hora de la mañana. Casi podía oír cómo había terminado Temple la conversación, sus explicaciones de alumno preferido, uno de los mejores en el examen de acceso a la universidad: «Quise explicárselo a partir de lo que usted nos enseñó sobre lo que hacían con los criminales en Germania, con los que incumplían las normas, pero lo desmentía una y otra vez.

Zach me preocupa, en serio. Debido a su relación con la profesora del parvulario va retrasado en su parte del proyecto.» Pie derecho, pie izquierdo. El miedo y la furia se alternaban en su interior con cada paso que daba. Había algo que Temple olvidaba: a los traidores los colgaban de un árbol.

Pasó por delante de un aula tras otra, y desde cada una le llegaba el coro de los alumnos cantando los versos de la mañana:

> *Yo contemplo el mundo,*
> *en donde brilla el sol,*
> *en donde resplandecen las estrellas,*
> *en donde yacen las piedras.*

Zach solía recitarlo por obligación, de corrido, pero en aquel momento le habría encantado abandonarse al monótono murmullo de uno de esos escritos sobre el alma si con eso hubiera podido evitar aquella conversación.

En el aula de la señora Valera no había alumnos, seguramente porque estaba en su tiempo de planificación. Justo enfrente se encontraba el armario de materiales donde no hacía mucho Zach había llamado la atención de Judy y ésta se había soprendida como si no entendiera nada. El aula de historia era un triángulo de las Bermudas en el que Judy era casta, Temple un traidor y Zach deseaba encontrarse en presencia de cualquier otra persona que no fuera la profesora más guapa del colegio. No le extrañaba que la anterior hubiera fallecido. Esa aula estaba maldita.

—Siéntate, Zach —dijo la señora Valera—. Me alegro de que estés aquí.

Estaba sentada en el extremo de la mesa, garabateando en una pila de papeles. Su larga melena le rozaba el antebrazo mientras escribía. Aunque objetivamente seguía siendo atractiva, en aquel momento a Zach le pareció simplemente terrorífica. Eligió para sentarse la silla que había junto a ella, así mitigaba un tanto la sensación de encontrarse frente a una figura de autoridad. De todas formas habría preferido que entre los dos hubiera una mesa, a modo de escudo emocional.

La profesora se volvió hacia él, cruzó las piernas y apoyó un codo en la rodilla.

—¿Sabes por qué te he pedido que vinieras?

«Oh, claro», pensó Zach, pero ni loco se lo iba a contar. Decidió acogerse a la quinta enmienda.

—Ni idea.

—Claro que lo sabes. Por las respuestas que das en clase, se nota que no estás leyendo lo que te toca. Haces los deberes deprisa y corriendo, y cuando estás en clase, siempre pones esta cara. —Despacio, se pasó una mano delante de la cara, arriba y abajo—. Una expresión vacía, ausente. ¿Te aburre lo que explico?

—No. Claro que no.

—Hago lo posible porque resulte interesante. Lo he comentado con otros profesores tuyos y me dicen que pareces distraído, pero que no te lo toman en cuenta porque eres nuevo aquí y te estás aclimatando. Sin embargo, yo también soy nueva, y me parece que hay algo más. ¿Qué opinas?

Zach sintió un escozor en la parte posterior de la nariz, cerca de la garganta. Apartó la mirada.

—He estado muy ocupado por las noches, no he dormido lo suficiente.

—De modo que estás estresado.

—No. Sólo *ocupado*. No significa que me estrese. Me gusta quedar con los amigos al salir del colegio, y no quiero renunciar a eso para leer al maldito Dante. —La profesora enarcó una ceja—. Lo siento —murmuró Zach—, pero es que no quiero.

—¿Cómo va el proyecto de Tácito?

—Está prácticamente acabado. —Como esto era cierto, se sintió un poco molesto por la pregunta—. Temple, Fairen y yo empezamos a trabajar en cuanto usted nos lo encargó. Pregúntele a Fairen, y ella se lo dirá.

—Te creo. Ayer mismo hablé de esto con Temple. Me puso al corriente de lo que has estado haciendo.

Al oír eso, Zach no pudo evitar dejar caer la cabeza y apoyar la frente en la palma de la mano. Se frotó los ojos.

—¿Te encuentras bien? —preguntó la señora Valera.

—Sí —dijo muy serio—. Escuche, no sé lo que le habrá contado Temple, pero es de su propia cosecha. Ya sé que es muy listo y tal, pero eso no significa que pueda leer la mente. Yo no le he contado nada, así que no sé de dónde saca eso.

La señora Valera cruzó las manos sobre el regazo y escuchó atentamente sin cambiar de expresión.

—¿Me estás diciendo que Temple no sabe lo que habéis estado haciendo en el proyecto? Porque me dijo que todos habías terminado con vuestra parte, y que sólo faltaba la ilustración.

Él la miró fijamente sin pestañear, con la boca entreabierta. No conseguía determinar si realmente no sabía nada o si estaba intentando hacerle confesar. ¿Por qué, si no, le había llamado a su clase precisamente hoy? ¿Para hablar de sus *notas*? Podía oír mentalmente las palabras de Temple: «Es evidente, amigo». ¿O no lo era?

—A ti te pasa algo, Zach. Me gustaría que me lo contaras para que pudiéramos buscar una solución. Está muy claro que puedes hacer mucho más de lo que has estado haciendo últimamente.

El chico se apartó el pelo de los ojos.

—Sí, ya lo sé. Estuve todo el trimestre trabajando en la casita para la subasta. ¿Le han comentado lo bien que quedó? El colegio pudo venderla por quinientos dólares. Ya ve que cuando algo me importa de verdad, trabajo muy duro. Y lo que no me importa puede esperar.

La profesora asintió de nuevo, esta vez más despacio, y esperó un momento antes de responder.

—Voy a ser más directa. ¿Hay alguien que te esté distrayendo la atención y te impida concentrarte en el colegio?

En los ojos de Zach apareció una mirada de absoluto terror.

—No.

—Porque creo que ésta es la raíz del problema. Si quieres que hablemos de ello, encontraremos una manera de que no sea tan problemático. Pero si no me lo cuentas, no hay nada que pueda hacer.

Zach negó con la cabeza. Fue sólo un movimiento, pero le costó un esfuerzo tremendo. Volvía a notar en el estómago la misma sensación que cuando tuvo ganas de vomitar en el mercadillo de Navidad. Apretó los brazos sobre el estómago y se dispuso a aguantar hasta el final de la conversación sin confesar ni vomitar.

La profesora se quedó un rato observándolo. Finalmente se irguió y dijo:

—Lo siento. No quería que te sintieras incómodo.

—¿Puedo irme?

—Pero recuerda lo que te he dicho, Zach. Puedes confiar en mí, te ayudaré.

Él asintió y salió del aula sin sonreír ni decir palabra.

Cuando abrió la puerta y lo vio allí, de pie, Judy sonrió y quitó el pestillo de la contrapuerta para dejarle pasar.

—Qué grata sorpresa —dijo, como si Zach le llevara una bandeja de galletitas—. Hace apenas media hora que he llegado.

—¿Está Russ en casa?

—No, y Scott tampoco. ¿Deberías estar ensayando con el coro?

—Sí.

Temple notaría su ausencia, claro, y en su paranoia —porque ahora cualquier cosa alimentaba su paranoia— Zach suponía lo que estaría pensando. Sin embargo, en esos momentos se sentía muy virtuoso con respecto a sus intenciones. Temple podía coger sus deducciones detectivescas y tirarlas a la basura.

—Tenemos que hablar —dijo.

—Claro.

Judy sonrió y empezó a subir por la escalera. Él la siguió por pura costumbre. Vio que se había cambiado de ropa de trabajo: por una vez iba con vaqueros y una camisa rosa abotonada hasta abajo, vestida como una mujer normal y no como una profesora de Waldorf. Al llegar a su cuarto, cerró la puerta y le cogió de las manos.

—Me parece que tienes frío. ¿Por qué no pasaste por mi clase? Te habría traído en coche.

—Sí, ya lo sé. Y lo sabe todo el mundo. —Judy levantó las cejas con gesto interrogativo—. Temple me lo ha dicho.

—¿Te lo ha dicho? —El tono de Judy era casi burlón.

—Dijo que sabía que me acostaba contigo. Dice que es muy evidente y que más nos vale cortarlo antes de que Scott saque sus propias conclusiones.

Judy cruzó los brazos sobre el pecho y le miró. No parecía estar demasiado preocupada.

—¿Y en qué basa esa ridícula historia?

Zach recitó las observaciones de su amigo:

—Dice que es evidente, que nuestra forma de mirarnos no es normal. No supe qué contestar a eso. ¿Le digo «No es cierto, nos miramos de una forma normal»? ¿Cómo demonios voy a saber cuál es mi manera de *mirar* a la gente?

Ella asintió. Parecía estar analizando sus palabras.

—Entonces, ¿qué le dijiste?

—Le dije que alucinaba. ¿Qué iba a decirle, que tenía razón? Porque, Judy, te aseguro que no lo decía a la ligera. Es como si llevara meses observándonos. No le cabía la menor duda. Luego la señora Valera me llama y me dice que alguien me distrae de mis estudios, y que ella me puede ayudar a evitar a esa persona. Sólo tengo que sincerarme con ella. Casi vomito encima de su escritorio. Ha dejado que me marchara sin decir nada, pero entre ella y Temple tengo la sensación de que estoy a punto de estallar. Sólo falta que aparezca alguien más diciendo que tiene sospechas.

Judy descruzó los brazos y metió las manos en los bolsillos traseros de sus vaqueros. Miró a Zach con semblante grave.

—Quédate quieto —le dijo.

Él hizo lo que le pedía. Judy se le acercó por la espalda y le quitó la chaqueta. Luego le levantó al mismo tiempo las dos camisetas, la interior y la de vestir. Cuando todas las prendas estuvieron en el suelo, en un montón, le abrazó desde atrás, acariciándole con los dedos los pectorales, y le besó entre los omóplatos. Luego se sentó en la cama y le miró sonriente.

—Siento la interrupción —dijo—. Continúa, por favor.

—¿Por qué has hecho eso?

—Pensé que llevabas un micrófono oculto.

Zach le dirigió una mirada de incredulidad.

—¿Pensaste que quería *entregarte* a la policía?

—A otras mujeres en mi situación les ha pasado eso. Sólo quería asegurarme. Por tus palabras parecía que querías colocarme en una situación difícil.

—Maldita sea, Judy, joder. ¿Cómo es posible que no confíes en mí, después de todo lo que ha pasado?

En su boca se dibujó una mueca torcida.

—No es de ti de quien desconfío, sino de los adultos que tienes alrededor. Si quisieran lincharme, no te dejarían otra opción. Te engancharían un micrófono al cuerpo y te enviarían aquí diciéndote: «Venga, haz lo que tienes que hacer».

Tenía razón. Zach se sentía exhausto. Apoyó la espalda contra el tocador y cerró los ojos.

—Para empezar —dijo Judy—, Temple no sabe nada. Si tú no lo admites, no puede estar seguro. Está sacando conclusiones, pero allá él. Si tú sigues negándolo y negándolo, no puede probar nada. Siempre y cuando no nos descubran in fraganti.

—¿Qué significa?

—En latín significa «follando en el coche».

Zach no pudo evitar soltar una carcajada. Se frotó la cara con la mano y dijo:

—Ya no lo hacemos en los coches, ¿te acuerdas?

—Me acuerdo. Y en cuanto a la señora Valera, creo que estás dándole demasiada importancia a lo que te dijo. Ella cree que estás un poco afectado porque Fairen coquetea contigo. Yo misma se lo dije.

En el semblante del adolescente se dibujó una sonrisa.

—¿En serio?

—Sí. Hace unos días me preguntó si sabía por qué tenías malos resultados en clase. Como tú y yo pasábamos mucho tiempo juntos, pensó que podría saber algo. Y se lo expliqué. Le dije que te gustaba Fairen, pero que a ella le gusta mucho flirtear y que tú ya no sabes qué hacer.

Esta vez la sonrisa de Zach fue totalmente espontánea y sincera.

—Buena jugada. Eso lo explica todo.

—Gracias. Soy especialista en cuentos de hadas, no lo olvides.

Él miró hacia la ventana. Las cortinas de encaje dejaban entrar algo de luz. Se percibía el azul oscuro de un atardecer de invierno. Pronto tendría que irse a casa a cenar. En pleno ataque de pánico, creyó realmente que Judy y él decidirían acabar con su relación de común acuerdo. Habría sido una solución fácil, una ruptura motivada por la necesidad, no por el rechazo. En cierto modo, la idea le tranquilizó. Porque su relación, ya fuera culpable o excusable, repugnante o deliciosamente prohibida, había agotado su tiempo: se había quedado sin combustible, estaba vacía y había que dejarla caer. Pero no contó con que estar a solas con Judy le recordaría todo aquello que le gustaba de ella: su inteligencia y rapidez de respuesta, su capacidad de escuchar y mantener la calma, la sensualidad que vibraba dentro de aquel cuerpo tenso y menudo. Así era como más le gustaba, como más la deseaba: cuando mostraba un caparazón de *no* que escondía un cálido centro de *sí*.

—Tienes que relajarte —dijo Judy—. Deja de preocuparte por nimiedades. ¿Quieres que te masajee los pies? Me parece que tu *chi* no está fluyendo libremente.

Zach frotó las palmas de las manos contra el borde del tocador y respondió al comentario con la traviesa sonrisa que Judy esperaba. Finalmente, dijo:

—He venido para decirte que tendríamos que dejar de vernos un tiempo, hasta que la gente deje de husmear.

—Pensaba que ya nos estábamos tomando un descanso —objetó—. No te veo el pelo desde hace una semana.

Zach se quedó pensativo.

—¿Tanto tiempo?

—Sí, desde el mercadillo, cuando te encontré vomitando las galletas, literalmente, junto al contenedor de basura, y me pediste que te curara el dolor de tripas con una mamada.

—Sí. Temple se dio cuenta de que nos escabullíamos.

—¿Qué quieres decir con «nos escabullíamos»? Estuvimos sólo media hora fuera. ¿Eso es lo que hace sospechar a Temple? Me imaginaba que un chico progresista como él tendría más criterio.

Zach tamborileó con los nudillos sobre el tocador y clavó la mirada en la alfombra. Judy bajó de la cama, se acercó a él y le cogió la cara entre las manos. La miró y se dejó besar suavemente en la boca.

—Podemos tomarnos un descanso siempre que quieras —susurró Judy—. Recuerda que eres tú el que lleva la batuta. ¿Te marchas ahora mismo, o te quieres quedar unos minutos más?

—No he traído nada.

—Tú decides.

—Será mejor que me vaya.

Judy asintió de nuevo y dio un paso atrás, pero entonces Zach la asió por los brazos y la besó de nuevo. Y otra vez; y por supuesto ella no hizo nada por detenerle, y por supuesto él no quería parar. Le asaltaron un sinfín de pensamientos contradictorios, pero en un momento dado se deshizo de ellos, porque supo con certeza que iba a hacerlo, estuviera bien o mal, fuera correcto o no.

«Pero ¿qué tiene esta mujer?», se preguntó con desespero. ¿Qué le daba ella que no pudiera encontrar en otra parte? ¿Por qué seguía buscándola, pensando en ella, *deseándola*, cuando en realidad no le convenía en absoluto? ¿Por qué estaba dispuesto a dejar que le causara problemas con Scott, con Russ, con su propio padre..., a tirar por la borda sus principios para ir detrás de la presa prohibida?

La respuesta estaba en la misma pregunta. Porque era algo *prohibido*, precisamente, porque follar con una mujer en un avión a punto de estrellarse es mucho más emocionante que hacerlo en el dormitorio del hogar.

Cuando subió a la cama para arrimarse al cuerpo acogedor de Judy, se le ocurrió de repente que ahora era capaz de comprender todo lo que necesitaba saber sobre la aventura de su madre. Comprendió que la aventura no tenía nada que ver con él, nada que ver con su padre. Se debía solamente a la palpitante atracción del peligro, de lo prohibido. Sintió alivio al comprender por fin su propia irrelevancia. De su pecho brotó un chispazo de simpatía hacia su madre, hasta que lo inundaron otros sentimientos más intensos y aquella chispa desapareció.

24

Cuando Maggie telefoneó, yo intentaba deshacer un nudo con los dientes. La almohada de hierbas aromáticas que estaba haciendo me había salido mal. Supe al momento que no era una llamada de cortesía; Maggie no solía llamar para preguntar qué tal.

—Puedes utilizar mi habitación para guardar cosas o para lo que quieras —dijo—. Estas Navidades no iré a casa.

—¿Cómo? ¿Por qué?

—Porque iré a casa de mi amiga Elsie, en Hagerstown. Te daré el número de teléfono para que puedas llamarme si quieres.

—Maggie. —Me senté en el borde de la cama y apoyé la frente en la palma de la mano—. Ya hemos puesto el árbol y todo. Yo contaba contigo. No parecerá Navidad si no estás, y este año ya tenemos bastantes dificultades —dije, sin entrar en detalles.

—Quiero unas Navidades de verdad. —Intentaba sonar alegre, pero su voz destilaba veneno—. Quiero unas fiestas en las que Jesús esté presente. La familia de Elsie va a misa, y quiero probarlo personalmente.

—Sabes muy bien que Jesús está siempre presente en nuestras Navidades —dije. A cada segundo que pasaba me subía más la tensión—. Dios sabe que no han parado de hablaros de Jesús desde que ibais al parvulario. Lo sé perfectamente, porque cada año hago con mis alumnos uno de esos nacimientos de pasta de sal.

—Esto es la tontería de mierda de Waldorf. El «Cristo Cósmico». *Por favor*. Y esa estupidez de que había dos bebés, y que uno murió y se reencarnó en el Buda o algo así...

—Los dos niños Jesús.

—Dios, ¡menuda mierda! ¿Cómo puedes enseñarles esas cosas a los niños? ¿Tienes idea de lo ridículo que suena?

—Yo no enseño esas cosas —le recordé—. Yo no creo en nada de eso.

—Piensas que no crees, pero creerías si sacaras la cabeza por un momento del cajón de arena de Steiner y pudieras considerar otras posibilidades. Habrías manejado mucho mejor el dolor de la muerte de tu amiga si hubieras tenido un contexto que le diera sentido. Pero te rompiste como una hoja de papel higiénico mojado.

—Muchas gracias.

—Lo que digo es que en Navidades se celebra un milagro. Y quiero pasarlas celebrándolo. Espero que lo entiendas.

Fruncí los labios en una apretada sonrisa.

—Lo entiendo mejor de lo que piensas.

—Estupendo. —Pero en su voz se adivinaba cierta confusión—. Entonces, feliz Navidad.

—Lo mismo digo. —Un silencio de cosas no dichas llenó la línea de ruidos estáticos—. Y cuando la trampa se cierre sobre tu cabeza, también lo entenderé. Entonces te dejaré mi hombro para que llores.

—¿De qué hablas?

—De tus ideas, tus milagros. No son más que el maldito cebo de una monstruosa trampa cósmica. Yo ya he estado allí. He deseado lo mismo que tú. Y lo que he aprendido es que tienes que ir en busca de todo lo que es bello, y amarlo antes de que se pudra. Porque no hay en este mundo ninguna maldita cosa que no acabe por pudrirse.

Maggie estuvo un buen rato en silencio. Por fin, dijo:

—Espero que *esto* tampoco se lo enseñes a los niños.

—No hace falta —repliqué—. Lo aprenderán por sí solos.

Después de aquella tarde con Judy, Zach estaba avergonzado y descontento consigo mismo por su falta de disciplina. Desde aquel día en el mercadillo, cuando vomitó junto al contenedor y ella le dio un remedio muy particular para reconfortar su alma atribulada, se dijo que debía cortar con ella. La desagradable conversación que mantuvo con Temple no hizo más que reforzar su convencimiento de que no sólo debía cortar la relación, sino borrarla incluso. Debía hacer lo posible para que su año escolar fuera un puente armonioso y elegante, y además allí no había sitio para Judy, nunca lo hubo. Era más fácil si se centraba en lo negativo: aquella vez que estaba febril, o cuando ella le dio una bofetada, el doloroso sentimiento de culpa, y por supuesto las veces en que hizo un pobre papel y se sintió como un pésimo amante.

Pero de vez en cuando aquella línea de pensamiento se revelaba inservible. Como el lunes por la tarde, por ejemplo. Aquel día su deseo no sirvió de cortafuegos al ardor de Judy; todo fluyó, y al final pudo frotarse los ojos y sentirse recuperado. Casi se convenció de que eran dos personas normales actuando con normalidad, pero a la hora de irse atisbó entre las cortinas antes de salir. Entonces comprendió que todo lo que tomaba era robado.

Un día de diciembre en que alcanzaron los diecinueve grados, Fairen lo acorraló después de clase y le propuso que salieran un poco antes. Había ganado veinte dólares haciendo de canguro. Quería comerse una pizza.

Salieron como si se dirigieran al taller y se metieron corriendo en el bosque. Los árboles desnudos parecían grises esqueletos recortados contra el cielo, pero el aire, fresco y fragrante, tenía una cualidad primaveral. Cuando salieron a la calle, Fairen le cogió la mano. Era un gesto tímido y amistoso, con los dedos entrelazados, sin apretar. Pero a Zach le infundió esperanzas. Después de todo, la invitación había partido de ella.

La pizzería estaba en un pequeño centro comercial no lejos de allí, entre una barbería y un bazar. De la pared de ladrillo colgaban carteles que anunciaban un festival en el lago. Fairen pidió una pizza de setas y pimiento verde, grande, y dos Coca-Colas gigantes.

—Porque sé muy bien que comes como si no hubiera un mañana —le dijo ella.

—Y no lo hay.

Fairen le miró con extrañeza.

—*Carpe diem* —zanjó Zach. Ella sonrió.

Mientras esperaban en la barra, Fairen hizo piececitos con él. Como no había mesas ni sillas, cuando les trajeron la pizza en una caja se encaminaron a un paso subterráneo debajo de la calle, un puente de piedra que servía de protección a una acera. Era un lugar agradable y bastante íntimo, y él se entristeció un poco al comprobar que la compañía de Fairen le gustaba incluso cuando era casta. De haberlo sabido meses atrás, se habría ahorrado muchos problemas.

—Tenemos que hacer otro viaje con el coro cuando haga esta temperatura —dijo la chica, secándose las manos con la servilleta—. Así tendré otra excusa para corromperte.

—¿Y por qué necesitas una excusa? —preguntó Zach. Al ver que ella sonreía, agregó—: Creía que no querías saber nada de mí desde que intenté arrancarte la cabellera.

—Esa parte no me gustó demasiado, pero el resto estuvo muy bien.

—¿Lo dices en serio?

Ella asintió.

—Fue estupendo.

—Siento haberte tirado del pelo. Me entusiasmé, pero no quería hacerte daño. No sabía lo que hacía, en serio.

Fairen puso cara compungida.

—Creo que exageré mucho con ese tema. Lo que pasa es que me sentía un poco incómoda porque no lo había planeado. Me dejé llevar por el momento y... —Se encogió de hombros.

—Sí, yo también.

—Pero todavía me sentí peor después, cuando perdiste interés por mí. Supuse que estabas saliendo con otra chica y me sentí fatal.

Zach ladeó la cabeza.

—¿Qué te hizo pensar eso?

—Porque ya no tenías ese aire desesperado. Cuando un chico heterosexual empieza a actuar como si las chicas no le importaran, sólo hay una explicación. Y es que se acuesta con otra mujer. Eso me ponía celosa.

—Eso es una tontería —rió él.

—Es cierto. Además, me estaba volviendo loca porque no lograba adivinar quién era. Conozco a todas las chicas de Sylvania y no es ninguna de ellas. Dime, ¿quién es?

Zach sonrió.

—Es la señora Valera.

Fairen estalló en carcajadas.

—¡Oh, no! Por eso te llamó a su clase la semana pasada, ¿eh? Para poder abusar de ti en el armario de materiales, ¿no?

—Sí.

La risa de la chica tenía la musicalidad de su bonita voz de soprano. Fairen apoyó los codos encima de las rodillas y se inclinó hacia él. Zach se quedó mirándola: el claro pelo rubio recogido por detrás de las orejas ribeteadas de plata, la ancha y preciosa sonrisa, el collar de cristal que colgaba en la sombra del escote. Él no quería verla celosa, no quería que supiera nada. Por la forma en que se inclinaba hacia él sospechó que quería que la besara, pero no podía hacerlo. Estaría engañándola incluso antes de empezar. Fairen era demasiado bonita como para arrastrarla al estercolero en que se había convertido su vida sexual. Ella le inició, y en poco tiempo él lo había ensuciado todo. Inclinándose hacia ella, le metió un trozo de hielo por el escote y la hizo gritar.

—Puede ser en cualquier momento —dijo Rhianne a Vivianne, dándole unas palmaditas en el vientre.

Se colgó el estetoscopio del cuello y la ayudó a incorporarse. Zach no pudo evitar una sonrisa al ver los pesados movimientos de su madre. Siempre había sido flexible y grácil, pero ahora se balanceaba como un pato y tenía que echarse hacia atrás para contrapesar su abultado vientre.

—El embarazo es algo precioso —dijo su madre—, pero estoy deseando que acabe.

—No eres la primera mujer a la que le oigo decir esto. Tómatelo con calma, ¿de acuerdo? Haz que este chico te trate como a una reina —señaló con un gesto a Zach y le guiñó el ojo—. Te veo dentro de una semana, o antes, si tienes suerte.

Zach siguió a Rhianne hasta el vestíbulo y rápidamente le abrió la puerta para que saliera. A ella pareció sorprenderle su descortesía, pero entonces él salió con ella y cerró la puerta. Estaban solos bajo el porche, donde una solitaria polilla volaba alrededor de la bombilla y se estampaba contra ella una y otra vez.

—¿Tienes prisa? —le preguntó el chico.

—Claro que no. ¿Qué ocurre?

Encima del mono llevaba un grueso abrigo verde oscuro, y exhalaba nubes de vapor al respirar.

Él exhaló profundamente y señaló hacia el camino de entrada, indicándole que prefería caminar. Ella captó el gesto, sacó del bolsillo su gorro de punto y se lo caló en la cabeza, encima de las trencitas. Cuando se volvió a Zach con las manos en los bolsillos del abrigo, las trenzas asomaban como tiesos pinceles por debajo del gorro.

—Tengo una especie de relación —anunció—, y es un problema.

—¿Por qué?

—Porque no quiero tenerla.

Rhianne asintió.

—Pero te da miedo cortar. Es eso, ¿no?

—Sí y no. —Exhaló un profundo suspiro y lanzó una nubecilla al aire nocturno—. Lo he intentado, pero es como si fuera adicto a su cuerpo. Hay un noventa y cinco por ciento de mí que ya no disfruta, pero el cinco por ciento que queda no está dispuesto a renunciar.

—¿Y ella cómo se siente al respecto?

—Bien, por lo que yo sé. No creo que tenga ningún conflicto. Por lo menos en ese sentido.

Rhianne ladeó la cabeza en actitud pensativa.

—¿Es posible que ella te quiera y que tú no estés tan seguro de tus sentimientos?

—No. El amor no tiene un lugar en nuestra relación. Se trata sólo de sexo. Lo que, si te digo la verdad, también me hace sentir bastante mal. Para hacer el amor con alguien no creo que tengas que estar necesariamente enamorado, pero tampoco me parece bueno que sea algo tan vacío. Y si piensas que, puesto que es tan vacío, resultará fácil cortar, te equivocas. Te equivocas totalmente.

Su carcajada sonó hueca y triste.

—Zach —dijo Rhianne—, entiendo que ésta es la primera relación sexual que has tenido...

—No, no es la primera.

—Bueno, pues la primera que te hace sentir así. Pero no tienes por qué permanecer en una relación que no te aporta nada. Tendrás otras, y también te darán placer.

Él negó con la cabeza.

—No así, no como ella. Está loca. Siempre está dispuesta. Más que dispuesta. Y saber que estoy haciendo algo prohibido todavía lo hace más excitante.

Rhianne frunció el entrecejo.

—¿Por qué es algo prohibido?

Zach suspiró otra vez.

—Por ser ella quien es.

—¿Y quién es?

Su expresión era curiosa, pero muy formal, muy educada. Zach había dado por hecho que Rhianne sabría desde el primer momento que se trataba de una situación anormal, y que había acudido a ella como quien acude a un negociador en caso de secuestro o a un técnico en explosivos. Porque ¿cómo iba a estar él en la cama de una mujer? Sin embargo, ella no parecía sorprendida, no parecía encontrar nada raro en que una mujer le hubiera dicho que sí. Bueno, pues ahora sí que iba a quedarse sorprendida.

Entrecerró los ojos, preparándose para la reacción de Rhianne.

—Es una profesora del colegio.

Ella ahogó un grito. Zach sabía que podía confiar en ella, pero al ver su reacción se le encogió el estómago.

—¿Es una de *tus* profesoras?

—No, no. Es del parvulario.

—¿Es joven?

Él negó con la cabeza.

—No, tiene más de cuarenta.

Rhianne torció la boca hacia un lado y respiró agitadamente. Estuvo un rato en silencio, sopesando lo que el chico le había contado, y, al verla, él sintió miedo de haberle dicho demasiado. Había esperado que lo encontrara vergonzoso, pero no que se enfadara de aquella manera.

—Zach —dijo por fin—, tienes que poner punto final. Esto no está nada bien.

—Ya lo sé. Por eso te lo he explicado. Si pensara que todo va estupendamente, seguiría follando con ella sin decir nada a nadie.
—¿Lo sabe alguien más?
Él movió dudoso la cabeza.
—Uno de mis amigos cree saberlo, pero yo le juré una y otra vez que no era cierto.
—Me refiero a alguien que trabaje en la escuela. A un adulto.
Zach rió entre dientes.
—Dios, no. Me expulsarían si lo supieran.
Rhianne hizo un gesto de extrañeza.
—Nadie va a culparte por... ser una víctima. Te das cuenta de que desde un punto de vista legal esto es una violación, ¿no? ¿Sabes que lo que ella te está haciendo se considera violación?
Zach rechazó la idea con un movimiento de cabeza.
—Créeme, no tengo ningún problema en cumplir con mi parte del trato. Ningún problema en absoluto.
—No se trata de eso. Se considera violación porque eres un menor.
Él volvió a hacer el mismo gesto de negativa, esta vez con más firmeza.
—Puede que técnicamente lo sea, pero en mi opinión eso es una tontería. Aquí nadie ha violado a nadie. Mi problema es que no soy capaz de parar —dijo riendo sin alegría—. No consigo dejar de desear que me violen.
Rhianne le miró con expresión severa, apretando fuertemente los labios.
—Esto tendrás que resolverlo por ti mismo, Zach. Tienes que convencerte de que se ha acabado y mantenerte alejado de ella. Si quieres, puedo decirle algo personalmente.
El chico rechazó la oferta con una mueca de disgusto.
—No. No sería buena idea.
—Prométeme que no la verás más.
—No puedo. Si pudiera prometérselo a alguien, ya me lo habría prometido a mí mismo hace un mes. Pero me digo a mí mismo que no, y de repente, sin venir a cuento, la deseo. Es como si lo llevara en la sangre. Se apodera de mí por completo. No puedo controlarlo.

Rhianne le escuchaba atentamente, sin decir nada. Por un momento, las palabras de Zach quedaron flotando en el aire.

—Pero no vayas a engañarte creyendo que ella no lo puede controlar —dijo finalmente—. Te está utilizando. No me hace falta conocerla para estar segura de eso. Te ha halagado haciéndote creer que eres para ella un dios del sexo, que eres irresistible, pero en realidad te tiene cogido por los huevos.

Zach alzó la mirada ofendido.

—No es cierto. Nadie me tiene cogido por los huevos.

—Entonces rompe con ella. Tampoco estás tan atiborrado de hormonas como para no poder rechazar a una mujer madura. Ella quiere hacerte creer que no puedes, pero tienes libre albedrío.

El chico exhaló un profundo suspiro, y su aliento empañó el aire entre ellos.

—La verdad es que ahora mismo no me lo parece. Una y otra vez me pongo a mí mismo límites que me prometo no cruzar, y luego paso por encima. Antes de esto, me consideraba un buen chico. Ahora, cuando me miro en el espejo, me digo «menudo mierda».

Rhianne le cogió la mano entre sus manos enguantadas. Zach notó que le castañeaban los dientes, pero le pareció que no era tanto por el frío como por el fuerte martilleo de su corazón. Cuando se atrevió a mirarla, ella le devolvió una mirada firme y severa por debajo de su gorrito de lana.

—Eres una buena persona, Zach —le dijo con voz pausada—. Eres demasiado joven para saber lo frecuentes que son estas cosas. Todo el mundo lucha, y todo el mundo pierde alguna vez. Incluso las personas que admiramos y queremos. Creo que ahora ya lo entiendes.

Él apretó los dientes sin apartar los ojos de ella, intentando entender lo que quería decirle.

—Si quieres resolver tu problema rápidamente y de una vez por todas —dijo—, denúnciala a la policía. Si tú no quieres hacerlo, lo haré yo. ¡Una *profesora*, por el amor de Dios!

Zach negó con la cabeza y apartó suavemente su mano, cogida entre las de Rhianne.

—De ninguna manera. Si hiciera eso, todo el mundo se enteraría. Saldría en los periódicos y... no. —Hizo una mueca de dolor y sacudió los hombros para quitarse la idea de la cabeza—. Lo único que quiero es que termine. Romper la relación, como hace todo el mundo. No busco venganza ni nada por el estilo. Quiero dejar de *desearla*.

En el rostro de Rhianne apareció una sombra de irritación.

—Quítate de la cabeza la idea de que es tu amante. Te está manipulando, te está coaccionando. Así actúan los abusadores, Zach. Hacen creer a la víctima que se merece lo que le pasa.

El chico apartó la mirada de Rhianne. Ahora mismo deseaba no haberle dicho nada. Tenía buenas intenciones, pero reaccionaba como una madre, sin entender la negrura que se agitaba en su interior. Él era capaz de dejar morados sobre la piel, era capaz de disfrutar viéndola de rodillas.

—Si uno de tus amigos estuviera en tu situación —le dijo—, ¿qué le aconsejarías?

Zach sólo tuvo que pensarlo un instante.

—Que lo que hace es una tontería. Que no tiene sentido que se obsesione con una mujer madura cuando podría salir con una chica más atractiva.

—¿Y por qué no sigues tu propio consejo?

Él agachó la cabeza y se frotó los ojos con el pulpejo de la mano. Aquella conversación no tenía sentido, y estaba deseando terminarla.

—Me lo pensaré —replicó.

—Dime su nombre.

Zach la miró.

—¿Cómo?

—Su nombre. Dime quién es.

Parecía calmada y serena, pero el chico sacudió la cabeza. Era la primera vez que Rhianne le daba miedo.

—Lo solucionaré por mí mismo.

25

Empecé a pensar que tal vez debería ir al médico.

Era a causa de Bobbie. Durante mucho tiempo conseguí mantenerme entera, pero ahora la tristeza que sentía por su muerte me arrollaba. Durante el día sufría continuos ataques de llanto, y los puños de mi jersey estaban siempre húmedos de lágrimas. Algunos de mis alumnos, los más observadores, me miraban muy serios con expresión preocupada. Esto me resultaba intolerable. Mi trabajo consistía en protegerles de las complicaciones del mundo de los adultos, no en pasearme entre ellos envuelta en problemas como si fueran gases tóxicos. Me pasaba el día bebiendo vasos de zumo de albaricoque con un chorrito de Rescue Remedy, pero las cinco esencias homeopáticas de que estaba compuesto el remedio no parecían hacerme efecto. Sentí envidia de Russ, con su alijo de medicamentos.

«Puedes hablarme de ella», me había dicho Sandy. Se me había ofrecido como nueva amiga, una amiga que fuera para mí la roca que Bobbie fue. Pero ¿qué iba a decirle, que tenía miedo de que mi amante de dieciséis años se cansara de mí? ¿Qué vivía obsesionada por los personajes de los cuentos infantiles? ¿Qué había una chica rubia, con aros de plata en las orejas, a la que yo no paraba de mirar con inquietud? Pese al apodo que su madre le puso —la niña hada—, yo empezaba a pensar que mi vida sería más agradable sin ella.

Podía ser peor, claro, ya lo sabía. Porque estaba en camino de serlo.

La semana antes de los exámenes finales, Russ canceló sin más su clase del viernes por la noche. Se quedó en casa, y en lugar de encerrarse en su estudio en el piso de arriba, se instaló frente al televisor para ver antiguos episodios de la serie *Tres son multitud*.

Me quedé en la cocina contemplando la parte posterior de su cabeza tamborileando sobre el mostrador. Horas antes había abordado a Zach en el aparcamiento y le había dicho que nos veríamos a las siete en el descampado junto a la iglesia. Cuando Russ cambió de planes tuve que correr el riesgo de telefonearle, y afortunadamente contestó él, y no su padre o su madre. A medida que pasaba el tiempo y mi marido seguía sentado frente a la tele, yo me ponía más y más furiosa. ¿Con qué derecho cancelaba la clase que le pagaban para impartir? No había razón alguna, y además me desbarataba los planes. ¿Qué importaba que los planes no fueran precisamente virtuosos? Tampoco él planeaba pasar tiempo conmigo, ni se preguntaba si yo tenía derecho a un marido que sirviera para algo más que para ocupar sitio en casa. De no ser porque mi amante tenía dieciséis años, se lo habría pasado a Russ por la cara, sólo para demostrarle que mi vida como mujer no murió el día en que él se enamoró de su tesis.

Me dirigí al cuarto de baño en el piso de arriba y me dispuse a prepararme un estupendo baño caliente. Si no podía estar con Zach, por lo menos me regalaría esto. De repente me di cuenta de que el lavamanos estaba abarrotado de frascos de pastillas: Nembutal, Xanax. Últimamente se las tomaba a puñados delante de mis narices. Eran unas cantidades que asustaban. No me cabía duda de que rozaba la sobredosis, pero nunca le pasaba nada.

Cogí el frasco de Nembutal. Era lo que tomaba por la tarde para contrarrestar lo que fuera que la Dexedrina le había estado haciendo durante el día. Dejé caer tres comprimidos en la palma de la mano, luego cuatro, luego seis.

Cuando la bañera estaba medio llena, cerré el grifo, la vacié y volví a la cocina. Russ seguía delante de la tele. Las risas enlatadas iban y venían, pero él permanecía en silencio, con los pies —descalzos, con los calcetines puestos— plantados encima de la mesa de centro. Me serví un café y me senté a la mesa de la cocina a leer el periódico. Cuando acabé el café, me serví otra taza.

En un momento dado oí un anuncio —un remedio para la artritis, tristemente dirigido a personas de nuestra edad— y Russ se levantó para ir al baño. Entré rápidamente en el salón y —un, dos, tres— vertí los seis comprimidos en su lata de refresco. Cuando se oyó el agua cayendo en la cisterna, yo ya estaba en la cocina leyendo las noticias sobre la propuesta de destitución de Clinton.

A lo mejor seis comprimidos eran demasiados. O muy pocos, no lo sabía. Y tampoco me importaba demasiado. Mientras durmiera lo suficiente como para que yo pudiera hacer lo que quería hacer, poco me importaba cuándo se despertara... o si se despertaba.

Cuando Zach contestó al teléfono, oyó por segunda vez aquella tarde la voz de Judy.

—¿Puedes venir? ¿Ahora mismo, enseguida?

El chico exhaló un profundo suspiro.

—Me habías dicho que esta noche no nos veríamos.

—Ya lo sé, pero finalmente no hay peligro.

—Judy... —Apretó tanto los dientes que sintió un doloroso pinchazo en la mandíbula—. Hablamos de que íbamos a tomarnos un descanso, ¿recuerdas?

Ella respondió con un bufido.

—Oh, sí, ya lo creo. Me lo dijiste justo antes de meterte en la cama conmigo.

Zach se había temido que le dijera eso.

—Bueno, es que tengo planes —dijo—. He quedado con Scott y otros amigos dentro de una hora.

—Oh. ¿Adónde vais?

—No sé —respondió él, un poco irritado—. Por ahí. Es para finalizar nuestro trabajo de historia.

—Una hora es mucho tiempo —dijo Judy en tono seductor—. Tú y yo podemos hacer muchas cosas en quince minutos.

Con la espalda apoyada contra la pared de la cocina, Zach fue deslizándose hacia abajo hasta quedar apoyado contra las caderas.

—No sé —repitió. Alargó el cuello para comprobar si su madre estaba cerca y bajó la voz—. Ya sabes que me siento raro si veo a Scott después de acostarme contigo.

—Oh, puedes soportarlo. Lo has hecho otras veces.

—No sé si estoy de humor.

—Zach, *por favor* —dijo Judy, empleando el tono adulador que él detestaba—, ven a casa. Te prometo que no te arrepentirás. Llevo todo el día pensando en ti, desde que me he levantado. No te imaginas cuánto me ha costado que tengamos la casa para nosotros.

El chico apoyó la frente en la mano y suspiró quedamente. Éste era el obstáculo con el que tropezaba una y otra vez en las últimas semanas. Como con cualquier adicción, en el proceso de abandonar el sexo con Judy había momentos de una determinación casi religiosa, reconfortantes periodos de apatía hacia ella y preocupantes pedacitos de debilidad en los que se decía: «Hacerlo una vez más, ¿qué importancia tiene?» Aquella tarde por poco se libra. A la salida del colegio Judy le agarró del brazo en el aparcamiento y prácticamente le ordenó que se presentara a las siete en su casa. Él contestó con un gruñido que no era exactamente un sí. Las advertencias de Temple le habían servido para contemplar sus acciones desde un ángulo más amplio, y comprendió que a menudo cometía errores tontos, no veía más allá de sus narices y planificaba lo hipotético, pero no lo evidente. A pesar de todo, la tentación era muy fuerte. Se dijo a sí mismo que no acudiría a la cita, pero su voz interior no sonaba tan convincente como le gustaría.

Cuando aquella tarde Judy canceló la cita, Zach se dijo que debía aprovechar la oportunidad. Esta vez habían acabado. Para siempre. Hizo varias series de flexiones, abdominales y dominadas en el sótano, bebió un litro de agua de manantial, practicó judo con el pesado saco de boxeo y luego se quedó en ropa interior para admirarse en el espejo. Tenía un cuerpo hermoso que funcionaba bien, y estaba orgulloso de él. Fairen le había hecho cumplidos muchas veces. Judy no podía dejarlo en paz. No sería muy alto, y su cara de niño aún no casaba con su constitución, pero estaba satisfecho con lo que tenía. Como había sudado, se dio una ducha, se hizo una paja y se tumbó en la cama agotado para dormir una siesta de una hora. Se sentía física y sexualmente satisfecho sin la ayuda de Judy McFarland.

Pero allí la tenía de nuevo suplicando al otro lado del teléfono. Empezó adulándole, recurrió a un poco de lenguaje soez, por si acaso, y lo remató con un asalto a traición de culpabilidad. Había hecho lo imposible para que la casa estuviera libre. Ella no se negó cuando él se presentó el pasado lunes sin avisar, ¿verdad que no? Estaba dispuesta a hacer todo lo que le pidiera. Y cuando ella decía «todo», era realmente mucho, ¿verdad?

—De acuerdo, de acuerdo —accedió finalmente. Ésta era la parte que Rhianne no entendía, la parte que tenía menos que ver con sus hormonas que con su paciencia—. Ahora voy. Dame veinte minutos.

Judy le abrió la puerta lentamente, llevándose un dedo a los labios para pedir silencio. En el vestíbulo, hizo un gesto hacia el techo y le dijo en voz baja:

—Está arriba.

«¿Quién?», preguntó Zach articulando la palabra sin sonido.

—Russ.

Él no pudo evitar poner los ojos en blanco. En voz baja, dijo:

—Me dijiste que no había nadie en casa.

Judy dio una manotada al aire, indicando que no se preocupara. Zach entró tras ella en el salón, y ella cerró la puerta y echó el cerrojo. Al ver sobre la mesa el libro de mates de Scott, con papeles entre las páginas, recordó el comentario de Judy sobre lo mucho que a su hijo le gustaba follar con Tally en el sofá. Al lado estaba el árbol de Navidad con las luces de colores encendidas.

—Está durmiendo —susurró ella—. Dormirá toda la noche.

Zach la miró irritado.

—¿Y si baja para comer algo?

—No bajará, créeme.

Judy se desabrochó la blusa, le pasó los brazos alrededor del cuello y le mordisqueó la oreja. Él sintió su cálido aliento. Luego ella le quitó la chaqueta de los hombros y la dejó caer al suelo, le acarició con el dedo el escote de la camisa y le besó en la clavícula. Mientras tanto, Zach contemplaba las luces parpadeantes del árbol, la mezcla de adornos hechos con papel y cintas rizadas. Una estrella de Belén torpemente tejida, una zapatilla de ballet hecha de cerámica. No sentía especial apego por el cristianismo —su madre siempre citaba al Dalái Lama: *mi religión es la bondad*—, pero era lo bastante hijo de su cultura como para sentir que había algo perverso en el hecho de tener relaciones ilícitas delante del árbol de Navidad.

—Vamos al sótano —propuso.

—Está hecho un asco. Todos los adornos navideños están fuera de su sitio. —Le besuqueaba el cuello, le acariciaba la cintura, la parte baja de la espalda—. Cajas. Muebles por enmedio. Dios mío, qué bien hueles.

Pero cuando Judy le desabrochó el primer botón del pantalón, Zach la apartó sin pensar. No se sentía excitado en lo más mínimo. Mirando hacia la puerta cerrada, dijo:

—Escucha, no estoy de humor.

Ella rió incómoda.

—Pero has venido, ¿no?

—Sí, pero he cambiado de opinión. Creo que debemos cumplir lo que habíamos dicho de tomarnos un descanso.

—No lo dices en serio.

—Claro que lo digo en serio —replicó Zach con viveza—. Además, me toca las narices que me traigas aquí cuando tu marido está durmiendo arriba, como si no me importara. Puede que sea el honor de los ladrones o yo qué sé, pero me parece una puta mierda.

Judy levantó las cejas con expresión apaciguadora.

—Ni siquiera se me ocurrió —dijo, acercando a Zach por la trabilla del pantalón—. Russ y yo llevamos vidas separadas. No le importa nada lo que yo haga. Y ahora mismo está demasiado drogado para darse cuenta de nada.

Zach la miró a los ojos.

—¿Drogado?

—Nembutal. Se toma los comprimidos como si fueran caramelos. Me extraña que continúe respirando.

Aprovechando su sorpresa, volvió a acercarse a él. Una mano cálida se alzó hacia su pelo, una boca descendió para besar su cuello. Zach notó la mordedura de los labios, suave al principio; luego dolorosa, pero no desagradable. Contuvo el aliento con una mueca de dolor. Judy nunca mordía, tenía miedo de dejarle marcas. Pero esta vez mordió, y no le soltaba, hasta que Zach la agarró por el pelo y la apartó.

Judy se estremeció. Él la besó en la boca. En otras circunstancias, la mordedura le habría convencido para quedarse, pero no en esta ocasión.

—Hasta luego —dijo.

—No pensarás irte ahora —dijo ella en tono incrédulo.

Zach recogió la chaqueta del suelo y se la puso.

—He quedado con Scott y unos amigos.

Judy dio unos pasos a la izquierda y se colocó frente a la puerta de entrada, impidiéndole el paso. Él se sintió molesto.

—Ya que estás aquí, quédate unos minutos —le imploró ella.

Sus ojos castaños, tan plácidos al principio, brillaban con determinación. Zach no se dejó engañar por la ternura de su voz ni por la suave expresión de su boca: Judy no pensaba dejar la decisión en sus manos. Recordó la noche en que le acarició la espalda enfebrecida antes de aprovecharse de él, y comprendió que ahora no le dejaría marchar hasta conseguir lo que quería. Sintió indignación, y entonces le vino a la mente el rostro de Rhianne en medio de la noche, pálido de frío. «Te está manipulando —le dijo—. Te está coaccionando.» Y la rabia que ya estaba a punto de apagarse se encendió de nuevo, con más fuerza.

—¿Piensas tomarme como rehén? —preguntó—. ¿Es eso?

Judy movió la cabeza.

—Sólo quiero estar contigo. Nada más.

Cuando Zach dio unos pasos hacia la puerta, ella se apoyó contra la manilla y, como si estuvieran jugando, le cogió por las trabillas del cinturón, le levantó un poco la camiseta y metió las manos por debajo para acariciarle el torso.

—Ya sé que no tienes mucho tiempo —susurró.

Él la miró con hostilidad, y de repente todos sus tumultuosos pensamientos se redujeron a una sola frase: «Apártate de la maldita puerta». Judy apartó la mirada y le besuqueó el cuello, esta vez suavemente, y continuó con sus caricias, pese a la total falta de respuesta de Zach. Con los ojos cerrados, él pensaba en Fairen, en su cuerpo, en su rostro, en su forma de mirar con desagrado a la gente que le perturbaba, en las palabrotas que empleaba. De repente abrió los ojos, puso bruscamente a Judy cara a la pared y le levantó la falda para hacer lo que tenía que hacer.

Cuando acabó, tenía entre los dedos un mechón de pelo de Judy.

Sin perder un momento, abrió la puerta y entró en la cocina subiéndose la cremallera. Tenía calor porque llevaba todavía el chaleco acolchado, y le picaba el cuello. Detrás de las pisadas de sus zapatillas deportivas sonaron los pasos ligeros de Judy.

—Zach.

Se detuvo frente a la puerta y se volvió hacia ella. Judy levantó la mano para acariciarle la cabeza. Todavía llevaba abierta la camisa y se le veía el sujetador con una cintita negra en el centro, como el signo del silencio en una partitura. «Detente y respira», parecía decirle el universo, y en ese preciso instante Zach entendió lo que significaba.

La sonrisa que le dirigió Judy era cariñosa, casi apenada.

—Gracias por venir. Siempre es agradable verte.

Él salió por la puerta sin pronunciar palabra.

26

Atravesó corriendo las oscuras calles en dirección a la vía principal, y cuando llegó a la acera, cuarteada en varios puntos por las poderosas raíces de los árboles, enfocó el resto del trayecto como una carrera de obstáculos. El objetivo era llegar al aparcamiento de McDonald's lo más rápidamente posible. Zach Patterson, un héroe en acción, cinturón negro de tercer grado, capaz de superar de un solo salto la malla protectora de una obra. Saltó una barrera de cemento, trepó por la valla trasera de la clínica de planificación familiar, cayó en el césped de un centro de rehabilitación y, con una elegancia que resultó natural, se apoyó con una mano en la valla estilo rancho para impulsarse y saltar al jardín contiguo. Se introdujo agachándose entre los arbustos y, *voilà*, apareció en un extremo del aparcamiento del McDonald's. Temple esperaba apoyado contra la camioneta, con los tobillos cruzados.

—¿Dónde demonios estabas? —le gritó.

—Tenía trabajos que hacer en el jardín.

—¿Por la noche?

Zach se encogió de hombros, como diciendo «Mis padres, que son tontos». Sabía que Temple no se lo creería ni por un momento y le retó con la mirada a aventurar una teoría. Pero su amigo se limitó a dar un manotazo al aire para expresar frustración y le dijo:

—Sube al coche.

Se sentó con Fairen en el asiento corrido. Kaitlyn estaba junto al conductor, comiéndose una hamburguesa con queso, mientras que Scott y Tally iban muy juntos en el asiento trasero. Él le pasaba el brazo por los hombros a su novia y no se dignó responder al saludo de Zach. Cuando estaba con Tally, Scott tendía a comportarse con tal distancia y frialdad que Zach se sentía como un payaso; siempre estaba tentado de hacer tonterías para llamarle la atención y descolocarlo. Dirigió la mirada hacia el frente y sonrió, intentando no hacer caso del olor ligeramente desagradable de la hamburguesa de producción industrial.

El motor se puso en marcha con un rugido.

—Y este rollo del hospital, ¿os parece que es seguro? —preguntó Tally.

—De hecho es tremendamente inseguro —dijo Zach.

—Y es ilegal —añadió Temple.

—Entonces, ¿por qué vamos?

—Porque será divertido —dijo Scott—. Es invadir una propiedad, y por lo tanto es divertido.

Fairen se inclinó hacia Zach, le hizo una caricia entrelazó los dedos de una mano con los de él. Luego el chico notó que le tocaba el muslo y bajó la mirada sorprendido.

—¿En serio habéis visto a este Hombre Conejo del que me ha hablado Scott? —preguntó Tally.

—No —respondió Temple—. Y hoy tampoco lo veremos, pero Fairen conseguirá buenas fotos para nuestro reportaje.

Kaitlyn empezó a cantar un tema de Johnny Cash:

—Una noche paseando me encontré con algo que me asustó, parecía un espíritu...

Scott le arrojó desde atrás una pelotita de papel. Fairen soltó una risita, pero a Temple no le hizo gracia.

—Eh. Nada de tirar porquerías mientras estoy conduciendo.

Fairen colocó la mano en la parte interior del muslo de Zach, con los dedos cogidos bajo la pierna. No importaba que estuviera sólo un poco por encima de la rodilla; él pasó el brazo por encima del respaldo para acariciarle la nuca por debajo del cabello.

Temple entró en el aparcamiento del complejo de casas adosadas y Zach se apartó con desgana de Fairen. Habría preferido quedarse toda la noche sentado con ella en la camioneta en lugar de ir en busca de un tipo disfrazado de conejo, por divertido que pudiera parecer el plan.

El contacto de Fairen le reanimaba, sobre todo ahora que se sentía sucio después de su cita con Judy. ¿Cómo se le había ocurrido acudir al encuentro? ¿Por qué demonios se sentía obligado hacia ella, como si fuera una especie de novia de la que no se podía librar? Y al final todo había resultado tan inútil, desprovisto del atractivo que al principio le había parecido no tener fin. Se moría por darse una ducha.

Fairen se colgó la cámara del hombro y bajó del coche de un salto. Atravesaron rápidamente el bosque, pasando junto a la ciénaga, reluciente como una obsidiana y apestando a podrido, y fueron a parar junto al enorme edificio central. No paraban de mirar a su alrededor, por si había policías. Scott —convertido en un Indiana Jones, ahora que iba con su novia— los condujo hacia el negro agujero que formaba la puerta principal. Tally apoyó titubeante los dedos en el marco de la puerta y atisbó con prudencia el interior.

—Esto no me convence —dijo.

Temple la empujó.

—Entra, rápido, antes de que nos vean los polis.

Pronto estuvieron todos en el vestíbulo central y encendieron las linternas. Buena parte de la pintura se había caído de las paredes y colgaba en tiras verde pálido. El estrecho foco de la linterna de Zach iluminó el yeso salpicado de puntos negros de moho. Un espeso olor a humedad y a putrefacción flotaba en el ambiente. Las manchas de humedad adornaban el techo como pinturas abstractas, y en el suelo, al pie de la destartalada escalera, había un revoltijo de tuberías de hierro. Tally iluminó con su potente linterna el rostro de Fairen, pálido como un fantasma. Ésta se cambió de sitio para colocarse junto a Zach y buscó su mano.

—No me gusta esto —le dijo en voz baja—. Hay cristales rotos por todas partes. Teníamos que haber traído guantes.

—No toques nada y todo irá bien.

—¿Y si me contagio de tuberculosis?

—No te preocupes. Esto fue hace cincuenta años.

Dando la espalda al grupo, Scott apuntó la linterna hacia la galería del segundo piso, y Zach no pudo resistir la tentación de darle un susto. Le entregó su linterna a Tally y, poniéndose detrás de Scott, le dobló el brazo contra la espalda al tiempo que daba un grito:

—¡Ya!

La linterna de Scott cayó estrepitosamente al suelo, y el baile de luces y sombras que produjo al caer desorientó a Zach momentáneamente. Scott aprovechó la ventaja. Logró zafarse de él y le sujetó la cabeza bajo el brazo con una llave de lucha libre. Con la experiencia que le daban diez años de judo, Zach se dio cuenta al instante de que el otro no estaba jugando. Consiguió darle un codazo y agarrarle de la muñeca, pero Scott hizo una maniobra absolutamente antirreglamentaria y lo arrojó al suelo. Consiguió parar la caída con las manos, pero antes de que pudiera pensar qué hacer, Scott se le sentó encima de la espalda y lo inmovilizó con su peso. Volvió a agarrarle la cabeza con una llave y le dobló el brazo contra la espalda. Una corriente de dolor le recorrió desde el hombro hasta la muñeca. Scott era más alto y más corpulento, y, además, estaba mucho más furioso. No le soltó.

—¡Suéltalo, Scott! —gritó Temple.

—Deja que se levante —apremió Fairen—. Esto está asqueroso. Está lleno de vidrios rotos.

Como estaba oscuro, los demás no podían saber que Zach apenas podía respirar. Notaba como Scott lo aplastaba contra el cemento cubierto de gravilla. En medio de la desesperación apeló a su propio control mental. Scott era un luchador muy mediocre, en tanto que él era muy bueno. Si en aquel momento le ganaba, era simplemente porque lo había puesto nervioso.

—Dejadlo ya, tontos —dijo Fairen.

Zach cogió todo el oxígeno que fue capaz y, haciendo un supremo esfuerzo, se levantó, tirando a Scott al suelo. Por fin de pie, retrocedió dos pasos mientras Scott se levantaba. Parpadeó cuando Temple les enfocó con la linterna, y vio la mirada de odio que Scott le clavaba mientras se reunía con Tally. Ahora tenía la seguridad de que no eran paranoias suyas: Scott lo sabía.

Cuando Fairen quiso cogerle la mano, hizo un gesto de dolor. Era como si un autocar le hubiera pasado por encima de la muñeca. La chica le tocó el hombro.

—¿Estás bien?

—Estoy bien.

Siguieron al resto y se introdujeron en un largo pasillo junto a la escalera. La luz de sus linternas era muy poco efectiva. Los focos sólo alcanzaban a iluminar las paredes con sus cables colgando, las manchas de moho, el yeso arrugado y las tiras de asquerosa pintura verde. Temple iluminó con su linterna una puerta muy alta y entraron en una habitación enorme.

—¿Alguien sabe cómo hemos llegado hasta aquí? —preguntó Tally.

—He estado tirando miguitas de pan todo el camino —dijo Fairen.

—No tiene gracia —contestó Kaitlyn con voz temblorosa.

—Se me ha clavado algo en la suela del zapato —gimió Temple—. ¿Podemos parar un momento?

Scott negó con la cabeza.

—No lo toques. Si es cristal, puedes cortarte. Si es un clavo, te puede dar el tétanos.

—¿Tétanos? —preguntó Tally con voz aguda.

Dirigieron las linternas a las paredes. Estaban cubiertas de grafitis: tríos de letras sin sentido, insultos y palabrotas, alguna que otra esvástica. La habitación estaba vacía, salvo por un escritorio en un extremo, colocado al bies. Sin embargo, el suelo estaba repleto de servilletas y envases de comida rápida, una manta sucia, dos bolsas de basura y una bota de nieve.

Scott enfocó una pared con la linterna.

—Este grafiti parece propio de bandas callejeras.

Fairen se dirigió a él en tono irónico.

—Scott, ¿y qué vas a saber tú de bandas callejeras?

—Ha crecido en una de las calles más conflictivas de Sylvania —intervino Zach. La muñeca le latía como si tuviera allí alojado el corazón—. La vida en el hampa de Waldorf.

—Cállate la puta boca —dijo Scott.

—Mierda, Scott, tranquilízate —terció Temple.

—Esto no me gusta —les comunicó Tally con voz temblorosa—. Creo que volveré al pasillo.

—Espera un segundo.

Scott estaba mirando las inscripciones de las paredes.

Tally se volvió.

—Os espero allí.

—Por allí no es —dijo Fairen, iluminando con la linterna la espalda de Tally. De repente se oyó un grito y Tally desapareció.

—¿Qué coño ha pasado? —gritó Temple.

Scott se dirigió rápidamente en dirección al lugar donde había desaparecido su novia. Se detuvo en el umbral y se inclinó hacia la oscuridad, de donde provenían los chillidos.

—Es el hueco del ascensor —anunció, con voz firme, aunque sin embargo se percibía una nota de pánico.

—¡Mierda! —dijo Zach.

—¡Sacadme de aquí! —chilló Tally—. ¡Sacadme de aquí!

Temple empezó a ir de un lado a otro de la habitación, al parecer en busca de una cuerda. Zach no se atrevía a acercarse a Scott.

—Te sacaremos de ahí —dijo Fairen, en el tono sereno y tranquilizador de las enfermeras—. No te asustes. Respira hondo y espera.

—¡Aquí abajo hay agujas! —exclamó Tally. Y volvió a chillar—: ¡Sacadme de aquí!

Temple se acercó al grupo.

—No he encontrado nada, y no me atrevo a abrir esas bolsas.

—Rásgalas y ya está, tío —dijo Scott.

Temple frunció el ceño.

—Si quieres abrirlas, adelante. No pienso salir de aquí con seis clases de hepatitis. Sírvete tú mismo.

—Entonces baja y llévate a Kaitlyn contigo. Mirad si hay una salida para el hueco del ascensor —dijo Scott.

Tally empezaba a sollozar.

—No quiero morir aquí dentro —gemía—. No quiero morir.

—Cálmate, Tally —dijo Fairen. Su voz resonó en el hueco del ascensor—. No vamos a dejarte morir.

Scott se acuclilló para inclinarse sobre el hueco y se dirigió a la chica.

—Estoy aquí, nena. Temple y Kaitlyn han bajado para buscar una salida.

Fairen le lanzó a Zach una mirada angustiada por encima del

hombro. Scott lo vio con el rabillo del ojo y giró sobre sus talones para enfrentarse a él.

—Ve en busca de ayuda —le dijo—. Por si acaso.

—¿Quieres decir que salga del hospital?

—Sí. Por aquí hay muchos policías. No te costará encontrar alguno.

—Tendría que ir Temple, que es quien tiene el coche —dijo Zach.

—Por eso es preferible que se quede. Si tenemos que salir de aquí y ella está herida, ¿cómo vamos a llevarla?

Zach guardó silencio. Miró a su alrededor y propuso:

—¿Por qué no esperamos a que Temple encuentre una salida? Acaba de ponerse a buscarla, y si voy a buscar a la policía, nos arrestarán a todos.

Scott le miró con expresión despectiva.

—No seas cobarde y ve en busca de un maldito policía.

—No soy cobarde —replicó Zach, levantando la voz—. Intento usar la lógica.

—¿En serio? Supongo que salir con profesoras en tu tiempo libre te desarrolla la inteligencia. Seguro que ya eres tan brillante como el puto Albert Einstein. ¿Quién de los dos crees que es más listo, Fairen? ¿Él o yo?

A Zach se le encogió el estómago. Echó un vistazo a la chica, pero ella no había oído nada; estaba inclinada sobre el hueco, intentando tranquilizar a Tally.

Se fue.

Zach salió corriendo por el pasillo y llegó al vestíbulo principal. Los cristales crujían bajo sus pies, y el haz de su linterna saltaba de un lado a otro. En cuanto estuvo fuera del edificio, barrió los alrededores con la luz en busca de un policía. Al no ver a nadie se preguntó qué hacer a continuación: ¿debía atravesar el bosque para llegar a las viviendas del pueblo o internarse más en el complejo hospitalario, donde seguro que había policía? Apuntó con la linterna hacia el bosque y rememoró el día que estuvo allí: un buen trecho de sotobosque y hojas secas, y sólo un estrecho sendero que marcaba el recorrido de otros fugitivos como él.

Dio media vuelta y se dirigió corriendo hacia el hospital infantil. Empezaba a refrescar, y el chaleco acolchado, que llevaba abierto, no ofrecía más que una ligera protección contra la humedad. Como tenía la mano derecha resbaladiza por el sudor, quiso pasar la linterna a la otra mano, pero enseguida desistió, porque hasta el mínimo peso de aquella linterna de plástico barato le hacía ver las estrellas. Se detuvo en un recodo y clavó la mirada en la oscuridad ante él. Luego dirigió el haz de luz a su muñeca, que empezaba a hincharse. El dorso de la mano tenía un aspecto rosado y tumefacto. Salió del recodo para volver a la carretera y enfocó su linterna en ambas direcciones. El rayo de luz no le descubrió nada más que la neblina que había visto en su primera visita..., además de una oscuridad amenazadora.

Le asaltó una idea aterradora: ¿y si la presencia policial era una leyenda urbana, en tanto que el Hombre Conejo era real?

«Estás perdiendo la cabeza», se dijo.

Miró en la dirección por la que había venido. El hospital se encontraba ahora a bastante distancia. Allí estaba Tally, no se sabía en qué estado, y Fairen, desprotegida, y Scott, que en cualquier momento podía hartarse de que Zach no volviera con ayuda y empezar a cantar sobre... ¿sobre qué? ¿Cómo demonios lo había averiguado?

Finalmente cortó con todo eso —el miedo, el dolor— y arrancó a correr de nuevo por la carretera. Más allá del hospital infantil había una serie de dependencias menores en estado ruinoso: las oficinas centrales, la lavandería, la planta de la calefacción. Ningún coche de policía a la vista. Había una calle que rodeaba el edificio de calderas y se dirigía a una dependencia más grande. A lo mejor los policías se reunían allí, donde resultarían menos visibles. Dobló el brazo izquierdo para descansar la mano sobre el estómago y corrió en esa dirección intentando mantener la muñeca inmóvil, aunque sin demasiado éxito. La oscuridad seguía siendo total. Se detuvo entre los edificios y se colocó la linterna entre el cuello y el hombro para descansar la muñeca dolorida en la mano derecha.

Después de su lucha por el suelo con Scott, tenía las uñas negras, y por un momento se acordó de aquel niño horrible que Judy le había descrito: «*Der Struwwelpeter*, helo aquí, con garras y pelos de loco». Y desde luego que era un monstruo, por lo menos para Scott, eso seguro.

De repente oyó unas pisadas y unos resoplidos animales al otro lado del edificio de calderas. Se llevó tal susto que se quedó paralizado, y cuando volvió bruscamente la cabeza en dirección a los ruidos, la linterna se le escapó de las manos y rodó por el suelo. Sudando de pánico, se puso a cuatro patas para buscarla. Las pisadas estaban cada vez más cerca. Finalmente encontró la linterna y apuntó en dirección al ruido; vio frente a él a una criatura alta y de color grisáceo, mucho más grande que una persona, que llevaba encima algo oscuro y centellante. Dio un chillido de puro terror, y el corazón se le aceleró de tal manera que los latidos le atronaban los oídos. Quería escapar, pero los pies no obedecían sus desesperadas órdenes. Cuando por fin se calmó lo suficiente como para dar dos pasos atrás y enfocar con la linterna, vio ante él a un oficial de la policía montada y su impasible caballo.

—Hijo —dijo el policía con voz grave y un marcado acento sureño—, ¿qué demonios te crees que estás haciendo?

Zach soltó con alivio el poco aire que le quedaba en los pulmones.

—¡Hostia! Pensaba que era el Hombre Conejo.

El oficial esbozó una sonrisa.

—Ya quisieras tú.

—Menudo idiota —dijo Fairen—. No puedo creer que confundieras a un caballo con el Hombre Conejo.

Estaba sentada en una silla de plástico junto a Zach, en la sección de ortopedia del Hospital de la Santa Cruz. Según el reloj de la pared eran las dos de la mañana. Él llevaba una férula negra en el brazo izquierdo, y estaban esperando los papeles del alta. Fairen se había atrevido por primera vez a hacerle preguntas.

—Estaba asustado —dijo Zach—. Y ya sabes, a veces, cuando

buscas algo, ves lo que esperas ver, en lugar de lo que hay realmente.

—Pero tú estabas buscando un policía.

—Sí, pero estaba muy desorientado.

—Y que lo digas. —Le acarició con un dedo el brazo sano—. Tenemos suerte de que no nos acusen de invasión de propiedad ajena, sobre todo después de que te portaras como un tontorrón.

—Oye, que conseguí ayuda para Tally. Dame un respiro.

—Es lo que estoy haciendo. No te imaginas lo que te diría si no hubieras conseguido ayuda para Tally.

Una de las enfermeras llamó a Zach y le entregó los documentos. Su padre no tardaría en llegar; Fairen le había telefoneado. Mientras tanto, lo único que podía hacer él era esperar en compañía de la chica. No era tan mala manera de pasar la noche.

—Tienes el cordón de un zapato desatado —le dijo ella.

Zach levantó su mano entablillada, recordándole que no podía atárselo.

—Ah, sí —se agachó para atárselo—. ¿Te duele mucho todavía?

—Ya no tanto. El paracetamol ha hecho efecto.

—Pero ¿qué le pasa a Scott contigo? Se lanzó contra ti como un auténtico loco.

—No tengo ni idea.

—No hay duda de que él y Tally están hechos el uno para el otro, en serio. Entre él, que se te tira encima como si fuera un luchador profesional, y ella, que creyó ver agujas en aquel agujero, parecen los reyes de la exageración. Tenía que ser una simple excursión a un lugar histórico para acabar un trabajo de investigación. Ni siquiera era su trabajo, y tienen que apuntarse y estropearlo todo.

Pasó suavemente el dedo por las cintas de velcro del brazo de Zach, apoyado junto al muslo.

—Gracias por todo —dijo él—. Por traerme al hospital y llamar a mi familia y todo. Y por hacer tres cuartas partes del trabajo. Supongo que también tengo que mencionarlo.

—No es nada.

—Bueno, no lo olvidaré. He vivido noches mejores que ésta, te lo aseguro.

Fairen le acarició con la mano el interior del muslo.

—Yo también.

Por primera vez en muchas horas, Zach sonrió.

—¿Qué haces el lunes por la noche? —preguntó ella. Ante la mirada interrogativa de Zach, añadió—: El colegio celebra mañana la fiesta de la Espiral de Adviento, pero he pensado que tú y yo podríamos hacer algo juntos. No con los demás, nosotros solos.

—Ni siquiera estoy seguro de que me dejen ir a la Espiral de Adviento. Seguramente me castigarán sin salir, después de esto.

—Lo dudo, porque yo ya te he proporcionado una justificación. Les he dicho que todo ha sido culpa de Tally, que llamó aterrorizada a Scott cuando se cayó en el agujero, y él nos hizo ir hasta allí para rescatarla. Eres un héroe.

Zach soltó una carcajada.

—Es increíble. Espero que se lo hayan creído.

—Sí que se lo han creído. El lunes se supone que iré con mi prima al festival de música junto al lago para celebrar el comienzo de las vacaciones. Ya tenemos entradas, pero puedo conseguirte otra más. Tengo contactos.

—Me gustaría mucho.

Fairen sonrió.

—Qué bien. Tengo ganas de volver a pasar tiempo contigo, de salir contigo. Esta vez sin niñerías.

Zach asintió y contempló su muñeca.

—No te imaginas lo mucho que me gustaría.

27

Aquella noche me acosté tarde. Con mucho cuidado me senté en el borde de la cama, como si Russ pudiera darse la vuelta de repente con los brazos extendidos y los ojos abiertos, igual que en las películas. Pero debajo de las sábanas se notaba el calor de su cuerpo. Inclinándome sobre él, acerqué la oreja a su rostro y le oí roncar suavemente, igual que siempre.

Me acosté dándole la espalda y me subí la ropa de cama hasta la barbilla. Todavía me dolía el tirón de pelo que me había dado Zach, y tenía la piel escocida por una fricción que había durado lo suficiente para hacerme daño. Era brusco a veces, pero normalmente se disculpaba, y si llegaba demasiado lejos, yo encontraba la forma de reconducirlo sutilmente. Pero en esta ocasión no me atreví, porque sospechaba que necesitaba hacerlo así para cumplir. Podía morderme la lengua y aguantar un encuentro que se parecía demasiado a una violación, o quedarme sin nada.

Elegí la violación.

Zach andaría por ahí con Scott, alegre y en plena libertad, tal como era cuando lo conocí. Me lo imaginé en un restaurante de comida rápida con el pie apoyado en una silla, su rostro sonriente enmarcado por el pelo negro cortado a cuchilla, relajado y libre de tensiones tras nuestro encuentro. Aunque estuviera con sus amigos, una parte secreta de su mente recordaría aquellos momentos conmigo, y esto me proporcionaba un perverso placer.

Russ dormía tranquilamente a mi lado; yo me sumí en el sueño.

Entonces sonó el teléfono.

—¿Por qué estás en el hospital? —le pregunté a Scott, todavía medio dormida. Sólo acerté a comprender retazos de la historia que me contó atropelladamente: un accidente con un ascensor, Tally estaba herida, pero no era nada, la policía, Temple metido en un lío.

—¿Qué clase de lío?

—Porque nos llevó al Hospital Pinerest.

—Pensé que me habías dicho que estabais en el de la Santa Cruz.

Oí el gruñido de Scott.

—Maldita sea, mamá. No te has enterado de nada de lo que te he dicho. *Necesito que vengas a recogerme. ¿Esto lo entiendes?*

—Scott, no hace falta ponerse de mal humor. Apenas entiendo lo que me dices.

—Ya, como siempre.

En el hospital no me costó encontrar a mi hijo. Estaba sentado en una silla de plástico cerca de la salida, solo. No parecía que se hubiera hecho daño, lo que me alivió bastante, porque no había sacado mucho en claro de su llamada telefónica.

—¿Dónde está Tally? —pregunté.

—Su familia ya ha venido a recogerla.

—¿Y no podían llevarte a casa?

—No estaban muy contentos conmigo.

Exhalé un suspiro.

—¿Y el resto de tus amigos? ¿Hay alguno más herido? ¿Alguno necesita que lo llevemos a su casa?

—No.

Una vez en el coche, pude reconstruir la historia haciéndole a Scott preguntas muy sencillas que tenía que contestar con un sí o un no.

—Entonces, ¿cómo conseguisteis ayuda? —le pregunté al final.

—Enviamos a Zach al exterior.

—Ah, así que Zach estaba con vosotros.

—Sí —dijo a regañadientes—. Estaba allí. Siempre está cerca cuando le necesitas.

Reduje la velocidad porque nos acercábamos a un semáforo en rojo.

—Bueno, aunque la policía no os acuse de allanamiento de propiedad privada, creo que merecéis un castigo por vuestra insensatez. No deberíais haber entrado en un lugar tan peligroso.

—*Un castigo*. Dios. No pensaba que siguieras jugando a ese juego.

—¿A qué juego te refieres?

—Jugar a ser mamá. Ni siquiera me has preguntado por mis notas del mes pasado. En octubre me dieron los resultados del examen de ingreso en la universidad, y mi bota sigue delante de la chimenea.

—¿Ahora tengo que ocuparme de guardarte las botas?

—La puse el día de San Nicolás, hace más de una semana. La dejé para que la llenaras de caramelos, como cada año. Y sigue vacía.

Solté una risita, pero inmediatamente me asaltaron los remordimientos. Scott tenía razón. Cada año le llenaba la bota de caramelos y juguetitos, y los últimos años con una tarjeta regalo o dos para que se comprara lo que quisiera. Los caramelos siempre eran especiales: pirulís de cebada hechos en moldes antiguos, bastones de caramelo hechos a mano, animalitos de mazapán provenientes de Alemania. Aquella manera alegre y nada comercial de celebrar las Navidades me gustaba más que la mañana del día veinticinco, tan solemne y sobrecogedora. Pero este año se me había olvidado totalmente.

Pero me volví hacia el chico alto, de anchos hombros y barba de un día que tenía a mi lado y le dije:

—Pensé que ya eras mayor para eso. Últimamente te pasas casi todo el tiempo encerrado con Tally en el salón, y no te creas que no sé lo que hacéis allí. No creo que esta chica se haya dignado nunca a saludarme, pero te aseguro que la oigo muy a menudo.

—Por lo menos a Tally le gustan los chicos de su edad —murmuró él.

Aparté los ojos de la carretera para clavarle una mirada furibunda.

—¿Qué has dicho?

—Ya me has oído.

—¿Y qué se supone que quieres decir con eso?

Scott movió la cabeza y entrecerró los ojos como si no pudiera creer lo que oía.

—Venga, mamá. No engañas a nadie.

—No tengo ni idea de a qué te refieres.

Se hizo un tenso silencio en el coche. Al cabo de un minuto dije:

—Adelante. Si hay alguna tontería que quieras echarme en cara, suéltalo.

Con el rabillo del ojo podía ver a Scott mirándome fijamente, todavía con ojos entrecerrados. Cuando habló, su voz estaba teñida de repugnancia.

—Mamá —dijo—. Yo no uso condones.

Necesité unos momentos para sumar dos y dos y entender a qué se refería.

—Bueno —repliqué, girando para tomar el camino de entrada a casa—, pues deberías.

Scott se fue directo a su habitación sin dar las gracias o pronunciar un adiós que rompiera el silencio en que nos había sumido nuestra breve conversación. Eran las tres de la mañana y me sentía totalmente despierta. Encendí el gas para hervir agua y eché un vistazo al salón. La bota de esquí blanca y azul de mi hijo estaba puesta de lado ante la chimenea, con la lengüeta fuera. No entendía cómo la había pasado por alto. Probablemente había subestimado mi falta de atención. Las consecuencias estaban por todas partes.

Poco a poco me di cuenta de que en realidad no me importaba que Scott lo supiera. Si quería echármelo en cara, podía añadirlo al montón de agravios que había ido apilando desde que tenía trece años. Estaba bastante segura de que no se lo contaría a nadie; no había nada más embarazoso para un adolescente que saber que su madre se acostaba con uno de sus amigos, y que los demás se enteraran. Esperaba que no se lo dijera a su padre, sobre todo porque Russ podría destruirme en el divorcio, y eso sí que me preocupaba. Seguramente mi marido no mantendría la boca cerrada. Era un especialista en la crítica preventiva, y lanzaba unos misiles verbales mortíferos, cargados de desprecio, que siempre daban en el blanco. Para asegurarse de abrir una buena distancia entre su persona y mis escarceos, recogería toda la suciedad sobre mí que pudiera para esparcirla a los cuatro vientos. Y había mucha.

Apagué el hornillo de la cocina, recogí la bota de Scott y la guardé en el armario. Me serví una taza de té con manos temblorosas. Luego puse en marcha la cafetera y me senté con una bolsa de pastillas de Russ escondida en el bolso y un mazo para ablandar la carne.

Zach durmió casi todo el día. Lo despertó Fairen cuando telefoneó por la tarde y atravesó un muro de fatiga con su voz animosa y llena de energía. Le preguntó si necesitaba que le llevaran en coche a la Espiral de Adviento, y él aceptó encantado el ofrecimiento. Después de una ducha y un bol enorme de lentejas dhal, se sintió otra vez casi humano.

La sala multiusos estaba vacía de muebles y sillas, y en el suelo de parqué habían formado una gran espiral con ramitas de pino. Todo estaba oscuro, la única luz provenía de unas velitas encendidas en los rincones. Las llamas se agitaban temblorosas debido al invisible chorro de aire que salía de los conductos de calefacción. Zach siguió a Fairen hacia la parte donde se sentaban sus compañeros de clase. Temple estaba allí, pero a Scott no se le veía por ningún lado, y Judy, gracias a Dios, tampoco estaba. Zach supuso que las llamas no le hacían gracia. La Espiral de Adviento era la fiesta de la escuela que tenía más probabilidades de acabar provocando quemaduras de tercer grado; esto, en su opinión, la hacía más interesante.

Un profesor tocó unas notas en el arpa, y una pequeña se levantó y recorrió la espiral llevando en las manos una manzana de intenso color rojo sobre la que se sostenía una vela blanca. Al llegar al centro de la espiral, la niña se detuvo y depositó en el suelo la vela junto a una rama de pino. Luego salió despacio de la espiral. La siguieron otros niños, uno detrás de otro, algunos más pequeños y otros mayores. Cada uno dejaba la vela en algún punto de la espiral. Cerca del escenario había un cubo lleno de agua. Las cosas se pondrían muy interesantes si llegaban a este punto.

—Voy a entrar —susurró Fairen—. ¿Vienes tú también?

Zach negó con la cabeza.

—¡Oh, vamos! —le animó—. ¿Qué clase de alumno de Waldorf eres?

—Al parecer no tan buen alumno como tú.

Ella le sacó la lengua y se levantó. Recogió su manzana con la vela de manos de una profesora al inicio de la espiral. Llevaba el pelo recogido en dos trenzas que se entrecruzaban en lo alto de la cabeza, como una campesina suiza. Zach supuso que se había peinado así en honor de Santa Lucía, a quien estaba dedicada la celebración. Como era demasiado mayor para ponerse en la cabeza una corona con cuatro velas, Fairen había hecho una adaptación de la tradición de su infancia. Encendió la vela y recorrió la espiral con expresión reverente. Bajo aquel peinado a modo de corona, sus ojos rasgados cobraban un aire infantil.

«Maravillarse ante la belleza», pensó automáticamente Zach. Era la primera línea del poema de Steiner que recitaban en la escuela de primaria. Los caminos equivocados —morales o de otro tipo— que había tomado en su relación con Judy no habían corrompido su capacidad de apreciar la belleza cuando la tenía delante. Mentalmente dio gracias al universo por no castigarle. El resto de los versos acudieron a su mente: «Protege la verdad. Admira la nobleza. Elige la bondad».

Se había olvidado de estas cosas. Había sido un mal alumno de Steiner, y no porque se hubiera acostado con la profesora del parvulario, sino porque había dejado que su vida cayera en la amoralidad y se convirtiera en un desastre. Lo que los ajenos a Waldorf normalmente no alcanzaban a entender era que bajo el bonito entorno de la escuela, con sus armoniosos coloridos y sus objetos labrados a mano, había un orden muy estricto. Lo que a otros les podía parecer hipocresía, para Zach era puro sentido común. Sólo puede haber libertad si hay estructura. Sin estructura no se puede saber cómo alcanzar la belleza, cómo alcanzar la bondad.

Fairen había llegado al centro de la espiral; se volvió y empezó a recorrerla en sentido opuesto, todavía con la vela en la mano. Al encontrarse su mirada con la de Zach, casi sonrió. Él le respondió con una cálida sonrisa, luego se agarró las rodillas con las manos y tomó dos decisiones.

La primera, que no volvería a acostarse con Judy. Esta vez era de verdad, independientemente de lo que pasara con Fairen, pero también por ella.

La segunda, que iba a dejar de comer carne. Ya era hora.

La segunda sería fácil, por lo menos bastante fácil. La primera sería más problemática. Sus impulsos podía controlarlos, pero cuando Judy le atacaba con todas sus armas, como ocurrió la noche de la excursión al hospital abandonado, él sólo sabía calmarla y haciéndole lo que pedía. Se imaginó dos cometas que se dirigían a toda velocidad uno contra otro, y al chocar explotaban y se inmolaban.

Luego tuvo un acceso de lucidez y se dio cuenta de que no había entendido nada. Le vino a la mente lo que había aprendido con el judo: «Cuando te enfrentes a una fuerza, cede. Cuando te empujen, tira. Utiliza la fuerza de tu oponente en su contra».

Era tan evidente que no alcanzó a comprender cómo no se le había ocurrido semanas atrás. En lugar de oponerle un deseo más violento y poderoso, debía apartarse y dejar que la energía de Judy se consumiera. No iba a ser bonito de ver, pero era la única forma de escapar.

Era lo que tenía que hacer. Conseguir *paz en sus sentimientos*, como decían en el colegio, *luz en su pensamiento*.

Temple, sentado a su lado, cruzó las piernas y se apoyó en las palmas de las manos. Zach contemplaba el suelo salpicado de velas encendidas, era una constelación sin nombre que se iba formando, estrella a estrella.

—Siento haberte dicho una mentira —le dijo en voz baja a su amigo.

Temple le dirigió una mirada, un poco sorprendido, y volvió los ojos a la espiral.

—No pasa nada —respondió—. No te lo he tenido en cuenta.

28

El domingo conseguí pasar todo el día fuera de casa. Cuando llegué, Russ estaba encerrado en su despacho y por debajo de la puerta se colaba una luz tenue. Últimamente se quedaba trabajando hasta tarde y luego se dormía en el sofá. Cuando al levantarme el lunes por la mañana lo vi en la cocina desayunando un bol de cereales y leyendo el *Post*, apreté los puños con tanta rabia que me quedaron ocho marcas rojas en las palmas de las manos. Era como Rasputín, el monje loco de Rusia. Como el malo de los cuentos de hadas, se resistía a morir.

Cogí una taza grande de café y un pastelito relleno de moras y me dirigí al colegio.

Llegué tarde. Sandy Valera estaba en mi clase dirigiendo a los primeros niños al perchero, al baño, a la mesa de juegos. Cuando me vio llegar, dejar la bufanda sobre la silla y plantar la taza de café en el alféizar de la ventana, me dirigió una mirada inquisitiva. Le dije:

—Problemas con el coche.

Sandy asintió. Entonces me di cuenta de que en el aula había otra mujer. Estaba arrodillada junto a un niño y le desenrollaba del cuello una bufanda ridículamente larga. Cuando la mujer se puso en pie, Sandy anunció:

—Judy, ésta es Rhianne Volker. Está pensando en traer a sus hijos al Sylvania Waldorf.

En el rostro de Rhianne apareció una sonrisa y se quedó allí fija.

—Oh, Judy y yo nos conocemos —dijo.

Asentí.

—Bueno, ahora que ya estás aquí, me voy a mi clase —comentó Sandy.

En cuanto Sandy se fue, Rhianne metió las manos en los bolsillos de su mono y me dirigió una mirada todavía más inquisitiva que la de Sandy.

—Judy, no tenía ni idea de que trabajaras aquí —dijo.

—Desde que Maggie era pequeña.

—Qué sorpresa. Es un mundo pequeño. Una *comunidad* pequeña, supongo que debería decir, pero tú ya lo sabes, claro. —Enarcó las cejas de modo que casi le tocaron el gorro de invierno que seguía llevando dentro de la clase—. Por supuesto.

—Es una de las cosas de Sylvania que gusta a los padres —respondí automáticamente.

—Seguro que sí. Esta mañana he visto varias caras conocidas. —Me repasó con la mirada de arriba abajo—. ¿Qué tal te va con lo que te receté?

—Muy bien. Bueno, ¿qué edades tienen tus hijos?

—Nueve, seis y cuatro. —Se volvió a mirar a mis alumnos, que retozaban por ahí, y de nuevo se giró hacia mí—. Esta mañana he conocido a todas las demás profesoras de la escuela de los pequeños. Son muy simpáticas.

—Sí —dije—. Y excelentes en su trabajo.

Pero recordaba muy bien que Rhianne no tenía hijos. Ella misma me lo había dicho. Un terror helado se me clavó en el pecho, un pedazo de hielo que se iba haciendo más grande por momentos.

—Una de mis clientas me recomendó esta escuela —continuó Rhianne—. Vivienne Heath. A lo mejor la conoces.

—No creo —respondí, intentando despistar—. ¿Qué edad tiene su hijo?

La comadrona mostró una sonrisa que parecía destilar veneno. Cuando dio un paso más hacia mí, me percaté de mi error. Rhianne ladeó la cabeza y contestó:

—Sólo tiene dieciséis años.

Respondí con un nervioso encogimiento de hombros.

—Yo trabajo solamente con los niños pequeños.

—No es eso lo que me han dicho —contestó ella.

Pese al calor que desprendía la forja, Zach notó un escalofrío en los brazos. Iba de un lado a otro del taller, recogiendo materiales para su primer trabajo de herrería, y llevaba un largo mandil negro que le golpeaba en las rodillas a cada paso. No es que le pareciera fascinante hacer un atizador para la chimenea, pero le hacía mucha ilusión poder jugar con fuego y metales al rojo vivo. También le alegraba que en una hora se acabara el colegio y empezaran las vacaciones de Navidad. Podría despedirse del lugar hasta enero. Todos sus compañeros hablaban de la Fiesta del Hombre de Mimbre, que se celebraba esta misma noche en conmemoración de un antiguo rito celta. Estaba contento de que Fairen le hubiera invitado; parecía que por fin empezaba a formar parte de la tribu. Era el primer día desde su llegada que no sentía añoranza de New Hampshire.

Se puso los guantes y la máscara; cuando se volvió de cara a la forja, sintió el hormigueo de la emoción. El profesor vigilaba atentamente al grupo de estudiantes, cada uno en una fase del trabajo de forjado de metales. Había sido muy amable permitiéndoles encender la forja tan cerca del final del trimestre. Zach agarró con las tenazas la barra de hierro y la metió en el fuego, que entre crujidos y chisporroteos desprendió un intenso color naranja. Era un poco engorroso con la férula en el brazo, pero se sentía seguro manejando las herramientas y absolutamente hipnotizado por el fuego. En su mente resonó la frase de Judy: «El fuego posee la belleza de lo peligroso».

Cuando se disponía a sacar la barra del fuego, su profesor se acercó para ofrecerle ayuda.

—¿Seguro que la tienes bien cogida?

—Estoy seguro.

Colocó la barra sobre el yunque. Mientras otro alumno la sujetaba, Zach dio a la barra cuatro fuertes martillazos con la mano sana. No le había salido nada mal para ser un primer intento con una sola mano. Se preparó para acercarse al fuego por segunda vez.

Le llegó una ráfaga de aire y alzó la mirada. Justo en ese momento entraba Judy, una diminuta figura en aquel espacio inmenso. La vio avanzar decidida y con movimientos precisos en medio del desorden. Rodeando las mesas de trabajo, se acercó a Zach. Cruzaba los brazos sobre el pecho y se los frotaba como si tuviera frío. El mono de color caqui que llevaba parecía un saco de patatas, pero esta vez se había cepillado a conciencia el largo pelo negro, que se veía liso y brillante. Al acercarse al calor de la forja, pestañeó. Le preguntó a Zach en voz baja:

—¿Podemos hablar un minuto?

—Claro —respondió él. Su voz quedó amortiguada por la máscara.

No tenía sentido fingir que la conversación iba a tener lugar allí dentro. Se quitó la máscara y la dejó sobre la mesa, luego colocó los guantes al lado. Su profesor le dirigió una mirada, pero sólo para comprobar que cumplía con las normas de seguridad. Era agradable ver que por lo menos alguien se tomaba en serio la seguridad en el colegio.

Judy lo esperaba en la puerta de salida, con una mano apoyada en la barra antipánico. Había tenido mucho descaro al venir a buscarle aquí sin más, ahora que el mercadillo hacía tiempo que se había acabado y no tenía excusa para sacarlo de clase. Zach no había vuelto a hablar con ella desde su desastrosa cita de la semana anterior. Recordó que hoy mismo en el patio había cedido a la tentación de besar a Fairen ante los gritos de alegría de los presentes. No le habría sorprendido que Judy estuviera espiándole. Esto era sin duda lo peor de acostarse con la madre de alguien: hicieras lo que hicieras con ella, seguía siendo una mamá que te vigilaba con mil ojos, especialmente si estaba obsesionada con tu cuerpo.

Dejó el mandil de cualquier manera sobre un taburete y salió detrás de Judy. Le recibió una ráfaga de aire helado y una racha de fríos copos de nieve. Ella se encaminó hacia el rincón del aparcamiento que daba al bosque, pero Zach se detuvo donde acababa el asfalto y se negó a meterse entre la vegetación. Judy estaba rara, lo notaba. Entendía que estuviera dolorida, tal vez enfadada y nerviosa, pero además había otra cosa, algo más duro que le hacía mostrarse prudente. No es que ella representara un peligro para él —medía apenas metro y medio, por el amor de Dios—, pero Zach la creía capaz de una furia de gato montés que no le apetecía provocar.

Al llegar a la primera línea de árboles, Judy se volvió hacia él y metió las manos en las bocamangas. Al parecer había abandonado la idea de convencerle para ir más allá. Había entrado en el taller con un aspecto casi normal, pero ahora tenía el rostro enrojecido y mojado por las lágrimas. Zach se quedó perplejo al comprobar hasta dónde llegaba la imprudencia de esa mujer, porque allí cualquiera podía verles. Él no estaba dispuesto a quedarse mucho tiempo. Ella podía sentirse ofendida, si quería, pero él pensaba largarse de todas formas.

—¡Has roto conmigo! —le dijo en tono acusador.

Zach se encogió de hombros.

—Sí, he roto.

—Has empezado a salir con Fairen.

—¿Hay algún impedimento?

—No me sorprende nada —dijo ella con rabia—. Era lo que querías desde hacía tiempo.

Él frunció los labios con desdén.

—¿Y eso qué más da? ¿Desde cuándo te importa una mierda lo que yo quiera? Te digo que no, ¿y qué haces? Me bloqueas la salida por la maldita puerta.

Judy se apretó las mejillas con las palmas de las manos y sacudió varias veces la cabeza, con la mirada baja. Con voz apenas audible, dijo:

—Debería denunciarte por lo que me hiciste aquel día. Yo nunca..., nunca te *invité* a hacer algo tan... *violento*.

Aquello le irritó, y algo se disparó en su interior.

—Por mí, adelante —la retó—. ¿Qué vas a hacer, exactamente? ¿Acusarme de violación?

—A lo mejor sí.

Zach soltó una risotada y dio un paso hacia atrás.

—Haz lo que quieras. Hazlo ahora mismo. Seguro que encuentran pruebas suficientes por toda la maldita casa. Apuesto a que Russ está durmiendo ahora mismo encima de esas pruebas. —Negó con la cabeza—. A lo mejor yo mismo me entrego. ¿Qué opinarías de eso?

Judy alzó la cara y le miró con ojos brillantes y una radiante sonrisa, como si acabara de contar un chiste estupendo.

—Yo en tu lugar no lo haría —dijo.

—Mierda, de repente me vienes con amenazas. ¿Por qué no puedes simplemente dejarlo estar? Se acabó. Supéralo y sigue adelante.

Judy levantó los hombros y exhaló un inmenso suspiro. Dio unos pasos para apoyarse en el tronco de un árbol. Parecía tan exhausta que Zach casi sintió lástima por ella.

—¿No podríamos vernos una vez más? —preguntó en voz neutra—. Sólo para que el último recuerdo no sea el del otro día en mi casa.

Cuando te empujen, estira. Zach negó con la cabeza.

—No.

Judy giró la cabeza para mirar hacia la fila de coches.

—¿Y si después del colegio cogemos el coche y vamos a algún sitio donde podamos hablar?

—No.

Quería hacerle una mamada, estaba claro. Pero a Zach no le tentó en lo más mínimo. Además, no descartaba que le quisiera clavar un picador de hielo en pleno orgasmo. No era una idea muy sugerente.

Judy asintió con resignación.

—¿Puedo por lo menos darte un abrazo, como despedida?

—No —respondió Zach por tercera vez. Pero ella ya se acercaba con los brazos abiertos, y tampoco estaban tan lejos el uno del otro, de modo que él se dejó abrazar con el cuerpo rígido. Con una gran presteza y habilidad, Judy consiguió meterle una mano dentro del pantalón. Zach le agarró la muñeca.

—He dicho que no.

Ella le dirigió una crispada sonrisa. Sólo había alcanzado a introducir la mano entre el pantalón y el calzoncillo. Cuando él le agarró con fuerza la muñeca, sus fríos dedos se movieron frenéticos como un ratón agarrado por la cola.

—Espero que ella lo disfrute —dijo—. Es fantástico.

Dio media vuelta y se dirigió hacia el colegio. Se la veía muy pequeña junto al edificio del taller. Zach volvió a clase dirigiendo temerosas miradas a las ventanas, por si alguien había estado mirando, pero no vio a nadie. Se peinó el pelo hacia atrás con los dedos, y diminutos copos de nieve se deshicieron al contacto de la piel. Con un gruñido se subió los pantalones por encima de las caderas y se preparó para enfrentarse a la forja.

Aquella mañana Rhianne no me dijo nada más antes de irse. No hacía falta; ya había dicho suficiente.

Cuando salió de mi clase para cuidar de sus tres niños imaginarios, fui al lavabo y vomité tres veces. El café salpicó el borde del lavamanos, las baldosas, mi mono. Apoyé la frente en la fresca pared de baldosas hasta que oí unos golpes en la puerta y una vocecita que dijo: «Señorita McFarland, tengo que hacer pipí».

Le pedí al profesor de música que vigilara a mis alumnos el resto del día. Después de pasar por el taller me fui a casa y me metí en el cuarto de baño reservado para mi uso. Allí me quedé, con las manos sudorosas apoyadas en la porcelana, la mirada fija en el agua.

En el fregadero flotaba la ropa interior de mi madre: grandes prendas de poliéster que parecían medusas entre los pegotes de espuma de Fels-Naptha. Junto al fregadero estaba la caja de cerillas, dejada allí como por descuido. En la vieja y elegante radio de madera atronaba a todo volumen una canción: «Baby, no me dejes, oh, por favor, no me dejes solo». Las cerillas olían a azufre. Cada llamita parecía contener en sí misma toda la gama del arcoíris. «Está mal, muy mal, ya ves», decía la canción del libro del cole. Incluso a los diez años aquello me hacía vibrar, me ponía los nervios de punta. Tal vez porque era hija de mi padre.

Los pomos de las puertas eran de frío bronce. Girar, girar, y girar de nuevo. Lo irónico fue que sabía antes de abrir lo que iba a ver, pero no vi nada. Aquello me consumía. Una y otra vez, el recuerdo saltaba por encima de lo que alcancé a ver y lo enterraba en lo más profundo de mi mente; como una piedra que se hunde suave y rápidamente en un estanque, dejando en la superficie una leve ondulación. Y como me había hundido tantas veces en lo más profundo del estanque, ahora la rozaba de vez en cuando sin pretenderlo. Ahí estaba: dos adultos desnudos, sudorosos. Kirsten se había colocado la almohada de mi madre bajo la espalda y tenía la cabeza colgando del borde de la cama; sus trenzas golpeaban rítmicamente contra el colchón como un burdo metrónomo. Mi padre rugía como un bárbaro de una tribu guerrera. Su rostro tenía una expresión horrible y brutal, deprimente de ver. El aire estaba cargado de un olor penetrante que me resultaba totalmente desconocido, el de la excitación sexual. Y si el idioma del país me había sonado como el lenguaje originario de la humanidad, ahí estaba lo que venía antes del lenguaje: la voz que brota del interior de los seres humanos del mundo entero cuando la respiración se mueve acorde con el deseo de conservar la especie.

«Olvídalo. Apártalo de tu mente. Ojalá entendieras, cuando presencias una escena así, que llegará el día en que tú también quieras estar ahí.»

Pensé que el horror estaba en lo que había presenciado, pero me equivocaba. El horror llegó cuando me di cuenta de que, como niña, culpaba por completo a mi padre por lo que había hecho, pero que como adulta no le culpaba en absoluto.

Russ se quedó toda la tarde en su despacho del piso de arriba, y por una vez no me importó su ausencia.

Cuando ya había vomitado todo el contenido de mi estómago, me senté a la mesa con una infusión poco cargada de manzanilla a la que le había añadido miel y Rescue Remedy. Recordé el día en que Zach y yo estuvimos en esta misma mesa haciendo pelotas de felpa para el puesto de manualidades. Nuestros cuerpos no se tocaban, pero nuestros deseos eran indudablemente los mismos. Yo me sentía poderosa, admirada por él, misteriosa. Tenía el poder de concederle cualquier cosa que alzanzara a pedirme. Y ahora no era más que basura para él, el tipo de basura que apesta.

Llamaron a la puerta con los nudillos y me levanté a abrir. Estaba bastante segura de quién sería, y no me llevé ninguna sorpresa.

—No he acabado de hablar contigo —dijo.

Me aparté para dejarla entrar.

Entró en la cocina y se quedó de pie con los brazos cruzados sobre el mono. Llevaba el pelo recogido en una coleta. De un vistazo comprobé si el fuego bajo la tetera estaba encendido. Con una voz que ardía de indignación, me preguntó:

—¿A ti qué demonios te pasa?

No contesté.

—¿Cómo has podido? —me espetó—. Tú, la princesa de las hadas y los elfos. La señorita No Te Olvides de Ponerte el Jersey o Te Resfriarás. *Explícamelo*.

Me pregunté si Russ la oiría y bajaría para ver a qué venía aquel alboroto, si es que se convertía en alboroto, como parecía probable. Y la verdad es que deseaba con toda mi alma que no bajara. Me sentía capaz de manejar a un ama de casa furiosa, pero no estaba tan segura de poder manejar a Russ. Aunque lo más probable era que subiera el volumen de sus discos de la colección de jazz de Ken Burns y se concentrara de nuevo en los peces.

Ante mi silencio, el rostro de Rhianne se ensombreció. Elevando la voz, me preguntó:

—¿Cómo has podido *follarte* a un chico de dieciséis años?

—¿Cómo puede cualquiera follarse a alguien? —respondí.

La respuesta no le satisfizo.

—¿Sabes quién le ha estado proveyendo de condones estos meses? —preguntó—. *Yo*. Porque la obligación de los adultos es enseñar a los adolescentes a ser responsables. Es lo que los adultos hacen.

—Pues has hecho un magnífico trabajo.

Rhianne cogió el tarro de miel en panal que había junto a la cocina y me lo arrojó. Me pasó rozando el brazo y se estampó contra la nevera, dejando un rastro dorado de miel que se deslizaba por la blanca superficie; luego rodó por el suelo con un sonido ondulante y cristalino, lanzando pedacitos de panal contra la pared de azulejos.

—Debería denunciarte —gritó, y de nuevo tuve miedo de Russ, más que de ella—. Le dije que no te denunciaría, pero me tienta *mucho*. Si él no quiere pedirte cuentas, alguien tiene que hacerlo.

—No creo que él te haya contado nada —dije en voz queda.
—Oh, claro que sí.
—No te creo. Seguro que son deducciones que has hecho por tu cuenta.

Rhianne se inclinó hacia mí con rostro burlón. Me miró fijamente a los ojos.

—Te equivocas. Me llevé un susto. Nunca hubiera imaginado que una profesora de Sylvania pudiera hacer algo así. A un *niño*.

En ese momento se rompió lo que me mantenía en silencio.

—No tiene seis años —grité, con los puños en las caderas, el rostro inclinado hacia ella—. No es un niño. Sabía lo que hacía, y venía a pedir que le diera más, como si fuera un pase gratuito para entrar en Disneylandia. No habría aceptado tus preciosos condones si no fuera porque se moría por usar todos los que pudiera. ¿Y tú quién eres para él? Nadie. Sólo otra adulta con la que le gusta hablar de sexo. Y estás celosa. Te *habría gustado* tener la audacia de hacer lo mismo que yo.

Rhianne frunció el labio superior y enseñó los dientes como un perro.

—Qué estupidez. ¿Cómo te atreves? Estás tan enferma que ni siquiera sabes lo que es sentirte protectora hacia una persona joven.

—Oh, claro que lo sé. Pero mis párvulos no irrumpen en mi aula bajándose los pantalones en cuanto ha acabado la clase, que es lo que tu angelito ha estado haciendo durante meses. No quiere que lo protejan. Lo que quiere es que le hagan una mamada.

Se me acercó con las manos apoyadas en las caderas.

—Tienes que entregarte.

—No pienso entregarme ni confesar nada. Voy a denunciarle a él por haber estado a punto de arrancarme el cuero cabelludo la última vez que *abusé* de él.

Nos mirábamos a los ojos. Estábamos tan cerca la una de la otra que distinguí cada poro de sus mejillas, cada una de sus pestañas.

—Si no te entregas, yo misma te denunciaré.

Con la mano abierta, la agarré de la oreja y tiré con todas mis fuerzas. Rhianne trastabilló hacia atrás y se derrumbó sobre la cocina con una mueca de dolor. De un cordel de la ventana colgaba una bola de cristal que me había relagado Bobbie. La cogí y la arrojé contra la comadrona. Ella se agachó y la bola se estampó contra la vitrina, provocando una lluvia de fragmentos de vidrio.

—¡Estás loca! —chilló—. Necesitas que te vea un médico. Tú no estás bien, Judy, lo digo en serio. Llamaré a un centro psiquiátrico para que vengan a buscarte.

—¡Haz lo que quieras! —respondí a gritos—. Pero asegúrate de que tienen equipamiento antiviolación.

Rhianne se me quedó mirando. Luego abrió la puerta y se fue.

29

La noche del Festival del Hombre de Mimbre, Fairen fue a recoger a Zach a su casa. Su cochecito blanco giró rápidamente para tomar el camino de entrada con una gracia que él no pudo por menos que admirar. Se detuvieron para comprar bocadillos y se quedaron en el coche con la calefacción puesta, besándose y acariciándose. Por una vez, a él no le molestó el entorno lo más mínimo. Esto de hacer el amor en el coche tampoco estaba tan mal, si respetabas las limitaciones de espacio. Y hasta la frustración de no poder llevar a Fairen a otro sitio le resultaba curiosamente emocionante.

Al llegar al lago, se internaron entre los árboles, esquivando las ramas, y llegaron al parque, donde la fiesta estaba en su máxima animación. En el anfiteatro a su derecha había una orquesta tocando; enfrente de ellos, en el mismo lago, habían levantado un patíbulo con una alta plataforma de donde colgaba el hombre de mimbre. Más que de mimbre parecía hecho de bloques de paja cogidos entre sí por anillas de metal. Zach supuso que el muñeco ardería de forma rápida y desordenada, deshaciéndose en pedazos; por eso había que quemarlo dentro del lago. Los dos pirotécnicos estaban situados junto al centro de control, seguramente ultimando los preparativos.

Fairen se quitó la mochila. Extendió una colcha sobre el frío suelo a poca distancia del anfiteatro y saludó con la mano a una pareja que bailaba al ritmo de la música celta moderna, con muchos instrumentos de percusión.

—¿Quieres bailar? —le preguntó.

—Todavía no. A lo mejor cuando prendan fuego al muñeco.

—Oh, vamos. No tengas vergüenza.

Para distraerla, Zach simuló que había interpretado mal sus palabras y le dio un beso que Fairen le devolvió riendo. Después de unos besos más, el chico la hizo caer sobre la colcha como si estuvieran luchando. Una rama de pino los ocultaba parcialmente, pero había gente por todas partes, de manera que se limitó a los besos y caricias que no podían considerarse indecentes. Un grito de júbilo se elevó de entre el público. Zach levantó la cabeza para asegurarse de que no iba dirigido a Fairen y a él, y vio que las llamas empezaban a lamer las piernas del hombre de mimbre. Se incorporó y se sentó en el suelo para contemplar cómo el fuego iba devorando las piernas y el torso del muñeco. Fairen se sentó un momento en su regazo y le besó. Luego se puso de pie y le tendió la mano.

—Ha empezado —dijo, con una sonrisa convincente—. Acompáñame.

—Lo que estábamos haciendo me gustaba mucho.

—Seguiremos más tarde. Vamos...

Zach sonrió dudoso mientras pensaba cómo convencerla para que se quedara con él. De repente vio a una mujer que se acercaba a paso vivo. Llevaba un chaleco acolchado muy parecido al suyo. Cuando estuvo más cerca la reconoció: era Rhianne.

—Por fin te encuentro —dijo ella en tono impaciente—. Zach, ¿puedo hablar contigo a solas?

Él se levantó inmediatamente. Fairen le dijo adiós con un gesto y una sonrisa.

—Ven en cuanto acabes, ¿vale?

—Claro. —Cuando Fairen se alejó, Zach le preguntó a Rhianne—: ¿Mi madre está dando a luz?

—No. Tu madre está bien. Me alegro de haberte encontrado. Parece que todos los jóvenes de Sylvania se han reunido aquí. —Inspiró profundamente—. Escucha, Zach, tienes que romper ahora mismo tu relación con Judy McFarland.

Al oír su nombre de boca de Rhianne abrió los ojos como platos, invadido por el pánico. Llevaba meses temiendo que los descubrieran.

—Ya he roto —dijo—. Ya no hay nada más entre nosotros.

—Asegúrate de que ella lo entienda, porque esa mujer está mal de la cabeza, Zach. Es muy peligrosa; puede acusarte de violación.

Él negó con la cabeza.

—No lo hará. Sólo está alterada y dolida en lo más profundo. Pero nunca le he hecho algo que ella no quisiera que le hiciera.

—Bueno, pero tienes que estar preparado para que te acuse de lo que sea, si es que está tan loca como para hacerlo. Y puede que lo esté. Me ha pegado y me ha agredido en su cocina.

—¿En serio? —Zach casi se rió, y Rhianne lo miró con inquietud—. Me alegra de que no la tome sólo conmigo. Cuando le llevas la contraria, se cabrea mucho.

—Yo en tu lugar pediría una orden de alejamiento.

Esta vez Zach rió abiertamente. Se estaba impacientando; quería volver con Fairen.

—Pero si ya la has visto. Tiene el tamaño de un niño de doce años. No me preocupa.

—Me parece que la subestimas.

Zach se encogió de hombros y buscó a Fairen con la mirada.

—La gente dice muchas cosas cuando está enfadada. Pero créeme, lo último que ella quiere es que corra la voz sobre lo ocurrido. Ya se le pasará.

Fairen se acercaba a ellos con mirada curiosa, el rubio cabello enmarcado por el resplandor de la hoguera donde ardía el hombre de mimbre. El frío viento agitaba su chaleco de esquí color púrpura. Los percusionistas, puestos en círculo, aceleraron el ritmo. Golpeaban la piel del tambor cada vez con más fuerza, y los golpes resonaban en la tierra.

—Vamos —dijo Fairen, haciendo un amplio gesto con el brazo—. Dijiste que bailarías conmigo.

Con una mirada de disculpa a Rhianne, Zach se encaminó al lugar donde Fairen —con una sonrisa en el rostro y la cabellera iluminada por el halo de la hoguera— le esperaba bailando.

Tengo que poner en orden mis pensamientos, tal como me dijo Scott. Tengo que sentarme y pensar.

Fui en coche al lago pensando que podría aparcar en el rincón umbrío donde Zach y yo solíamos detenernos y contemplar el agua mientras me tranquilizaba y me aclaraba un poco. Al amparo de aquellos árboles podría pensar en la evolución de nuestra relación, repasaría todo lo ocurrido, desde el recuerdo de nuestra primera visita secreta, tan embriagadora, hasta la última, cuando me senté a horcajadas sobre él y noté su piel ardiente; podría disfrutar de aquellos últimos momentos antes de que el universo de los justos empezara a echarme en cara todas y cada una de las amargas verdades sobre mi persona, antes de que derribaran la casa de juguete que yo había construido en mi mente, confiando que me sirviera de fortaleza.

Pero el aparcamiento estaba a rebosar de coches. Nunca lo había visto tan lleno. Oí música a lo lejos y me di cuenta de que se celebraba un festival. Al momento recordé haber visto carteles en el pueblo: una efigie de paja que ardía en una hoguera, un antiguo ritual celta de invierno. Aparqué en un lugar prohibido, sobre las rayas junto a un espacio reservado a los minusválidos, y dejé el motor en marcha.

A pesar de la multitud, me quedé mirando el agua, intentando recordar. Me parecía ver todavía la premura con que se movía Zach la primera vez que vinimos aquí; podía oírlo respirar entrecortadamente, un sonido intensificado por el silencio que nos rodeaba, como un grito que resuena a través de un campo cubierto de nieve. Recordé el profundo placer que sentí cuando lo estreché entre mis brazos y apoyé la cara en su vientre, con la seguridad de que no podía decirme que no, porque el coche era mío y las llaves estaban en mi bolsillo, y yo tenía algo que él deseaba con todas sus fuerzas.

Exhalé un suspiro que parecía un sollozo y me aparté el pelo de la frente. A través del parabrisas vi a una pareja besándose y acariciándose y envidié su pasión, su indiferencia frente a la multitud que les rodeaba. El joven acostó a la chica boca arriba y se colocó encima de ella. Por la forma de sus brazos y sus hombros, por la caída de su flequillo, supe de repente que se trataba de Zach y ahogué un grito de sorpresa. Vi cómo se inclinaba para besarla, cómo cubría un pecho con la copa de la mano, y algo me oprimió el corazón. Qué fácil le había resultado cortar conmigo cuando tenía una rubia esperando. La hija del abogado, la que siempre estaba besando chicos en el patio, la que ahora se ponía a horcajadas sobre Zach.

Oprimí el encendedor del coche.

Se levantó una brisa que agitó el grupo de pinos que tenía delante, y a través de sus ramas vi al hombre de paja que ardía sobre el agua. El muñeco guardaba un extraño silencio, pero la multitud gritaba por él. Las llamas lo rodeaban como un enjambre de abejas. En el suelo del coche, frente al asiento del copiloto, había una caja. De allí extraje un farol de la noche de San Martín, metí dentro el trapo que llevaba para limpiar las gafas de sol y busqué en mi bolso el frasquito del Rescue Remedy de Bach. Según el prospecto, era una mezcla de esencias florales para aliviar situaciones de estrés, pero fuera cual fuera su eficacia, no me cabía duda de que la tintura de alcohol sí funcionaría.

Empapé el trapito en Rescue Remedy y salí del coche. Le tiré encima el encendedor del coche y hubo una llamarada que lo iluminó todo por un momento. A la luz del fogonazo me vi reflejada en el cristal de la ventanilla: pelo largo y alborotado, rostro inexpresivo, ojos como dos oscuros agujeros sin fondo. Era una imagen extrañamente tranquilizadora. Ya no era nadie, me había convertido en una caricatura, un cuento para advertir a los niños de lo que pasa cuando todo se tuerce. Yo era un libro de lecciones morales, y los niños me temían con razón.

El viento se calmó. Me dirigí a los árboles, pero por desgracia Fairen se había marchado. Vi a Zach hablando con una mujer que, según comprobé al acercarme un poco más, era Rhianne; hablaba gesticulando con gestos amplios y firmes, pero él se mantenía a una distancia de ella y negaba con la cabeza. Sentí un escalofrío que contrarrestó mis manos quemadas. Zach se metió las suyas en los bolsillos y, rodeando a Rhianne, se dirigió al grupo de jóvenes que bailaban. Ella se quedó junto a la manta con expresión contrariada.

Con un suspiro, deposité el farol sobre el asfalto. Las llamas ya sobrepasaban el borde, pero le tiré encima el resto de mi taza de café y se apagaron con un chisporroteo.

Introduje bruscamente la llave en el contacto y emprendí la vuelta a casa.

Cuando llegué, en el camino de entrada había una ambulancia con las señales luminosas del techo encendidas y girando. La puerta de casa estaba abierta. Cogí el bolso y me acerqué. Un paramédico con un uniforme azul me saludó y me dijo que Russ había muerto. Me quedé preocupada, un poco sorprendida. Lo había encontrado Scott, me dijeron. Entonces comprendí la razón por la que Russ no había aparecido durante mi discusión con la comadrona. Los dos paramédicos me dijeron que la policía estaba al llegar; siempre venían en estos casos, así que me senté en la mecedora a esperarles. Mientras tanto me dediqué a hacer ovillos de lana, como les aconsejaba a mis alumnos que hicieran cuando tenían que estarse quietos.

Cuando llegaron, los policías se mostraron extrañados de encontrarme sentada en la mecedora. Uno de ellos me dijo: «No parece usted muy sorprendida de que su marido haya aparecido muerto en su despacho». Yo le dije: «Mire agente, mi marido hace mucho tiempo que consume pastillas, y ya le advertí que si no buscaba ayuda, cualquier día aparecería muerto. De forma que podría decirse que lo que siento es resignación».

«¿Qué tipo de pastillas?», preguntó un agente. Y yo le dije: «Todo tipo de pastillas de las que se venden con receta. Puedo enseñarle los frascos». Y así lo hice. Me preguntaron: «¿Tiene usted las recetas originales para estas pastillas?» Yo les respondí: «¿A ustedes qué les parece?»

«No hace falta que se ponga impertinente», dijo el agente. Entonces vi a Scott en la entrada, con una expresión de absoluto horror y desolación. Era evidente que estaba destrozado. Como yo tenía tan asumida la idea de que Russ era un adicto, olvidé que mi hijo no sabía nada. Me sentí aliviada al saber que cuando ocurrió —casi exactamente como yo había augurado, caído de bruces sobre el portátil, con el teclado manchado de vómito— no fue por culpa mía. Porque entonces, desde luego, todo habría sido muy diferente.

La vida puede resultar muy irónica. Se llevaron el cadáver de Russ para practicar análisis toxicológicos y luego lo enviaron al tanatorio para la cremación. Al poner orden en su escritorio encontré las cartas y las bragas de una estudiante con la que mi marido había tenido una aventura dos años antes, y de la que nunca supe nada. Me dije: «Vale, estamos empatados. Tú mantenías la ilusión de que querías que siguiéramos casados, y yo mantenía la ilusión de que quería que siguieras vivo».

Pensé que se había hecho justicia según el plan divino.

En Nochebuena pasaron tres cosas.

Fui por la mañana al crematorio a recoger las cenizas de Russ, porque por la tarde estaba cerrado.

En el camino de vuelta me detuve en un cajero automático y descubrí que no podía cobrar mi paga. Así fue como supe que había perdido mi empleo y que mi hijo ya no tenía un colegio. La escuela seguía estando a la sombra de los árboles, un edificio de madera un poco apartado de la carretera, pero ahora era la reliquia de un pasado desvanecido. Sin dinero no había escuela. Hasta los reinos de fantasía necesitan oro.

Y luego estaba la nota de Scott diciendo que se había ido a vivir a Virginia con sus tíos, la familia de Russ. Decía que le daba miedo vivir en casa. Pero yo sabía que lo de la casa era una excusa. Era conmigo con quien no quería estar.

Supongo que en realidad fueron cuatro las cosas que pasaron en Nochebuena. Pero la cuarta fue una consecuencia de las otras tres.

30

Mi coche no tuvo ninguna dificultad en encontrar la urbanización de casas adosadas. Me llevó hasta allí como por su propia voluntad. Cuando llegué, vi que había una nueva puerta de metal flanqueada por dos postes de madera medio podridos entre los que colgaba una cadena que impedía la entrada. Puse la marcha atrás en el Volvo, derribé uno de los postes y llegué con el coche justo hasta la primera hilera de árboles.

Me interné en el bosque, que no tenía nada que ver con el paisaje exuberante que habíamos conocido dos meses atrás. Los árboles ya no eran frondosos y coloridos como cuando Zach me trajo hasta aquí, sino que surgían del suelo como bastones secos. En lugar de la crujiente alfombra de hojas había ahora un mantillo seco y polvoriento, y el destello del sol a través de los árboles se veía oscurecido por un cielo gris jaspeado. Aquí estaba el árbol donde Zach se había apoyado, donde se había frotado la cara con las manos, abrumado por la inmensidad de su deseo. Éste era el lugar donde me arrodillé sobre él y le ofrecí una última oportunidad de decir que no antes de que los dientes de la cremallera de su pantalón me pellizcaran el muslo, antes de que su amable sonrisa me hiciera creer que podía ofrecerme aprobación con la misma facilidad con la que me ofrecía placer.

Recliné la espalda en ese mismo árbol y, entrecerrando los ojos, alcé la mirada hacia el desordenado ramaje. Notaba la aspereza de la corteza a través de la fina camiseta de algodón, pero la visión del bosque en descomposición seguía teniendo su encanto. Metí la mano en el bolsillo en busca de una botellita que llevaba, la abrí y me tragué unas cuantas pastillas del Nembutal de Russ. La policía se había llevado todos los frascos grandes que les mostré, pero yo todavía tenía bastantes píldoras en mi bolso, por razones que ahora ya no tenían importancia. Me puse unas cuantas pastillas más en la palma de la mano y clavé la mirada un poco más allá. Divisé una ciénaga que no había visto antes, y sentí que se me alegraba el corazón. El agua era un buen lugar para estar cuando me quedara dormida. Podría desaparecer totalmente y volver a la tierra sin un sonido, sin un gesto, sin oportunidad alguna de despertar.

Recorrí un sendero y me metí en la ciénaga. Me mordí el labio cuando el agua fría se me metió en los zapatos, pero me obligué a continuar. Los tobillos, las espinillas. Los zapatos se quedaron atrapados en el barro, de manera que los dejé allí. Los dedos de los pies ya se me habían acostumbrado a la temperatura del agua, pero el tacto del barro, suave y envolvente, me sorprendió. Al llegar al centro de la ciénaga me arrodillé, preparándome para soportar el primer choque del agua fría. Tragué las píldoras que me quedaban en la palma. Como perdía el equilibrio, tuve que apoyar una mano en el fondo de la ciénaga. Cuando la saqué del agua, tenía los dedos cubiertos de verde y gris, como una criatura acuática.

De repente distinguí a lo lejos un destello de luz coloreada. Era un coche de policía —no, dos— que examinaban mi coche aparcado en el límite del bosque. Suspiré profundamente y me senté sobre los talones. No tardarían en internarse en el bosque y darían conmigo. No me dejaban tiempo para morir. Me llevarían a casa, o mejor dicho a la celda de un psiquiátrico. Allí fingiría estar bien y me enviarían a casa con un frasco de Prozac. En este tiempo la tristeza se me habría pasado y el enfado se habría afianzado, y entonces decidiría que era preferible vivir. Y viva yo era una amenaza. Había hecho cosas malas, pero no eran ni la mitad de malas de lo que me quedaba por hacer.

Los agentes iluminaban el bosque con sus linternas: dos discos de una pálida luz amarillenta, como dos narcisos agitados por la mano de un niño. De lo más profundo de mi ser brotó un único deseo: poder hablar con Bobbie, oír de su boca la amarga verdad sobre mi sucio corazón, que me persuadiera para hacer lo correcto. Pero sabía que Bobbie no estaba ahora conmigo. De haber estado, me diría que utilizara mis dotes de mentirosa por el bien de todos, que explicara la historia sin adornos ni animación, para que el oyente oyera, más allá de lo inventado, el sonido de la verdad.

El hombre es un dios caído y al mismo tiempo está en camino de transformarse en un ser divino.

Me levanté con dificultad de las oscuras aguas y caminé a través del bosque. Mis pies descalzos y embarrados iban recogiendo las hojas del suelo. Llegué a la hilera de árboles. Al verme, los policías se llevaron la mano instintivamente a las cartucheras.

—Quiero confesar el asesinato de mi marido —les dije.

En la habitación en penumbra, la madre de Zach parecía una forma oscura doblada sobre la sábana. Estaba acurrucada en forma de zeta alrededor de la colcha. La cabeza inclinada de Rhianne era una sombra, y los cabellos escapaban de su coleta como negros hilos enmarañados. Hablaba con susurros fantasmales.

Zach estaba sentado en una silla en el rincón más alejado, el lugar que solía ocupar cuando estaba la comadrona, como un observador silencioso. Su padre estaba arrodillado junto a la cama. Cogía a su mujer de la mano y le susurraba palabras de ánimo con su tranquilizadora voz de barítono. Si Zach se hubiera marchado sin decir nada, nadie le habría culpado. La habitación, normalmente fresca, era ahora un horno. El termostato había alcanzado los treinta grados centígrados, y su madre llevaba un sujetador negro de deporte y nada más, aunque ahora su cuerpo estaba enredado en la sábana.

Rhianne ya no mostraba hacia él la actitud amable y cálida de antes. Ahora empleaba con él un tono impaciente y tenso, y el chico sospechaba que estaba enfadada, o que en el fondo esperaba que algo fuera mal.

Pero él quería estar presente. Porque era su hermana, sí, pero también por otra razón, menos fácil de entender. Era como un juicio: había que sentarse y observar impotente esa otra cara de la pasión, contemplar el precio que se cobraba la naturaleza a cambio del placer. Después de todos sus excesos, se sentía obligado a conocer el otro lado.

A pesar de los susurros, nada era silencioso en aquella habitación, sobre todo nada relativo a su madre, que atravesaba por lo que Rhianne llamaba *transición*: gemía y sollozaba, tomaba grandes bocanadas de aire, luego se tapaba la cara con una esquina de la almohada y sollozaba todavía más. Al estirar los tobillos, la sábana quedaba tirante sobre sus piernas; el blanco de su rostro y el negro de su pelo se alternaban sobre la almohada como si se encontrara bajo una luz estroboscópica.

No era la primera vez que Zach observaba con extrañeza lo mucho que el trabajo del parto se parecía a un orgasmo. Los arranques de gemidos que iban ganando en intensidad, la respiración entrecortada, las gotitas de sudor. En el momento culminante le vinieron a la memoria imágenes de Judy y de Fairen: las bocas abiertas, los tendones del cuello en tensión, el pelo revuelto. Era como si el dolor y el placer no fueran gamas distintas, sino partes de una rueda, y cuando una mujer empujaba por un extremo o caía en el otro, se encontraba ocupando el lugar de su madre. En esta línea de pensamientos, recordó una cita que estaba escrita en la pizarra del estudio de su madre: «El final del nacimiento es la muerte; el final de la muerte es el nacimiento. Por lo tanto, no te apenes por lo que es inevitable».

Su madre emitió un grito largo y profundo, un grito animal, y se acurrucó en posición fetal en torno a la colcha, hecha un bulto sobre la cama. Rhianne movió la mano con urgencia y el padre de Zach se acurrucó detrás de su esposa, se convirtió en una especie de respaldo para ella. Entonces la comadrona tomó el mando y Zach comprendió que estaban cerca del final. Se levantó de la silla y se acercó a los pies de la cama para mirar por encima del hombro de Rhianne.

—¿Puedes ver desde aquí? —le preguntó ella.

Él asintió sin palabras. Su madre hacía muecas de dolor, gemía y se arqueaba contra el cuerpo de su marido. Apoyándole una mano en el interior del muslo, Rhianne le dijo:

—Chiss, ya está. Ya casi acabas, falta muy poco.

Vivianne apretó los dientes. Los músculos de sus piernas se tensaron, aumentaron de grosor. Zach recordó que Judy le había dicho que Scott había nacido en casa, probablemente en una escena muy parecida a ésta. No pudo evitar preguntarse cómo había llegado a pensar que la conocía, que conocía a esa mujer que había hecho un viaje a través del tiempo y el dolor que a él le parecía tremendamente distante. Había dado a luz a Scott en su propia cama, una cama tipo trineo de brillante madera oscura, y así se puso en marcha la cadena de acontecimientos que, dieciocho años más tarde, llevaría a Zach a apoyar las rodillas donde habían estado las caderas de Judy.

En ese preciso momento la cabeza de su hermana hizo su aparición entre un chorro de agua, con la boca abierta, agitando brazos y pies, y el sollozo de su madre se convirtió en risa al ver al bebé que llegaba al mundo. Y esto, pensó Zach, es el orden natural de las cosas: amor por todas partes, y también un lío terrible.

31

Cuando me envolvía con su cuerpo, me sentía a salvo. Acurrucado contra mí, su pecho contra mi espalda, sus piernas contra las mías, se convertía en lo contrario de una sombra, en otro yo, más fuerte y más grande, un yo que nadie podía domar ni amenazar.

En una ocasión creí que cuando me encerraran en la prisión me acurrucaría en la cama y pensaría en el hermoso cuerpo de Zach, pero cuando me quedé dormida en el coche policial sólo me acudieron a la mente aquellas horas con Rudi, en el establo, en el cobertizo, en la nieve. Lugares donde el mundo era un cuento de hadas y las pesadillas la materia de los libros, lugares donde Jesucristo no ponía los pies. Me adormecí con una imagen en la mente: yo estaba sentada sobre una paca de heno con la mejilla apoyada en el brazo de Rudi, que pasaba las páginas de mi libro de cuentos morales y se reía del absurdo del horror. En aquel entonces las paredes desnudas de piedra marcaban los límites de mi mundo. Yo era una niña buena, no mala, y nunca se me había ocurrido que una profesora pudiera estar equivocada.

«Ve en busca de lo que es bello —le había aconsejado a Maggie—, y ámalo antes de que se pudra.» Pero me equivoqué. Los hombres guapos lo son para siempre. Lo que es hermoso permanece siempre así, preservado tras el cristal de la mente.

Me lo llevé todo conmigo para que me hiciera compañía, lo bello y lo terrible por igual, y abandoné el mundo normal.

Agradecimientos

Quiero expresar mi más profundo reconocimiento a todas las personas que me han acompañado en el camino de la escritura de esta novela.

A Stephany Evans, mi maravillosa agente, que tuvo fe en mi idea y en mi capacidad de hacerla realidad. Muchas gracias.

A Susan Swinwood y el equipo de MIRA Books, por creer en el manuscrito y por hacer una labor magnífica de edición y lanzamiento.

A mis primeros lectores y mi pequeño club de fans: Amanda Skjeveland, Kathy Gaertner, Jassy Mackenzie, Sara Roseman, Randi Anderson (conocida también como mamá), Laura Wilcott, Hillary Myers, Elizabeth Gardner, Stephanie Cebula, Gary Presley, y un agradecimiento especial a Erica Hayes. También estoy agradecida a los miembros del jurado y lectores del Premio Amazon de Novela Descubrimiento que eligieron mi libro.

A D.S. y a S., que me ayudaron con sus sinceras reflexiones a crear los personajes de Zach y de Judy.

También quiero expresar mi gratitud, aunque sea general, a las ciudades de Greenbelt, en Maryland, y de North Conway, en New Hampshire, así como a la pequeña escuela Waldorf que acogió a mi familia cuando éramos jóvenes y estábamos en la ruina. Confío en que este texto refleje lo mucho que os quiero a todos.

Y gracias por fin a Mike, mi marido, y a mis cuatro hijos. Por vuestros sacrificios, por vuestra paciencia y por vuestro incansable abastecimiento de cafeína. Os doy las gracias de todo corazón.

Visite nuestra web en:

www.umbrieleditores.com